Agnes Molin

Mats Henningh

Ludwig und die Eierdiebin

Lieselotte Klara Frisch, von allen nur Lili genannt, rannte von der elterlichen Wohnung schnurstracks hinunter in die Backstube. Es war 6.30 Uhr am Morgen, und der Vater hatte gerade die dritte Fuhre frischer Butterhörnchen aus dem großen, alten Backofen geholt. Lili liebte diesen Raum, in dem es immer neblig war von dem ganzen Mehl, dem Puderzucker und all den anderen Zutaten, die den Raum über die Jahrzehnte geprägt und ihn zu dem gemacht hatten was Lilis Vater gerne seine kleine Zauberküche nannte. Dabei strich er dann liebevoll über die gekachelten Wände, die hölzernen Arbeitsflächen und die Backbleche und fing leise an zu summen. Spätesten dann wurde es für Lili ungemütlich, denn für sie stand eines fest: Ihr Vater galt zu Recht als einer der besten Bäcker jenseits des Siebengebirges, doch Musik war ganz und gar nicht sein Metier. Sein Gesang bereitet ihr von je her fast körperliche Schmerzen. Schon als kleiner Säugling brach sie in Gebrüll aus, wenn der Vater bei der Arbeit zu trällern begann und hörte erst wieder auf, wenn er auf Drängen von Lilis Mutter, die ihre Tochter nicht anders zu beruhigen wusste, mit dem Singen aufhörte. Seitdem sind etliche Jahre vergangen und Lili schon längst ihrer Muttersprache mächtig, doch schiefer Gesang quält sie noch immer sehr.

Der Vater hatte längst die Bäckerei der Großeltern übernommen und die eine oder andere Veränderung im Bäckereibetrieb vorgenommen. „Pah, überflüssiger Schnickschnack“, hört Lili noch die Worte des verstorbenen Großvaters. „Du kannst machen was du willst, Franz“, pflegte er seinen Sohn zu belehren, „es wird dich nicht davor bewahren früher als die Hühner aufzustehen!“ Und er hatte Recht. Wenn die Brötchen und das Brot um 7.00 Uhr auf dem Ladentisch liegen sollen, müssen sie drei Stunden vorher in den Ofen. Also kannte Lili es zeitlebens nicht anders, dass, wenn sie aufwachte, bereits der herrliche, frische Duft von warmem Backwerk durch das ganze Haus strömte und einer ihrer ersten Wege, wie magisch angezogen, der in die Backstube war. Schwups, noch ehe der Vater reagieren konnte, hatte sie sich ein leckeres, warmes Butterhörnchen stibitzt und dem Vater beim Hinauseilen einen krümeligen Schmatzer auf die Wange gegeben. „Tschüs Papa, ‘bin spät dran!“ Kurz bevor die Haustür hinter ihr ins Schloss fiel, hörte sie noch, wie ihr Vater, als kleine Rache, zu singen begann, und automatisch verzog Lili das Gesicht als hätte sie in eine saure Zitrone gebissen. Schlechter Gesang war und blieb für Lili unerträglich. „Oh Gott“, stöhnte sie, „Musik ist weitaus höhere Offenbarung als Papas Gesang!“, dabei hielt sie sich ihre Ohren zu und stieß beinahe mit ihrer Mutter zusammen, die Lili mit zugehaltenen Ohren nicht hatte hören können. Ihre Mutter hob halb im Ernst, halb im Spaß, mahnend den Finger. Lili zog dann unwissend ihre Schultern hoch, verdrehte theatralisch ihre Augen und rief ihrer Mutter beim Verlassen des Hauses zu: „Reine Seelenqual!“, wobei sie grinsend zur Backstube zeigte, in der ihr Vater den neusten deutschen Schlager anstimmte.

Diese Lili so eigene Empfindlichkeit, was Musik und Töne betraf, trat immer mal wieder auf und war dann Anlass großer Verwunderung bei ihren Eltern. Auch ihre Neigung zu plötzlichen, leicht verrückten Äußerungen nahmen sie zwar meistens heiter, aber dennoch erstaunt zur Kenntnis. Gerne erzählten sie sich auch ab und zu die Anekdote aus ihrem ersten Urlaub mit der fünfjährigen Lili in Bregenz am Bodensee. Sie, die Eltern saßen mit Lili und der befreundeten Schlosserfamilie Schäfer in einem Biergarten, genossen das herrliche Wetter, das örtliche Bier und das zünftige Essen. Die beiden Väter unterhielten sich über politische Themen. Plötzlich platzte es aus Lili heraus: "*Solange der Österreicher Bier und Würstel hat, revoltiert er nicht.*" Anneliese und Franz Frisch zuckten erschrocken zusammen und sahen sich peinlich berührt um. „Psst Lili, so was sagt man nicht!" Dabei legte die Mutter mit strengem Blick ihren Zeigefinger auf ihren Mund. Die kleine Lili blickte sie verständnislos an. „Ich habe doch gar nichts gesagt, Mami!"

Lili selbst erinnerte sich nicht daran, auch nicht daran, dass sie in dieser Zeit immer mal wieder solche merkwürdigen Dinge von sich gegeben haben soll. An was sie sich erinnern konnte war, dass ihre Eltern sich in dieser Zeit Sorgen um die Gesundheit ihrer Tochter machten und sie Lili deshalb diversen Ärzten vorstellten. Der einstimmige Tenor der Fachleute war: fantasievolles Kind, dem man zur Vermeidung weiterer solcher Ausbrüche mit erzieherischer Strenge entgegentreten solle. Somit wurden Lili in der Folgezeit, immer wenn sie zu solchen ungehörigen Aussprüchen ansetzte, Verbote auferlegt. Und da Lili natürlich mit den Nachbarskindern spielen und über Wiesen und Felder toben wollte, blieben diese Sprüche mehr und mehr aus, und einige Jahre später hatten sie sich, wie ihre Tante zu sagen pflegte, herausgewachsen.

Lili musste sich beeilen. Es war bereits halb fünf Uhr am Nachmittag, und um fünf Uhr begann die Band im Pfarrhaus zu spielen. Pah, Pfarrhaus. Lili konnte sich den abfälligen Gedanken nicht verkneifen. Eigentlich hatte sie gedacht, Helga würde sie in eine der angesagten Diskotheken in Bonn mitnehmen. Immerhin war Helga schon 21 Jahre, somit vier Jahre älter als Lili. Kein Wunder also, dass Lili nicht begeistert war, als Helga ihr vorschlug ins Beueler Pfarrhaus zum Tanznachmittag zu gehen. „Och ne, Helga, nicht ins Pfarrhaus. Da komme ich auch ohne dich rein!“ Lili zog eine Schnute. „Ach, komm schon Lili, sei kein Spielverderber! Mein kleines Brüderchen spielt da morgen mit seiner Band, und ich habe ihm versprochen da zu sein. Ich verspreche dir hoch und heilig, dass wir beim nächsten Mal nach Bonn rüber gehen. Vielleicht ins „Zamamphas“ oder in die „Falle“, OK?“ Lili tat noch etwas beleidigt, doch allein die Aussicht, bald in einer der angesagten Diskotheken und Clubs von Bonn reinschnuppern zu können, ließ ihre braunen Augen leuchten. „OK, ich komme mit, doch wenn mir die Musik zu langweilig wird, bin ich wieder weg!“

Es war also abgemacht, und irgendwie war Lili auch etwas neugierig. Sie würde Helgas Bruder sehen, den „Kleinen“, wie Helga ihn gerne nannte. Und außerdem war Helga für Lili der Glücksgriff überhaupt. Nicht nur, dass Helga vier Jahre älter und somit schon einiges mehr an Erfahrungen vielfältiger Art als Lili besaß, kam sie zudem aus einer recht offenen Familie. OK, streng genommen war der Familienvater nicht Helgas „Erzeuger“, wie sie es selbst formulierte. Dieser war als US-Soldat schon längst wieder in die Staaten zurückgekehrt und wusste nicht einmal, dass er Vater einer Tochter war. Helgas Mutter, Josefine, war das Ganze ziemlich unter die Haut gegangen. Sie war damals aus einem kleinen Dorf bei Heidelberg in die Bundeshauptstadt gekommen, in der Hoffnung, als Alleinerziehende dort einen leichteren Stand zu haben. Und ob man es nun glauben mag oder nicht: Manchmal wiederholen sich Dinge im Leben. Auf jeden Fall lernte Helgas Mutter noch im selben Jahr Henry Blackburn kennen, der beim örtlichen englischsprachigen Radiosender arbeitete. Es war Liebe auf den ersten Blick, nach nur einem halben Jahr läuteten die Hochzeitsglocken; und noch ehe Helga trocken war, war ihr kleiner Bruder Axel geboren. Hinter vorgehaltener Hand wurde getuschelt, dass nur wegen des zunehmend dicker werdenden Bauchs von Josefine geheiratet wurde, und man spekulierte über die Dauer der Ehe. Doch das Paar strafte alle bösen Zungen lügen, bis heute. Henry, der seiner Zeit schon sehr weit voraus war, adoptierte Helga, und gemeinsam erzogen er und Josefine ihre beiden Kinder recht liberal. So durfte Helga beispielsweise entscheiden, ob sie sich nach der Volksschule für eine Anstellung im Bonner Einzelhandel entschied, oder doch lieber eine der örtlichen Handelsschulen besuchen wollte. Helga entschied sich für eine Fachfriseurausbildung. Dabei legte sie großen Wert auf die Formulierung Fach. „Vielleicht gehe ich ja später mal in die Staaten, frisiere den großen Filmstars die Köpfe, wer weiß?“

Wie dem auch sei, Lili war jedenfalls froh, dass Helga sich fürs Friseurhandwerk entschieden hatte, denn genau dort trafen sich die beiden. Lili hatte vor gut zwei Jahren die Nase gestrichen voll von ihren ewigen Zöpfen und Pferdeschwänzen und war nach längerem Disput mit der Mutter in den neuen Friseurladen am Konrad-Adenauer-Platz gerannt, hatte die Tür aufgerissen und gerufen „Ich bin ein Notfall!" Rückblickend ist Lili mehr als froh, dass sich außer ihr keine Kundinnen im Laden befanden. Strenggenommen war da nur Helga. Ihre Chefin war mal kurz was besorgen, und Helga sollte die Stellung halten. Um es kurz zu machen: Helga verpasste der staunenden Lili eine Frisur zwischen Brigitte Bardot und Uschi Obermeier, was laut ihrer Aussage total angesagt war. Hauptbestandteil der Frisur war der Inhalt einer halben Haarspraydose, was am Abend dazu führte, dass Lili sich erst die Haare wieder waschen musste, um überhaupt ihren Kopf auf das Bettkissen legen zu können. Später hatten sie und Helga noch oft herzhaft darüber gelacht, doch es war der Beginn ihrer Freundschaft.

Plötzlich umfasste jemand von hinten ihre Taille: „Na Süße, wie wäre es mit uns?" Lili war im ersten Moment erschrocken zusammengefahren, erkannte aber dann sofort Helgas Stimme, fuhr herum und zischte die grinsende Freundin wütend an: „Mensch, ich habe dir doch schon hundertmal gesagt, dass du mich nicht so erschrecken sollst!" – „Dann gewöhn du dir endlich an pünktlich zu sein!", konterte Helga. Lili war, wie üblich, zu spät, und Helga hatte durch das Warten in der Novemberkälte eine rote Nase. „Ich glaub die sind erfroren", mit diesen Worten deutete sie auf ihre in sommerlichen Pumps steckenden Füße. „Da kann ich doch nichts für!", verteidigte sich Lili. „Mit den Stöckelschuhen bist du glatt sechs Monate zu früh dran." „Bla, bla, bla", erwiderte Helga, „hättest du mich nicht wieder so lange warten lassen, wäre das kein Problem. Aber jetzt komm, lass uns reingehen. Sonst fängt die Band meines Brüderleins an zu spielen und wir sind nicht drin." Helga schob Lili vor sich ins Pfarrheim.

Von außen ließ sich nicht erahnen, wie viel Platz das nun schon gut und gern 70 Jahre alte Pfarrhaus bot. Es gab einen kleinen und einen großen Saal, einen Gruppenraum und im Keller sogar eine Kegelbahn. Der Tanztee fand immer im großen Saal satt, da es dort eine Bühne und genügend Platz zum Tanzen gab. Die Tische wurden vorher raus geräumt, an den Wänden gab es ein paar Stühle, doch die meisten Gäste standen vor der Bühne, und bei offener Tür passten sogar fast 100 statt der angegebenen 65 Personen rein. Da es dem amtierenden Kaplan darum ging die jungen Leute von der Straße zu holen, es ohnehin seine Aufgabe war Schäfchen für den Herrn zu gewinnen, drückte er denn auch beide Augen zu und ließ die Bands laut genug spielen, sodass auch noch auf dem großen Flur getanzt werden konnte. Jetzt, eine halbe Stunde vor Beginn, war noch genügend Platz, und die Beiden gingen schnurstracks auf die Stühle zu, die links unterm Fenster standen und sich in unmittelbarer Nähe der Bühne befanden. Bis es losging war es gut einen Sitzplatz zu haben. Vor der Küche, die sich am Ende des Flurs befand, war an der Durchreiche eine Theke in Form eines Tapeziertisches aufgebaut. Dort gab es Streuselkuchen, Wurst- und Käseschnittchen sowie eine Auswahl diverser Kräuter- und Früchtetees.

Nachdem sich Helga und Lili mit Hagebuttentee, sowie Kuchen und Schnittchen versorgt hatten, setzten sie sich damit auf ihre Stühle, ließen es sich schmecken und peilten die Lage. Natürlich waren da die „Getreuen“ der Pfarrgemeinde, ihres Zeichens Ministranten und deren enge Verbündete, die örtliche Pfadfindergruppe. Da dies naturgemäß zu einem Jungenüberhang führte, war man stets bemüht von den katholischen Jugendgruppen auch die Mädchen für den Tanztee zu begeistern. Diese ließen sich nicht zweimal bitten, gab es doch sonst für die Teenager kaum Gelegenheit, das Tanzbein zu schwingen, erst recht nicht mit Live-Musik.
Und es hatten sich auch ein paar der vermeintlichen Elite des Gymnasiums vor Ort hierher verirrt. Diese, oft noch in konservativen Wertvorstellungen gefangen, die sie von ihren Eltern übernahmen, taten zwar immer so, als seien sie fern jeglicher Rock- und Popmusik, und somit auch überhaupt gar nicht auf dem Tanztee des Pfarrheims anzutreffen, doch irgendwie lockte es sie dann unbegreiflicher weise doch. Der Aussicht mit einem Mädel beim Tanzen auf Tuchfühlung zu gehen,

konnten die feinen Kerls dann doch nicht widerstehen.

Lili selbst hatte schon einige Male den Tanztee im Pfarrhaus besucht und stellte fest, dass sich hier letztlich meist die gleichen Leute einfanden. Bis auf die verirrte Elite. Bei dem Gedanken musste sie grinsen. „Na das ist ja das reinste Gruselkabinett hier“, war Helgas Kommentar. „Ich hab’s dir ja gleich gesagt!“ Lili biss gerade herzhaft in Ihr Käseschnittchen, der Kuchen war schon vorhin bei Ihr durchgefallen. Tja wenn man einen Konditormeister als Vater hat, ist es fast unmöglich dessen köstliche Kuchen zu übertreffen.
„Schwesterliebe, Schwesterpflicht!“ Helga öffnete ihre Handtasche und brachte eine Flasche Cola zum Vorschein. Lilis Stimmung besserte sich schlagartig. Gemeinsam leerten sie die Flasche. „Helga, du bist die Beste!“, sprach Lili und umarmte die Freundin. Diese wendete ihren Blick von Lili ab und starrte zur Bühne hinüber. Da bewegte sich doch etwas, und richtig: Die Jungs begannen auf der Bühne Kabel, Mikrofonständer und das andere Zeug in Stellung zu bringen. Auch anderen war es

aufgefallen, und schon positionierten sich mehr und mehr der Jugendlichen vor der Bühne. „Komm lass uns hinübergehen. Ich habe meinem Brüderlein versprochen sichtbar zu sein“.
Helga stand auf, zog Lili vom Stuhl hoch, und beide stellten sich ebenfalls an die Bühne.

Lili sah zunächst drei Gestalten über die Bühne huschen. Alle drei hatten langes Haar. Waren sie beim Ersten glatt wie Lametta am Weihnachtsbaum, kräuselten sie sich beim Zweiten zu einem beachtlichen Afrolook. Beim Dritten im Bunde waren die Haare weder ganz glatt, noch ließen sich tatsächlich Locken erkennen. Sie wellten sich, irgendwie unschlüssig, nach allen Seiten und endeten, wie bei den beiden anderen, auf der Schulter. Alle drei trugen Schlagjeans und angesagte schwarze Rollkragenpullover. „Wer ist denn nun dein Brüderlein?“ – „Der mit dem Kraut auf‘m Kopf.“, erwiderte Helga und winkte zu ihm rüber.

Zunächst bemerkte er sie nicht. Konzentriert fingerte er an seiner Gitarre herum, doch der Lockenkopf, der sich schon die ganze Zeit im

Saal umblickte und immer mal wieder der einen oder anderen süßen Maus ein breites Lächeln schenkte, bemerkte Helga und stupste seinen Nebenmann an. Nun hatte auch er sie entdeckt und bedachte sie mit einem coolen, kaum erkennbaren Kopfnicken. „Typisch Axel, immer nur Augen für seine Gitarre!“ – „*Ach Axel ist des Musikus‘ Name. Wohl an, wohl an…*“ – „Hä, Lili, geht’s noch?“ – Helgas Blick sprach Bände, und Lili wusste, ohne nachzufragen, dass ihr da wohl wieder Quark über die Lippen gekommen war. Seit einiger Zeit passierte so was immer mal wieder, und sie merkte es gar nicht. So als würde… sie tippte sich an die Stirn und meinte möglichst locker: „Muss die Kälte sein. Da friert da oben schon mal was fest“!

Plötzlich ging ein grässliches Quietschen durch den Saal. Kaplan Menke hatte das Mikrophon in die Hand genommen und begann hinein zu sprechen. „Liebe Anwesende….“ – quietschhhhh…. „Ich freue mich, dass Ihr…“ – quietschhhhhhh – Es half nichts, das Mikrophon musste noch mal vom Netz, und beim nächsten Versuch klappte es dann. Menke begrüßte alle, und tatsächlich zahlte es sich nun aus, dass er die Flügeltüren hatte öffnen lassen.

Der Saal war proppenvoll. Er wies die Mädels und Jungs auf die einzuhaltenden Regeln hin: keine Zigaretten, kein Alkohol, wünschte allen eine schöne Veranstaltung und los ging's. Inzwischen war auch der Schlagzeuger eingetroffen, und die Jungs der Band „Anybuddy“ legten los.

Axel, der, wie immer, so sehr in sein Gitarrenspiel versunken war, nahm dies alles nicht wahr. Ganz anders Tom, der seine Rhythmusgitarre betont lässig spielte, seinen Lockenkopf mit der Musik hin- und her schwingen ließ, dabei mit dem sicheren Blick des Jägers den Saal nach weiblicher Beute absuchte, ohne dabei seinen Einsatz zu verpassen. Schließlich hatte er sich vorgenommen so cool zu werden wie die Jungs der Bands, deren Songs Tom und die anderen zum Teil auch heute noch coverten und neben ihren eigenen zum Besten brachten. Also zum Beispiel wie John Lennon, Pete Townshend, Roger Waters oder David Bowie. Was Bands betraf, standen „The Who“ bei ihm ganz klar auf Nummer eins. Hier hatte es ihm besonders Roger Daltrey angetan. Nicht zuletzt, weil seine letzte Konzertmaus immer und immer wieder beim Tanzen getönt hatte: „Oh Mann, ich kann nicht mehr. Der süße Lockenkopf da vorne sieht haargenau wie Roger Daltrey aus. Aber haargenau!“ Dabei hatte sie ihn angehimmelt und sich dann auch nach dem Auftritt an ihn geheftet.

Dass es sich bei Ihrem Auftritt um die Geburtstagsfeier eines Fußballkumpels handelte, spielte für Tom keine Rolle. „Auftritt ist Auftritt, Hauptsache wir können spielen!“ Und damit hatte er ja auch Recht.

Axel stand rechts von Tom und blickte zu ihm rüber, da er, Axel, nun mit seinem Solopart dran war und Tom wieder drohte es zu verpatzen. Um das zu verhindern, drehte Axel seine Gitarre laut auf und spielte einfach los. Das kapierte Tom dann in der Regel, so auch dieses Mal. Die meisten im Saal bemerkten den Patzer gar nicht. Sie hatten inzwischen angefangen, erst zaghaft, und dann immer wilder, zu tanzen. Lili jedoch war dieses musikalische Missverständnis sofort aufgefallen. *Welch ein eitler Pfau*, schoss es ihr durch den Kopf. Na, Gott lob lässt es mich, wer es auch immer ist, dieses Mal den Mund halten.

Was mir, beileibe, ein Schweres ist, war prompt die Antwort. „Oh, Mann, du machst mich wahnsinnig!", stöhnte Lili auf. Was war das? Diese merkwürdigen Gedanken und manchmal auch ungewollte Sätze, die sie aussprach. Das war doch nicht sie! Vielleicht sollte sie doch mal zum Arzt gehen. Lili versuchte ruhig zu bleiben. Zum Glück war die Musik so laut, dass Helga neben ihr nichts davon mitbekam. Die Band war inzwischen zu ihren eigenen Stücken übergangen, und hier war dann auch Tom ganz bei der Sache. Und noch einer war ganz bei der Sache, einer, den Lili und Helga - außer beim Aufbauen - bisher eigentlich kaum richtig wahrnahmen: Stefan, der Bassist. Oder, wie ihn die Band nannte: Steve.

Das war ein bisschen das Problem von Steve, dass er sich irgendwie nicht so sehr in Szene setzen konnte, wie die beiden anderen Frontmänner, obwohl er seinen Bass-Part meistens mit Bravour meisterte. Fiel Tom vor allem bei den Mädchen durch sein kokettes Verhalten auf, war Axel der geheimnisvolle, introvertierte Stille, den es für die Frauenwelt zu entschlüsseln galt. Steve aber wurde – zumindest anfangs – oft nicht richtig registriert.

Vielleicht lag es ja auch an seinem Instrument. Der Bass war zwar für den Sound und die Melodieführung ein ungemein wichtiges Ding, das der Band den Schliff verpassen konnte, den sie brauchte, um überhaupt gut rüber zu kommen, er wurde aber von den meisten nur unbewusst wahrgenommen. Nur wenige der Zuhörer erkannten einen guten Bass-Lauf und schätzten ihn. Diese Auserwählten feierten dies dann aber auch oft frenetisch und ließen den Bassisten mehr oder weniger offen hochleben.

Wie dem auch sei: Steve war ein guter Bassist, fast, naja, fast ein bisschen so gut wie sein großes Vorbild Paul McCartney, dessen Bewunderung er heimlich mit Axel teilte. Heimlich deswegen, da McCartney in dieser Zeit nicht ganz so rebellisch und wild daherkam wie sein Bandkollege John Lennon. Axel und Steve aber waren sich musikalisch darüber einig, dass diesem McCartney mehr Ehre zu gebühren schien, als es momentan angesagt war. Und auch andere sanftere Töne, die zwar auch den Zeitgeist trafen, wie Paul Simon oder Stevie Wonder, die aber nicht zu dem „ehrlichen“ Image einer Jungs-Band zu passen schienen, schätzten die beiden sehr. Dies, und die Tatsache, dass sich beide nicht direkt an alle Mädchen schmissen, die sie bei ihren Konzerten umgaben, schweißte sie zusammen und ließ sie zu Freunden werden.

Ganz im Hintergrund, so wie es nun mal die Regel ist bei Rockgruppen, saß Heiner, der Schlagzeuger der Truppe. Das heißt, eigentlich war Heiner gar nicht der Band-Schlagzeuger, sondern half hier nur aus, wenn die Jungs einen Gig hatten. Heiner war nämlich sehr begehrt und klopfte noch für drei andere Bands. Dennoch war er stets verlässlich und konnte es bis dato immer gut arrangieren, für die Boys da zu sein.

Heiners großes Idol war Keith Moon von den „Who“, was kein Wunder war, da Moon als einer der besten, wenn nicht sogar als der beste Schlagzeuger weltweit galt, nicht nur was seine unglaubliche Virtuosität betraf, sondern auch seine Wurftechnik. Die Schlagzeug-Sticks fünf Meter in die Höhe zu werfen, um sie dann sicher wieder aufzufangen und weiter zu trommeln war etwas was schon fast an Zauberei grenzte. Heiner hätte es ihm nur zu gerne nachgetan, aber diese Courage aufzubringen war doch eindeutig eine Nummer zu groß für ihn. Was wäre das auch für eine Blamage gewesen, wenn die Stöcke irgendwo anders gelandet wären, womöglich in den Fängen der Möchte-Gern-Elite-Schüler. Oh Gott!

Heiner war aber ein wirklich guter Schlagzeuger, das sagte jeder, der ihn hörte. Und recht ansehnlich war er auch, zumindest war das sowohl Helga's, als auch Lili's Meinung.

Das waren also die Jungs, die jetzt schon bei ihrem vierten oder fünften Song angelangt waren, allerdings ihrer ersten Eigenkomposition. Axel und Steve hatten sich eines Nachmittags zusammen hingesetzt, nachdem sie vorher ihre Akustik-Klampfen hervorgeholt hatten, und im gegenseitigen Wechsel irgendetwas gespielt was ihnen gerade in den Sinn kam. Dabei fügte Steve sehr einfühlsam und gekonnt einen Teil an, den Axel vorher angespielt hatte, und es passte. Es passte sogar gut! Der Song wurde immer besser, und am Ende war er richtig rund und gelungen. „Simple Pie" hieß er und war in keine Kategorie einzuordnen, war weder eine Ballade noch ein

Rock-Stück, noch war er der Gattung Commercial Pop zuzurechnen. Axel und Steve wussten das und amüsierten sich regelmäßig darüber, dass Tom irgendwie mit dem Lied nichts direkt anzufangen wusste, es aber doch ganz gut fand.

Als sie den Song zu Ende gespielt hatten, klatschte das Publikum lange und begeistert. Offensichtlich kam er gut rüber und konnte mit den bekannten Hits der großen Bands mithalten. Von einer Ecke des Saales jedoch vernahm Lili plötzlich merkwürdige und laute Klänge. Unwillkürlich schaute sie rüber und machte mitten im Pulk eine Gruppe aus, die nicht so recht zu dem zwar noch sehr jungen, aber überwiegend angenehmen Publikum passen wollte. Lili erkannte ein paar Gesichter, und es schien, als setzte sich diese Gruppe aus ein paar älteren Ministranten und Pfadfindern zusammen. Ja, und ein paar Gesichter des hiesigen Gymnasiums, die sicher weniger den hohen sich selbst gestellten Ansprüchen dieser „Elite-Schule“ gerecht wurden, waren auch dabei. „Honey…oh…sugar sugar, you are my candy girl…“, schallte es von dort herüber. Offensichtlich hatte man sich einen Dreck um das geschert was soeben von der Band dargeboten wurde und sang unbekümmert die Hits aus den Charts nach. Auch Helga war dies natürlich nicht entgangen, sie bekam einen hochroten Kopf und diesen berühmten Gesichtsausdruck, der ganz selten bei ihr war, aber ganz klar ausdrückte, dass sie einem am liebsten an die Gurgel springen würde. Die Band aber verhielt sich sehr professionell und spielte einfach ihren nächsten Titel. Diesmal war „Whole Lotta Love“ von Led Zeppelin dran, und das brachte die Rowdies erst einmal zum Schweigen.

Nach ein paar weiteren Titeln machten Anybuddy eine kurze Pause. Axel hatte, wie immer, Hunger und schnappte sich ein Brötchen, das Helga ihm gesichert hatte. Auch die andern schlugen zu. Es dauerte allerdings nicht lange, höchsten drei oder vier Minuten, als wieder etwas aus besagter Ecke ertönte. „Die Musi hat Ruh, die Musi hat Ruh, und wenn die Musi Ruh hat, hat die Musi Ruh“, erschallte es provokant, obwohl sich die Band doch gerade erst ein wenig Verschnaufpause gegönnt hatte. Tom wurde ein bisschen nervös und trieb die anderen dazu an, wieder recht bald an ihre Instrumente zu gehen. „Wir können uns nicht leisten, wenn die Stimmung kippt", sagte er. „Mit den Typen da ist nicht zu spaßen, ich kenne die zum Teil!". Und unwillig, mit einem gerade mal angeknabberten Brötchen im Magen fügten sich Axel, Steve und Heiner dem leider wohl Unvermeidbaren.

Der zweite Teil des Auftritts begann wieder mit Songs bekannter Bands, wie Deep Purple, Black Sabbath, den Kinks und den Who, daneben aber immer auch mal einer Eigenkomposition. Erstaunlicherweise verlief das alles reibungslos, und man hörte eigentlich nichts mehr aus der Richtung der Störenfriede. Vielleicht hatte das aber auch damit zu tun, dass sich „Männiken" mal kurz im Saal blicken ließ. „Männiken" nannten alle Beueler liebevoll ihren jungen Kaplan, der noch nicht lange im Amt war, aber bei der Jugend sehr gut ankam. Männiken fuhr einen Jeep, der fast immer voll beladen war mit Pfadfindern und hatte stets ein ordentliches Tempo drauf, wenn er mit seinem Gefährt durch die Beueler Gassen kurvte. Da wurden ihm von so manch einem Rentner, der sich und seines Lebens nicht mehr sicher war, Flüche nachgeschrien, die alles andere waren als dazu bestimmt ein zum Priester geweihtes Ohr zu treffen. Männiken juckte das allerdings recht wenig, denn er liebte seinen Fahrstil und dachte nicht daran ihn zu ändern. Und außerdem bat er ja regelmäßig seinen höchsten Chef da oben gut auf ihn und auf die anderen Verkehrsteilnehmer zu achten, wenn er, Männiken, seinem Jeep die Sporen gab. Nun, wo Männiken also da war, war Ruhe. Und die Band konnte ihren zweiten Teil und den Beginn des dritten gut runter spielen.

Dann aber fing es wieder an, und, wie es schien, schlimmer als zuvor. Offensichtlich hatte sich in besagter Gruppe während Männikens Anwesenheit Frust darüber breit gemacht, dass man die aufgestauten und aufgebauten Aggressionen nicht so recht rauslassen konnte.

Und so ziemlich gegen Ende der Veranstaltung, als Anybuddy nur noch eigene Songs zum Besten gaben, ging es los mit rüden und primitiven Gesängen. „Olé, wir fahr'n in' Puff nach Barcelona“, war da zu hören, neben „Weine nicht wenn der Regen fällt, damm damm…“ und anderen, weitaus übleren Sachen. Helga war sofort klar: Hier war

Alkohol im Spiel. Und nicht zu knapp! Ihr war anzusehen, wie angestrengt sie überlegte, wie sie ihr Brüderchen da unbeschadet raus manövrieren könnte, aber ihr fiel nichts ein. Gerade wollte sie der Band signalisieren, etwas früher aufzuhören, als plötzlich unvermutet Lili auf eine Sitzbank stieg und zur Band rief: *„Für diese Schweine braucht ihr nicht zu spielen!"*

Für ein paar Sekunden, die gefühlt eine Ewigkeit zu sein schienen, trat Ruhe ein. Dann fingen einige im Publikum an zu lachen, andere wurden nervös und drängten bereits hin zum Ausgang. Die Pöbel-Gang allerdings näherte sich nun Lili und ihren Freunden in bedrohlicher Weise. „Raus hier", entfuhr es Helga, schnappte sich Lili und zog sie in Richtung Hinterausgang, den sie gut kannte. Auch die Band beendete ihren Gig mit ein paar kurzen Worten, brachte ihre Instrumente erst mal in Sicherheit und schloss sich dann schnell den beiden Freundinnen an. Draußen nahmen alle ihre Beine in die Hand und liefen schnurstracks los in Richtung Helga's Elternhaus. Die Rüpel im Saal waren offensichtlich zu betrunken, um hinterher zu kommen. Sie versuchten es erst gar nicht, sondern trotteten lallend ihrer Wege. Und so kamen die Flüchtenden alle unversehrt bei Blackburns an.

Helga schien von Anfang an ihr für die Beueler Gesellschaft eher ungewöhnlicher Familienname völlig normal zu sein, da das Wort „bläck“ im Rheinischen „nackt“ bedeutet und dem Rheinländer das Wort „Bläckbörn“ absolut mühelos und geradezu selbstverständlich über die Zunge glitt. Viele glaubten auch, dass der Name tatsächlich rheinischen Ursprungs sei, erinnerte er doch auch ein bisschen an „bläckföß“, also „barfuß“.

Mutter Josefine Blackburn, die gerade die Haustür aufgeschlossen hatte und im Begriff war ins Haus zu gehen, sah sie kommen und wartet bis alle an ihr vorbei im Haus waren. Sie kannte die Jungs von Axels Band, und natürlich auch Lili; doch, dass nun alle auf einmal, und ganz offensichtlich auf der Flucht, ins Haus stürmten, wunderte sie dann doch. „Holla, holla, Ihr rennt ja als wäre der Leibhaftige hinter euch her! Wo brennt es denn?“ „Ach diese verdammten Minis! Wenn die mit den irren Pfadis zusammentreffen, ist das ja meist schon ätzend. Wenn aber dann noch diese aufgeblasenen Schnösel vom Gymnasium ihren Senf dazugeben und alle zusammen sich Asbach rein pfeifen, ist es die Hölle!“

Frau Blackburn die in der Zwischenzeit in die Küche verschwunden war, rief von dort: „Es ist noch Kartoffelsalat da. Müsste für alle reichen! Also wer mag setze sich an den Tisch“. Das ließen sich Axel und seine Band nicht zweimal sagen. Helga und Lili hingegen verzogen sich in Helgas Zimmer. Kartoffelsalat Marke Mama gehörte für Helga auf die rote Liste: zu viel Mayonnaise, kurzum zu viel Fett. Lili stimmte ihr bei, zudem hatten sich die beiden bereits im Pfarrheim satt gegessen. Die Jungs in der Küche fielen über den Kartoffelsalat her. Dazu gab es noch Siedewürste und belegte Brote. Nachdem der erste Hunger gestillt war, sprachen sie über ihren Auftritt und über den von Lili. „Das hätte ich der roten Zora gar nicht gegeben!“ In Toms Stimme schwang ehrliche Achtung mit. „Wem“? Axel schaute ihn fragend an. „Na, der Freundin deiner Schwester. Die mit den roten Haaren, mit dem sexy Hintern und den hübschen…“, Tom kreiste grinsend mit seinen Händen vor seiner Brust. Axel verdrehte die Augen. Typisch Tom, der erfasst mit einem Blick die äußeren vorhandenen oder auch nicht vorhandenen Kurven der Mädels und teilte sie dann genauso schnell in: super, geht so, oder geht überhaupt nicht ein. Und das, bevor Axel überhaupt registrierte, dass da ein weibliches Wesen war. „Ja", meldete sich Steve zu Wort, „Das war schon der Hammer! Springt die einfach so auf die Bank und macht die Verklemmten-Gang nieder. Respekt, Respekt. Und Ahnung von Musik hat sie obendrein." Womit Steve auf Lilis Kommentar zu seinen Bassläufen anspielte. Das war auch der Moment, in dem er sich Helgas Freundin genauer angeschaut hatte und: Er konnte Tom nur zustimmen, aber das behielt er lieber für sich. „Verklemmten-Gang?", Axels Gesicht war ein großes Fragezeichen. „Na die Vögel, die sonst bei jedem Kontakt mit einem weiblichen Wesen einen hochroten Kopf kriegen und dann über die Stränge schlagen, wenn sie nur ein paar Bier trinken", half Tom ihm auf die Sprünge. Jetzt verstand auch Axel. „Ja, das war schon krass! Bloß..., " er zögerte einen Moment, „...was war das für eine Sprache. Also ich meine, wer zum Henker redet so?" Die beiden anderen nickten zustimmend. Die Sprache war schon merkwürdig. „Egal, ein steiles Zähnchen ist sie auf jeden Fall!“ schloss Tom das Thema ab. Denn schon hatte Axel ihr Bandbuch auf den Tisch gelegt. Darin wurden alle geplanten Auftritte eingetragen und die die stattgefunden hatten, mit Kommentaren wie „Daumen hoch / Daumen runter“. Und auch jetzt ging es darum den Auftritt Revue passieren zu lassen. Was war gut gelaufen, was weniger. Axel war das sehr wichtig, er wollte schauen, wo er und die Band Abläufe im Spiel und im Zusammenspiel verbessern konnten. Denn er wollte es schaffen, wollte mal mit den „ganz Großen“ in einer Liga spielen. Und Tom und Steve stimmten ihm zu. Naja, bei Tom war er sich nicht immer ganz sicher. War dieser doch auf der Bühne öfter mal zu sehr damit beschäftigt die Mädels anzubaggern und vergaß darüber sein Spiel.

Es war schon nach Mitternacht als sie mit der Besprechung ihres Auftritts fertig waren, Tom und Steve nach Hause gingen und Axel müde, aber zufrieden in sein Bett fiel. Morgen würde er den nächsten großen Schritt machen. Das letzte an was er jedoch beim Einschlafen dachte, waren Tom's Beschreibungen von Lilis

Erscheinung, und bevor er einschlief, dachte er: Die muss ich mir genauer anschauen.

Helga und Lili hatten sich auch noch mal über die Ereignisse im Pfarrheim unterhalten. „Lili das war wirklich krass, wie du den Idioten im Pfarrheim deine Meinung gegeigt hast, aber sag mal, was treibt dich eigentlich manchmal dazu solche Sätze zu sagen. Also, du weißt schon was ich meine. du hast dann entweder eine ziemlich derbe Art drauf oder aber eine so abgehobene. So spricht doch heute keiner, Lili." Helga sah sie kopfschüttelnd an, und Lili wusste, dass sie der Freundin das irgendwie würde erklären müssen. Doch wie, wenn sie es selbst nicht verstand und sich mehr und mehr fragte, ob sie einen an der Waffel hatte.

Lili, die inzwischen zu Hause in ihrem Bett lag, drehte sich von einer Seite auf die andere. Helgas Worte ließen sie nicht in Ruhe. Irgendwas ging da in ihrem Kopf vor, auf das sie keinen Einfluss hatte und das ganz offensichtlich zunahm. Lili stöhnte, was sollte sie tun? Erst in den Morgenstunden fiel sie in einen unruhigen Schlaf, mit wirren Träumen, in denen keifende Pfadfinder gemeinsam mit grölenden Ministranten um Lili herum tanzten, während die Band von Helga`s Bruder „Olé, wir fahr'n in' Puff nach Barcelona", sang, dabei Lili zuzwinkerten und Lili panisch schreiend die Flucht ergriff und Dinge rief wie: „ Ihr räudigen Kerle, wie könnt ihr es wagen mein Gehör derart zu quälen!"

Auch wenn sie nur wenig geschlafen hatte, war sie doch heilfroh, als ihr Wecker sie am Morgen von den grausigen Träumen befreite.

Noch schlaftrunken ging sie ins Bad, zog sich an und hätte es fast vergessen dem Vater das allmorgendliche Hörnchen zu stibitzen. Nur seine Frage „Na, auch schon wach?""" aus der Backstube, an der Lili gerade vorbei schlurfte, und der frische Duft der noch warmen

Hörnchen weckten ein wenig ihre Lebensgeister. Sie blickte in das lächelnde Gesicht ihres Vaters, und Schwupps hatte sie sich ein Hörnchen geangelt. „Das kann ich im Schlaf", kommentierte sie müde und biss ins Backwerk. Draußen vor der Tür wäre sie beinahe mit Axel zusammengestoßen, als dieser im Begriff war seinen Einkauf in der Schultasche zu verstauen.

„*Hoppla Bursche, wo hat er seine Augen?*", entfuhr es Lili. Was ist das denn schon wieder? Schoß es ihr durch den Kopf. Das kann doch nicht wahr sein! Geht das schon wieder los? Am besten lege ich mich gleich wieder ins Bett! Axel, dem es sichtlich peinlich war Lili fast umgestoßen zu haben und der gleichzeitig ziemlich irritiert war über das sich einstellende freudige Gefühl sie zu sehen, hatte nicht auf deren Wortwahl geachtet. Zu sehr war er mit der Peinlichkeit, seiner unvermuteten Gefühlslage und dem Versuch der Schadensbegrenzung beschäftigt.

„Oh, ähm, Entschuldigung. Das ist ja ein Zufall dich hier zu treffen. Hast du auch Brötchen geholt?" Ganz toll, Axel, schalt er sich, blöder geht es nicht… „Nö“, hörte er Lili, die sich wieder gefangen hatte, antworten, „Nö, ich wohne hier!“ Die beiden sahen sich an und mussten lachen. Noch ehe Axel sich irgendeine Entschuldigung zurechtgelegt hatte, sagte Lili: „Was soll‘s, so früh am Morgen sind die Gehirnzellen noch nicht auf Betriebstemperatur“, und strahlte ihn an. In Axels Bauch begann es zu kribbeln, sein Herz pochte nun heftig in seiner Brust. Was ging denn da in ihm ab? Doch Lili ließ ihm keine Zeit darüber nachzudenken. Sie deutete auf die Brötchentüte in seiner Hand: “ Ich hoffe, die schmecken dir.“ „Nein, ähm, ich meine die sind für meine Eltern, also natürlich find ich die ganz okay…“ Axel wurde rot. Auch das noch. Und nun merkte auch Lili, dass er irgendwie komisch drauf war. Der denkt bestimmt ich spinne, so wie er mich gestern und gerade eben erlebt hat. Oh Gott, ich bin unmöglich, schoss es ihr durch den Kopf. „Ja, dann“, gab sie, nun auch unsicher werdend, Axel zur Antwort. Dieser stammelte noch was davon, dass er Lilis Auftreten im Pfarrheim echt krass gefunden habe, er nun die Brötchen nach Hause bringen müsse, drehte sich dann abrupt um und eilte davon. Na, ganz toll, kommentierte er im Stillen sein Auftreten. Damit kann ich ganz bestimmt keinen Blumenkorb bei Lili gewinnen. Kaum hatte er das gedacht, erschrak er über die Gedanken. Warum sollte er Interesse daran haben bei Lili zu landen?

Komplett durcheinander kam er zu Hause an. Na, das kann ja noch ein lustiger Tag werden, wenn ich schon am Morgen so einen Schwachsinn fasele. Nach einem umfangreichen Frühstück, bei dem auch die Eier mit Speck nicht fehlen durften und der Kaffee die letzte Morgenmüdigkeit vertrieb, machte sich Axel auf den Weg und kam noch gerade rechtzeitig im Schulgebäude an. Jetzt galt es die anstehende Klassenarbeit in Mathe nicht zu vergeigen. Schließlich wollte er einen guten Abschluss haben. Zum Glück war Axel hier, ähnlich wie bei der Musik, auf dem Punkt, wenn es sein musste. Denn auch wenn er von einem Musikerleben träumte, wollte er mit dem Schulabschluss auf Nummer sicher gehen.

Sehr sicher!", rief Steve, nachdem Tom beim Pool-Billard die schwarze Kugel ins Ziel brachte und damit die Partie für sich und Steve gegen Axel und Heiner erfolgreich entschied. „Seeeehr sicher!" Das war so ein Spruch, den sie alle gerne mal ab und zu in die Runde warfen, wenn es gerade passte, und damit große Anerkennung zum Ausdruck brachten.

„Somit seid ihr uns jetzt jeweils eine Cola schuldig". Axel und Heiner fügten sich in das Unvermeidliche und zückten schon mal ihre Geldbörse, um nachzuschauen, ob es noch reichte. Dann ging es an den Tresen des Bowling- und Billard-Centers im Erdgeschoss des Bonn-Centers, jenem Riesen-Hochhaus-Komplex, der neben der Gastronomie auch ein großes Hotel, Tagungs- und Geschäftsräume, Büros, Theater-, Vorführungssäle und verschiedenes mehr beinhaltete, und auf dessen Dach weit sichtbar der Stern eines großen deutschen Autokonzerns prangte, der sich langsam um seine Achse drehte.

„Wenn Tom mal so souverän bei seinen Gitarren-Einsätzen wäre!", warf Axel brummig und leicht frustriert über die verlorene Billard-

Partie ein. Axel war ein lieber Kerl, aber kein besonders guter Verlierer. Wenn er ein Ziel verfolgte, egal was es war, wurde das mit großer Ernsthaftigkeit getan, ob es nun seine Musik war und die damit verbundene Perfektion seiner E-Gitarre oder ein banales Billard-Spiel. Alles musste bei ihm stimmen, und ein Misserfolg wurde nur ungern toleriert. Dabei war er sich selbst und anderen gegenüber gleichermaßen hart. Tom und die anderen kannten das schon und sahen meist darüber hinweg.

Nun aber sah sich Tom herausgefordert, vielleicht auch, weil er heute Abend nicht so gut drauf war, warum, das wusste er auch nicht so genau.

„Ach ja…der Herr Unfehlbar! Unser Möchte-Gern-Gitarrengott! Vielleicht überlegst du dir mal, wie du dich auf der Bühne ein kleines bisschen mehr bewegst, nur ein kleines bisschen, und nicht immer da rumstehst in deiner unendlichen Versenkung, ohne rechts und links zu schauen. Die Leute wollen nämlich eine Show und keinen Knabenchor!“ Bäng, das saß auch nicht schlecht! Axel hatte über diesen

Aspekt noch nicht richtig nachgedacht. Für ihn zählte eigentlich immer nur die Musik, der Klang, das Akustische. Optische, visuelle Gesichtspunkte hatte er für sich immer als albern abgetan.

„Hey, Ax, wer austeilt muss auch einstecken können, oder?" Heiner zwinkerte seinem Bandkollegen zu und wusste, dass er ihn damit ein wenig auffangen und die Situation entschärfen konnte. Heiner war, wenn er mit von der Partie war, ohnehin das ausgleichende Element, oft unbekümmert spaßig aufgelegt und mit einer sehr wohltuenden Verrücktheit ausgestattet, rettete er die Gruppe so manches Mal vor größeren Zwistigkeiten. Schon oft hatte Axel bedauert, dass Heiner kein festes Mitglied der Band war. Und so wendeten sich jetzt alle ihren Getränken zu, welche Uwe, der Mann hinter dem Tresen, ihnen hinstellte.

In der Juke-Box, die an die großen Lautsprecher im Bowling Center angeschlossen waren, lief gerade „Song For The Asking" von Simon & Garfunkel aus dem Jahr 1968, ein ruhiges, weiches, aber sehr tiefgehendes Lied. „Hey Leute, hört euch den Song mal an. Wäre das nicht auch mal was für uns? Neben dem regulären Programm?", schaltete sich Steve plötzlich ein. „Oh nein", meldete sich Tom, „Bitte nicht so ein gefühlsduseliger Schmarren! Wir brauchen mehr Action. T Rex <Hot Love> sollten wir bringen, ist erstens aktuell und gibt Power! Steve, was hast du bloß für 'nen Geschmack!".

„Einen sehr guten", hörten sie eine tiefe, ruhige Stimme ein paar Sitze weiter rechts. Die Jungs schauten überrascht auf und wendeten sich der Stimme zu. Sie gehörte einem Mann im mittleren Alter, der mit einem gelassenen und offenen Blick zu ihnen herüberschaute. Er war für sein Alter recht jugendlich gekleidet, und auch seine schulterlangen Haare verrieten, dass er sich mehr der jüngeren, als der älteren Generation zugehörig fühlte. Der Eindruck wurde noch dadurch verstärkt, dass er eine Sonnenbrille mit runden Gläsern a la John Lennon trug, die allerdings ein wenig zu tief auf seiner Nase saß.

„Hey, Sie scheinen durchzublicken!", rief ihm Tom leicht ironisch und provozierend zu. „Sind Sie vom Fach?"

„Kann man vielleicht so sagen", antwortete der Herr mit der Sonnenbrille. „'hab schon mal hier und da mitgespielt, eigentlich so ziemlich überall". „Was heißt überall", schaltete sich Steve ein, „und wo und mit wem haben Sie da gespielt?". „Ist 'ne lange Story, Jungs. Zuletzt habe ich ein bisschen bei Alexis Corner gebassert, aber nur als Ersatz vom Ersatz. Andy Fraser von „Free" oder Colin Hodgkinson waren doch zu gut, da konnte ich nicht ganz mithalten." „Wie, Sie haben bei Alexis Corner gespielt, dem Alexis Corner, der die Stones, Jack Bruce und Ginger Baker entdeckt hat?" „Ja, genau, bei dem Alexis war ich", gab der ältere Knabe zur Antwort. „Ich heiße übrigens Richard, Ihr könnt aber Dick sagen. Das sagen jedenfalls alle meine Freunde." „Und Sie spielen Bass!", warf Steve jetzt freudig ein. „Leute, wenn ihr mir einen Gefallen tun wollt, dann sagt bitte „du" zu mir; ich bin noch nicht im Rollstuhl oder scheintot!". Mit lautem Lachen quittierte die Band Dicks letzte Worte.

„Was ich von eurem Gespräch eben mitbekommen habe ist, dass ihr auch Musik macht, eine Band seid, stimmt's?" „Ja, ist richtig, kann man so behaupten." „Und ihr macht auch eigene Musik?" „Ja, sowohl, als auch. Wir kombinieren das ein bisschen, je nach Publikum. Auf jeden Fall schreiben wir eigene Songs.", antwortete Axel selbstbewusst. „Das ist gut!", gab Dick ein wenig gedankenverloren von sich, sodass eine längere Pause entstand, in der niemand so recht wusste, was er sagen sollte.

„Der <Song For The Asking> ist ein wunderbares Lied!", nahm Dick das Gespräch wieder auf, „Überhaupt: Paul Simon ist ein wahnsinnig toller Songwriter, einer der Größten überhaupt. Ich habe ihn in der Hollywood Bowl zusammen mit Art Garfunkel live gesehen. Es war der Wahnsinn! Hey, ich finde, wir Deutschen sollten nicht immer so einordnen: dies ist Rock, jenes Blues, das Pop, dies da Schnulze, das da ist ehrlich, U-Musik, E-Musik und so weiter. Das macht in den USA und England keiner, das finden die dort doof. Und der Erfolg gibt ihnen Recht. Die beste Musik kommt immer noch von denen, oder?" „Kann man wohl so sagen", schob Heiner dazwischen.

„Ich hab' mich mal mit David Gilmour unterhalten.", fuhr Dick fort. „Doch nicht der Gilmour von Pink Floyd?", warf Heiner ein. „Doch, genau der, sagte Dick, und der ist total offen für alles. Wenn jemand Musiker ist und hinter seiner Musik steht, egal was das für eine Musik es ist, ist das entscheidend für ihn. Was haltet ihr von <The Fremeloes>?"

Das war jetzt eine überraschende Frage. Nach Alexis Corner, Paul Simon und David Gilmour plötzlich mit den Fremeloes zu kommen. Was sollte das?

„Du meinst die <Fremoloes>, die mit <Here Comes The Lady>, fragte Tom. „Oder <Even The Sad Days Are Nice> oder <My Little Baby>?", rief Steve.

„Genau die", erwiderte Dick, diesmal selber leicht ironisch grinsend, „Ich sehe, ihr kennt sie noch. Nun, was haltet oder hieltet ihr von deren Musik?" „Ja, sie war nicht schlecht, ein bisschen commercial, aber durchaus OK", bemerkte Steve.

„Und du, Tom, was meinst du?", fragte Dick weiter. Dabei zog er seine linke Augenbraue ein klein wenig hoch.

„Naja", antwortete Tom, „ehrlich gesagt nicht ganz mein Geschmack, aber die waren schon eine große Nummer. Haben jedenfalls gut abgesahnt in den späten Sechzigern." Tom fühlte sich durch Dicks Bemerkungen von vorhin ein wenig in die Enge getrieben, fand aber sonst an dem älteren Burschen fast alles faszinierend und beeindruckend, vor allem Dicks offensichtliche Ahnung vom Geschäft und seine Kontakte.

„Ok, Tom, du warst ehrlich", setzte Dick sein Gespräch fort, „was meint ihr, Axel und Heiner?".

Im Nu tauchten sie ein langes und intensives Gespräch über Musik, über Gruppen, Stilarten, Auffassungen und Richtungen ab, aber es wurde nicht nur ernst geredet, sondern – vielleicht lag es auch am zunehmenden Alkohol-Konsum – richtig geblödelt und viel gelacht. Dick hatte einen hintergründigen Humor und Mutterwitz, und mehr als einmal führte er die Jungs mit scheinbarem Ernst in die Irre, um danach wieder alles mit einem schelmischen Grinsen aufzulösen.

Nach langer Plauderei und etlichen Glas Bier beendete die Sperrstunde plötzlich abrupt ihre lebhafte Unterhaltung. Zum Glück übernahm Dick die Rechnung; denn die Jungs wären mit dem Bezahlen ziemlich in Verlegenheit gekommen. Beim Aufstehen, so ganz nebenbei, kurz bevor er allen die Hand reichte, sagte er dann: „Die Fremeloes werden übrigens in genau drei Wochen hier in Bonn spielen, in der Godesberger Stadthalle. Das Konzert organisiere ich. Ich kenne sie ganz gut. Leider ist uns die Vorband ausgefallen. Wir brauchen da Support. Jungs, was meint Ihr: traut ihr euch zu, in zwei Wochen ein paar Titel aus eurem eigenen Repertoire zu spielen. Es soll nur eine halbe Stunde dauern. Müssen aber eigene Songs sein. Die <Fremeloes> treten nicht zusammen mit Coverbands auf, auch wenn sie nur Vorbands sind. Außerdem gibt es für euch pro Nase noch 100 Mark dazu.

Axel, Tom, Steve und Heiner bekamen den Mund nicht mehr zu, und in den nächsten zehn

Sekunden bekamen sie auch nichts mehr heraus. Da unterhielt sich dieser Typ, der anscheinend Gott und die Welt kennt im Rock- und Pop-Business, einen geschlagenen Abend mit ihnen, einer Anfängerband aus Beuel am Rhein, gab ein Bier nach dem anderen aus und fragte sie danach auch noch, ob sie nicht Lust hätten, die Fremeloes als Vorband bei ihrem Konzert zu begleiten, und das gleich in der Godesberger Stadthalle, wo eine Menge Menschen reinpassen.

Die Wirkung war ungeheuerlich. Sie, die kleine Vorstadt-Band von der anderen Rheinseite, sollten eine weltbekannte Gruppe als Vor-Act begleiten. Wie kam der Typ da drauf? Nur, weil sie sich vorhin so gut unterhalten hatten? Und nun sollten sie sich auch noch sofort dazu entscheiden! War das nicht alles ein bisschen zu viel für sie? Waren sie denn schon so weit?

Ausgerechnet Axel durchbrach plötzlich die unheimliche Stille, indem er laut und deutlich ausrief: „Natürlich trauen wir uns das zu!“

Die anderen zuckten kurz zusammen, starrten Axel, ihren sonst so introvertierten Gitarristen, ungläubig an und nickten nur ziemlich verdattert mit ihren Köpfen. „Ja, ja, k- klar, k- k- keine Frage…!“, stammelten sie nun durcheinander. Sie waren mehr als überrumpelt von diesem Wahnsinns-Vorschlag. Hatten sie doch noch vor ein paar Tagen im Beueler Pfarrheim, unter anderem vor den Verklemmten, gespielt, bekamen sie auf einmal dieses unglaubliche Angebot. Was für eine Drehung um 180 Grad!

„Ok, Boys, dann kommt doch an diesem Freitag mal bei mir vorbei“, sagte Dick, „und spielt mir ein paar Songs von euch vor, abgemacht? Hier ist meine Visitenkarte.“ „Abgemacht!“, riefen jetzt alle unisono, bevor Dick noch kurz auf der Toilette verschwand und sich dann bei ihnen verabschiedete.

Nachdem die Jungs gegen 2.00 Uhr morgens das Bonn-Center verlassen hatten, sich gemeinsam auf den Heimweg machten, war es Heiner, der als erster die Sprache wiederfand. „Leute, haben wir das tatsächlich erlebt, oder ist das alles nur ein Traum, wir sind gar nicht hier und…?“, weiter kam er gar nicht, denn Tom meldete sich zu Wort: „Ja, unglaublich! Da gehen wir auf 'ne Partie Pool-Billard ins Center, und dann so was!" Er schüttelte den Kopf. „Das glaubt uns doch keiner!" Die beiden anderen nickten zustimmend. „Aber jetzt mal im Ernst. Was der, ähm, der Dirk,", „Dick", verbesserte Heiner. „Sag ich doch", Axel grinste ihn an. Namen merken war nicht Toms Stärke. „Also", fuhr er fort, „der Knabe scheint ja schon einiges erlebt zu haben im Business, und jetzt organisiert er Konzerte! Ich meine, die Fremeloes sind ja nicht mehr so ganz frisch…"

„Also jetzt mach aber mal eine Pause, Junge", setzte Axel gleich nach, um nur nicht so etwas wie übertriebenen Anspruch aufkommen zu lassen. „Die <Fremeloes> sind weltbekannt durch ihre zahlreichen Hits. Meinst du, dass wir, die gerade erst anfangen, etwa darauf warten sollen, dass John Lennon oder Mick Jagger bei uns in Beuel vorbeikommen, klingeln und uns fragen <Hey, Ihr Anybuddy, wir warten schon so lange auf euch, bitte, bitte, spielt doch in unserem Vorprogramm, vielleicht im Pariser Olympia oder gleich in der Royal Albert Hall?!>".

„Das ist eine Riesenchance, Mann", warf Steve ein, „so etwas bekommen wir nicht ein zweites Mal! Mensch, die Godesberger Stadthalle, Leute! Da passen mehr als zehn Mal so viel Menschen rein wie im Beueler Pfarrheim. Könnt ihr euch das vorstellen? Sind wir tatsächlich gut genug dafür, Jungs? Wie kommt der Typ dazu, uns das zuzutrauen? Ich bin völlig fertig!"

„Steve, alter Knabe, hallo Steve, bester Bassist im ganzen Landkreis", gab Axel zurück, „WIR SIND ES. Nur lasst uns gleich morgen anfangen zu proben, sonst wird das nichts mit dem Auftritt!".

Dieser Meinung waren diesmal alle, verflogen war die miese Stimmung nach dem Billardspiel, es gab jetzt nur noch ein Ziel: eine souveräne Vorstellung übermorgen bei Dick und ein Super-Auftritt in zwei Wochen bei „The Fremeloes" in der Bad-Godesberger Stadthalle.

Fast zur gleichen Zeit trieben Lili ganz andere Gedanken um, in gewisser Weise waren es schon regelrechte Sorgen. Was war nur seit geraumer Zeit mit ihr, oder sollte sie besser fragen „in ihr" los? Zum einen waren da immer wieder diese komischen Sätze, die sie, ohne dass sie es wollte, von sich gab. Manchmal merkte sie es nicht einmal und war dann selbst völlig überrascht, wenn sie darauf angesprochen wurde. So wie vor zwei Wochen im Pfarrheim: *„Für diese Schweine spielet ihr nicht!"* – Wie kam sie auf solche Sätze? Helga hatte vollkommen recht: So spricht doch heute keiner, und sie, Lili, eigentlich auch nicht. Schon seit einigen Nächten lag Lili wach und grübelte. Ohne Erfolg. Auch in dieser Nacht war es nicht anders. Irgendwann gegen zwei oder drei Uhr fiel sie in einen unruhigen Schlaf. Vielleicht war es auch die Angst vor dem Schlaf und dem was er oft mit sich brachte, was Lili nicht einschlafen ließ: diese elenden Träume, vor denen es ihr inzwischen grauste. Doch sie kamen, wann sie wollten, so auch dieses Mal.

Lili fand sich in einem dunklen Dachzimmer wieder. Es kam nur wenig Licht durch die kleinen Fenster. Zudem war es kalt, und eine stechende Nässe drang durch alle Glieder. Lili hatte aufgrund der Dunkelheit Mühe sich im Zimmer zu orientieren. So dauerte es eine Weile, bis sie das Bett in der hinteren Ecke des Raums bemerkte. Es war, für Träume nicht unüblich, als würde sie die ihr darbietende Szene wie auf einem Bildschirm verfolgen. Da lag eine junge Frau im Bett und bekam ein Kind. Die Szenerie ängstigte Lili, denn ganz offensichtlich hatte die Frau heftige Schmerzen, stöhnte und bäumte sich auf, um dann wieder schweißgebadet ins Kissen zu sinken. An ihrem Bett befanden sich zwei weitere Frauen, wovon die eine der beiden sehr alt wirkte, doch schien sie sicher zu wissen was zu tun war, gab der anderen Anweisungen, die diese dankbar befolgte. *„Es kommt, es kommt. Schnell holt noch mehr heißes Wasser, und Tücher, wir brauchen ganz viele Tücher. Wo ist der elende Vater? Schicke man nach ihm im Wirtshaus. Der Allmächtige möge uns helfen!“*

Es war die ältere der beiden, die, nun nicht mehr ruhig, sondern mitgerissen vom Geschehen, die Worte der Jüngeren entgegen schrie. Diese eilte sogleich aus dem Zimmer, und Lili hörte, wie sich ihre Schritte im Haus verloren. Oh Gott, dachte Lili beim Betrachten dieser bedrohlichen Szenerie, was passiert da gerade, was soll das, oh mein Gott, das ist absolut…weiter kam Lili nicht, denn mit einem Mal änderte sich alles. Sie war nicht länger in der dunklen Kammer, sondern lag auf irgendetwas, das zwar hier und da pikste, doch auch angenehm weich war. Es machte Spaß darauf zu liegen, in den Giebel an der Decke über ihr zu schauen und die Reflektionen der Sonnenstrahlen, die durch die Dachfenster schienen, zu beobachten. *„Schau genau hin, Lieselotte, sie tanzen wie meine Noten auf dem Papier. Da schau, manch eine stellt sich gar an zu fliegen, hoch, höher, immer höher erhebt sie sich in ihrer unendlichen Grazie. Und, horch auf, gar vernimmst du ihr liebliches Singen und Summen.“*

Lili war so fasziniert und gebannt von den Sonnenstrahlen und dem was die Stimme neben ihr sagte. „Das ist so wunder-, wunder-, wunderschön. Ich frage mich...“, doch als sie der Stimme ihren Kopf zudrehte, sah sie nur noch in der Ferne eine kleine kindliche Gestalt kichernd davonhuschen. *„Du Eierfuchs, wehe dir, wenn ich dich zu fassen kriege“*, drangen schimpfenden Worte an Lilis Ohr. Im selben

Moment merkte sie, wie es um ihre Füße merkwürdig feucht wurde. Sie blickte nach unten und sah sich inmitten von kaputten Eierschalen stehen, bei welchen der Eidotter gerissen, ins Eiweiß geflossen war und nun über ihre nackten Zehen glibberte.

„Ihhhhhgitt", entfuhr es Lili, und im nächsten Augenblick saß sie kerzengerade, mit nassen Haaren, in ihrem Bett im elterlichen Haus in Beuel. Erschrocken schaute sie sich um und war heilfroh ihre Uhr auf dem Nachttisch zu entdecken, auch wenn sie an der Position der Zeiger erkannte, dass in einer Stunde ihre Nachtruhe vorbei sein und, wie jeden Morgen, um 6.00 Uhr ihr Tag beginnen würde. „Besser als noch so ein bekloppter Traum", stellte Lili halblaut für sich fest. Obwohl sie zugeben musste, dass die Stelle mit den tanzenden Sonnenstrahlen ihr ziemlich gut gefallen hatte. Zum x-ten Mal schlurfte sie schlaftrunken ins Badezimmer und versuchte so gut es ging die Müdigkeit aus ihrem Gesicht zu schminken. Mit mäßigem Erfolg.

Ausgerechnet heute hatten die Eltern noch früher als sonst mit ihrer Arbeit in der

Backstube begonnen. Alles sollte zeitig fertig sein, damit die Eltern ihren Hochzeitstag genießen konnten. Es war ihnen wichtig, trotz all der vielen Arbeit an diesem Tag, für sich Zeit zu haben. Wie immer stand ein Spaziergang über den Bonner Markt mit all seinen hübschen Büdchen und Ständen an, die mit ihren herrlichen Köstlichkeiten zum Probieren und Naschen verführten.

„Lili-Schatz, du gefällst mir in der letzten Zeit überhaupt nicht. Diese Ränder unter den Augen, und dünn bist du auch geworden". „Dir auch einen guten Morgen, Mama, einen guten Hochzeitstag-Morgen!" Lili versuchte besonders munter zu klingen, doch der besorgte Blick der Mutter änderte sich nicht. „Lenk nicht ab, Liselotte." Die Stimme der Mutter wurde bestimmter, und wenn sie Lili beim vollen Namen nannte, wusste diese, dass dem, was darauffolgte, nur schwer auszuweichen war. „Ich habe für dich bei Doktor Wellenbrecht einen Termin gemacht. Er soll dich mal wieder auf Herz und Nieren prüfen. Übermorgen um 15.30 Uhr. Vergiss es bitte nicht." Lili passte das ganz und gar nicht. Doch wenn sie darüber nachdachte, könnte es sogar hilfreich sein. Ihr Hausarzt würde sicherlich so was wie Erschöpfung feststellen, ihr irgendein Mittelchen gegen innere Unruhe und Einschlafprobleme geben. Also, warum nicht? „Hast ja Recht Mami, ich schreib es mir auf. Morgen um 15.30 Uhr". „Nein, nicht morgen, sondern übermorgen. Es wird wirklich Zeit, dass du zu ihm gehst". Die Mutter schüttelte nachsichtig lächelnd den Kopf und gab ihrer Tochter einen Kuss auf die Wange. „Ich muss mich beeilen, sonst schaffen wir es nicht mit dem Markt. Ich werde dir das Mittagessen vorbereiten. Du musst dir dann nur noch die Pellkartoffeln schälen und in der Pfanne braten. Frische Eier sind im Kühlschrank. Aber pass auf, dass dir keines runterfällt!" Den letzten Satz rief die Mutter ihr aus dem Treppenhaus zu und verschwand in der Backstube. Bei diesen Worten zuckte Lili erschrocken zusammen; urplötzlich sah sie sich wieder mit nackten Füßen in den zerbrochenen Eiern stehen. Ihre Mutter hatte Recht, es musste was geschehen.

Als Lili sich auf den Weg zu ihrem Arzttermin machte, war sie guter Dinge. Denn die vergangenen beiden Tage waren völlig normal, man könnte sagen stinknormal, verlaufen. Noch vor ein paar Monaten hätte Lili sie als langweilig bezeichnet, oder ein Tag wie der andere. Doch jetzt war sie regelrecht glücklich, dass diese zwei Tage ohne jegliche Merkwürdigkeiten verlaufen waren; und, was beinahe noch viel besser war, sie war problemlos eingeschlafen und hatte nicht einen Traum gehabt. Einfach abends ins Bett gefallen, die Augen geschlossen und geschlafen. Einfach nur geschlafen. Eigentlich brauche ich nicht mehr zum Arzt, überlegte sie sich. Mir geht es gut, ich rede kein komisches Zeugs mehr daher und kann super traumlos schlafen. Doch sie wusste, dass ihre Mutter das völlig anders sah und dass Lili sich nur aus ihrem Fokus bringen konnte, wenn sie den Arzttermin wahrnahm. Ach was soll's, dachte sie sich. Da verbinde ich das Unangenehme mit dem Angenehmen und treffe mich anschließend mit Helga im Café Dahmen. Das hatte sie bereits mit ihr abgesprochen. Und in Gedanken ging Lili die Kuchenangebote des Cafés der Reihe nach durch. Hmm…, da gab es den weltbesten Käsekuchen, den ihres Vaters natürlich ausgenommen, und die mindestens genauso weltbeste Schokolade. Allein der Gedanke an die Köstlichkeiten ließen Lili das Wasser im Mund zusammenlaufen. Lili war so sehr in ihre Überlegungen versunken, dass sie zutiefst erschrak, als man sie mit den Worten „Sie können hier nicht einfach reingehen, sondern müssen sich erst am Schalter eine Karte holen“, daran hinderte durch eine imposante Holztür eine ebenso alte Holztreppe hinaufzusteigen. Lili blickte sich um. Das hier war nicht die Josefstraße, und schon gar nicht das Haus, in dem sich die Praxis von Doktor Wellenbrecht befand. Lili war komplett verwirrt. Sie schaute die Frau, die gerade zu ihr gesprochen hatte, mit großen Augen an. „Entschuldigung, ich wollte, ich habe, Entschuldigung…“ stammelnd wandte Lili sich um und ergriff die Flucht. Am Ende der Straße blieb sie japsend stehen. Wo war sie, und warum zum Geier war sie hier? Der Blick auf das Straßenschild an der Ecke klärte zumindest Frage eins: Lili war in der Bonngasse gelandet. Sie drehte sich um - nichts wie weg hier - und rannte los.

Helga schlürfte genüsslich an ihrer Schokolade: „Lili, du weißt schon, dass das voll abgefahren ist. Ich meine, du hast einen Termin bei eurem Hausarzt, bei dem du schon x-Mal gewesen bist, du also den Weg im Schlaf finden müsstest und du gehst in die entgegengesetzte Richtung aufs alte Rathaus zu“. Helga schüttelt immer wieder ihren Kopf. Ihre Freundin Lili wurde ihr mehr und mehr zu einem Rätsel.

Eigentlich war Lili nicht der Typ Freundin, der lügt, besonders wenn sie auf die Hilfe der anderen angewiesen war. Doch irgendetwas in ihr hielt sie davon ab Helga die Wahrheit zu sagen. Zumindest jetzt noch nicht. Sie musste selbst erst mal Klarheit in das Ganze bringen. Dennoch konnte sie Helga um ihre Verzweiflung wissen lassen, und das tat sie: „Ich weiß“, stöhnt Lili mit halbvoll von Käsekuchen gefüllten Mund. „Ich weiß, es klingt total bescheuert“, Helga verdrehte die Augen und Lili ergänzte: „Es ist bescheuert, doch es ist einfach so passiert. Und das Schlimme ist, ich habe es gar nicht bemerkt. Dabei waren die beiden letzten Tage so super normal!“ Lili raufte sich verzweifelt ihr rotes Haar. Da Lilis Verzweiflung echt war, kam dies auch so bei Helga rüber. Sie schaute ihre Freundin voller Teilnahme an.

„Mensch Lili so geht das nicht weiter!“ „Ich weiß“, Lili war wirklich völlig am Ende. „Zumal ich meiner Mutter nicht den Grund dafür nennen kann, weshalb ich den Arzttermin verpasst habe. Wenn ich das tue, bringt sie mich persönlich ins Krankenhaus!“ Allein bei der Vorstellung wurde es Lili speiübel. Gar nicht auszudenken, wenn sie im Krankenhaus läge und diese dämliche Stimme würde sich wieder melden. Garantiert würden die Ärzte denken, sie hätte einen Sprung in der Schüssel. Lili sah so niedergeschlagen aus, dass Helga ihren Arm tröstend um die Freundin legte. „Wir finden eine Lösung. Lass mich mal überlegen. Ich hab‘s, das machen wir“. Helgas Stimme hob sich, und das allein reichte aus, um auf Lilis Miene einen hoffnungsvollen Schimmer zu zaubern. „Ja, was denn?“, fragte diese erwartungsvoll. „Ganz einfach“, erklärte ihre Freundin, „wir sagen deiner Mutter, dass ich dich an der Straßenbahnhaltestelle abgefangen habe und dich anflehte mir beim Aufräumen des Friseurlagers zu helfen“. Helga war von ihrer Idee ganz begeistert und strahlte Lili an.

„Weshalb sollte ich dir denn dabei helfen? Tue ich doch sonst auch nicht." Für Lili war die Ausrede (als Lüge mochte sie sie nicht einstufen) nicht wasserfest. „Na, weil ich es verpennt habe rechtzeitig aufzuräumen, wir morgen eine neue Lieferung erhalten und ich sonst ziemlichen Ärger mit der Chefin bekomme." „Hmm", Lili gab zu, dass das gehen könnte. „Aber du sagst es meiner Mutter", sie sah Helga flehend an, „Wenn ich es sage, merkt sie, wie aufgeregt ich bin. Du sagst es ihr, machst dich dann sofort aus dem Staub und ich präsentiere Mama dann direkt den neuen Termin, erzähle was von Englischtest und Vokabeln und verschwinde in mein Zimmer. Letztlich zählt für meine Mutter, dass ich zu unserem Hausarzt gehe". Lili schien sichtlich erleichtert, was Helga freute. „Okay, dann lass uns keine Zeit verlieren und es deiner Mutter sagen. Sie wird sich sicher schon fragen, wo du bleibst".

Damit hatte Helga ins Schwarze getroffen. Als die beiden Freundinnen bei Lili zu Hause ankamen, wurden sie schon ungeduldig von Frau Frisch empfangen. „Da bist du ja, Lili. Na, was hat Doktor Wellenbrecht gesagt? Was kannst du gegen deine Müdigkeit tun?" „Hallo Frau Frisch", meldete sich nun Helga zu Wort, „Also das war so..." Tatsächlich war die Reaktion von Lilis Mutter wie angenommen. Sie sagte so etwas wie Gesundheit, wichtig, Prioritäten, war aber dann letztlich beruhigt, dass Lili einen neuen Termin vereinbart hatte und fragte nicht weiter nach. Da Lili trotz der Erleichterung von einem schlechten Gewissen geplagt wurde, verzog sie sich, gleich nachdem Helga gegangen war, direkt in ihr Zimmer und ließ sich erschöpft und doch irgendwie erleichtert auf ihr Bett fallen.

Euch ist es nicht wohle in Eurer Haut, meine Dame. Zu offenkundig lässt es sich merken. Es brennet gar sehr die Schuld des Betruges, welchen Ihr Eurer Frau Mama anthatet. Ach, wisset um mein Verstehen für Eure schmähliche Tath. Auch ich bin nicht frei von Schuldenlast und finde oft der Sühne nicht. Auch ich!

Das war zu viel. Für den heutigen Tag und für jeden anderen Tag sowieso. Lili schrie gegen die Stimme in ihrem Kopf an: „Es reicht. Ich will und kann das nicht länger ertragen. Halte endlich den Mund! Wer immer oder was du bist. Verschwinde, lass mich in Ruhe, hau ab!".

Beim letzten Wort riss Lili ihre Zimmertür auf, raste die Treppe hinunter und rannte kopflos aus dem Haus. Frau Frisch, noch gerade damit beschäftigt die Ursache für das Geschrei zu klären, wurde fast von ihrer hinausstürmenden Tochter umgerannt. Sie schaute ihr fassungslos hinterher. Was war nur in ihre Tochter gefahren? War das nur die Pubertät?

Unterdessen rannte Lili als gäbe es kein Morgen mehr. Sie rannte und rannte. Hinunter zum Rhein und weiter bis zur Kennedy-Brücke. Erst dort blieb sie japsend nach Luft schnappend stehen. Sie war weg. Die Stimme in ihrem Kopf war weg.

So ganz stimmte das nicht. Die Stimme war abgetaucht, dahin, wo, wenn sie ganz leise flüsterte, Lili sie nicht hören konnte.

Picctures of Lili made my life so wonderful….Pictures of Lili helped me sleep at night…Lili, oh Lili…", unentwegt gingen Axel diese Zeilen, zusammen mit der so eingängigen Musik der Gruppe „The Who" aus den späten Sechzigern, im Kopf herum. Gerade war er wach geworden, und schon war der Song da, vermutlich war er ja schon in seinem Traum für ihn zu hören, jedenfalls kam es ihm so vor. Und zusammen mit der Musik und dem Liedtext sah er nun ihr Gesicht vor sich auftauchen, erst schemenhaft, dann immer deutlicher, schließlich fast so, als befände es sich direkt vor ihm, in seinem Zimmer, an seinem Bett. Ihre rotbraunen, langen, fein-gelockten Haare umspielten ihr hübsches Gesicht, das ein paar vereinzelte Sommersprossen zierte, eine kleine unscheinbare Falte auf der Stirn tauchte auf, jene, welche so süß hervortrat, als sie wütend war und die Blödies im Pfarrheim beschimpfte, und ein paar schöne, große und braune Augen blickten ihn an. Ihr schlanker, geschmeidiger Körper näherte sich ihm. Axel schloss die Augen, um ihren Atem zu spüren, ihre Lippen, die sich seinen Lippen näherten. Wow, so was hatte er noch nie erlebt. Gerade erst wach geworden, schien er doch noch in einer Traumwelt zu verharren, und es hörte nicht auf! Wie war das möglich? Etwa durch den Song? Egal! Es war ihm als würde er ihren Körper berühren können. Erst sanft und zärtlich, um ihn im nächsten Moment fester zu umfassen und an sich zu ziehen. „Lili, oh Lili…wärst du doch jetzt hier bei mir!“ entfuhr es ihm, und im gleichen Moment schrak er auf, im Versuch Lilis scheinbar anwesenden Körper zu umfassen, hatte er ins Leere gegriffen und wäre beinahe aus seinem Bett gefallen. Er setzte sich kerzengerade auf, schüttelte heftig seinen Kopf, so als wolle er jeglichen Spuk daraus verbannen. Immer und immer wieder rieb sich die Augen, um endlich wirklich wach zu werden.

„Ax, was ist los? Bist du bescheuert? Heute ist der Tag X, an dem wir vorspielen sollen. Und da träumst du so einen Schmarren!“, wies er sich selbst zurecht.

Aber so einfach ließ sich Lili nicht aus seinem Kopf bringen; denn schon tauchte die Szene in ihrer ganzen Sinnlichkeit wieder vor seinen Augen auf, nahm Axel erneut gefangen, ohne dass er etwas dagegen hätte tun können. Zu verlockend die Vorstellung was sein könnte…Lili…“Lili, oh Lili…“, da war er auch schon wieder, der Song der Who. Und wieder schaffte er es sich von diesen Bildern zu lösen, und es siegte der Verstand und der Musiker in ihm. Es ging heute um sehr viel. Da musste er auf dem Punkt sein. Da konnte er solche amourösen Stimmungen nicht gebrauchen.

Endlich hatte er sich wieder im Griff und lenkte jetzt den Fokus auf das heutige Vorspielen.

„Hoffentlich spiele ich heute nicht den Who-Song, ging es ihm auf dem Weg ins Bad durch den Kopf. Und noch einmal schüttelte Axel seinen Kopf. Was war nur los mit ihm? Okay, Lili war wirklich ein Augenschmaus. Das hatte Tom mal wieder früh erkannt. Doch dass sie nun mit einem Mal in seinen Träumen erschien, ja sich regelrecht in seinem Zimmer zu materialisieren schien, war schon schräg. Hatte sie ihn am Ende verhext? Brachte sie ihn völlig aus dem Konzept? Auf dem Weg in die Küche ging er noch einmal eindringlich mit sich ins Gericht: So, Axel Blackburn, jetzt reiß dich gefälligst zusammen! Gleich nach dem Frühstück wirst du mit dem Üben der Gitarrenriffs anfangen, damit du sie, wenn Steve und die anderen dich abholen und ihr gemeinsam zu Dick fahrt, draufhast.

Es klappte nur bedingt, so ganz bekam er Lilis Bild nicht aus seinem Kopf. Und, ohne dass er es wirklich zulassen wollte, spürte er, dass er auf dem besten Weg war sich in dieses bezaubernde, eigenwillige, sich manchmal so seltsam ausdrückende und, wenn ihr etwas gegen den Strich ging, ziemlich aufbrausende Geschöpf zu verlieben. Mit diesem Gefühl im Bauch fing Axel an zu üben, und während er seine Gitarre spielte, spürte er, dass er heute ganz anders in die Saiten griff, dass alles viel intensiver, echter und unmittelbarer aus ihm und seinem Instrument herauskam, so als wären er und seine Gitarre eine Einheit. Er brauchte sich gar nicht so sehr anzustrengen und seinen Kopf einzusetzen; alles kam von ganz alleine. Und was das Besondere war: er begann sich im Takt der Musik zu wiegen und mitzugehen, ohne überhaupt daran zu denken. Axel stand auf und band sich die Gitarre um, und auf einmal machte er instinktiv ein paar Schritte nach links und ein paar nach rechts, ging in die Knie und federte leicht hoch. „Stark!", rief er, als er die Person sah, die jetzt im Spiegel vor sich dieselben Bewegungen machte. „Wirklich stark!" Und in seinem Gesicht zeigte sich ein Lächeln, das er vorher so noch nie gesehen hatte.

„Interessanter Song! Wer hat den geschrieben?" Dick lümmelte sich in einem dieser Schalensessel mit Kunststoffbezug, die gerade ziemlich modern waren, sein rechtes Bein über das linke geschlagen, die Augen hinter seiner anscheinend obligatorischen Sonnenbrille versteckt. Diesmal trug er außer einer Blue-Jeans nur noch ein einfaches T-Shirt, das eine gut trainierte, aber nicht übertrieben muskulöse Figur erkennen ließ.

„Steve und ich haben ihn geschrieben", antwortete Axel. Dick hatte als Adresse seine Wohnung angegeben, eine gediegene Altbauwohnung mit Stuckdecken und hohen Wänden, wie sie typisch war für eine bestimmte Gegend im Bad Godesberger Stadtteil. Die Jungs waren überrascht, dass sie nicht in ein Studio vorgeladen wurden, wo sie ihr Equipment hätten aufbauen können. Stattdessen diese Wohnung, die zwar nicht klein war, aber für eine Band mit üblicher Ausstattung sicher nicht die ideale Umgebung darstellte. Doch Dick zeigte sich in keiner Weise unsicher oder irgendwie entschuldigend, im Gegenteil: er stellte Heiner eine Conga hin, eine Trommel, die er, wie er sagte, einmal einem

Straßenmusiker in Havanna abgekauft hatte, und gab allen Beteiligten Akustik-Gitarren in die Hand. „Hier, Jungs, probiert die mal aus", waren seine einzigen Worte zu Beginn der Session. Axel, Steve und Tom nahmen die Gitarren und stellten erstaunt fest, dass Dick ihnen Instrumente gab, die sich ganz offensichtlich von denen unterschieden, die üblicherweise in den Schaufenstern der herkömmlichen Gitarrenshops herumstanden oder lagen. Axel holte aus einem Koffer eine nuss- bis rötlich-braune Gitarre heraus, deren Schlagbrett ein buntes Blumenmuster zierte. Oben auf dem Gitarrenkopf stand der Name „Gibson". „Wow..., entfuhr es ihm, als er zärtlich über die Seiten strich, „...was für ein Klang!" „Das ist eine Gibson Hummingbird", erklärte Dick, „Keith Richards und Jimmy Page spielen gerne damit und haben damit auch schon so manchen ihrer Hits komponiert." Axel traute sich kaum, seine Finger auf das offensichtlich sündhaft teure Instrument zu legen, geschweige denn in die Seiten zu greifen, aber Dick ermutigte ihn die Seiten ab und zu auch mal robuster anzuschlagen mit den Worten „Wenn man da nicht mal ordentlich reinhauen kann, dann taugt auch eine teure

Gitarre nix". Nach und nach verlor Axel seine Scheu und gewöhnte sich schnell an den Luxus. „Tut mir bitte nur einen Gefallen, Jungs, und sagt nicht <<Dschibson>>, wie ich das so oft höre. Da zieht sich die Haut unter meinen Fingernägeln zusammen. Das Ding heißt <Gibson> mit einfach vorgestelltem <G> und hat nichts mit Sinti und Roma zu tun".

Nachdem ein Lacher wieder mal die leicht angespannte Atmosphäre löste, bekamen auch die anderen ein paar interessante Instrumente überreicht. Dick gab Steve eine Akustik mit merkwürdig bauchigem Klangkörper mit den Worten „Das ist eine Ovation; damit kannst du ganz gut einen E-Bass simulieren." Und Tom überreichte er eine 12-saitige Ibanez. Ein Glück, dass Tom zuhause auch eine 12-saitige hatte, sodass ihm das Spielen darauf relativ vertraut war.

„Hey, guys, dann spielt mal euren nächsten Song an", rief Dick unbekümmert, ohne zu beachten, dass die Jungs immer noch mehr als überrascht waren, dass sie bis jetzt hier „unplugged" auftreten sollten. Alle stimmten sich aber nach und nach auf die ihnen gegebenen Instrumente ein. Auch Heiner bespielte seine Conga immer fantasievoller, und langsam entwickelte sich so etwas wie ein neuer Grove, der dem Gefühl aller Beteiligten zufolge gar nicht so schlecht rüberkam.

Mitten in einem neuen Song von Axel mit dem Namen „I can't remember" wurden alle durch die Türglocke aufgeschreckt, die ziemlich laut eingestellt war. „Sorry für die Unterbrechung, boys, aber ich bin gleich zurück", bemerkte Dick und verschwand.

„Hey, Leute, wisst ihr was das hier soll? Wir sind doch kein Kammermusik-Quartett, oder?", war leicht genervt von Tom zu hören. „Ja, und wir sind auch kein Streichelzoo! Was läuft denn hier für ein Film?". „Komm, calm down, Tom, wir können bestimmt nicht von uns sagen, dass wir abgebrühte Profis oder sowas in der Art sind, und daher müssen wir erst mal schauen was uns im Weiteren erwartet. Lass doch nicht ewig diese negativen Gedanken aufkommen! Du hast ja selber bei den Proben gesagt, dass dich Dicks Erfahrung und sein Auftreten schon überzeugen", entgegnete Heiner. „Ja, und wir sollten uns vielleicht ein wenig flexibel zeigen“, meinte jetzt Axel, „Es bahnt sich eine Riesen-Chance an. Wenn uns das bekannt macht, können wir später immer noch so spielen und auftreten wie wir es wollen. Was soll’s?“. „Ach“, meinte Tom, „euer Opportunismus kotzt…“, weiter kam er nicht; denn es öffnete sich die Zimmertür, und Dick kam wieder herein, zusammen mit einem noch jungen, aber nicht mehr ganz so jungen Mann von ungefähr 28 oder 29 Jahren, der schulterlanges Haar und Vollbart trug.

Darf ich euch Joe Breaker vorstellen“. „Sänger, Komponist und Texter von <The Fremeloes>“. Bei <The Fremeloes> machte Dick eine Daumen-nach-oben-Bewegung und erhob seine Stimme zu einer Art Fanfare. Die Jungs sprangen auf und reichten Joe, der seine Hand zum Gruß ausstreckte, die ihrigen. Es war schon ein neues Gefühl für sie, da jemand reinkommen zu sehen, der schon eine ganze Menge Erfahrung im Musik-Geschäft hatte, und nicht nur das, der auch schon einige Hits mit seiner Gruppe produziert und dem die Leute schon so oft begeistert und fasziniert zugehört hatten, der schon überall hofiert wurde, von der Presse in zahlreichen Ländern neugierig beäugt und gefeiert, und dem auch sicher viele Frauen in Scharen hinterhergelaufen waren.

Und das sah man ihm auch an. Von Joe ging diese Art von unverkrampfter und natürlicher Selbstverständlichkeit aus, die viele erfolgreiche Musiker umgibt und die einen gleich in Bann zieht, ob man es will oder nicht.

„Hi boys, how do you do?“, kam es dann auch ganz locker und leicht von ihm rüber, und seine freundliche Art war sofort ansteckend. Steve, der sich am meisten traute, sein Englisch anzubringen, antwortete mit „Fine, thanks, and how are you doing?“. „Yes, how are you doing“, erklang es mehrstimmig im Choral, bevor Joe wiederum antwortete, dass es auch ihm gut gehe.

Dick erklärte Joe, wie er die Jungs kennen gelernt hatte und dass sie eigene Songs hätten, die – so wie er es bisher gehört hatte – nicht schlecht seien.

„Wollt ihr mal was anspielen?“, forderte Dick sie auf. Sie waren alle total nervös, aber spielten sogleich ihre beiden Songs von vorhin, und sie bekamen das auch fehlerlos und gut hin. Joe veranlasste das zu einem Lob, und als sie den dritten Song, einen schnelleren Titel namens „Let's Stay Friends", anspielten, entfuhr ihm sogar ein Pfiff, und ein „Wooowww…great stuff, men" schloss sich an.

Er lobte im Folgenden noch vor allem ihre Harmonie, ihren Enthusiasmus, brachte aber auch an der einen oder anderen Stelle ein wenig Kritik an, allerdings auf positive und konstruktive Art und Weise.

Dick und Joe unterhielten sich daraufhin eine Weile lang in einem Englisch, das den Beueler Jungens doch ziemlich fremd war. Jedenfalls verstanden sie so gut wie nichts, bekamen aber mit, dass es darum ging, ob sie als Vorband eingesetzt werden sollten oder nicht. Nach einer Weile stand Joe auf, klopfte allen auf die Schultern und verabschiedete sich höflich. Er und Dick tauschten noch ein paar Blödeleien aus, und mit einem lauten „Bye, see you later, men! Take care!" war Joe wieder verschwunden. Dick saß in seinem

Schalensessel und schaute eine Weile an die Decke.

Nach einer gefühlten Ewigkeit begann er: „Joe fand euch nicht schlecht. Er weiß nur nicht, ob ihr wollt“. „Wie, wieso? Klar, wollen wir“, sagte Axel. „Er möchte“, fuhr Dick fort, „eine Band, die unplugged spielt. Ich hätte es euch eigentlich schon früher sagen sollen, wollte aber, dass ihr so unbelastet wie möglich zu unserem Vorspiel-Termin kommt. Hätte ich euch das gesagt, wärt ihr womöglich in Panik geraten und in blinden Aktionismus verfallen. So aber konnte ich direkt nachvollziehen und beobachten, wie ihr mit der Situation fertig werdet. Bei mir habt ihr bestanden. Joe aber meinte irgendwas gespürt zu haben, dass das eigentlich nicht so recht euer Ding ist. Er ist sich unsicher. Wie können wir das Problem lösen?“

Es folgte eine lebhafte Diskussion, ähnlich wie in der Bonn-Center Bowlingbahn, an deren Ende Dick folgenden Vorschlag machte: „Jungs, passt auf: ihr geht noch einmal alle in euch und versucht euch vorzustellen, ob und wie ihr an dem besagten Tag die Fremeloes als

Vorband unplugged begleiten könnt. Nächsten Freitag könnt ihr dann, wenn ihr wollt, zu einer ersten Probe erscheinen, und zwar erst mal im Bonn-Center. Die Stadthalle steht noch nicht zur Verfügung. Da ist irgendeine andere Veranstaltung. Im Bonn-Center sind Mikros, Verstärker, Mischpult und das ganze Zeug was man so braucht aufgebaut. Ihr gebt mir dann eine Kostprobe eures Könnens und spult euer Repertoire runter, ok? Solltet ihr das aber nicht machen wollen, gibt mir bitte Bescheid, und ich greife auf eine altbewährte Truppe aus Good Old England zurück. Also…wäre das ok für euch?“

Mit einem deutlichen <Ok> von Axel, Steve und Heiner und einem eher unentschlossenen von Tom verabschiedeten sich die Anybuddy von Dick, dem Manager und Allerweltskerl. Draußen an der frischen Luft konnten die Jungs endlich ihre heiß gelaufenen Köpfe abkühlen.

„So, und jetzt tief ein- und ausatmen, Luft anhalten und weiteratmen. Alles bestens, Lieselotte. Dein Blut lassen wir im Labor untersuchen, doch ich denke nicht, dass sich etwas Auffälliges zeigen wird. Das Einzige, was mir nicht ganz gefällt, ist dein Gewichtsverlust", Doktor Wellenbrecht sah Lili, nachdem er zum Abschluss der Untersuchung ihre Lungen abgehorcht hatte, prüfend an, während er sich an seinem Schreibtisch sitzend Notizen machte. „Ist denn bei dir alles in Ordnung? Oder hast du Probleme? In der Schule, zu Hause?" Lili bemühte sich ruhig zu bleiben. Ob bei ihr alles in Ordnung sei? Pah! Wenn alles in Ordnung heißt, dass da eine Stimme im Kopf einen fast zum Wahnsinn treibt, ja dann war bei ihr alles in Ordnung. Doch das konnte sie dem Hausarzt auf gar keinen Fall sagen. Deshalb nickte sie und brachte ein: „Alles klar, Doktor", zustande.

Eigentlich ging es auch seit letzter Woche. Da war sie der Stimme regelrecht davongelaufen, und das funktionierte seitdem jedes Mal super. Immer wenn die Stimme auch nur ansetzte, begann Lili zu laufen. Jedes Mal. Egal, wo sie gerade war. Lili waren bisher auch immer Ausreden eingefallen. Sei es, dass sie den Eltern urplötzlich sagte, sie habe bei Helga oder in der Schule etwas vergessen, was sie unbedingt für die Schule brauche. Passierte es im Unterricht, war meist die Toilette in Verbindung mit einer schwachen Blase der Grund ihres Verschwindens. Darüber hinaus powerte sich Lili jeden Tag beim Laufen derart aus, dass sie müde und erschöpft am Abend in einen traumlosen Schlaf fiel. Und darüber, dass seit ein paar Tagen nicht nur im Traum, sondern auch tagsüber in ihrem Kopf Funkstille herrschte, war Lili sehr happy. So konnte sie denn auch dem prüfenden Blick des Hausarztes entspannt Stand halten. „Na, dann ist ja alles so weit in Ordnung. Ich denke mal, dass dein Alter und die damit zusammenhängende Umstellung für Müdigkeit und Gewichtsverlust verantwortlich sind. Ein bisschen Eisen und der gute alte Lebertran für den Appetit, und dir wird es bald wieder besser gehen“! Doktor Wellenbrecht drückte Lili ihr Rezept in die Hand und entließ sie mit herzlichen Grüßen an die Eltern aus seinem Sprechzimmer.

Lili atmete auf. Nur den Lebertran würde sie am liebsten gegen etwas Verträglicheres austauschen. Doktor Wellenbrecht war ein Arzt der alten Schule, und seine Lebertran Verordnungen weit über die Stadtgrenzen berüchtigt. Allein beim Gedanken an diesen ekligen Geschmack musste Lili sich schütteln. Doch was soll's, sie würde ihn schon irgendwie runter würgen, und wer weiß, wenn sie erst mal wieder körperlich fit war und gut würde einschlafen können, vielleicht würde dann ja auch die Stimme in ihrem Kopf für immer verschwinden.

Diese Möglichkeit heiterte Lili zunehmend auf, und freudig machte sie sich auf den Weg, um Helga vom Friseurladen abzuholen. Es war Freitag, Helga hatte morgen frei, und die beiden Freundinnen wollten sich einen schönen Abend machen. Doch bevor sie bei Helga die Füße hochlegen konnte, hatte Helga sie überredet mit ihr ins Kino zu gehen. Im Vorabendprogramm lief <Spiel mir das Lied vom Tod>. Und da Helga ein absoluter Henry Fonda Fan war und der zusammen mit Charles Bronson und Claudia Cardinale in den Hauptrollen zu sehen war, hatte sie nicht eher

Ruhe gegeben, bis Lili einwilligte. Immerhin war mit Claudia Cardinale eine Schauspielerin dabei, die ihr gut gefiel. „Und wenn die Szenen dir zu brutal werden, schließ einfach deine Augen und halte dir die Ohren zu“, war Helgas Kommentar zu Lilis Einwand gewesen, dass sie gehört habe, der Film sei ziemlich gewalttätig. So verbrachte Lili dann den überwiegenden Teil des Films in der von Helga empfohlenen Haltung. Während Helga beim Verlassen des Kinos aus dem Schwärmen nicht mehr raus kam, natürlich in erster Linie über ihr Idol Fonda, war Lilis erster Kommentar ein aus tiefster Seele kommendes: „Geschafft!!!“.

Auf dem Weg zu Helgas Elternhaus schwieg sie. Das Erlebte musste sich erst mal bei ihr setzen. Das wiederum gab ihrer Freundin genug Zeit sich weiterhin in den höchsten Tönen über den Film auszulassen. Später dann, in Helgas Zimmer, zeigte sie Lili voller Stolz das Buch über Henry Fonda, welches sie im vorigen Jahr entdeckt hatte. Es war mehr ein Magazin als ein Buch, doch für Helga war es ein Kleinod. In englischer Sprache geschrieben war es für sie kein Problem zu es zu lesen, da sie ja ohnehin zweisprachig aufgewachsen war. Lili musste zugeben, dass Fonda wirklich gut aussah. „Ein toller Typ“, stimmte sie Helga zu. Und klar, der Film war wirklich klasse gemacht. Spannung von Beginn bis Ende, nur leider für Lilis Geschmack zu brutal. Besonders schlimm fand sie die Szene, in der die drei Kinder kaltblütig erschossen wurden. Nun wurde Helga emotional: „So ist Henry Fonda doch nicht wirklich! Das war doch nur seine Filmrolle“, sie sah Lili mit vor Aufregung gerötetem Gesicht an. Lili stutzte einen Moment, dann lachte sie und nahm ihre Freundin in die Arme. „Mensch, Helga, ich sag doch gar nichts gegen den Fonda, bloß, dass mir der Film zu brutal war!“ Nun lachte auch Helga, und ihr fiel ein, dass sie Lili ja noch nichts über die große Neuigkeit erzählt hatte, dass nämlich Axel und die Jungs bald im Bad Godesberger Stadt-Theater spielen würden, also wahrscheinlich, wenn alles gut ginge. Das war wirklich eine tolle Neuigkeit, und Lili wollte alles wissen: wer, wie, wo, was. Helga erzählte ihr, was ihr Brüderlein ihr gestern Abend berichtet hatte, und dass wohl heute der Tag der Entscheidung sei.

Die Zeit verging wie im Flug, und plötzlich schaute Lili erschrocken auf ihre Uhr. Ach herrje, es war Schlag 23.00 Uhr. Und nur weil heute Freitag war und morgen keine Schule, brauchte sie erst um 24.00 Uhr zu Hause zu sein. Und auch nur deshalb, weil ihre Eltern wussten, wie ihr Abendprogramm aussah, dass sie mit Helga zusammen war und die Eltern den beiden Mädels vertrauten. „Mist, Mist, Mist", schimpfte Lili. „Was mache ich, wenn kein Bus mehr fährt?" Helga war sich sicher, dass der letzte Bus gegen 23.30 Uhr fahren und Lili somit noch rechtzeitig zu Hause sein würde. Schnell verabschiedeten sich die Beiden, und Lili rannte zur Haltestelle an der Straßenkreuzung. „Wenn kein Bus mehr fährt, dann komm zurück, dann rufen wir ein Taxi für dich", rief Helga der Freundin hinterher. Noch während Lili auf die Haltestelle zulief sah sie den Bus dort stehen. Wild rufend und gestikulierend lief sie weiter und hoffte, dass der Fahrer sie sah. Zu spät, der Bus blinkte und fuhr davon, einfach davon. Völlig außer Atem kam Lili an der Haltestelle an und sah in der Ferne die roten Rücklichter des Fahrzeugs im Dunkel der Nacht verschwinden. Das kann doch nicht wahr sein! Wieso hatte der Fahrer nicht auf sie gewartet? Er hätte sie doch sehen müssen! Was, wenn das die letzte Fahrt für heute war? Ängstlich schaute sie auf den Fahrplan. Der Nächste fuhr um 03.15 Uhr. Na, ganz toll! Die Mutter würde sich darin bestätigt fühlen, dass Lili planlos unterwegs war. Hatte sie sie doch mehrfach daran erinnert sich rechtzeitig um die Fahrpläne zu kümmern, um genau das, was jetzt passiert war, zu vermeiden.

Und jetzt auch noch das! Sie hörte Motorengeräusche näherkommen. Auf der gegenüberliegenden Seite der Straßenkreuzung näherte sich ein Licht. Sie konnte noch nicht sagen, ob es ein oder zwei Lichter waren, was letztlich völlig egal war, denn schlagartig stieg Angst in ihr hoch. Um diese Uhrzeit war auf den Straßen hier nicht mehr viel bis gar nichts los. Lili drehte sich um und ging schnellen Schrittes zurück zu Helgas Elternhaus. Sie hatte mal gehört, dass man in einer solchen Situation nicht in Panik verfallen und auf gar keinen Fall davonrennen durfte. Sich schnellen Schrittes zu entfernen war ok.

Axel war noch komplett im „Dick-Rausch“, wie er es nannte, als er auf seinem Mofa nach Hause fuhr. Nachdem er und die anderen Bandmitglieder sich von Dick verabschiedet hatten, waren sie noch zur Lagebesprechung auf ein Bier ins „Nr.12“ gegangen, einem neuen Tages-Café und Pub in der Wenzelgasse. Für Axel, Steve und Heiner war es ganz klar, dass - unplugged hin oder her - das Angebot von Dick für sie eine riesengroße Chance war, die sie auf jeden Fall nutzen mussten, dass sich daraus ganz viel für sie ergeben konnte und so eine Chance kein zweites Mal auftauchte. Sie verstanden nicht wie Tom hierbei so tat, als könne er, der er ja wie die anderen ein blutiger Anfänger war, gestandenen Musikern gegenüber Forderungen stellen. Tom, der sich dessen bewusst war, der jedoch mal wieder vorlaut das Großmaul hatte raushängen lassen, sich dann - wie so oft - auch nicht mehr erklären konnte, weshalb er nicht einfach die Klappe gehalten hatte, war um Schadensbegrenzung gegenüber den Jungs bemüht. Schließlich hatte er sich innerhalb der Band ein Image geschaffen, das ihm gefiel und das er nicht so einfach über Bord werfen wollte. Er war der, der die Mädels mit seinem Gesang und seiner

Rhythmusgitarre in seinen Bann zog. Er war - so sah er es jedenfalls - der Star der Gruppe. Genau dieses Stargehabe schienen ihm die anderen nun vorzuwerfen, und sie stellten unabdingbar fest, dass sie keine Einmannshow waren, sondern eine aufeinander eingestimmte Band. Dass sie auf jeden Fall auch unplugged als Vorgruppe der Fremeloes spielen würden, und dass er, Tom, sich nun entscheiden müsste, ob er dabei sein wollte oder nicht. Das waren deutliche Worte, die ihre Wirkung nicht verfehlten. Als hätte Tom genau diese Entschiedenheit gebraucht, lenkte er urplötzlich ein, stimmte der Bandphilosophie der anderen zu, entschuldigte sich sogar für seine „große Schnauze" (O-Ton Tom) und versicherte ihnen dabei zu sein. Das war also geklärt. Alle waren sehr erleichtert, und nun stand ihrem Auftritt nichts mehr im Weg. Nachdem sie einige grobe Ideen dazu ausgetauscht und festgehalten hatten, machten sich alle auf ihren Heimweg.

All dies ließ Axel noch einmal Revue passieren, während er zufrieden und glücklich nach Hause fuhr. Als er an der großen Kreuzung, an der sich die Bushaltestelle befand, angekommen war, sah er wie sich eine offensichtlich weibliche Person schnellen Schrittes von dort entfernte. Als er näherkam, erkannte er sie. „Hallo Lili", sprach er sie vom Straßenrand aus an, während er mit seinem Mofa stehenblieb. Als Lili ihren Namen hörte, fuhr ihr zunächst ein Schreck in die Glieder, und dem ersten Impuls folgend wollte sie losrennen. Doch dann erkannte sie die Stimme: „Na, hat Helga dich vor die Tür gesetzt?" und blickte im nächsten Moment in das dazugehörige Gesicht. „Axel, Mensch, du hast mir einen ordentlichen Schrecken eingejagt!" Lili knuffte Helgas Bruder, der auf seinem Mofa sitzend neben ihr zum Stehen gekommen war, teils wütend, doch sichtlich erleichtert, in die Seite. „Hey, hey, schön langsam, sonst falle ich noch mitsamt dem Mofa um. Außerdem kann ich doch nichts dafür, dass du dich zu so später Stunde noch draußen herumtreibst", gab er Lili gespielt ernst zur Antwort. Lili, nun durch und durch erleichtert, dass es Axel war, der sie angesprochen hatte, und keine zwielichtige, gar Frauen mordende Gestalt, begann laut zu lachen und erklärte Axel den Grund ihrer nächtlichen Wanderung. „Tja, und jetzt werde ich mir wohl ein Taxi rufen müssen!“ endete sie.

Während sie redete, hatte Axel sie in aller Ruhe beobachten können. Ach, diese Lili ist wirklich ein feiner Kerl, und hübsch obendrein, und noch ehe er wusste, wieso, hörte er sich sagen: „Komm, steig auf, ich fahr dich nach Hause. Du musst nur meine Gitarre schultern“. „Echt? Oh Mann, das wäre super. Geht das denn mit mir auf dem Mofa?“ Lili sah ihn ungläubig an. „Na klar, bist doch ein Federgewicht“, erwiderte Axel und erfasste noch einmal wohlwollend Lilis Gestalt. „Na dann“, nachdem sie seine Gitarre auf den Schultern hatte, schwang sich Lili auf den hinteren Teil des Mofa-Sattels. „Halt dich gut fest“, forderte Axel sie auf, woraufhin Lili seine Taille mit beiden Armen umschlang. Ein wohliger Schauer erfasste ihn, und er fuhr los.

Da in den Morgenstunden auf den Straßen wenig los war und Axel ein paar Abkürzungen fuhr, kamen sie in knapp einer Viertelstunde vor der Bäckerei von Lilis Eltern an. „Wow, schon da“, stellte Lili erstaunt fest und dachte bei sich: schade, das hat sich so gut angefühlt, ich hätte noch ewig so weiterfahren können. Sie stieg ab und gab Axel die Gitarre zurück. „Ja, also, vielen Dank, Axel! Du warst ganz klar mein Retter in der Not. Sonst wäre ich nie zeitig nach Hause gekommen. Also nochmal vielen Dank!"

Auch Axel bedauerte die kurze Fahrt und saß, noch ganz gefangen in diesem unbekannten, wohligen Gefühl auf seinem Mofa. Zu schön war es gewesen Lili körperlich so nah zu sein. ihre Arme um seinen Körper zu fühlen und ihren Atem ganz nah an seinem Kopf zu spüren. Ihm war immer noch ganz flau im Bauch. Er schwebte. Sag irgendwas, sonst ist sie gleich im Haus verschwunden, meldete sich sein Kopf. Lili, die, wenn auch nur sehr langsam, auf dem Weg zur Haustür war, überlegte ganz fieberhaft, was sie noch tun könne, um den Augenblick mit Axel nicht einfach so vergehen zu lassen.

„Lili...", endlich hatte Axel die Sprache wiedergefunden. Sofort drehte diese sich um, sah ihn, während sie vorsichtig auf ihn zukam, mit ihren großen braunen Augen erwartungsvoll an: „Ja?" – „Ich fand unsere

Mofa-Fahrt richtig super!" – „Ja ich auch", stimmte Lili, die nun wieder vor Axel stand, erleichtert zu. „Das war echt super von dir gewesen". Und dann geschah etwas, womit beide nicht gerechnet hätten. Lili umarmte ihn und gab ihm einen flüchtigen Kuss auf die Wange. Noch ehe Axel reagieren konnte, war sie schon an der Haustür, drehte sich noch einmal um, schenkte ihm ihr schönstes Lächeln, und war im nächsten Moment im Haus verschwunden. Axel saß, immer noch dem Überraschungsmoment nachspürend, auf seinem Mofa, hielt sich seine Wange und blickte zur Haustür, die sich hinter Lili geschlossen hatte. Nach einer gefühlten Ewigkeit fuhr er dann los. In ihm war alles in Aufruhr, immer wieder sprach er ihren Namen aus. Lili, Lili, Lili. Mit einem unbeschreiblichen Hochgefühl kam er zu Hause an.

Lili ging es ähnlich. Sie wusste gar nicht wie es passiert war. Es war so völlig ohne Voranmeldung gekommen. Klar, sie war total glücklich gewesen, dass es Axel gewesen war und nicht irgend so eine Gruselgestalt, die sie angesprochen hatte. Und sie war so happy, dass er sie nach Hause gefahren hatte. Und dazu war sie noch voll in der mit den Eltern verabredeten Zeit geblieben, es würde keinen Ärger, keine Vorwürfe oder gar Verbote von ihnen geben.

Doch da war noch mehr gewesen. Es hatte sich so unglaublich gut und so selbstverständlich angefühlt mit Axel auf dessen Mofa zu fahren, sich an ihm festzuhalten, ja sich anzuschmiegen, ihn so nah zu spüren. Fast traurig war sie vom Mofa gestiegen und zur Haustür gegangen. Was hätte sie auch tun sollen? Erst als Axel sie noch einmal angesprochen hatte, ihren Namen aussprach, hatte sie sich getraut und war nochmal zu ihm zurückgegangen. Als sie ihm dann wieder so nah war, sie in diese unglaublich blauen Augen blickte, und ihn sagen hörte, dass auch ihm die nächtliche Mofafahrt gut gefallen habe, da konnte Lili einfach nicht mehr anders. Sie schlang ihre Arme um ihn und gab ihm einen, wenn auch zarten, Kuss auf seine durch den Fahrtwind kühle Wange. Der Schauer, der Lili bei diesem harmlosen Kuss durchlief, hallte auch noch nach, als sie die Haustür hinter sich geschlossen hatte. Diesem Gefühl nachspürend lehnte sie sich von innen an die Haustür. Langsam hörte ihr wild schlagendes Herz auf zu rasen, und wenig später ging sie hinauf in ihr Zimmer. Während sie sich für die Nacht fertig machte, ging ihr immer wieder die Szene vor der Haustüre durch den Kopf. „Axel, Axel, Axel“, flüsterte sie leise vor sich hin „was machst du nur mit mir?“ Sie fühlte sich unendlich leicht. In ihr war ein wohliges, prickelndes Gefühl, und das hatte ganz offensichtlich mit dem Namen und der Person Axel zu tun. Lili gab einen tiefen zufriedenen Seufzer von sich, kuschelte sich in ihre Bettdecke und schlief mit einem glücklichen Lächeln ein.

Am nächsten Tag, um die Mittagszeit, wachte sie auf. Sofort waren ihre Gedanken und Gefühle wieder bei der gestrigen Heimfahrt, und sofort roch sie wieder diesen Duft von Motoröl und Rasierwasser, der Axel umgeben hatte, und bei dessen Erinnerung Lili ganz warm im Bauch wurde und die Schmetterlinge darin zu tanzen begannen. „Axel, Ax-el, Axel", mehrmals rief sie seinen Namen und stellte fest, dass sie ihn in vielfältiger Weise aussprechen konnte. Mal kurz, mal langgezogen, knapp und fest, oder auch ganz sanft und weich, leise flüsternd. Lili war ganz in ihre Gedanken vertieft, als das Türklopfen sie aufschrecken ließ. Im nächsten Moment steckte der Vater den Kopf ins Zimmer. „Guten Morgen, du Schlafmütze. Na, habt ihr einen schönen Abend gehabt?" – Natürlich meinte er Lili und Helga. Dass seine Tochter, als sie ihm strahlend antwortete, dass der Abend traumhaft gewesen war, an Axel und ihre Mofa-Fahrt, an die Umarmung und den Kuss, dachte, das konnte er nicht ahnen. „Na, umso besser! Ich dachte schon <Spiel mir das Lied vom Tod> wäre zu hart für meine Lili." Bevor diese etwas erwidern konnte, fuhr er fort: „Deine Mutter und ich fahren jetzt los. Du weißt doch, wir wollen uns die Stereoanlage, die wir in Bonn gesehen haben, kaufen. Die mit dem großartigen Klangerlebnis. Also bis später! Essen steht auf dem Herd". Schon war der Vater verschwunden, und kurz darauf hörte Lili wie die Haustür ins Schloss fiel. Sie war erleichtert, denn ihr Vater hatte die Angewohnheit hartnäckig nachzufragen, wenn es um Lilis abendliche Freizeitaktivitäten ging. „Papa fragt mir regelrecht Löcher in den Bauch", hatte sie sich schon oft bei ihrer Mutter beschwert. „Das nervt total! Und dann wundert er sich, dass ich ihm einsilbig antworte. „Lili, du musst nachsichtig mit ihm sein. Für ihn bist du immer noch seine kleine Lili-Maus, die sich in der Backstube auf den Hocker stellt, um über den Tischrand schauen zu können", versuchte Frau Frisch dann ihre Tochter zu beschwichtigen. „Zum Glück bist wenigstens du da lockerer drauf", wurde sie daraufhin von Lili für ihr Verständnis gelobt. Frau Frisch lächelte dann meist und seufzte gleichzeitig. Es hatte schon einige Diskussionen zwischen ihr und ihrem Mann gegeben, wenn es um Lilis Freizeitgestaltung, besonders die Freitag-Abendliche ging. Letztlich wussten beide, dass sie ihrer Tochter vertrauen konnten, mit dem

Unterschied, dass sich Lilis Vater nur zu gut an die Zeit erinnern konnte, an der er selbst jung gewesen war. Mädels und deren Gunst zu erobern hatte da ganz oben auf seiner Tagesordnung gestanden.

Wie dem auch sei, für die nächsten Stunden war sie vor seinem Nachfragen sicher, und wenn sie es geschickt anstellte, würde er heute keine Gelegenheit mehr dazu haben. Darüber sichtlich froh ging Lili hinunter in die Küche. Die gebratene Leber nebst inzwischen erkaltetem Kartoffelbrei ließ sie unberührt. Stattdessen machte sie sich belegte Brötchen, die sie zusammen mit einer Thermoskanne Tee in ihrem Rucksack verstaute. Draußen schien die Sonne. Für November war der heutige Tag ausgesprochen mild. Das kam Lili gerade recht. Der gestrige Abend, also besonders dessen überraschendes Ende mit Helgas Bruder, hatte sie doch ganz schön durcheinandergebracht. Sie musste nachdenken, noch mal alles Revue passieren lassen. Und dazu brauchte sie frische Luft. Bewegung und ganz viel frische Luft. Obwohl es jetzt in der Sonne richtig warm war, zog Lili sich luftig an. Was die Kleidung anging, war für heute Zwiebelschalentechnik angesagt.

Was jetzt noch als zu warm erschien würde am späteren Nachmittag sicher zur Anwendung kommen und kam bis dahin in den Rucksack.

Keine halbe Stunde nachdem die Eltern das Haus verlassen hatten, schloss Lili ebenfalls die Haustür hinter sich und machte sich auf den Weg. So genau wusste sie noch nicht, wo es hingehen sollte. Auf jeden Fall erst mal runter zum Rhein. Sie liebte es in der Nähe des Flusses zu sein. Ihn zu riechen, seine mächtige Kraft zu spüren, ließ sie zur Ruhe kommen. Lili bog in die Johannesstraße ein und folgte ihr, bis sie direkt an den Rhein gelangte. Ah, diese Luft, dieser unverwechselbare Duft, wie es ihn nur hier an diesem großen wunderbaren Strom gab. Lili atmete tief ein. Sie blinzelte in die Novembersonne und machte sich in nördlicher Richtung auf zur Kennedy-Brücke. Dieses Mal nicht wild dahin rennend, sondern entspannt und doch zügigen Schrittes. Sie stieg die Treppen zur Brücke auf und überquerte sie, um auf der Bonner Seite am Moses-Hess-Ufer ihren Weg wiederum am Rhein fortzusetzen.

Am Bonner Theater, an dem Lili nun vorbeikam, hingen große Plakate, auf denen das musikalische Herbstereignis der Saison angekündigt wurde. So ein Mist, dachte Lili. Wer interessiert sich schon für so einen alten Schinken? Überhaupt, für die ollen Kamellen wurde von der Stadt Geld ausgegeben. Doch wenn es um Popfestivals ging, da war dann kein Geld mehr in der Stadtkasse. Mit Grauen erinnerte sie sich an den Besuch des Internationalen Beethovenfestes vor 2 Jahren mit ihrer damaligen Schulklasse. Die Ode an die Freude mussten sie sich anhören. Die einzige Freude an diesem Tag für Lili stellte das anschließende Pizzaessen auf Kosten der Klassenkasse da. Jetzt sollte tatsächlich, weil es der 200. Geburtstag des sogenannten Sohnes der Stadt war, ein wohl ziemlich berühmter Dirigent mit seiner Band, pardon, seinem Orchester, Musik vom noch berühmteren Sohnemann spielen. Karawan, Karagan oder so ähnlich hieß er. Lili verdrehte die Augen. Nichts für sie!

Sie setzte ihren Weg am Brassertufer fort und bog dann in die Konvikstraße ein. Lili wollte zum Stadtgarten, da es dort so schöne windgeschützte Sonnenplätze gab und sie sich einen sichern wollte, um dieses herrliche, milde

Klima auszukosten. Auf dem Weg dorthin kam sie am alten Zoll vorbei und bog links ab zum dortigen Aussichtsplateau.

Was mache ich denn hier? Doch, bevor sie weiter überlegen konnte, weshalb sie nach links zum alten Zoll abgebogen und nicht weiter zum Stadtgarten gegangen war, meldete sich diese elende Stimme wieder in ihrem Kopf. *Was müssen meine Augen gar nun erblicken? Das ist mit Nichten meines Vaters Lande, die schöne Gegend, in welcher ich durfte das Licht dieser Welt erblicken. Wo sind hin die herrlich, lieblichen Auen, welche dem Rheine Form und Haltung verleihen? Wo ihr sattes Grün, ihre Bäume, Weiden und Büsche? Ihrer statt gaffen mich gar graue Ungeheuer an. Wohl scheint es mir als seien sie von Menschenhand geschaffen! Doch so gleiche wisset, es ist nicht möglich. Es schwirret in meinem Kopfe gar arg…*

Lili, mehr und mehr an ihrem Verstand zweifelnd, stützte, an der Geländer-Umrandung des alten Zolls angekommen, ihren Kopf in beide Hände. So ging das nicht weiter. Was war da los in ihrem Kopf. Woher kam diese Stimme? Plötzlich fiel ihr Helgas „Standardspruch in allen Lebenslagen“, wie sie es gerne formulierte, ein: „Angriff ist die beste Verteidigung!" Lili schaute sich vorsichtig um. In ihrer Nähe befand sich niemand. Ganz hinten am Weg zum Stadtgarten schlenderten ein paar Leute, doch ihr Ziel war offensichtlich der Stadtgarten. OK, entschied Lili, jetzt oder nie:

„Wer bist du?", stellte sie laut ihre Frage. Keine Antwort. Oh nein, so kommst du mir nicht davon. Erst mich fast um meinen Verstand reden und dann abhauen. So nicht! Lili merkte, dass sie nun richtig wütend wurde. „Also rede schon: Wer bist du und was hast du in meinem Kopf zu suchen?" – *Meinet Ihr mich?* - hörte Lili ungewohnt zaghaft die Stimme antworten. „Ja, ganz genau dich! – *Oh, verzeihet mir, werthes Fräulein. Doch Ihr sehet mich ebenda erstaunet gar. Erschien es mir seitz aller Zeit, als wäre die ganze Welt noch tauber als ich es war. Und jetzet höret man mich und sprechet gar zu meiner selbzt.* - Die Stimme klang aufrichtig erstaunt, fast erschrocken. Für Lili war das alles so real, als würde sie der Person zu dieser Stimme gegenüberstehen. „Also, ich weiß zwar nicht weshalb, aber ich höre dich klar und deutlich und noch mehr. Du hast dich schon öfter mal meiner Stimme bedient, um dir

Gehör zu verschaffen", klärte Lili ihr inneres Gegenüber auf. *Es ist meiner nicht unbemerkt geblieben, mit Eurer Hilfe ward es mir ermöglicht der Menschen Gefühl erleben zu können.* – „Also zunächst mal, nenn mich Lili und hör auf mit dem blöden <Eurer oder werthes Fräulein>. Einfach Lili, OK? Und versuch mal normal zu reden".

Pardon, werthes, eh, werthe Lili, was meinet ihr mit „normal", die Stimme klang irritiert. „Na, ich meine, wir sind nicht im Mittelalter oder so was, sondern wir sind im 20. Jahrhundert: 1970". *Das erscheinet mir gar Unmöglich ganz und gar! So lange soll Zeit vergangen sein, so lange?* „Wenn du mir sagst was oder wer du bist, kann ich dir sicher helfen, und mir auch", versuchte Lili die Stimme zu beruhigen. Irgendwie war es schon ziemlich verrückt, mit sich selbst zu reden. Denn schließlich tat sie das ja, oder? Lili raufte sich die Haare, es war zum Verzweifeln. Alles was sie wollte war diese schreckliche Stimme loszuwerden.

Bin meiner ich denn gar so schröcklich? – meldet sich die Stimme wieder.

Woher weißt du was ich denke?“ So etwas wie Entsetzen machte sich in Lili breit.

Nur wenn ich bei Dir bin! Lili atmete auf, zum Glück. „So kann das aber nicht weitergehen. Ich meine, du musst wieder aus meinem Kopf verschwinden. Wie bist du überhaupt da reingeraten?“ Lili wollte nicht einknicken, sich nicht von der Stimme einlullen lassen. Sie ließ ihr Ziel nicht aus den Augen: die Stimme musste verschwinden. Ein für alle Mal!

Es mag Euch seltsam anmuten, doch auch wöllte isch, isch könnte nicht erklären. Mag sein, daß der Wunsche in mir gar so übermächtig war.

Lili wurde langsam ungeduldig: „OK, das ist jetzt nicht wichtig. Sag mir einfach wer du bist und was du willst!“

In mir waren derer von Anbeginn Klänge, Töne, welche sich stets verbanden zu Musik, die ich ebenda nur brauchte zu Papire zu bringen. Sie war in mir immerda und wollte, nein musste, zur Welt gebracht werden. In der Musik und mit ihr war ich sicher behütet, wir verstanden einander, bedarften nicht Erklärung, noch Thaten. Was mit den Menschen nicht möglich waret, die

Musik that es immer zu. Musik hauchte mir Leben, gar Liebe und Leidenschaft ein. Sie trug mich fort auf ihren Schwingen, weit fort vom Mühsale des Lebens. „Wow, was für eine Ansage!“ Lili hatte wirklich große Mühe ihr Ziel nicht aus den Augen zu verlieren.

„Ja wen haben wir denn da so ganz alleine?“, das war jetzt definitiv nicht die Stimme in ihrem Kopf, obwohl sich die jetzt auch meldete: *So will ich itzo den Schleier lüften. Mein Name…* - „Nicht jetzt!“, zischte Lili, während sie sich herumdrehte, um zu schauen von wem dieser dämliche Spruch kam. Lili musste erst kurz überlegen, bis sie das Gesicht erkannte, das da breit grinsend auf sie zukam. Genau, das war doch der Gitarrist aus Axels Band.

„Die rote Zora, oder sollte ich besser sagen die *Jeanne d'Arc* des Beueler Pfarrheims“? Tom stand nun vor Lili und schaute sie wohlwollend an. Eine wirklich süße Maus, stellte er im Stillen fest. Lili war ganz froh, dass er nicht näher nachfragte, weshalb sie allein am alten Zoll war, sondern direkt von dem erzählte, was ihn besonders interessierte: von sich. Er erzählte von „seiner“ Musik, „seinem“ Spielen, und nicht zu vergessen „seinem“ Singen in der Band, wie wichtig das alles für die Band sei und dass er nun tatsächlich einen coolen Auftritt für die Gruppe im Bonn Center an Land gezogen habe. Und wenn sie Lust hätte, dann würde er ihr natürlich eine Freikarte spendieren. Er, er, er und nochmals er! Was für ein selbstverliebter Gockel, dachte Lili bei sich. Wie hält Axel den bloß aus? Ganz von sich selbst eingenommen, merkte Tom nicht, dass er Lili mit seinem Gerede auf den Zeiger ging und sie ihm nicht mehr zuhörte. Überhaupt war das Gespräch, das Lili zuvor geführt hatte, noch so in ihr präsent, versuchte sie das Erlebte für sich einzuordnen, dass sie zunächst gar nicht mitbekam, dass Tom sie zum wiederholten Male etwas gefragt hatte und er sie jetzt etwas merkwürdig anschaute. „Entschuldigung, ich war in Gedanken. Was hast du gesagt?“, sie wollte nicht unhöflich sein und wollte zudem, warum auch immer, beim Bandkollegen von Axel keinen schlechten Eindruck machen. „Ob du mitfahren möchtest, habe ich gefragt.“ Tom war etwas irritiert. Diese Lili war anders als die Mädels, vor denen er seine Sprüche zum Besten gab und die ihm dabei an den Lippen hingen. Lili schien das weniger zu beeindrucken. Das weckte Toms Jagdinstinkt. Diese Lili musste doch auch zu knacken sein. Ohne seine Sätze weiter auszuschmücken, erklärte er ihr daher, dass er sich gleich mit seinem Vater, der beim Bonner Stadthalle für die Kulissen zuständig war, treffen würde, um gemeinsam mit ihm zurück nach Beuel zu fahren. Dabei könnten sie Lili zu Hause absetzen. Lili, die mit einem Mal spürte, wie der Luftzug, der vom Rhein herüberwehte, kühler wurde, und die zu frösteln begann, nahm das Angebot dankend an. Die Aussicht sich bald zu Hause in die warme Badewanne legen zu können, wog ihre Abneigung gegenüber Tom deutlich auf. Außerdem würde dessen Vater dabei sein, und sie hoffte, dass sich Tom in dessen Gegenwart zusammenreißen würde. Genauso war es dann auch. Als sie Lili vor deren Haustür absetzten, verabschiedetet man sich gesittet, und Lili lag keine zehn Minuten später in der wohltemperierten Badewanne.

Um Punkt 18 Uhr, wie verabredet, fanden sich die Jungs in einem der vielen Säle des Bonn-Centers ein, wo Dick schon in seinem gewohnt lässigen Outfit in Jeans und T-Shirt dastand, damit beschäftigt, einige der Mikros sicher anzubringen und die Gitarren einzuspielen. Alle Instrumente wurden offensichtlich vom Veranstalter gestellt, und es schien, als könnten sie auf dieselben zugreifen, die sie schon bei Dick zuhause kennen gelernt hatten. Es waren sogar noch ein paar mehr da, sodass sie die freie Auswahl hatten. Sie waren begeistert!

Dick selbst begrüßte alle freundlich und stellte ihnen noch einen jungen Mann von der Technik mit Namen Hendrik vor, der sich heute um den Sound kümmern sollte. „Schön, dass ihr euch entschlossen habt zu kommen und euch der Herausforderung stellt", stellte Dick gutgelaunt fest. „Wie ist es mit der Umstellung auf Unplugged? Kriegt ihr das gestemmt?". „Ja, klar!", gaben alle selbstbewusst von sich, „Wir bekommen das hin."

„Gut, Jungs, dann greift euch die Instrumente und spielt euch ein bisschen ein".

Axel ging zielstrebig auf die Gibson zu, die er schon bei Dick in den Händen hielt. Er hatte sich in das Instrument verliebt. Und jetzt, nachdem es auch noch an einen Verstärker angeschlossen wurde, kam es ihm so vor, als spielte es sich wie von selbst. Tom schnappte sich eine Martin Dreadnought Western-Gitarre, deren Wert ihm wohl nicht so ganz bewusst war; denn er griff sie sich recht unbekümmert und schlug sie auch ohne große Hemmungen an. Aber das sollte ja – wie sie vorher von Dick gehört hatten – auch durchaus so gewollt sein. Heiner hatte ein ganzes Arsenal an exotischen Trommeln vor sich, die er alle ausprobierte und bearbeitete. Und Steve zog es vor, erst mal bei seiner Ovation zu bleiben, die sich im Verstärker auch nicht schlecht anhörte.

Während sie sich einspielten und alle voll und ganz auf ihre Instrumente konzentriert waren, richtete Tom sich plötzlich auf. „Hey, Leute, fast vergessen…“, warf er unbekümmert in die Runde, „..die Kleine vom Pfarrheim-Auftritt, na, ihr wisst schon…die rote Zora, die, die die Fertigen da so angemacht hat…“. Nun wurde Axel jäh aus seiner Konzentration gerissen und schaute Tom entgeistert an. „Was ist mit der?“, fragte er seinen Rhythmus-Gitarristen, bemüht möglichst gelassen zu klingen. „Ja, die hab ich zu unserem Konzert eingeladen". „Du hast sie eingeladen?", entgegnete Axel und konnte sein Erstaunen kaum verbergen. „Klar, Ax. Die Kleine mag mich, bin ich ziemlich sicher. Ich hab sie am alten Zoll getroffen, ihr von unserer Probe erzählt und bin dann mit ihr nach Beuel gefahren." „Du bist mit ihr nach Beuel gefahren?" Axel nahm an, dass Tom von dessen Motorrad sprach, welches er sich vor ein paar Wochen gebraucht gekauft hatte, eine Kawasaki F2, Baujahr 1967. „Ja, klar, die Süße war so dankbar, dass sie mitfahren konnte, da es ihr so kalt war auf dem Alten Zoll." „Du warst mit ihr auf dem Alten Zoll?" „Ja, Mann, ist doch ein romantischer Aussichtspunkt; da stehen die Mädels nun mal drauf." Tom grinst ihn augenzwinkernd an. Dass er Lili dort zufällig getroffen hatte, das behielt er für sich. Sollten doch seine Kumpels ruhig glauben, er hätte mal eben so ein Mädel wie Lili aufreißen können. Imagepflege ist halt alles. Was er damit bei Axel auslöste, konnte er nicht wissen. Ob er nicht so aufgeschnitten hätte, wenn er es gewusst hätte, sei dahingestellt.

Es verfehlte auf jeden Fall nicht seine Wirkung! Axel, dem es heiß und kalt wurde, schossen tausend Gedanken durch den Kopf, immer schneller und schneller. Wie aus dem Nichts fiel die eben noch gespürte Energie von ihm ab. Ungläubig und fassungslos starrte er vor sich hin. Lili, seine Lili, hatte sich an Tom ran gehängt? Das durfte doch nicht wahr sein! Hatte sie ihn etwa auch geküsst? Vielleicht noch länger und intensiver als ihn?

Axel stand auf, legte seine Gibson zur Seite und ging in Richtung Türausgang.

„Hey, Ax, was ist los?“, rief ihm Steve zu. „Willst du dich nicht mehr einspielen? Ich denke, es dauert nicht mehr allzu lange bis die Probe beginnt.“ „Ok, Steve“, antwortete Axel, „ich muss mal an die frische Luft. Mir ist nicht gut. Macht ihr mal weiter.“ Damit war er auch schon im Gang, der ihn nach draußen führte, verschwunden. Dort musste er sich erst einmal am Treppengeländer festhalten. Toms Kommentare zu Lili hatten bei ihm ein Kopfkino in Gang gesetzt, bei dessen Bildern es ihm regelrecht schwindelig wurde. Er wusste, dass er sich jetzt zusammenreißen musste, sollten doch gleich die wichtige Probe beginnen. Mit sich ringend versuchte er seine Gefühle wieder halbwegs in die Reihe zu bekommen und zu ordnen. OK, ging es ihm durch den Kopf, ok, da hast du dich ja zu 100 Prozent geirrt, Axel, nein zu 150 Prozent. Das hättest du ihr nie zugetraut! Ist sie so eine, die sich gleich dem Nächsten, der ihr schöne Augen macht, an den Hals schmeißt? Oder ist Tom ein solcher Tausendsassa, dass er jede Frau rumbekommen kann, wann immer es ihm so gefällt? Na klar, Tom, der Mädchen-Schwarm, der Sunnyboy, der ewig Witzige und Lockere! Der hat es wieder mal geschafft! Musikalisch ein Schluder-Hannes, aber auf dem Gebiet der Beziehungen ein Weltmeister. Und was ist mit Lili? Hat sie ihm vielleicht sogar erzählt, dass er, Axel, sie auf seinem Mofa mitgenommen hat? Auf seinem kleinen Äffchen, das natürlich nicht mit der Kawasaki von Tom mithalten kann? Haben die beiden vielleicht darüber gelacht, sich lustig gemacht, über ihn, den unbeholfenen, in sich gekehrten Axel, den Typ, der immer so unbeweglich und stur auf der Bühne steht?

Axel wurde wütend, wütend und verbittert. Je länger er darüber nachdachte, führte es dazu, dass er seine Gedanken nicht ordnete, sondern sich mehr und mehr in die Idee verrannte, dass seine Mutmaßungen real waren. Doch ihm war klar, dass er, so sehr es ihn auch schmerzte, die Chance, die Dick ihnen mit dem Auftritt bot, nicht aufs Spiel setzen wollte. Schließlich funktionierten sie zusammen, also auch mit Tom, als Band. Sollte Lili Tom den Vorzug geben, dann war es so. Er würde ihr nicht hinterherrennen. Nein das würde er ganz sicher nicht tun. Er musste sich jetzt zusammenreißen, musste nur an ihre Musik denken, nicht an seine Gefühle. Die spielten im Augenblick keine Rolle.

Und während er zurückging, öffnete sich plötzlich die Eingangstür und Steve stand oben auf der Treppe. „Hey, Ax, geht's wieder besser? Wir sollen anfangen." Steve blickte ihn mit besorgter Miene an. Er spürte, dass irgendetwas mit Axel nicht stimmte, wusste aber nicht was. „Ja, Mann, kein Thema, ich komme", erwiderte dieser und zog sich mit einem entschlossenen Ruck am Geländer hoch.

Im Saal wieder angekommen, zog er erst mal die Blicke aller auf sich; doch er bemühte sich so locker wie möglich seine Gitarre zu greifen und den Platz einzunehmen, den man ihm bereits zugewiesen hatte: links außen, etwas vorgelagert, sodass er Tom nicht unmittelbar vor sich hatte, nicht zu ihm hinschauen und ihm vor allem nicht in die Augen blicken musste, Gott sei Dank!

Auch Dick merkte, dass irgendetwas mit Axel nicht stimmte, sagte aber nichts dazu und forderte die Jungs nun auf, mal was von sich hören zu lassen.

„Bye, bye, Honeybee", sagte Heiner den ersten Titel an. Und schon ging's los. Tom spielte die Chords mit einem dünnen Plektron, sodass ein ruhiger und satter Sound entstand, den Axel mit einigen Solo-Riffs unterlegte, die er sich bei ihren eigenen Proben überlegt hatte.

Tom fing an zu singen. Seine Stimme war schon gut und wirkte über die Mikros nochmal besser. Die Backing Vocals übernahmen Axel und Steve; und auch die kamen wie aus einem Guss. Nichts war Axel anzumerken. Er war ganz in der Musik. Das wusste und spürte er, und das gab ihm auf einmal ein Gefühl der Unverwundbarkeit, der Stärke und vielleicht auch der Verachtung allem Profanen gegenüber. Nein, er lebte für die Musik, nur für die Musik! Er war Profi. Kein Mädchen konnte ihn davon abbringen. Hier ging es um mehr, um weit mehr als um blöde Gefühlsduselei, hier ging es um echte Gefühle, innere Kämpfe, Trauer und Wut, Freude und Liebe, ja, Liebe, wirkliche Liebe…"Bye, bye, Honeybee, bye, bye, Honeybee, I said, please do not fly away…". Und mit einem grandiosen Akkord endete der Song.

„Super, boys, das kam gut! Hey Axel, tolle Riffs! Tom, die Chords cool und auf den Punkt gespielt, Respekt! Steve, geile Bass-Ideen! Und Heiner, hey, du solltest zu Percussion wechseln. Du scheinst dazu geboren zu sein!" Dick und auch sein technischer Begleiter klatschten Beifall und Hendrik ließ sich sogar auf einen schrillen Pfiff ein.

Auf einmal waren alle wie umgewandelt. Erlöst von dem Druck, den sie vorher noch gespürt hatten, da sie ja überhaupt nicht wussten wie ihre Performance so unplugged ankam, schauten sie sich strahlend an. Nur Axel blickte unbeweglich nach unten, lächelnd zwar und scheinbar zufrieden, aber noch genauso angespannt wie zuvor.

Die nächsten Songs schlossen sich an, und Dick war sehr angetan, ja mehr und mehr von den Jungs überzeugt. „Wo habt ihr bloß diese eingängigen Melodien her, Boys? Hey, Ax und Steve, ihr seid doch die Composer! Wo nehmt ihr das her?“ Steve, ohnehin der ruhige Krieger am Bass, zuckte nur die Schultern. Doch Axel antwortete auf einmal ganz ernst: „Sie liegen herum. Man braucht sie sich nur zu greifen. So wie andere sich die Mädchen greifen, die sie haben wollen, greifen sich Steve und ich die Melodien.“ Alle lachten, und Dick bemerkte noch „Na, bei den Songs lassen die Mädels sicher auch nicht lange auf sich warten!“.

Mit dieser und ein paar weiteren Bemerkungen, die durchweg positiv waren und die Qualität der Band herausstellten, endete damit die Probe. Dick war sehr zufrieden was die Jungs heute abgeliefert hatten. Sie unterhielten sich noch ein wenig und Dick verabschiedete sich wenig später mit den Worten „Allright, guys, macht`s gut, bis zur nächsten Probe. Die ist dann in der Stadthalle, wo ihr auch auftreten werdet, Jungs.“

Tom, Steve und Heiner wollten den Erfolg noch gebührend feiern und schlugen eine Partie Billard im Bonn-Center vor. Axel aber lehnte das Angebot ab, indem er einwandte, heute noch etwas erledigen zu müssen. Auf die Bitten der Jungs „Hey, Ax, nun sei kein Frosch! Wir müssen das doch noch ein bisschen feiern!“ ging er nicht ein, bestieg sein Mofa und fuhr mit einem knappen „Wir seh‘n uns“ davon.

Irritiert und verwirrt standen Bassist, Schlagzeuger und Rhythmus-Gitarrist da und blickten sich fragend an. „Wisst ihr was heute mit ihm los war?“, fragte Steve in die Runde. „Keine Ahnung“, antwortete Tom, „Vielleicht hatte er ja heute seine Tage“. Mehr oder weniger gleichmütig, jedoch leicht in der Stimmung getrübt, betraten sie das Billard-Center, wo sie nach einem Glas Bier und einer Cola gleichfalls den Abend beendeten.

Von alledem ahnte Lili nichts. Fast zur gleichen Zeit saß sie zusammen mit Helga in der Straßenbahn, die in Richtung Bonner Innenstadt fuhr. Die beiden Freundinnen hatten sich schon die ganze Woche auf den heutigen Abend gefreut. Sie wollten zum Bonner Wochenmarkt auf dem Markplatz. In der Vorweihnachtszeit waren dort viele Buden und Stände weihnachtlich dekoriert, es gab heiße Maronen zu kaufen, an manchen Ständen auch leckeres Gebäck und Geschenkideen fürs Fest. Der übliche Marktduft aus gebratenen Würsten, Fisch und Gewürzen wurde durch eine feine Prise weihnachtlicher Düfte ergänzt. Auch würde es den einen oder anderen Stand geben, der eigens in der Vorweihnachtszeit dort Quartier bezog und auch über die übliche Marktzeit hinaus geöffnet haben sollte. Helga war schon einmal mit ihrer Chefin dort gewesen, quasi als betriebliche Weihnachtsfeier deklariert. Ihr hatte es jedenfalls gefallen, und sie hatte Lili gar nicht lange überreden müssen.

Am Abend, wenn auch am frühen, in Bonn unterwegs sein zu können, war für Lili Anreiz genug. In Beuel gab es letztlich nichts, was sie noch reizen konnte. Vom Pfarrheim mit seinen meist doch einschläfernden Aktionen hatte sie recht bald die Nase voll. Sie wäre auch nicht zur letzten Veranstaltung gegangen, hätte Helga sie nicht so bedrängt, dass sie dann doch nachgegeben und hingegangen war. Na, und sonst war da ja nur noch das Café Wagner. Aber bis auf ein oder zwei Ausnahmen im Jahr konnte man sich dort nur bis 18.30 Uhr aufhalten, dann war Ladenschluss.

Lilis Mutter konnte sich gut vorstellen was in ihrer Tochter vorging. Ähnlich hatte sie als Backfisch auch empfunden. Und sie wusste noch zu gut, wie elend es ihr immer war, wenn sie ihre Eltern hatte anlügen müssen, um mal ihre geliebte Swing Musik hören zu können. Sie hatte oft darüber nachgedacht, wie es wohl geworden wäre, hätte sie vor Lili keine Fehlgeburt erlitten. Dann hätte Lili vielleicht einen älteren Bruder gehabt, der seine kleine Schwester unter seine Fittiche genommen hätte. Ja, hätte, hätte, hätte. Doch so war es nun mal nicht, und sie wollte nicht, dass nun Lili sie, ihre Eltern, anlügen musste. Deshalb hatte Lilis Mutter, nach längeren zähen Diskussionen mit ihrem Mann, gemeinsam mit ihrer Tochter die Vereinbarung getroffen, dass sie sich stets auf einen Kompromiss würden einigen können. Lili musste sagen, wo sie tatsächlich hinging und mit wem; und natürlich war die Ausgehzeit nicht verhandelbar. Außerhalb von Beuel, und somit für Bonn, galt am Wochenende: Um 22.00 Uhr war Schicht im Schacht. Für diese in ihren Augen großzügige Regelung war Lili ihrer Mutter sehr dankbar, und sie hörte sich dann auch gerne die nicht enden wollenden Ratschläge und Vorsichtsmaßnahmen ihres Vaters an, der nicht müde wurde, Lili diese jedes Mal aufs Neue aufzuzählen. Meist war es dann ihre Mutter, die den Vater, mit den Worten: „Lass es gut sein, Heinz Werner, Lili kennt sie sicher schon zu Genüge“ unterbrach, indem sie liebevoll ihren Arm um ihren Mann legte, der sie daraufhin schuldbewusst anschaute und seiner schönen, klugen Frau einen zärtlichen Kuss auf die Stirn gab.

Helga, die das Prozedere an diesem Abend miterlebte, sagte später in der Straßenbahn zu Lili: „Deine Eltern sind echt total süß!“ „Ja, stimmt schon, doch manchmal können sie auch wirklich nerven; und eben fand ich es ziemlich peinlich.“ „Quatsch!“, Helga schüttelte den Kopf. „Stell dir vor die wären total konservativ und verklemmt. Dann säßen wir jetzt nicht hier!“ Lili stimmte der Freundin zu. Wo sie Recht hatte, hatte sie Recht! Inzwischen waren beide ausgestiegen und gingen durch die Wenzelgasse geradewegs auf den Marktplatz zu. Die Sonne war längst untergegangen, die Luft erheblich kühler und Lili war froh, dass sie sich für ihren gefütterten Parka sowie Schal und Mütze entschieden hatte.

Der Wochenmarkt war noch nicht erreicht, doch schon hing dieser typische Duft von gebratener Wurst, Maronen und vorweihnachtlichem Gebäck in der Luft und ließ die beiden einen Gang zulegen. Endlich auf dem Markt angekommen, strahlte Lili ihre Freundin an: „Mensch, Helga, das ist ja irre hier! Die vielen Lichter, wie schön hier alles geschmückt ist! Und es duftet ja sogar nach Zimt und Schokolade! Kein Vergleich dazu, wie der Markt das Jahr über ist! Wow, schau doch mal, da ist ja sogar ein Leierkastenspieler mit so einem Ding, wie ich es noch aus meiner Kindheit kenne! Und wie ist der denn angezogen? Ist das ein Nikolaus-Kostüm?“. Lili war hin und weg, und Helga grinste nur. Sie war sich sicher, dass es ihrer Freundin gefallen würde. Endlich mal raus aus Beuel und es sich hier auf dem Wochenmarkt gut gehen lassen.

Nachdem sich die Freundinnen ausgiebig die Stände, besonders die mit den weihnachtlichen Sachen, angeschaut, Maronen, Zuckerwatte und eine super leckere - wie Lili feststellte - Bratwurst mit Senf verzehrt hatten, steuerte Helga jetzt zielsicher eine Bude an, die rechts vor dem alten Bonner Rathaus stand. Lili hätte sie fast verloren. Sie war Helga, die sich offenkundig auf dem Markt sehr gut zurechtfand, blind gefolgt und dabei immer wieder vor verschiedenen Ständen stehen geblieben, sodass sich ihr Abstand auf ihre Freundin stets vergrößerte. Auch wenn nun die üblichen Stände zusammenpackten, waren da noch die anderen, die länger geöffnet hatten, und um die sich nun nicht wenige Leute tummelten. Lili schaute sich um. Wo war nur mit einem Mal Helga geblieben? Suchend ließ sie ihren Blick schweifen. Ach, zum Glück, da hinten vorm Rathaus, sah sie ihren roten Mantel. Was machte sie denn da am Stand? Beim Näherkommen erkannte Lili die Aufschrift über der Bude: Glühwein. Kaum hatte sie ihre Freundin wieder erreicht, dreht diese sich mit zwei Gläsern roten Inhaltes um und strahlte Lili an. „Der gehört zur Stimmung dazu, und wärmen tut er auch.“. Mit diesen Worten reichte sie ihr nun eines der beiden Gläser und musste feststellen, dass ihre Freundin sie ganz überrascht ansah. Glühwein, den hatte sie vor ein paar Jahren mal bei der Mutter nippen dürfen, aber jetzt ein ganzes Glas? Helga bemerkte die Verwunderung bei ihrer jüngeren Freundin, prostete ihr zu und sagte schelmisch: „Auf deine Glühweinpremiere!“ Lili grinste sie an. Genau! Immerhin war sie kein Kind mehr! Ein Glas Glühwein würde sie sicher nicht umhauen. Und vorsichtig nahm sie einen ersten Schluck. Hmm, lecker! Schon im nächsten Moment merkte sie, wie es ihr wohlig warm im Bauch wurde.

Die beiden Beueler Mädchen setzten sich nun auf eine Bank. Helga wollte Lili unbedingt noch die große Neuigkeit von Axel und der Band erzählen und staunte nicht schlecht, als sie hörte, dass Lili schon Bescheid wusste, und vor allem von wem sie es erfahren hatte. „Von Tom?“, Helga konnte es nicht glauben. „Was hast du denn mit dem zu schaffen?“ „Nichts“, antwortete Lili. „Ich habe ihn zufällig heute am alten Zoll getroffen. War da spazieren. Na, und da tauchte dieser Typ plötzlich auf. Der ist ja so ein selbstverliebter Gockel! Nicht zum Aushalten! Und ein Angeber obendrein! Musste es unbedingt so heraushängen lassen, dass er der Band den Auftritt im Bonn Center verschafft hatte und mir eine Freikarte.“.

„Moment mal!“. Helga, die bis dahin ihrer Freundin staunend zugehört hatte und sich wunderte, dass Lili plötzlich zum alten Zoll spazierte, den sie noch vor Kurzem als öd und trist bezeichnet hatte, unterbrach sie jetzt empört: „Dieser Tom ist nicht nur ein Aufschneider, sondern ein Hochstapler obendrein! Das ist erstunken und erlogen! Er habe den Auftritt organisiert? Pah, dass ich nicht lache!“

Helga war jetzt richtig wütend. Dieser Tom war ihr schon lange ein Dorn im Auge. Spielte sich in der Band als der Star auf und tat die Musik der anderen als Nebensache ab. Sie mochte ihn einfach nicht, ihn und seine ganze Art. Wie er sich vor den Mädels in Pose stellte, und es dann tatsächlich immer schaffte, dass eine auf ihn reinfiel. Das hatte sie auch Axel gesagt, der, obwohl er seine Schwester verstand, Tom verteidigte. Tom könne auch wirklich ein guter Kumpel sein, und als Musiker sei er für die Band trotz allem gut und wichtig. Typisch Axel, wenn es um die Musik ging, war er immer bereit tausend Zugeständnisse einzugehen.

Helga erzählte nun Lili wie es tatsächlich zu der Auftrittsmöglichkeit gekommen war und dass sie von Freikarten nichts wisse und dies schließlich erfahren würde, da Axel es ihr sicherlich gesagt hätte. Und auch um diesem Tom den Wind aus den Segeln zu nehmen, fügte sie noch schnell hinzu: „...davon mal ganz abgesehen, soll ich dich von Axel fragen, ob du mit mir zusammen zum Konzert der Fremeloes gehen willst!“ - „Axel?“

Lili, die die ganze Zeit Helga aufmerksam und zunehmend ungläubig zugehört und angeschaut hatte, sah nun plötzlich, im Hintergrund an der Glühweinbude, eben jenen Axel auftauchen. Und während Helga zunächst noch dachte, dass Lili auf ihre Frage reagierte, folgte sie nun dem Blick ihrer Freundin, die inzwischen aufgestanden war, zu winken begann und laut seinen Namen rief. Dann entdeckte auch sie auf einmal ihren Bruder vor der Glühweinbude. Na, der kommt ja wie bestellt, dachte sie sich und stimmte nun in Lilis Rufen ein.

Axel erkannte sofort Lilis Stimme, und ein Blick in die Richtung, aus der sie kam, bestätigte dies. Da drüben auf der Bank saßen seine Schwester, die ebenfalls nach ihm rief und ihm zuwinkte, und – Axel rieb sich die Augen - Lili. Die Lili, die sich gestern noch bei der Mofa-Fahrt an ihn geschmiegt und ihm beim Abschied auf seine Wange geküsst hatte. Dieselbe Lili, die sich heute offensichtlich von Tom hatte anbaggern und zum Konzert einladen lassen. Jene Lili, die ihn von einem Hochgefühl des Verliebtseins ins Tal der Enttäuschung hatte stürzen lassen. Diese Lili saß jetzt da drüben mit seiner Schwester und rief nach ihm. Axel wollte nur noch eins: weg hier, und zwar sofort! Den Glühwein, der ihm gereicht wurde, ließ er unbeachtet. Axel schnappte sich seinen Mofa-Helm, drehte sich um und wollte gerade den Zündschlüssel drehen als…

“Hey, Bruderherz, bist du blind und schwerhörig?“ Zu spät, Helga hatte sich inzwischen erhoben und stand nun, ihn von hinten antippend, neben ihm. „Hallo, Axel, das ist ja ein Zufall, dass wir uns hier treffen!“, meldete sich nun auch Lili zu Wort. Dabei konnte sie nicht verbergen, dass sie sich freute Axel zu sehen. Mit einem wunderschönen breiten Lächeln strahlte sie ihn an, und auch ihre Augen sprachen Bände.

Was geht denn hier ab? Helga schaute ungläubig in Lilis Gesicht. Dass die sich überhaupt den Namen ihres Bruders merken konnte! Die wird sich doch nicht etwa…. Weiter kam sie mit ihren Überlegungen nicht; denn nun drehte sich Axel zu ihnen herum und brummte, bemüht um einen möglichst genervten, abschätzigen Ton: „Was ist denn los? Ich habe keine Zeit?“ Der eiskalte Blick, den er dabei bewusst aufsetzte, durchbohrte Lilis Herz in Sekundenschnelle und ließ ihr das Lächeln im Gesicht gefrieren.

Upps, so hatte Helga ihren Bruder schon lange nicht mehr gesehen. Eigentlich erst ein einziges Mal. Das war, als er sich vor vier Jahren den

Zeigefinger seiner linken Hand gebrochen hatte und sechs quälende Wochen lang nicht Gitarre spielen konnte. Ja, damals hatte er diesen Gesichtsausdruck gehabt. Jedenfalls so ähnlich, denn heute war da noch was Neues: er sah irgendwie tief-traurig aus. Helga war tatsächlich für einen Moment sprachlos. Bevor Lili in Axels Gesicht schaute und dessen tiefgekühlte Worte hörte, hatte sie ihm noch, voller Überschwang, zu der Auftrittsmöglichkeit gratuliert und ihm gesagt, dass sie sehr gerne kommen würde.
„Na, da wird sich Tom aber freuen." war Axels einziger schneidender Kommentar. Im selben Moment wendete er sich von den nun sprachlosen Freundinnen ab, brummte noch etwas von Probe, anstrengend, müde, nach Hause, und war verschwunden.

Helga fand als erste die Sprache wieder: „Hallo, was war das denn jetzt gerade? So habe ich meinen Bruder ja noch nie erlebt!" – „Tom?", kam es tonlos von Lili. Sie wusste nicht was passiert war. Noch stand sie unbeweglich da, war regelrecht schockgefroren von Axels eisigem Blick. Was sollte die Bemerkung zu Tom? Lili konnte keinen klaren Gedanken fassen. Wie sinnlose Fetzen flogen Axels Worte durch ihren Kopf. Dabei hatte sie gedacht, dass auch er sie…. und schon wurde ihr übel. Vielleicht lag es am Glühwein, an den Maronen, der Bratwurst, der Zuckerwatte oder an allem zusammen. Sie lief hinter die Bude und übergab sich. Als sie wieder zu Helga zurückkam, hatte diese ihrer Freundin ein Glas Wasser besorgt, an dem Lili langsam, Schluck für Schluck, nippte. „Geht's?", erkundigte sich Helga nach einer Weile mitfühlend. Lili nickte matt. Helga, die sonst die Dinge forsch anging, spürte, dass es Lili gar nicht gut ging. Sie versuchte die Ereignisse wie Puzzlestücke zusammen zu fügen, doch es ergab sich kein stimmiges Bild. Schweigend gingen sie zurück zur Haltestelle. Als sie dann in der Straßenbahn nach Beuel saßen, brach Helga das Schweigen.

„Sag mal, Lili, ist da was zwischen dir und meinem Bruder? Und was hat Tom damit zu tun?" Doch Lili gab keine Antwort. Immer und immer wieder war Lili die Szene auf dem Markt durch den Kopf gegangen. Axel hatte sie so kalt abserviert! Hatte sie so verletzt! Und warum? Wie konnte er in so kurzer Zeit zu ihr so völlig anders sein? So gemein! War es ihm vielleicht in den Kopf gestiegen, dass sie jetzt in so einer großen Halle auftreten konnten? Jetzt kullerten ihr bei Helgas Worten die Tränen über ihre Wangen. Axel! Sie hatte sich in Helgas Bruder verliebt, und bis gestern war sie in dem Glauben, dass es bei ihm ähnlich sei, dass auch er sich in sie verliebt hatte. Doch nach dem heutigen Abend war ganz offensichtlich klar, dass dies nicht so war. Er war wohl genauso drauf wie dieser eitle Tom, nur hatte er eine andere Masche. Machte eher einen auf schüchternen Typ, um dann die Mädels wieder brutal abzuservieren. Und sie, Lili, war darauf reingefallen. Was bin ich nur für eine dumme Gans! Lili weinte drauf los, und in ihren Kummer mischte sich Wut, Wut auf Axel. Der würde sie nicht mehr täuschen!

Helga war sichtlich erschrocken. Was für ein Abend! So hatte sie sich ihn nicht vorgestellt! Da saß nun ihre Freundin Lili neben ihr und heulte dicke Tränen, und der Auslöser dazu schien ihr Bruder zu sein. Ach herrje, was für ein Durcheinander!

Helga legte tröstend ihren Arm um Lili. „Das wird schon, Lili, das wird schon!“, hörte sie sich sagen und dachte bei sich: ist bloß die Frage, wie? Denn sie kannte ihren Bruder und dessen Sturkopf, und sie wusste auch, dass Lili ebenfalls stur sein konnte. Doch jetzt ging es erst mal darum sie zu trösten und dafür zu sorgen, dass sie sicher nach Hause kam. Da Helga nicht klar war, ob Lili das am heutigen Abend allein schaffen würde, stieg sie mit ihr gemeinsam an der Haltestelle „Limpericher Straße“ aus und begleitete sie bis vor die Bäckerei. An der Haustür angekommen, hatte Lili sich wieder einigermaßen beruhigt, ihre Tränen getrocknet und umarmte ihre Freundin zum Abschied: „Vielen Dank, Helga, wenn ich dich nicht hätte!“ Nachdem Lili hinter der Eingangstür verschwunden war, machte sich eine nachdenkliche Helga zu Fuß auf ihren Heimweg.

Lili hatte sich indessen unbemerkt am Wohnzimmer vorbeischleichen können. Sie wollte jetzt auf gar keinen Fall ihren Eltern begegnen. Die Mutter, die kurz darauf durch den Flur in die Küche ging, sah Lilis Hausschlüssel am Schlüsselbrett baumeln. Ihre Tochter hatte sich an die Vereinbarung gehalten und war rechtzeitig nach Hause

gekommen. Hatte sie doch Recht behalten mit ihrer Meinung, dass Lili sich an Vereinbarungen hielt. Zufrieden löschte sie in der Küche das Licht und ging zu Bett.
Auch Lili wollte jetzt nur noch eins: ins Bett gehen, schlafen und diesen ganzen elenden Abend vergessen!

„Warum rauschet es itzo in meinem Kopfe so arg? Ich muss es wohl hören! Ich muss dirigiren, dirigiren, dirigiren! Wo bleiben die Bläser, wo bleibt das Signal, das Signal…ich kann es nicht hören. Es kündet doch an der Freyheit Schwingen, sich erhebend, leicht erst, dann erhaben in majestätischem Tacte.“

Aber dort unten, in einem Saal ähnlichen Raume, grölen die Pfadfinder, die Ministranten und die Schüler des Gymnasiums. Warum stehe ich auf der Bühne des Pfarrheims und dirigiere, so dass sich der ganze Saal nach meinem Taktstock richtet. Und wer bin ich? Lili, Axel, die Stimme im Kopf??? Die Mädchen in schrillen, zum Teil skurrilen Kleidern, wiegen sich wie Grashalme nach links, die Jungs, ebenfalls in merkwürdigen Hosen, mit Perücken ähnlichen, langen Haaren nach rechts, immer im Takt, eins, zwei, drei, vier. Was um Himmelswillen mache ich hier?

„Fidelio, meine Heldin, Leonore, hier stehe ich und bringe dir Unsterblichkeit“. Florestan, mein Florestan, Axel, oh Axel… *„Warum rauschet es, ich höre nichts, ich höre nichts mehr, alles ist still. Ich bin taub! So helft mir doch…!*“

Mit einem hellen Schrei schnellt Lili hoch und sitzt schweißnass, die Augen weit aufgerissen, noch ganz im gerade so authentisch Erlebten, in ihrem Bett. Eine Schrecksekunde, die sich unendlich auszudehnen droht. Nichts, sie hört rein gar nichts. Nicht der kleinste Laut dringt zu ihr hervor. Nicht nur, dass ich langsam durchdrehe, jetzt werde ich auch noch taub. Ein nicht gekanntes Grauen, das sich schnell in Panik verwandelt, erfasst die noch schlaftrunkene Lili vollends. Taub, ich bin taub. Immer wieder geht es Lili durch den Kopf. Doch dann, mit einem Mal, ist da wieder diese leise Melodie, die langsam lauter anschwillt und plötzlich ganz präsent ist. Lili stöhnt auf. Hört das denn niemals mehr auf? Würde sie bis ans Ende ihrer Tage von Dämonen gequält werden, die mit und aus ihr heraus sprechen, die sogar Zugang zu ihren Träumen finden? Irgendwie wurde ihr Körper wach, bewegte seine Glieder. Ihre Arme schlugen die ohnehin zerwühlte Bettdecke zur Seite und ihre Füße stellten sich auf den kalten Holzfußboden. Doch, obwohl sie langsam zu sich kam, war da immer noch diese Musik. *Ich kenne sie, ich kenne sie ach so gut*, hörte Lili es in ihrem Kopf. Sie schüttelt wild ihren noch müden Schädel. So ein

Schwachsinn, wieso soll ich diese dämliche Musik kennen?

Ich muss raus, aufstehen, zur Türe. Öffnen. Und dann plötzlich hörte sie es laut, deutlich, erhaben, und doch so leicht, so wunderschön! *„Meine Leonore! Wie sehr habe ich darum gekämpft! Mein liebstes Kind, welches mir die größten Geburtsschmerzen bereitet hat!"*

Lili stand an der Treppe und schaute hinunter. Sie war erstarrt, wie gelähmt. Wo bin ich und was war hier los? Liege ich vielleicht noch träumend im Bett? War das hier einer jener abgefahrenen Träume, die, wie Helga ihr einmal erklärte, quasi jeder zweite Star unter LSD bereits gehabt hat? Doch sie, Lili, ist weder ein Star, noch hatte sie jemals so ein Zeug genommen. Woher auch? Also was war hier los?

Langsam bewegte sie sich, die Treppe hinunter, kam Schritt für Schritt der nicht enden wollenden Musik näher, oder näherte sich die Musik ihr? Lilis Herz klopfte, als wollte es zerspringen. Am Treppenabsatz sah sie, dass die Wohnzimmertür offenstand und hielt die

Luft an. Was, wenn sie jetzt weitergehen würde? Was würde sie in dem Zimmer hinter der halboffenen Tür erwarten? Lili hielt erneut die Luft an, ihr wurde heiß und kalt zugleich. Doch das, was sie dann, im Türrahmen stehend, sah, war so harmlos und normal, so völlig losgelöst von all dem, was sie im Traum und gestern erlebt hatte, dass Lili plötzlich unvorbereitet zu lachen begann. Erst kurz und leise, doch dann immer länger, lauter, fast hysterisch. Und obwohl sie spürte, dass sie dieses Lachen nicht unterdrücken konnte, war sie doch auch zugleich sehr erleichtert, als sie ihre Eltern erblickte.

Diese standen, ihr den Rücken zugewandt, vor der neu erworbenen Stereoanlage und genossen die letzten Takte der Musik. Hatten sie Lili erst nicht kommen hören, ließ nun deren Lachen sie sich plötzlich überrascht herumdrehen, und Lili, die ihre Eltern unvermittelt anblickte, fragend anschauen:

„Bieten deine Mutter und ich dir einen so lustigen Anblick?" Es war Lilis Vater, der seine Tochter mit einer Mischung aus Verwunderung und Unverständnis fragend anschaute.

Während Lili noch versuchte das Chaos in ihrem Kopf zu sortieren und verzweifelt nach einer einigermaßen guten Antwort suchte, erklang eine sonore Stimme im Radio, die mit gedämpftem Tonfall ansagte: „Hier ist der WDR mit seinem 2. Hörfunkprogramm. Sie hörten das Konzert zum Wochenende, heute die Leonoren-Ouvertüre Nr. 3 Opus 72a von Ludwig van Beethoven".

Beethoven, Ludwig van Beethoven. Die Worte schwirrten auf einmal in Lilis Kopf. „Das da im Radio war Beethoven?" Ihre Eltern schauten sich an. Ihre Tochter erstaunte sie doch immer wieder. Schien sie sich jetzt für klassische Musik zu interessieren?

„Ja", gab ihr der Vater zur Antwort. „Den habt ihr doch vor ein paar Jahren in der Schule besprochen. Weißt du nicht mehr? Damals musstest du dir doch, wie du uns erzähltest, unter Qualen die Ode an die Freude anhören. Den müsstest du doch seitdem kennen. Als Bonnerin! Na? Vor dem Beethovendenkmal hast du ja schon als Vierjährige lauthals gefordert: „Beethomen, komm' runter!" Nun war es der Vater, der lachen musste. „Nur dass du unsere neue Stereoanlage als Radio abtust, das trifft mich sehr. Ein solches Klangvolumen wirst du bei keinem noch so guten Radiogerät finden, liebe Tochter."

Inzwischen war Lili auch wach genug, um zu erkennen, dass der ernste Ton ihres Vaters gespielt war. Hatte sie doch mit ihm gemeinsam die Anlage im Bonner Fachhandel entdeckt und war voll des Lobes für den „Super Sound", O-Ton Lili, gewesen. „Mensch, Papa, du weißt doch, dass ich die Stereoanlage mit den Boxen echt stark finde. Ich habe nur so schlecht geschlafen und so viel Mist geträumt." „Nun lasst es gut sein, ihr zwei und kommt zu Tisch, sonst wird der Kaffee kalt!", forderte die Mutter die Beiden auf. „Wir haben noch leckere Hörnchen von gestern, und Heinz-Werner, hör weg, Brötchen frisch aus der Acherstraße." „Wat, us der Acherstroß, von der Konkurrenz? Ich jlöv et net! Ever jot…man muss ja auf der Höhe sein und seine Gegner im Auge behalten!"

Mit diesen Worten setzten sich alle an den Frühstückstisch. Lili war froh, dass das Frühstück sie davor rettete den Eltern noch mehr erklären zu müssen und sie auch den üblichen Fragen des Vaters ausweichen konnte. Denn mit gestern Abend wollte sie sich jetzt auf gar keinen Fall befassen. Ihre Eltern waren glücklich über ihre neue Stereoanlage und darüber, mal wieder ausgiebig mit Lili frühstücken zu können. So erzählten sie Lili dann auch lebhaft über den gestrigen Kauf, der beinahe schiefgegangen wäre, da ein anderer Kunde ihnen fast die Musikanlage vor der Nase weggeschnappt hätte, und über die sich daraus ergebenden, lustigen Verstrickungen. Während ihre Eltern sich noch im Nachhinein über die Erlebnisse vom Vortag amüsierten, hörte Lili ihnen nur mit halbem Ohr zu. War doch vorhin mit dem Namen Beethoven ein offensichtlich entscheidendes Puzzleteil für sie aufgetaucht.

Nach dem späten Frühstück, es war inzwischen 12.00 Uhr, zogen sich die Eltern zum samstäglichen Mittagsschlaf zurück. Da ein Mittagsschläfchen unter der Woche nicht denkbar war, genossen sie es am Wochenende umso mehr und waren sehr darauf bedacht, dass nichts dieses Ritual störte. So konnte Lili denn auch, ohne sich abzumelden, ihrer Wege gehen. Das kam ihr an diesem Samstag sehr gelegen, da sie beschlossen hatte, den Dingen, die da in den letzten Wochen immer wieder mit ihr geschahen, auf den Grund zu gehen. Bei allem spielte wohl dieser van Beethoven eine Rolle.

Lili zog die Haustür hinter sich zu und machte sich auf den Weg. Es war ein klarer, sonniger Dezembertag. Der Westwind trug die Frische des Rheins hinüber nach Beuel. Lili war froh ihren Parka angezogen zu haben, denn nun konnte sie dessen Kapuze überziehen und sich so vor der kalten Luft schützen. Als die Straßenbahn über die Kennedybrücke fuhr, ging Lili ihren Plan in Gedanken nochmal durch. „Genauso mache ich es". Sie merkte nicht, dass sie halblaut gesprochen hatte und wunderte sich über den erstaunten Blick der älteren Frau, die ihr gegenübersaß und sich etwas vorbeugte: „Schätzelein, wat häste jesaat, isch hür disch esu schlääch"?* „Nichts, gar nichts!" –

*"Schätzelein, was hast du gesagt, ich hör dich so schlecht"

Zum Glück konnte Lili an der nächsten Haltestelle aussteigen und sich weitere Peinlichkeiten ersparen. Kopfschüttelnd schaute ihr die alte Frau nach.

Außer Atem kam sie am alten Zoll an. Das letzte Wegstück war sie regelrecht gerannt. Das Ganze musste ein Ende haben! Nun führte sie schon in der Straßenbahn Selbstgespräche. Was würde als Nächstes kommen? Würde sie den Mond anheulen oder nackt auf dem Marktplatz tanzen? Lili hielt sich schnaufend am Treppengeländer fest. Augenscheinlich war keiner da. Dann ging sie bis zum Geländer, von dem man auf den Rhein schauen konnte. OK, versuchte sie sich zu beruhigen, alles wird gut, auf drei geht es los: eins, zwei, drei: „Beethoven?“ – Ganz zaghaft sprach sie den Namen aus. „Hallo, bist du hier. Beethoven?“

Lili blickte sich um, so als könne sie seine Gestalt sehen und er würde gleich vor ihr erscheinen. Kurz kam ihr der Gedanke, dass das, was sie gerade hier tat, ziemlich abgedreht war und dass sie das auch mit nichts, aber auch rein gar nichts irgendjemand würde erklären können. Wie dem auch sei, sie musste es tun, nur so würde sie die Stimme wieder loswerden. Dass das so war, hatte Lili heute beim Frühstück mit einem Mal erkannt. Frei nach dem Motto: Angriff ist die beste Verteidigung. Weshalb? Sie konnte es nicht sagen. Es erschien ihr mit einem Mal als einzige Lösung. Also weiter. Sie versuchte es immer und immer wieder. Doch Beethoven, die Stimme in ihrem Kopf, meldete sich nicht. Nun gut. Also auf zum nächsten möglichen Tatort: die Bonngasse. Denn dort hatte sie sich plötzlich wiedergefunden, als sie eigentlich zum Hausarzt hatte gehen wollen. Also machte sich Lili umgehend auf den Weg und stand wenig später vor der Hausnummer 20 in der Bonngasse.

Rechts neben der imposanten doppelflügeligen Eingangstür wies ein unauffälliges Schild das Haus als Beethovens Geburtshaus aus. Starr vor Staunen stand Lili vor dem Haus. Plötzlich fühlte es sich für sie an, als sei sie in einem Tunnel. Nichts um sie herum nahm sie mehr wahr. Wie eine Säule stand sie mitten auf der Gasse, sodass die Fußgänger verärgert einen Bogen um sie machen mussten. Kommentare wie „nicht träumen, Platz machen“,

„gedankenloses Ding“ bis zu „typisch, die heutige Jugend“ prallten ungehört an ihr ab. Lili war zu beschäftigt mit dem was gerade in ihr geschah, was sie sah, was sie wie Mosaiksteine zusammenfügte: Das ist also Beethovens Geburtshaus! Deswegen stand ich hier und nicht bei Doktor Wellenbrecht vor der Tür. Es war Beethoven, der mich hierhin geführt hatte. Die Stimme in meinem Kopf ist Beethoven. Für Lili gab es keinen Zweifel mehr. All diese sonderbaren Dinge, die Träume und auch das, was sie manchmal an Sprüchen raushaute, all das war Beethoven! Die Erkenntnis raubte ihr den Atem, Schweißperlen traten ihr auf die Stirn. Ihr wurde heiß und kalt. Oh mein Gott, was passierte da mit ihr und warum gerade sie? Um Lili begann sich alles zu drehen, sie schnappte hektisch nach Luft, taumelte und wäre beinahe in ein herannahendes Auto gestolpert, wenn dessen wütender Fahrer nicht vehement gehupt hätte. Lili schreckte auf und sprang zur Seite. Dabei stieß sie gegen eine Frau, die sich gerade noch halten konnte. Lili jedoch taumelte, verlor das Gleichgewicht und landet unsanft auf ihrem Allerwertesten. Die Dame, die sie beinahe mit sich gerissen hätte, blieb stehen, reichte ihr die Hand und half ihr aufzustehen. „Alles in Ordnung mit dir, Kind“? „Ja, schon“, hörte sie sich antworten. „Ich weiß auch nicht wieso…mir war kurz schwindelig. Danke, es geht schon wieder“. Noch recht benommen lächelte sie der freundlichen Frau zu und klopfte sich den Straßendreck aus ihren Kleidern. Für einen kurzen Moment lehnte sie sich an die Hauswand. “Mein Gott, das wollte ich nicht!“ Verstohlen blickte sie sich um. Die Aufregung um ihre Person hatte sich zum Glück gelegt und keiner nahm mehr Notiz von ihr. Da war auch niemand, der zu ihr sprach, jedenfalls nicht in der Außenwelt.

„Ich hoffe Ihr habet Euch nicht ernsthaft verletzet, werthes Fräulein. Nichts läge mir ferner, als Euch in Gefahr zu bringen!“ – Er ist wieder da, schoss es Lili durch den Kopf. Was nun? Ich kann ja schlecht hier mit Selbstgesprächen beginnen! Vielleicht kann ich ja so mit ihm Kontakt aufnehmen, wie er es tut. In meinem Kopf.

„Das hätten Sie sich überlegen sollen, bevor Sie in meinem Kopf aufgetaucht sind, mein Herr!“ Pause – Nichts, Lili hörte nichts in ihrem Kopf. So ein Mist! Ich kann ihn, er aber nicht mich in meinem Kopf hören. *„Verzeiht“*, zaghaft meldet sich die Stimme wieder. *„Meinet Ihr mich?“* – Aha, da war sie wieder. Lili ging entschlossen zum Angriff über: „Wen denn sonst? Glaubst du, ich habe noch mehr von deiner Sorte in meinem Kopf? Zum Glück nicht und auf dich könnte ich auch liebend gerne verzichten!“

„Das ist eine gar unglaubliche Begebenheit für mich“, vernahm Lili erneut. *„Nie hätte ich gedacht, dass das möglich ist. Es war mein innigster Wunsch, führwahr, doch das hier itzo grenzt an ein Wunder gar!“*

Während die Stimme in ihrem Kopf redete und redete, über das eigene Staunen und darüber wie seltsam fremd ihm die neue Welt erschien, ging Lili ein paar Schritte weiter hin zur Herz Jesus Kirche, um sich dort auf eine der Bänke zu setzen. Denn während in ihrem Kopf die abgefahrenste Kommunikation stattfand, war es ihr unmöglich die ganze Zeit, stumm vor sich hinstarrend, vor dem Beethovenhaus stehenzubleiben!

Die ersten Passanten hatten sie bereits fragend beäugt. Auf der Bank sitzend, nicht mehr im Blickwinkel der Leute, konnte sie nun die entscheidende Frage stellen: „Wer bist du? Bist du Beethoven?“

„Bist du sicher, dass die das schaffen?" Joe Breaker schaute Dick von der Seite an, nachdem er seine Sonnenbrille leicht hochschob, um seiner Frage ein wenig mehr Gewicht zu geben. „Ich meine, es ist zwar nur eine Vorgruppe, aber es ist die Vorgruppe von „The Fremeloes", Dick.

„Warum bist du dir unsicher?" Dick schob seinerseits seine runden Gläser hoch, und die Blicke der beiden Sonnen bebrillten Männer trafen sich nun direkt und unvermittelt für ein paar Sekunden. „Ah, ich weiß nicht, irgendwie war da was", entgegnete Joe. „Dieser Tom macht mir zum Beispiel einen etwas zu oberflächlichen Eindruck. Ich hab das Gefühl, er nimmt die Sache nicht ernst genug. Du sagtest mir auch, dass sie eigentlich eine Band sind, die weniger gewohnt sind unplugged zu spielen. Ich denke, es ist sicher nicht einfach, sich da umzustellen, oder?"

„Joe, my dear friend", liebster Joe, bester Joe aller Joes, teuerster Freund...", Dick setzte nun zu seinen berühmten Redeeinleitungen an, für die er im ganzen Musikbusiness bekannt war und die seinen Geschäftspartnern automatisch ein Lächeln abrangen, ob sie das wollten oder nicht. „My fantastic and brilliant sweetheart, habe ich dich denn schon jemals enttäuscht? Wenn ich dir sage, dass die Jungs das schaffen und bringen, dann kannst du davon ausgehen, dass das so ist! Glaube mir, ich habe einen sicheren Instinkt dafür. Im Übrigen hatten wir eine Probe; und ich fand die Boys fantastisch. Die werden dich nicht enttäuschen, Joe, ganz bestimmt nicht!“

Obwohl Dick Joe gegenüber so selbstsicher und überzeugt entgegentrat, wusste er genau was Joe meinte. Auch er hatte hier und da schon einmal ein paar seltsame Schwingungen mitbekommen, und bei der letzten Probe gab es da eine merkwürdige Atmosphäre. Aber auf der Bühne wurden alle seine Bedenken zerstreut. Eine derartige Professionalität von so unerfahrenen Burschen hätte er nicht erwartet. Das musste einfach hinhauen! Für einen Wechsel der Formation war es jetzt ohnehin zu spät. Nein, „Anybuddy“ blieb seine Vorgruppe, und Joe würde zufrieden sein.

Nachdem sich die beiden noch ein paar Drinks genehmigten und zusammen noch etwas rauchten, war Joe schließlich vollends überzeugt. Und Dick, als er wieder allein in seinem Zimmer saß, musste lachen, als ihm der schöne alte rheinische Spruch einfiel, den er hier so oft gehört hatte: „Et kütt wie et kütt un et es emme noch joot jejange…“.

*Es kommt wie es kommt, und es ist noch immer gut gegangen

Wie er nach Hause gekommen war, wusste Axel nicht mehr. Er hatte Glück, dass um diese Uhrzeit kaum noch Verkehr auf den Straßen herrschte; denn, dass er nicht mehr wusste, wie er nach Hause gekommen war, sprach sehr dafür, dass er nicht wirklich auf die Strecke, die er gefahren war, geachtet hatte. Wie auch! Noch jetzt sah er Lilis breites und - wie er fand - überheblliches Lächeln, mit dem sie ihn angesehen hatte, als er ihr plötzlich, ohne Vorwarnung, auf dem Marktplatz vor dem alten Bonner Rathaus gegenüberstand. Und dann ihre, wie er klar feststellte, geheuchelte Freude darüber, ihn zu sehen. Pah, wie mies von ihr! Dabei hatte sie sich doch vor noch nicht allzu langer Zeit liebend gerne von Tom anbaggern lassen. Da war es dann auch vorbei mit seiner guten Kinderstube. Die Gäule gingen mit ihm durch! Er ließ Lili und seine verdutzte Schwester einfach stehen und brauste mit seinem Mofa davon. Immer wieder ging ihm während der Heimfahrt diese Szene durch den Kopf, und seine Enttäuschung wuchs und wuchs. Sie war also auch nur eines dieser Mädchen, die auf Typen wie Tom total abfuhren und sie anhimmelten. Axel bekam tatsächlich nichts anderes mit; denn beinahe hätte er sein Mofa in die Garage des Nachbarn gestellt, die sich direkt neben der der Eltern befand und ebenfalls offenstand. Auch auf dem Weg ins Badezimmer gab er sich solchen oder ähnlichen Gedanken hin. Als er dann müde und von der Frauenwelt enttäuscht im Bett lag, schwor er sich schlaftrunken sich von eben jener nicht weiter von seiner wahren Leidenschaft, der Musik, abbringen zu lassen. „Alter", sprach er beschwörend zu sich, „Alter, du hast in einer Woche diesen irren Auftritt! Also Finger weg von den Weibern!"

Von wüsten Träumen getrieben wachte er am nächsten Morgen regelrecht gerädert auf. Wie es so oft bei Träumen ist, waren sie ihm beim Aufwachen noch präsent, doch verflüchtigten sie sich nach dem Aufstehen mehr und mehr. Das war ihm auch ganz Recht; denn Bilder eines gebrochenen Nasenbeins und einer verstauchten rechten Hand, was auf ein aggressives Aufeinandertreffen von ihm und Tom schließen ließe, wären das letzte gewesen was Axel jetzt brauchen konnte. Also, bye, bye, ihr Träume, Schäume! Seine gestrige Abmachung mit sich selbst stand unumstößlich fest: Finger weg von den Weibern!

Am Küchentisch sitzend und seinen geliebten Kaffee schlürfend ging Axel die Termine für die nächsten Tage durch: noch zwei Proben mit der Band. Dazwischen musste er auf jeden Fall noch sein tägliches Üben der Soloparts einbauen. Das würde eng, denn die Schule konnte er nicht ausfallen lassen. Wie auch? Oder sollte das doch ausnahmsweise einmal möglich sein?

Während er, derartig tief in seine Gedanken verstrickt, seine Planung ausarbeitete, nahm er gar nicht wahr, dass Helga hereingekommen war und neben ihm stand. Erst ihr „Sag mal Axel, was war das denn für ein Benehmen gestern auf dem Markt?“ riss ihn sehr unsanft aus seiner Gedankenwelt.

Helga hatte sich ebenfalls einen Kaffee eingegossen und sich dann vor ihren Bruder positioniert.
Das darf doch nicht wahr sein, die jetzt auch noch, dachte er bei sich. Er kannte seine ältere Schwester nur zu gut und wusste, dass es ziemlich schwer werden würde, sich einem ihrer gefürchteten Verhöre zu entziehen, welches jetzt mit Sicherheit folgte. Er

entschloss sich daher dazu den Harmlosen zu geben.

„Mensch Helga, hast Du mich erschreckt! Ich dachte Du arbeitest!“ – „Jeden zweiten Samstag. Jeden zweiten Samstag, Axel Karl. Müsstest Du doch langsam mal wissen!“ Ein kleiner Vorwurf schwang in Helgas Stimme mit, während sie ihren Bruder prüfend ansah.

Sein Erstaunen war echt, das stand fest. „Also, was war das gestern? Jetzt mal 'Butter bei die Fische!' und keine Ausreden!“ Axel setzte sich aufrecht hin, jetzt galt es wohlbedacht zu reagieren, denn wenn ihn Helga Axel Karl nannte, was seinem vollen Vornamen entsprach, den sonst niemand benutzte, galt Alarmstufe rot! „Wie, was meinst du?“ – „Was ich meine?“ Helgas Stimme wurde lauter.

Axel lenkte ein. Was er jetzt gar nicht gebrauchen konnte war Stress auch noch mit seiner Schwester. Mit einem tiefen Seufzer, auf ihr schwesterliches Verständnis abzielend, begann er zu erzählen, dass er gestern total geschafft von der Probe gekommen sei, bei der es neben dem perfekten Sound mal wieder um

Toms narzisstisches Verhalten gegangen wäre. Dieses ewige Getue von Tom und dies in Verbindung mit dem bald anstehenden Auftritt in der Godesberger Stadthalle hätten ihn ziemlich genervt und gestresst. Da habe er sich auf dem Marktplatz nur noch in aller Ruhe einen Glühwein gönnen wollen und nicht mit Helga und einer ihrer Freundinnen gerechnet. Er habe einfach nur seine Ruhe haben wollen.

„Sorry, Schwesterlein", endete Axel sein gelungenes Schauspiel. „Ich muss jetzt auch los, brauche unbedingt einen Satz Saiten für meine Gitarre. Nicht auszudenken, wenn mir beim Auftritt eine reißt und ich habe keinen Ersatz." Mit diesen Worten stand Axel auf, umarmte seine verdutzte Schwester und nutzte deren seltene Sprachlosigkeit, um sich aus dem Staub zu machen.

Helga blickte ihrem Bruder nach. Was war denn das gerade gewesen? Axel hatte sie regelrecht an die Wand geredet. Kopfschüttelnd griff sie zum Telefonhörer und wählte Lilis Rufnummer, denn das musste sie ihr sofort berichten. Doch bei Familie Frisch hob keiner ab. Helga schaute auf die Uhr. Zu Lili zu fahren, um mit ihr zu sprechen, würde sie zeitlich nicht schaffen. Sie hatte ihrer Mutter versprochen mit ihr zum Drachenfels zu fahren. Dort gab es an diesem Samstag einen kleinen Markt mit vielen weihnachtlichen Köstlichkeiten und hübscher Handwerkkunst. Sie würde Lili morgen anrufen. Das war ohnehin besser; denn Helga musste das Gespräch mit Axel erst einmal auf sich wirken lassen. Es war schon sonderbar, wie knapp und cool ihr Bruder auf ihre Fragen reagierte. Und überhaupt, wieso hatte er Lili nicht beim Namen genannt, sondern sie bloß als eine ihrer Freundinnen bezeichnet? Während Helga sich für den Ausflug fertigmachte, schüttelt sie immer wieder den Kopf darüber. Merkwürdig, sehr merkwürdig!

Am nächsten Morgen rief Helga gleich nach dem Frühstück bei Frischs an. Und dieses Mal hatte sie Glück. Lili war es, die abhob. „Lieselotte Frisch“, hörte Helga die vertraute Stimme ihrer Freundin und legte sofort los: „Mensch, Lili, gut dass ich dich erreiche! Stell dir vor, gestern habe ich mir mein Brüderlein zur Brust genommen, und weißt du… “ sie machte eine ihrer geliebten <rate mal>-Pausen, doch nichts geschah. Lili, die sonst direkt andockte reagierte nicht. „Lili, bist du noch am Telefon“? fragte Helga irritiert. „Lili“? – „Was, wie bitte“? gab diese - deutlich nicht bei der Sache - zur Antwort. „Mensch Lili…“ Setzte Helga an, um dann von Lili unterbrochen zu werden: „Entschuldige Helga, sei mir nicht böse, aber ich fühle mich nicht wohl. Kopfschmerzen, kennst du ja. Ich muss mich gleich wieder hinlegen. Also tschüs! Ich melde mich“. Und mit diesen Worten beendete Lili das Gespräch und ließ eine ziemlich verdutzte Helga zurück. „Spinnen die jetzt beide“? entfuhr es Helga. Also gut, der eine muss seine Musikkarriere vorantreiben und die andere hat Migräne. Sei‘s drum, sie, Helga, würde sich jetzt halt eben allein einen schönen Sonntag machen.

Eine halbe Stunde später saß sie in der Straßenbahn Richtung Bonn, und nach einer weiteren halben Stunde saß sie in der Filmbühne und schaute sich den neuen Louis de Funes „Alles tanzt nach meiner Pfeife“ an, wohl wissend, dass dieser Titel im Augenblick nichts mit ihrer gegenwärtigen Position zu tun hatte.

Lili hingegen stand weder der Sinn nach einem Kinobesuch noch danach, sich mit Helga über Axel zu unterhalten. Sie hatte gestern etwas so Unglaubliches erlebt, dass sie sich immer wieder ihre Notizen durchlesen musste, um sich zu vergewissern, dass sie nicht alles geträumt hatte. Denn als sie gestern nach Bonn gefahren war, hatte sie ihren kleinen Notizblock eingesteckt. In der Absicht die mysteriösen Ereignisse der letzten Wochen zu klären und um die Dinge später noch nachvollziehen zu können, wollte sie sich Stichpunkte aufschreiben. Nun lag der Block geöffnet vor ihr.

Oben rechts hatte Lili das Datum notiert: *05.12.1970,* dann folgten Ortsangaben.

Als Notiztext erschien *Alter Zoll,* gleich darauf der Vermerk *nichts.*

In der nächsten Zeile unter Ortsangaben dann die Worte *Bonngasse/Beethovenhaus.*

Direkt darunter dick unterstrichen: *es ist Beethoven,* zusätzlich mit einem fetten Ausrufungszeichen versehen.

Es folgten mit Bleistift schnell hin gekritzelte Stichwörter: gehen ins Beethovenhaus; er kennt sich total aus; jeden Raum; die Gegenstände; korrigiert manche angebrachte Anmerkung; ist immer wieder erstaunt, dass aus seinem Geburtshaus ein Museum geworden ist;

Das Lesen der Notizen lässt das Erlebte noch einmal wie einen Film vor Lilis innerem Auge ablaufen:

Nachdem sie der Stimme im Kopf die Frage gestellt hatte, kam eine gefühlte Ewigkeit nichts. Dann endlich: „*Woher wisset Ihr….wer war es, der Euch wissen ließet…*"? – Hörbar irritiert darüber mit einem Mal angesprochen zu werden, suchte die Stimme nach Worten.

„Oh Mann, ich habe eins und eins zusammengezählt!" Lili hatte ihre Fassung wieder, und war nun ihrerseits leicht genervt von der unsicheren Stimme, die sonst kein Problem damit hatte laut über Lilis Stimmbänder loszupoltern. „*Äh, wie meinen*"? bekam Lili zögerlich zur Antwort. Lili verdrehte ihre Augen. Jetzt musste sie auch noch so sprechen bzw. denken, dass die Stimme in ihrem Kopf sie verstand.

„Ist alles bei Ihnen in Ordnung?“ Die Frau am Eingang zum Beethovenhaus, der Lili gerade ihr Billett entgegenstreckte, sah sie fragend an. „Ja, alles in Ordnung“. Lili lächelte sie an und dachte bei sich: ich muss vorsichtig sein, sonst…. weiter kam sie nicht denn schon meldete sich die Stimme in ihrem Kopf: „*Was ist aus meines Eltern Haus, dem Hause meiner Kindheit geworden? Da, schauet, dort wo diese Vitrinen mit gar sonderbarem Leuchten hinter gar so merkwürdigem Glase stehen, dort war dereinst die heimische Küche. Die Küche, in der meine liebe Mutter führ uns den Braten brit, in der ich des Morgens eilig die frische Milch hinunterschlang und die guten Eier von Nachbars mir einverleibte. Alles so nah und doch so fern. Jetzo zählet es nicht mehr. Kein guter Duft strömet mehr heraus. Stattdessen diese garstigen Ungethüme. –* „Wow, das nenne ich mal eine Beschreibung!“, entfuhr es Lili, woraufhin sich ein Besucher neben ihr angesprochen fühlte, der gerade seinem quengelnden Sohn die knappe Anweisung gegeben hatte „Raus mit dir!“ „Ich muss doch bitten!“ raunzte er Lili an, um dann empört das Weite zu suchen. Lili stöhnte, es war wirklich nicht leicht mit einer Stimme im Kopf zu sprechen! Beethoven ließ ihr keine Zeit zum Nachdenken. „*Los, wohlan, gehet weiter. Hinauf in die oberen Stuben. Ich muss alles sehen!*“ Und so bekam Lili ihre ganz persönliche Führung durchs Beethovenhaus. Es ging weiter, wie es begonnen hatte. Beethoven konnte ihr jeden einzelnen Raum mit seiner damaligen Funktion und Eigenschaft erklären. Ein Blick Lilis auf die Türschilder der jeweiligen Räume bestätigte seine Aussagen.

Als letzter Raum betraten sie das Schlafzimmer seiner Eltern, in dem Ludwig geboren worden war. In diesem Raum wurde die Stimme sehr warm, hörte sich fast glücklich an: „*Ach, welch manchen innigen Augenblick verbrachte ich hier am Busen meiner geliebten Mutter. So innig und doch so kurz! Ach, hätte ich doch zu Lebzeiten erfasst, dass wir das Glück suchend meist den wahren Glücksmoment verfehlen gar!*“

Lili ging weiter durch die Räume und kam aus dem Staunen nicht raus. Vorbei an Möbeln und Vitrinen, und immer wieder hörte sie die Stimme vor Erstaunen flüstern: „*Alle meine Sachen, mein Hab und Gut, meine Persönlichkeiten, zur Schau gestellt, ungeschützt dem Blicke des dumpfen Betrachters gar feil geboten! Da, meine Bratsche, mein geliebtes Klavier, und isch jlööv et nitt, minge Hürrohre!"* – Bei diesem Satz musste Lili sehr an sich halten um nicht laut zu lachen. Schon ihr daraus resultierendes breites Grinsen löste manches Kopfschütteln anderer Besucher aus, deren ernste Blicke, im tiefen Bewusstsein über Beethovens Tragödie, seiner Taubheit, über den Hörrohren ruhten. Beinahe erbost war Beethoven, als er die Briefe an die von ihm tief verehrten Damen der damaligen Bonner Gesellschaft offen, für jeden lesbar, in einer Vitrine entdeckte: *„Welch barbarischem, gar demütigent, lüsterndem Geist ist dies entsprungen? Machet ihr Menschen gar Halt nicht vor dem Intimsten meiner? Widerlich, es mutet widerwertig an, würget an meiner Brust…."* - Lili musste sich zwingen sich nicht die Ohren zuzuhalten in der Hoffnung diesen Wutausbruch an Worten stoppen zu können. Schnell ging sie weiter, zuversichtlich daraufsetzend, die Stimme beruhigen zu können. Es funktionierte. Beethoven wurde von den nun ausgestellten Gegenständen und Lobbriefen versöhnlich gestimmt und ließ verlauten wie <ach glücklich> er sei, dies noch einmal gewahr zu werden. Sie kamen nun zu einer Vitrine, in der Lili zunächst so etwas wie eine Maske erkannte. Was die damals so alles gemacht haben, wunderte sie sich gerade, als die Stimme in ihrem Kopf kurz aufschrie, um dann tonlos, leise fortzufahren: *„Mein Tod! Welch grausiges Unterfangen! Ich blicke in das Gesicht meines Todes, unausweichlich zeigt er sich mir kalt und unnachgiebig, unabdingbar, mein letztes Antlitz. So als schliefe ich bloß!“* – Mit einem Blick auf das Schild am unteren Rand der Vitrine sah sie auch diese Behauptung Beethovens bestätigt. Wow, dachte Lili, es muss ja total abgefahren sein vor seiner eigenen Totenmaske zu stehen. Sie hatte zwar keine Ahnung wie das alles letztlich funktionierte, doch Fakt war, dass die Stimme in ihrem Kopf, wenn sie für Lili hörbar war, auch wahrnehmen konnte was in Lilis Umfeld geschah. Mitten in ihren Überlegungen spürte sie mit einem Mal wie sich eine riesige Anspannung in ihr ausbreitete; und im nächsten Moment hörte sich auch schon die Stimme panisch rufen: *„Schnell ich muss hier raus, raus hier, sofort. Los lauf!“* -Wie von der Tarantel gestochen lief Lili die schmale Treppe hinunter, dabei hätte sie fast ein älteres Ehepaar umgestoßen. Entschuldigungen stammelnd lief sie an der Kartenfrau am Eingang vorbei hinaus auf die

Bonngasse und weiter, wie elektrisiert und von fremder Hand gesteuert. Erst am alten Zoll kam sie wieder zu sich und setzte sich schwer schnaufend auf eine Bank. Die Ellenbogen auf ihren Oberschenkeln, ließ Lili ihren Kopf vorgebeugt in ihre Hände fallen und überlegte: Das war das absolut Schrägste was sie je erlebt hatte, und so konnte es auf gar keinen Fall weitergehen. Dieser Beethoven muss raus aus meinem Kopf. Wieso ist er überhaupt da drin, was will er, und was will er von mir? Das muss ich hier und jetzt klären. Lili richtete sich auf und schaute sich um.

Inzwischen war die Sonne hinter schweren dunklen Wolken verschwunden, Wind kam auf, der die kalte Rheinluft hinüber zum Ufer und zu Lili trug. Sie fröstelte und zog die Jacke enger um ihren Körper. Bei dem Wetter waren keine Spaziergänger mehr unterwegs und Lili konnte es wagen: „Beethoven, hallo, bist du noch da?“. – Lili lauschte in sich hinein. Nichts, rein Garnichts war da zu hören. Die Stimme Beethovens war verschwunden. Lili raufte sich die Haare. Das kann doch nicht sein! Dieser Typ kann doch nicht erst hier eine Riesennummer in meinem Kopf abziehen, mich runter zum Rhein jagen, um dann einfach zu verschwinden. Es half nichts, so sehr sie auch nach ihm rief und in sich hineinhorchte, er meldete sich nicht.

Lili klappte ihren Notizblock zu, und ihr wurde klar, wenn es für sie überhaupt so etwas wie eine Strategie im Umgang mit der Stimme in ihrem Kopf geben konnte, dann die, dass sie geduldig und mit Bedacht würde vorgehen müssen. Wenn sich die Stimme wieder meldete, würde Lili den nächsten Zug machen, und mit etwas Glück ginge der Spuk bald vorbei.

„O la la…Messieurs, mesdames, schaut euch das an!"

Heiner griff gern auf seine paar Brocken Französisch, die er in der Volkshochschule gelernt hatte, zurück, wenn er von etwas sehr beeindruckt war. Dass er seine ausschließlich männlichen Mitmusiker auch noch zusätzlich mit dem Prädikat „Damen" belegte, war ein kleiner Gag, gewollt oder ungewollt, dass genau wusste niemand von den Jungs und war ihnen offensichtlich auch ziemlich egal.

„Was für eine Halle, Männers!", setzte Steve an. Sein „Männers" würde sicher einmal in die Geschichtsbücher eingehen, sollte er von sich reden machen. Ähnlich wie bei Heiner gab es diese Einleitung immer, wenn ihn etwas sehr in Bann zog. Und alle, einschließlich Tom, waren jetzt von dem was sie sahen völlig in den Bann gezogen und ungemein beeindruckt. Hier sollten sie also auftreten. Das war schon eine andere Dimension, vor allem wenn man sich vorstellte, dass diese Halle übermorgen mit großer Sicherheit voll besetzt war. Wieviel Menschen passten hier wohl rein, 800, 900 oder gar 1000?

Auf der Bühne sahen sie bereits die Instrumente stehen, die sie benutzen konnten und die sie ja bei Dick und im Bonn-Center schon bespielt hatten. Dazu waren schon Scheinwerfer in Stellung gebracht und Mischpulte. Besonders beeindruckend: es standen auch schon alle Instrumente der Hauptband fertig bereit, zum Teil mit Planen bedeckt, aber noch gut erkennbar, vor allem auf der Bass Drum stand gut erkennbar der Name „The Fremeloes". Das war schon Ehrfurcht gebietend! Und für den Augenblick sprach niemand auch nur ein Wort.

Nach einer Weile erschien Dick, bestens gelaunt, begrüßte die Band und ermunterte sie mit der Probe zu beginnen. Das taten sie dann auch und nahmen sich erst einmal ihren Intro-Song zur Brust, den sie bei einer internen Probe noch ein wenig verbessert hatten.

„Wie treten wir eigentlich überhaupt auf?"

Dick war gerade draußen vor der Tür eine rauchen gegangen, und Tom nutzte die Gelegenheit dazu, diese Frage zu stellen.

„Wie <<wie treten wir auf>>? Was meinst du damit, Tom?“, fragte Steve zurück und blickte ihn ungläubig an. „Na, Jungs, ganz einfach: In welche Klamotten steigen wir übermorgen bei unserem großen Auftritt? Was ist unser Outfit? Wie kriegen wir die Girls rum? Hat schon einer von euch daran gedacht? Wir sollten auf jeden Fall einheitlich auftreten, jedenfalls so ungefähr!“

Mit einem fast unisono vorgebrachten „Ahh sooo…na klar, eine nicht ganz unerhebliche Frage, in der Tat…“ waren Steve, der gerade wieder seine Bass-Gitarre stimmte, und Heiner, der eigentlich schon seine Drum-Einsätze in Gedanken durchging, sofort bei der Sache und machten schon die ersten Vorschläge. „Hey, wie fändet ihr weiße Anzüge?“, ließ Heiner verlauten, was allerdings auf einstimmige Ablehnung stieß, auch was die Machbarkeit eines solchen Vorhabens betraf. Steve schlug daraufhin Cordhose und Flanellhemden vor. Aber auch dieser Vorschlag traf nicht den Geschmack der anderen. Abgesehen von der Wärmeentwicklung, die derartige Kleidungsstücke auf der Bühne entfalten, rümpften Tom und Heiner verächtlich ihre

Nasen: „Wir sind doch keine kanadischen Holzfäller!", entfuhr es Tom. „Was haltet ihr von Jeans und T-Shirts und darüber dunkle Lederjacken?". „Ich habe keine dunkle Lederjacke, nur eine braune", warf Steve ein. „Na, dann kannst du ja stattdessen irgendwas anderes drüber anziehen, meinetwegen eine Jeansjacke, oder du verzichtest ganz auf eine Jacke." Es entspann sich eine lebhafte Diskussion, an welcher sich alle sehr rege beteiligten, bis auf Axel.

Schon bei der Eingangsfrage von Tom zuckte es in ihm, als sei ein Blitz durch seinen Körper gefahren. Vor allem bei Toms Satz „Wie kriegen wir die Girls rum?", verkrampfte sich auf einmal alles wieder in ihm, und er schaute von da an nur noch starr und gedankenverloren mit halboffenem Mund auf einen der Scheinwerfer, welche ihm genau gegenüberstand.

„Hey Ax, du hast noch gar nichts gesagt", sprach Tom ihn deshalb direkt an. „Was meinst du denn wie wir beim Auftritt aufkreuzen sollten?"

Diese Frage wiederum riss Axel voll und ganz aus seinem Koma, und er drehte sich ruckartig zu Tom rüber. „Ich meine, wir sollten uns jetzt erst einmal darum kümmern, wie wir spielen. Den anderen Scheiß können wir immer noch besprechen“, gab er unwirsch zurück, sodass ihm Tom pikiert entgegnete „Das ist ganz und gar kein Scheiß, Ax, du unterschätzt das. Wir sind im Show-Geschäft, Mann! Glaub mir, ...“, weiter kam er nicht; denn jetzt kam Dick von seiner Rauchpause wieder zurück und fragte danach, wie es denn so läuft.

Steve und Heiner wunderten sich schon etwas, dass Ax und Tom angesichts der Besonderheit und der Wichtigkeit der Probe eine solch negative Stimmung verbreiteten. Vor allem von Axel hätten sie das nicht erwartet, da ihm doch das Konzert über alles ging. Warum also eine solche üble Laune? Von ihm und Lili und von der Wirkung, die Toms Worte auf ihn hatten, hatten sie ja rein gar nichts mitbekommen.

Wie dem auch sei: „Anybuddy“ spielte jetzt ihre Songs herunter, und jeder war konzentriert bei der Sache. Sogar Tom fokussierte sich voll und ganz auf seine Einsätze, sodass Dick sehr zufrieden schien.

„Boys, das klingt gut! Ich glaube, die Sache wird laufen. Joe wird staunen! Ich muss jetzt für ein paar Stunden noch was erledigen. Kommt ihr ohne mich klar? Wir sehen uns dann später. Soll ich für uns alle Pizza mitbringen? Hier in der Nähe gibt es ein italienisches Lokal, wo es sie zum Mitnehmen gibt. " Das war natürlich eine rhetorische Frage, und alle stimmten fröhlich in diesen Vorschlag ein; selbst Axel, dem ja eigentlich nicht sehr fröhlich zumute war, gab sich begeistert.

Nachdem Dick sich entfernt hatte, beschloss man, sich jetzt tatsächlich ganz und gar dem Auftritt zuzuwenden. Was das Outfit anbetraf, wollte man sich dann später noch kurzschließen. Also nahm die Band sich nun noch einmal ihre Songs nach und nach vor, „unter verschärften Bedingungen", wie Axel sich ausdrückte, was auch Tom und die anderen voll akzeptierten.

„Kannst du dich mal ein bisschen mehr zu deinen Soli bewegen, Ax. Du hast das schon mal richtig gut hinbekommen. Und jetzt sollten wir das auch entsprechend trainieren.“ Tom meinte es nur gut; er achtete sehr auf die Performance, was ja auch vollkommen in Ordnung war, und er hatte ja Recht: Sie waren im Show-Business, und da zählte neben der Musikdarbietung nun mal auch das Äußere. Zudem wusste er ja überhaupt nicht, was in Axel gerade vorging, hatte auch keinen Plan, dass es seinen Solo-Gitarristen so sehr erwischt hatte, dass dieser sich derartig Hals-über-Kopf in die „rote Zora“, wie er sie nannte, verliebt hatte, und dass er, Tom, ihn mit seinen flapsigen Bemerkungen derart vor den Kopf gestoßen hatte.

„Wenn du vielleicht mal darauf Acht gibst, dich nicht ständig zu verspielen, während du performst, kann ich es ja durchaus mal mit dem Bewegen probieren. Shit wäre nur, wenn wir uns beide verspielen, während wir mit unseren Locken oder Hintern wackeln“, meinte Axel, worauf Tom erwiderte: „Immer noch besser wir hauen mal daneben, als da zu stehen wie ein Eisblock im Regen. Glaubst du, dass das die Mädels anmacht? Ich als Mädchen würde denken „Oh Gott, ist dieser Typ bei der Heilsarmee?“

Steve und Heiner, die sich bisher rausgehalten hatten, spürten, dass etwas ganz und gar Explosives in der Luft hing und setzten schon an zu beschwichtigen. Doch es war zu spät! Mit einem Satz sprang Axel auf und stand in gleichen Moment vor Tom.

„Was glaubst du eingebildeter Arsch eigentlich wer du bist! Mick Jagger oder was?“, brüllte er ihn nun an. „Ja, anscheinend kriegst du ein paar Mädels rum, wohl immer dieselbe Sorte, kann schon sein, aber für mich bist du einfach ein arroganter Gockel mit ‘ner Gitarre um den Hals.“

Tom, den diese Worte von Axel bis ins Mark trafen und der jetzt ebenfalls außer sich war vor Wut, legte plötzlich die teure 12-saitige Ibanez zurück, ging auf Axel zu und schrie: „Du bist doch selbst ein solcher Volltrottel. Meinst du etwa, du wärst Jimmy Page oder George Harrison oder was? Die können sich jedenfalls auf der Bühne bewegen und spielen können sie auch bei weitem besser als du. Du bist doch selbst so in dich und deine Gitarre verliebt, dass du um dich herum überhaupt nichts mitbekommst. Alter, mit dir zusammen stehe ich übermorgen so nicht auf der Bühne!“. Damit packte er sich seine Jacke und verließ den Proberaum mit den Worten „Wisst ihr was? Ihr könnt mich alle mal! Ich hab die Schnauze voll! Wenn ihr euch blamieren wollt, dann bitte ohne mich. Sucht euch einfach einen anderen Rhythmus-Gitarristen. Ihr kommt sicher auch ohne mich zurecht.“

Ungläubig und starr vor Schrecken standen die restlichen Drei da und konnten nicht fassen was da soeben geschah.

Nach etwa 10 Minuten, einer gefühlten Ewigkeit, fand Steve zu seiner Sprache zurück: „Das darf doch nicht wahr sein! Das gibt’s doch gar nicht!“ „Und was erzählen wir denn jetzt Dick? Axel, war das denn nötig?“, meldete sich Heiner zu Wort. Axel erhob sich seinerseits und ging aus dem Raum.

„Ich hoffe, wenigstens du kommst wieder“, bemerkte Steve. „Keine Angst, ich bin nicht so ein Verräter, der einfach abspringt, wenn es ihm nicht passt!", antwortete ihm Axel „Ich brauch jetzt nur mal frische Luft."

Mit proben war jetzt auch erst mal Essig. Keiner der verbliebenen Drei hatte Lust, unter diesen Umständen weiterzuspielen. Und so saßen sie apathisch auf ein paar Stühlen, die im Raum standen und glotzten die Wände an, bis die Tür aufging und Dick gut gelaunt mit fünf übergroßen Pizzen hereintrat. Mit den Worten „Na, macht ihr 'ne kleine Pause? Wo ist Tom?" begrüßte er die anwesenden Musiker, nichts ahnend was sich in den letzten Stunden abgespielt hatte. Doch schnell merkte er an den Reaktionen der Jungs, dass irgendwas nicht stimmte. „Was ist los? Hey, guys, what has happened? Steve, Ax, ihr schaut ja drein wie geprügelte Hunde!"

Nachdem Heiner auserkoren wurde das Wort zu führen und er Dick erklärte was geschehen war, war dieser außer sich. „Was? Tom springt einfach ab? Das geht überhaupt nicht!", warf er ein und knallte die Pizzen in die nächste Ecke. „Wo wohnt der Bursche? Wo kann ich ihn erwischen? Ich bring ihn hierhin zurück, noch heute, das verspreche ich euch. Und wenn ich ihm mit einer Konventionalstrafe drohe, ihm sämtliche Anwälte auf den Leib hetzen: Der Knabe hat hier seinen Vertrag zu erfüllen. Er hat zugesagt, und das ist auch eine juristische Willenserklärung. So einfach läuft das nicht! Ihr wartet hier, klar?" „Ok" kam es mutlos von den Dreien zurück.

Es dauerte etwa eine Stunde, als Dick mit Tom im Schlepptau wieder auf der Bildfläche erschien. „Axel und Tom, ihr beide kommt bitte mal mit mir. Wir müssen reden. Dauert etwa eine Viertelstunde." Auch hier folgte ein „ok", diesmal leicht zuversichtlich und hoffnungsfroh.

Im Nebenraum gab es dann die erwartete Standpauke. Es war nur Dick, der sprach:

„All right, boys: Ich habe Tom's Version auf der Rückfahrt gehört, und offensichtlich war es dir, Tom, mit dem Abspringen ja auch nicht ganz so ernst. Dennoch, schon die Tatsache, hier bei der ersten wichtigen Probe so viel Zeit zu verlieren, das geht absolut gar nicht! Tom, die Version der Jungs habe ich auch gehört. Wisst ihr was ich denke? Was wirklich los ist?

Es geht gar nicht um Performance oder um das Outfit auf der Bühne, es geht auch nicht um eure Musik. Soll ich euch sagen worum es hier - wie so oft - wirklich geht und was euch aus irgendeinem Grund - ich weiß noch nicht aus welchem – entzweit: es geht um die WEIBER! Habe ich Recht, Freunde, um die allein geht es. Ihr braucht mir nichts vorzumachen, ich erlebe das nicht das erste Mal Aber eins sage ich euch, und prägt euch das gut ein, ein für alle Mal: Girls kommen und gehen, aber die Musik bleibt! Männer, wir haben einen Vertrag! Das habe ich Tom auf der Fahrt hierhin bereits klar gemacht, und euch anderen dürfte das auch klar sein. Das heißt ganz konkret: Dieser Vertrag muss eingehalten werden! <<Pacta sunt servanda>>, wie es bereits die alten Römer vor fast 2000 Jahren hier in eurem schönen Städtchen formulierten, und da halten wir uns alle dran.
Axel, ich frage dich: willst du zu eurer Musik auch deine Bühnenpräsenz verbessern?“

Axel schaute Dick erstaunt an. Nach ein paar Sekunden kam er zu sich und antwortete: „Ja, das wäre schon gut.“

„Und Tom, ich frage dich: Willst du neben deiner Performance auch deine musikalische Präsenz verbessern?“ Tom, ebenfalls erstaunt, willigte gleichfalls ein. „Ok, Friends, dann kühlt jetzt gefälligst eure Hitzköpfe ab. Wenn ihr mal Profis werden wollt: Die machen ihren Job, egal was passiert und wie sie gerade drauf sind. Es gibt nämlich eine eherne Regel, und die gilt nicht nur für diesen Auftritt, sondern zu jeder Zeit und überall auf der Welt. Die lautet: <<The show must go on>>, boys, <<The show must go on>> Hämmert euch das ein oder macht meinetwegen einen Hit draus!”

Die Generalprobe am Freitag, selbe Zeit, selber Ort. Sagt das bitte auch den anderen.“

Damit verabschiedete sich Dick, ohne weitere Worte zu verlieren. Steven und Heiner sahen ihn nur noch brummend hinausgehen.

Am nächsten Tag fanden sich alle pünktlich im Bonn-Center ein, in Blue-Jeans, schwarzen T-Shirts und Jacken. Die Stimmung war gut. Es wurde die beste Probe ihres Lebens!

Als Helga am Nachmittag die Tür des Friseurladens hinter sich schloss freute sie sich schon auf ihr obligatorisches Schönheitsbad in der heimischen Badewanne. Da der Friseur montags Ruhetag hatte, wurden an dem Tag die Arbeiten, die während der Öffnungszeiten zu kurz kamen, erledigt. Arbeiten, die Helga weniger Spaß machten, doch erledigt werden mussten. Denn wenn zum Beispiel die diversen Flaschen und Behältnisse nicht immer ausreichend aufgefüllt waren, würde dies den Ablauf im Friseuralltag doch erheblich stören. Ihr klangen noch die Worte Ihrer Chefin in den Ohren, als Helga einmal ihren Missmut darüber geäußert hatte: „Das Leben ist nun mal kein Wunschkonzert!“ „Und Lehrjahre sind keine Herrenjahre“, ergänzte Helga, um ihrer Chefin zuvorzukommen und ihr zu zeigen, dass sie verstanden hatte. Und das hatte sie wirklich und war darüber hinaus froh, eine so unkomplizierte und faire Chefin zu haben. Von Mitschülerinnen aus der Berufsschule kannte sie da ganz andere, grausige Schilderungen. Wie dem auch sei, jetzt hatte sie frei und würde gleich in der Badewanne…weiter kam Helga in ihrer gedanklichen Planung nicht, denn auf den Stufen vor der Eingangstür stand Lili, und sie fragte: „Hast Du Lust auf einen Kakao im Café am Theater?“ Dabei lächelte Lili die Freundin unsicher an, wusste sie doch, dass Helga allen Grund hatte, verärgert zu sein.

Helga staunte nicht schlecht, ließ es sich jedoch nicht anmerken. Sie hatte sich übers Wochenende einige Gedanken über die merkwürdige Situation auf dem Markt in Bonn gemacht und über das ebenfalls seltsame Verhalten ihres Bruders. Ihre Neugierde war also ohnehin geweckt, und einen Kakao im Café am Theater galt es auf gar keinen Fall auszuschlagen, handelte es sich doch um den besten Kakao Bonns, wenn nicht gar der Welt. „Klar, dann muss mein Schönheitsbad noch warten! Auf geht's!“ – Und mit diesen Worten hakte sich Helga bei der nun perplexen Lili unter. Auch wenn diese gehofft hatte ihre Freundin dazu bewegen zu können, hatte sie nicht damit gerechnet, dass es so einfach sein würde. Und gemeinsam schlenderten die beiden über die Kennedybrücke.

Sie gingen zunächst schweigend nebeneinander. In beiden Mädchen arbeiteten die grauen Hirnzellen auf Hochtouren, befasst mit dem gleichen Thema: Wie anfangen, wie vorgehen, was sagen? Während Lili noch überlegte, brach Helga, die sich, erst einmal für die unverfängliche Wettervariante entschieden hatte, das Schweigen: „Puh, jetzt wird es aber wirklich langsam Winter!“ Ihr Blick ging hinunter zu ihren Füßen, die, wie konnte es anders sein, in hochhackigen Stöckelschuhen steckten, welche durch die Dezember-Feuchte auf der Rheinbrücke augenscheinlich mehr und mehr durchnässten. Lili, die Helgas Blick gefolgt war, musste grinsen. Das war so typisch für die Freundin: „Mensch Helga, du würdest bestimmt noch am Nordpol deine Stöckelschuhe tragen! Ich sehe dich förmlich, wie du da rumläufst in der endlosen Schneelandschaft.“– Die gemeinsame Anspannung entlud sich in albernem Gelächter, und derart gelöst betraten sie das Café.

Der Kakao war - wie immer - einsame Spitze, und beide genossen ihn sichtlich. Sie sogen den intensiven Geruch nach wohlschmeckendem Kakao und frischer Milch andächtig auf und tranken dann, an der Tasse vorsichtig nippend, die ersten Drittel des Inhaltes. Danach lehnten sich beide in ihren Stühlen zurück und Helga sprach aus, was beide dachten: „Was für eine verrückte Zeit!“. Lili nickte zustimmend; und während sie noch nach einem `Wie` für ihren Anfang suchte, war es erneut Helga, die das Wort ergriff: „Sag mal, Lili, findest du nicht auch, dass sich Axel am Freitag ziemlich danebenbenommen hat? Ganz ehrlich, so habe ich ihn noch nicht erlebt, bis auf das eine Mal, als er nicht Gitarre spielen konnte, weil er den gebrochenen Finger hatte. Wie er dich abgekanzelt hat, also da wäre ich auch schockiert gewesen. Kein Wunder, dass dir die Tränen kamen. Ich meine, selbst wenn zwischen dir und Tom was ist, so ist das doch deine Sache“.

Helga schlürfte inzwischen wieder an ihrem Kakao und sah die Freundin über den Tassenrand fragend an. Sie musste nicht lange warten, denn nun sprudelte es nur so aus Lili heraus. Dieser Tom interessiere sie nicht die Bohne, dieser aufgeblasene Gockel. Was der sich überhaupt einbildet. Spielt sich als Tausendsassa, als Macher der Band auf und glaubt so bei ihr, Lili, landen zu können. Dass dann aber Axel ihr so die kalte Schulter zeigt, ja sie geradezu beleidigt, wo doch noch auf der

Heimfahrt und vor allem bei der Verabschiedung alles so schön gewesen sei. Wie er sie da angesehen hatte…und dann der Kuss… so gut habe sich das angefühlt…dass Axel so mies sein könne…Aufgeregt, wie Lili war, hatte Helga zwar etwas Mühe ihr zu folgen, doch sie wäre nicht Helga gewesen, wenn es ihr nicht gelungen wäre. Im Zusammenlegen von Puzzleteilen zwischenmenschlicher Beziehungen war sie einsame Spitze. Da war also dieser eitle Tom beteiligt, den Lili wohl hatte abblitzen lassen, und ihr Bruder Axel, der, mein Gott wer hätte das gedacht, sich wohl in Lili verguckt hatte und sie sich auch in ihn; und nun glaubte jeder der beiden vom anderen, er habe nur gespielt. Ach herrje, das war kompliziert. Helga wusste, dass sie mit allem was sie jetzt sagte, vorsichtig sein musste, um nicht den Eindruck zu erwecken, sie würde für ihren Bruder Partei ergreifen. Andererseits fand sie die Vorstellung schön, dass Lili und Axel ein Paar sein könnten. Ihre beste Freundin und ihr Bruderherz.

„Also ich glaube, mein Bruder ist da wohl auf dem Holzweg“, setzte Helga deshalb vorsichtig an, doch weiter kam sie nicht. Denn durch die

Schilderung hatte Lili sich regelrecht in Rage geredet und wütet los: „Das ist mir so was von egal. Wie kann er nur glauben, dass ich und Tom…was glaubt er denn wer ich bin…als würde ich mich jedem an den Hals schmeißen!" – Helga versuchte noch zu erklären, sie vermute, dass Tom da seine Finger im Spiel habe und ihr Bruder Lili sicher wertschätze, doch wenn überhaupt erreichten ihre Worte Lili nur am Rande. Schon kullerten die ersten Tränen über Lilis Wangen, sodass Helga ihren Arm tröstend um die Schultern ihrer Freundin legte und ihr zuflüsterte: „Pfeif auf die Kerle!", was sogleich durch ein heftiges Kopfnicken Lilis bestätigt wurde.

Helga beschloss das Thema erst einmal ruhen zu lassen, wissend, dass sich eine Lösung finden würde. Deshalb sprach sie das anstehende Konzert an und die Frage, ob Lili sie denn trotzdem begleiten würde. Denn schließlich würden sie die Fremeloes, eine ihrer Lieblingsbands aus den letzten Jahren, sehen. Lili schnäuzte sich die Nase, setzte sich aufrecht hin und sagte mit entschiedener Stimme: „Der Typ muss erst noch geboren werden, der mir das vermiest. Ich kann ja, während die Vorband spielt, vor der Halle warten." – Okay, dachte Helga, das ist mal eine Ansage.

Vor dem Café trennten sich die Freundinnen. Helga ging zu ihrem Spanischkurs in der Bonner Volkshochschule. Dass sie dort noch hin musste, war ihr zum Glück noch eingefallen, als sie zu Lili beim Verlassen des Cafés aufmunternd "vamos" sagte. Somit war Lilis vermeintliches Unglück ihr Glück gewesen. Lili gegenüber stellte sie mit Überzeugung fest, dass nichts nur schlecht sein könne, dass es immer auch etwas Gutes in sich trage. So wie sie nun durch Lilis Misere und dem spanischen „vamos" an ihren Volksschulkurs erinnert wurde, so würde sich auch die verzwickte Situation mit Axel zum Guten wenden. Den zweifelnden Blick in Lilis Gesicht ignorierte Helga, drückte ihrer Freundin einen herzlichen Schmatzer auf die Wange und eilte davon. Schließlich musste sie viele Sprachen beherrschen, wollte sie einmal internationale Stars frisieren. Diese typische Helga Erklärung zu ihrem Spanischkurs klang Lili in den Ohren, als sie der Freundin mit einem Seufzer nachblickte. Da Lili im Dunkeln nicht allein über die Kennedy-Brücke gehen wollte, machte sie sich auf zur nächsten Straßenbahnhaltestelle. Es war doch jetzt am frühen Abend recht frostig geworden, und Lili war froh, als endlich die Straßenbahn kam. Ihre Mütze tief ins Gesicht gezogen stieg sie ein und setzte sich auf den nächsten freien Platz, ohne sich umzuschauen. Das Gespräch mit Helga ging ihr durch den Kopf. Was wenn es tatsächlich so war, wie die Freundin annahm, wenn dieser Tom da seine Finger im Spiel hatte. Trotzdem, wie konnte Axel sie so behandeln! Zu doof, dass er Helgas Bruder war; denn sonst könnte sie ihm leicht aus dem Weg gehen. Aber so.... Weiter kam Lili nicht in ihren Überlegungen. Sie hatte aus dem Fenster geschaut; doch jetzt im Dunkeln konnte sie nicht rausschauen, sondern sah die Spiegelung des Innenraums der Straßenbahn; und da saß er, Axel, ihr schräg gegenüber auf der anderen Wagenseite und schaute zu ihr hinüber. Als er merkte, dass Lili ihn ebenfalls in der Fenster-Spiegelung entdeckt hatte schaute er abrupt weg.

Axel hatte sich die Gitarrensaiten gekauft, die er bereits am Samstag gegenüber seiner Schwester vorgegeben hatte zu besorgen. Da sein Mofa seit ein paar Tagen Mucken machte und er keine Lust hatte mitten in Bonn liegen zu bleiben und dann das Mofa nach Hause zu schieben, hatte er sich für die Bahn entschieden. Er war, ebenso wie Lili, in Gedanken versunken, als er sie plötzlich in der Straßenbahn entdeckte. Sofort ging sein Puls schneller und er wäre am liebsten davongerannt. Leider war dies in einer fahrenden Straßenbahn denkbar ungünstig, um nicht zu sagen unmöglich. Was tun? Er hatte die Gedanken an sie so gut zurückdrängen können, sein Denken voll auf den Auftritt ausgerichtet, doch dann sitzt sie ihm plötzlich in der Straßenbahn gegenüber, wie im besten Film. Axel wurde zunehmend unruhiger. Er schaute auf den Streckenplan, es waren noch vier Stationen, bis sie aussteigen würde Das halte ich nicht aus. Ich muss hier raus! Zu allem Übel saß sie auch noch direkt am Ausgang. Axels Gedanken rotierten. Lili ging es ähnlich. Auch für sie war die Anwesenheit Axels kaum zu ertragen, besonders weil vorhin im Café noch einmal alle Gefühle hochgekommen waren. Was also tun? An der nächsten Haltestelle aussteigen und auf die nächste Bahn warten?

Bevor Lili eine Entscheidung getroffen hatte, stand Axel auf und ging zum Ausstieg. Er wollte gerade die Haltestange am Ausstieg ergreifen, als die Bahn ruckelte und er beim Versuch sich zu halten Lilis Schulter streifte und ihre Gesichter für einen kurzen Moment eine Handbreit voneinander entfernt waren. Der Moment war so kurz, dass er bereits vorbei war, bevor es beide richtig realisierten. Und doch war da der kurze Blickkontakt, für einen Bruchteil das Eintauchen in die Augen des anderen, um im nächsten Moment den Blick erschrocken und irritiert abzuwenden. Das, was beide sahen, verunsicherte sie komplett. Dann war es auch schon vorbei, ein genuscheltes „Entschuldigung", und Axel konnte die Flucht durch die geöffnete Fahrzeugtür ergreifen.

Er wartete nicht auf die nächste Bahn, sondern ging den Rest der Strecke zu Fuß. Der Vorfall in der Straßenbahn hatte ihn total als der Spur geworfen. Dieser Blick in Lilis Augen hatte ihn so unendlich berührt. So schaut man einen doch nicht einfach an. Wie kann das sein, wenn sie doch auf Tom abfährt? Wieder tauchten die Bilder und die Gefühle auf aus jener Nacht, als er sie nach Hause gefahren und geküsst hatte.

Axel stöhnte laut. Verstehe einer die Frauen! Der fast einstündige Fußmarsch half ihm wieder zu sich zu kommen. Auch wenn er das Geschehene in der Straßenbahn nicht einordnen konnte, er würde bei seiner Strategie bleiben. „Music first“ und Finger weg von den Weibern!

Lili ging es ähnlich. Als Axel in der Bahn fast auf sie gefallen wäre, sein Gesicht so nah dem ihren und dann der Blick in seine Augen, ließ ihr Blut im Galopp durch ihre Adern rasen. Ihr Herz pochte wie wild, sie dachte sie müsse sterben und dann war er weg. Regelrecht aus der Straßenbahn gestürmt, die Flucht ergriffen. Sie blieb wie angewurzelt sitzen, brauchte eine Weile, um das Geschehene zu realisieren. Gerade noch rechtzeitig, um nicht ihren Ausstieg zu verpassen.

Als sie zu Hause die Tür zu ihrem Zimmer hinter sich schloss, musste sie sich eingestehen, dass Helgas Bruder ihr alles andere als egal war. Doch was spielte das für eine Rolle, wenn er sich ihr gegenüber so mies verhielt, wie er es auf dem Markt getan hatte. Eigentlich hätte Lili noch Vokabeln zu lernen, denn morgen stand die letzte Englischarbeit vor den Weihnachtsferien an und sie hatte sich vorgenommen, diese nicht wie die Letzte zu verhauen. Doch daran war jetzt nicht zu denken. Die unerwartete Begegnung mit Axel in der Straßenbahn hatte sie total verwirrt. Dieser kurze Moment, als ihre Köpfe fast zusammengestoßen waren, seine Augen, dieser Blick. Lili raufte sich die Haare und versuchte zum x-ten Mal die Englischvokabeln in ihrem Kurzzeitgedächtnis zu platzieren. Zwecklos! Sie schweifte immer wieder ab, und stets aufs Neue tauchten da diese vier Buchstaben auf, die ihre Knie weich werden ließen und den Verstand aus-knockten: A X E L

Lilis Gefühlslage war die einer Waschmaschine im Vollwaschgang mit maximaler Umdrehungszahl im Schleuderprogramm. Ihr wurde warm und kalt zugleich, das Kribbeln im Bauch machte sie fast wahnsinnig, und ihr Herz raste, als würde es jeden Augenblick aus ihr herausspringen. Doch mit einem Mal wurde Lili ganz ruhig, und sie stellte zutiefst erstaunt fest: ich bin verliebt! Ja, Mensch, in diesen miesen, super süßen Typen namens Axel. Ob ich das nun will oder nicht. Ich bin verliebt! Lili stöhnte gequält auf, ließ sich auf ihr Bett fallen und schlief kurz darauf ein, denn dieser chaotische Gefühlszustand hatte sie total erschöpft.

Doch auch im Schlaf ließen ihre Gefühle sie nicht in Ruhe, sondern trieben sie durch einen wilden, völlig abgedrehten Traum: Wie es in Träumen oft der Fall ist, so wusste auch Lili nicht wirklich, wo sie sich befand. Teilweise erinnerte sie die Umgebung an Beuel. Und da war auch ein Fluss der gut als Rhein hätte durchgehen können, doch gleichzeitig sah es nicht so aus wie das Beuel, das sie kannte. Und auch gab es am Rhein, weder auf Beueler noch auf Bonner Seite, solch ausladende, breite, zum Teil bewaldete Gegenden, an denen sich die Rheinufer anschlossen. Auch hätte Lili das Wetter eher nach London verortet, so trüb und neblig war es. Doch Träume haben nun mal ihre eigenen Gesetze.

Aber das war noch lange nicht alles. Lili sah sich im Traum in einem merkwürdigen, bodenlangen braunen Mantel, dessen Kapuze ihre in Locken gedrehten Haare bedeckte, eilig durch eine dunkle Gasse hasten. Sie schien in Panik zu sein. Wurde sie verfolgt? Da, plötzlich wie aus dem Nichts, tauchte Tom vor ihr auf. Er lachte höhnisch, hielt sie am Arm fest und wollte sie an sich reißen. „Lass sie sofort los!“ Klar und deutlich hörte sie mit einem Mal Axels Stimme. Und ehe sie sich versah, standen sie alle auf einer Waldlichtung. Tom hielt Lili nicht länger fest, sondern stand Rücken an Rücken mit Axel. Beide hielten in ihrer rechten Hand, mit angewinkeltem Arm, eine seltsam alte Pistole hoch. Aber da war noch eine dritte Person. Diese schien den beiden etwas zu erklären. Es ging wohl um den Ablauf der Handlung. Lili war wie erstarrt, so was hatte sie noch nie erlebt. Alles wirkte so seltsam, so aus der Zeit gefallen.

„Sie werden sich duellieren. Wegen dir!“ Lili drehte sich um. Hinter ihr stand mit einem Mal Helga und sah an Lili vorbei zu den beiden Jungs hinüber. „Wegen dir“, wiederholte sie tonlos. „Nein, nicht!“, schrie Lili, doch der Schrei verhallte tonlos in ihrem Inneren, während sie sah, wie die beiden jungen Männer begannen sich ruhigen Schrittes voneinander fortzubewegen. Lilis verzweifelter Blick fiel auf die andere Person, die eben noch zu Tom und Axel gesprochen hatte. Und diese Person war…nein…das kann doch nicht wahr sein… Beethoven! Auch er war, ebenso wie Lili und die anderen, ganz altmodisch gekleidet. Er sah so aus wie auf den Bildern, die Lili von ihm kannte. Sie mussten sich also in Beethovens Zeit befinden. Noch während Lili überlegte wann dies denn gewesen sein mag, hatten die beiden Duellierenden sich herumgedreht, die Pistolen aufeinander gerichtet und, Lilis Herz schien stillzustehen, abgedrückt. Es gab einen ohrenbetäubenden Knall, Lili stieß einen schrillen Schrei aus und wachte im gleichen Moment nassgeschwitzt auf.

Sie brauchte eine Zeit, bis sie realisierte, dass sie nicht mehr in ihrem Traum war, sondern aufrecht in ihrem Bett saß. Draußen prasselte der Regen gegen die Fensterläden, und in der Ferne hörte sie das Grollen des abziehenden Wintergewitters. Ihre Uhr zeigte 4:20 an. An Schlafen war nicht mehr zu denken. Bis zum nächsten Morgen musste sie unbedingt den Kopf frei kriegen, wollte sie die Arbeit auch nur im Ansatz durchbringen. Lili zog sich an, schlich die Treppen zur Haustür hinunter, vorsichtig an der Backstube, in der der Vater gerade die Maschinen anschaltete, vorbei und stand kurz darauf an der Straßenecke. Strammen Schrittes ging sie hinunter zum Rhein, um dort - am Ufer stehend - Steine über die Wasseroberfläche hüpfen zu lassen. Die Konzentration auf den optimalen Flugwinkel des Steines, um ihn über das Wasser hüpfen zu lassen, ließ sie zur Ruhe kommen; und somit konnte sie ihre Gedanken und Gefühle, die der schreckliche Traum dermaßen durcheinandergebracht hatte, ordnen. Ihre Freundin Helga, die sich wie auf vieles andere auch auf die Kunst des Traumdeutens verstand, hatte ihr einmal gesagt, dass Träume immer auch eine Botschaft enthielten. Was also war hier die Botschaft? Lag Axel doch etwas an Lili? Vielleicht gar so viel, dass er sich wegen ihr mit seinem Kumpel Tom anlegen würde? Und was, bitte schön, hatte dieser Beethoven in ihrem Traum zu suchen? Das Flusswasser wurde unruhiger; denn die ersten Rheinschiffe begannen ihre tägliche Fahrt auf dem Wasser und schoben es in starken Wellen ans Ufer, was das Steine-Hüpfen erschwerte. Die Kirchturmuhr der Sankt Josefs Kirche schlug 6:00. Lili machte sich auf den Heimweg und kam unbemerkt ins Haus. Nun funktionierte auch das Vokabel lernen. Und nach einem ausgiebigen Frühstück mit Rührei und frischen Brötchen aus der Backstube konnte Lili mehr oder weniger gelassen der Englischarbeit entgegenblicken.

Nachdem sie die Arbeit tatsächlich ganz gut hinter sich gebracht hatte, ließ sie den restlichen Schultag an sich abperlen. Sie musste nachdenken, denn sie brauchte einen Plan, wollte sie nicht länger im Ungewissen sein, was Axel betraf. Am Samstag würde sie ihn beim Konzert wiedersehen. Helga hatte davon gesprochen, dass sie sicher im Anschluss noch etwas gemeinsam unternehmen würden. War dies für Lili zunächst unvorstellbar gewesen, sah sie jetzt darin die Gelegenheit, endlich Klarheit zwischen Axel und sich zu schaffen. Auch wenn sie noch nicht wusste wie, so war sie sich doch um eines sicher: sie wollte dabei gut ausschauen und Axel auffallen. Dazu musste sie sich unbedingt in der Bonner City nach neuen Klamotten umschauen. Sie hatte für solche Fälle eine kleine Schachtel unter ihrem Bett stehen. Darin sammelte sie übers Jahr das Geld, das sie verdiente, wenn sie in der elterlichen Bäckerei aushalf. Beispielsweise. wenn die einzige Angestellte, Josefine, ihres

Zeichens Bäckereifachverkäuferin, nicht arbeiten konnte, oder wenn an den Wochenenden der Laden brummte. Okay, das kam jetzt nicht so oft vor, doch es reichte, um zum Jahresende zwischen 100 und 200 D-Mark in der Schachtel zu haben. Dieses Mal war es genau 168,50 DM. Das würde reichen, um sich ein schickes Teil zu kaufen. Lili schwebte eine Schlaghose und ein passendes Oberteil vor. Axel sollte sie am Samstag sehen. Am besten nur sie!

Mit diesem Vorsatz machte sich Lili nach dem Mittagessen auf den Weg rüber nach Bonn. Am Theater stieg sie aus, um von dort aus über den Markt in die Haupteinkaufstraße zu schlendern. Lili war gedanklich so sehr bei ihrer Kleiderplanung, dass sie regelrecht zusammenzuckte, als sie wieder einmal Beethovens Stimme hörte: *„Meine 5. Symphonie, in einem Konzerthause, welches meinen Namen gar traget. Ach welch' ehrvolles Thun sich da bahnet seinen Weg….* – Ach herrje, der ist ja auch noch da! Gibt der denn nie Ruhe? *„Werthes Fräulein Lili, wäre es gar möglich zu machen, dass Ihr mir jenes Konzerthallen- Haus, welches meinen Namen traget, zeigen möget?"* – Lili wusste, dass es zwecklos war, sich seinem Willen zu widersetzen. Das hatte sie die jüngste Vergangenheit gelehrt. Denn wo Ludwig hinwollte, da musste sie hingehen. Sie schnaubte, drehte sich um und machte sich auf den Weg Richtung Wachsbleiche.

Auf dem Weg dorthin erklärt Beethoven Lili, dass er seine Musik oft habe verkaufen müssen. Überhaupt klagte er in diesem Zusammenhang über das mangelnde Verständnis der Adelsleut' ob seines geschäftlichen Gehabes, welches doch letztlich von seinem Bemühen geprägt gewesen sei zu überleben. Solche Überlebensnöte seien freilich der feinen blaublütigen Gesellschaft fremd gewesen. Er aber habe somit nicht anders handeln können. So habe er beispielsweise seine 5. Sinfonie zunächst dem schlesischen Grafen Opersdorf verkauft, um sie dann letztlich, aus reiner „Lebensnoth", dem Fürsten Lobkowitz zu verkaufen. Dieses ganze Gehabe mit dem Widmen und Besitzen von Musik habe ihn, Ludwig, schon von jeher angewidert. Musik zu besitzen sei nicht im Sinne dessen, der sie uns letztlich schenke. Musik besitzen sei nicht möglich, sie fliege und fließe dahin. Hin zu den

Menschen, zu deren Herz- und Seelenbalsam. – Das und noch viel mehr musste sich Lili auf dem Weg zur Beethovenhalle anhören. Dieser Beethoven hätte ohne weiteres auch Versicherungsvertreter werden können, denn er konnte einen wirklich dumm und dusselig quasseln.

„So, da sind wir!" sprach Lili laut aus. „Hier ist deine Halle!" Es wirkte. Die Stimme verstummte, doch nur kurz, denn schon hörte Lili: „*Welch ehrfürchtiger Augenblick! Und da, leset was dort stehet. Heuer ist eine Probe, bei der die Bürger anwesend sein dürfen, für ein Concert in der nächsten Woche. Wohlan lasset uns teilhaben. Gar will ich es vor freudiger Erwartung kaum noch aushalten. Ich darf meine 5. Symphonie endlich hören, ohne dass es in meinen Ohren pfeifet und rauschet gar fürchterlich. Wohlan, Lili, wohlan!*" Und so gingen sie, Lili und Beethoven, hinein in die berühmte Halle und erlebten dann ein Konzert, wie es für sie wohl kein zweites dieser Art mehr geben würde.

„Siehe da. Sie sitzen herum wie eh und je und warten auf ihren Leithammel. Hei, da kömmet er ja schon, den Taktstocke in der Hand. Das Tongesumme und – gebrumme wird leiser. Ich höre es, ich höre es so gut,

sölbst die feineren Töne noch…wie wunderbar! Itzo…es wird ganz ruhig im Saal. Welch ein schöner Saal! Die Decke, wie verschachtelet sie ist, Tausend Hölzer ineinander verwoben, welch ein Klang! Meine Halle! Da, die Exposition… datatata…es geht an. Oh, welche Freude es so zu hören! Die Fermate, ja, sie solle doch noch besser ausklingen. Der Meister erkennet es, ah…man wiederhole.

Noch einmal: datatata… ja, itzt ist es besser. Nun fließet die Musik. Meisterhaft, ja meisterhaft, der Kapellmeister. Nur…warum dirigiret er mein Werk ein wenig schneller? Ich habe es langsamer im Kopfe. Seisdrum, ich will jetzt hören, ja hören, hören, hören und genießen. Es ist so schön, alle Töne sind auf ihrem Platze. Das Horn, wie es leitet zum Seitenthema, die abwärtige Achtelfigur, ist das wirklich alles von mir? Habe ich solch herrliche Musik geschrieben?

Was ist jetzt? Ja, der Kapellmeister hat es gerhöret. Der absteigende Kontrapunkt der Bässe kam nicht wie gewunschen. Man brechet an der Stelle ab. Der Meister ballt seine Fäust und schauet ernst und besorgt; doch dann weichet seine Sorgenmine einem Lächeln. Welch ein Könner! Alle hören ihm gebannet zu. Und erneut beginnt die Stelle. Ja, so soll es sein! Nur, warum alles so schnell? Hat denn diese Zeit keine Ruh mehr?“

Lili sitzt auf einem der zahllosen freien Plätze in der Mitte und hört sowohl die Musik als auch Beethovens Stimme. Es war wohl ein großes Glück, hereingelassen zu werden zur Probe. Viele andere Menschen standen schon vor der großen Eingangstür Schlange und wollten der Probe beiwohnen; doch dann entschloss man sich von Seiten der Konzertleitung, nur wenige hereinzulassen. Dass Lili dabei war, hatte sicherlich auch etwas damit zu tun, dass sie ihr unwiderstehlich süßes Lächeln aufsetzte und den Türsteher damit einlullte.

Jetzt jedenfalls saß sie mit einigen anderen zufällig Auserwählten zusammen und lauschte der Probe. Und der Mann, um den es hier im Wesentlichen ging, der eigentliche Held dieser ganzen Aufführung, die - das wurde Lili mehr und mehr klar – eine unglaubliche Organisation und Präzision erforderte... was schon die Leitung eines solchen Orchesters anbelangte: welch ein Können war hier erforderlich, welch feines Gehör… Volker Wangenheim, so las sie auf dem Plakat, so hieß der Dirigent, den sie jetzt bei der Probe sah. Aber der eigentliche Held, der Titan, einer der größten Musiker aller Zeiten, dieses Genie…saß mit ihr zusammen im Konzertsaal, saß nicht neben ihr, nicht hinter oder vor ihr, nein…war in ihrem Kopf…und redete und redete in einer Tour. Lili wollte hören, wollte auch mitbekommen was hier musikalisch ablief, interessierte sich auf einmal dafür. Und ausgerechnet der Mensch, der dieses ganze Wahnsinns-Zeug aus sich herausgeschöpft hatte, ausgerechnet der versaute ihr den ganzen Hörgenuss.

Lilis Kopf schien zu platzen. Die Pauken, die Trompeten, Streicher, Hörner, alles das war nichts gegen das was Beethoven ihr permanent zuraunte, womit er sie geradezu zu dröhnte!

All dies wuchs ständig in ihr an, sie stemmte und wehrte sich dagegen, aber Ludwig hörte nicht auf. Ihr „...bitte, darf ich deine Musik auch in Ruhe hören“, registrierte er überhaupt nicht, so sehr war er gefangen im Sog seines von ihm selbst geschaffenen Klang-Universums. Bis er mitten in der Coda, die den ersten Satz abschließt, plötzlich ein „Hör jetzt endlich mal auf zu sabbern, und lass mich deine Musik jetzt auch mal hören!“ vernahm.

Aber nicht nur Ludwig vernahm diese Worte, sondern leider auch die neben Lili sitzenden Zuhörer, die sich geschockt zu ihr drehten. Selbst der Dirigent schaute zu ihr rüber. Lili hoffte, dass er die Worte nicht verstanden hatte. Die Sitznachbarn jedenfalls schüttelten ihre Köpfe. „Unglaublich, eine solche Musik so durch den Dreck zu ziehen", hörte sie eine ältere Dame flüstern. „Da haben wir es wieder: Diese Jugend heutzutage besitzt keine Werte mehr!" Deutlich handfester wurde ein rundlicher Mann im mittleren Alter, indem er Lili direkt anblickte und sagte: „Mädsche, wenn du he Terror maache wills, dann schmieß ich disch eijehändisch erus. Mir sinn he nit bei de Rolling-Schtones!"*

Aber auch auf Beethoven verfehlte dieser Zwischenfall nicht seine Wirkung. Augenblicklich verstummte seine Stimme in Lili's Kopf.

*Mädchen, wenn du hier Terror machen willst, schmeiße ich dich eigenhändig raus. Wir sind hier nicht bei den Rolling-Stones!

Nach einigen Minuten, in denen sich die Aufregung merklich legte und in welchen die wunderbare Musik im zweiten Satz der Symphonie wieder einsetzte, hörte sie leise, ganz leise die ihr altbekannte Stimme: *„Entschuldigung, werthes Fräulein" ich werde ganz ruhig sein. Ihr sollet meine Musik ganz und gar erleben, und auch ich will dies ab sofort tun."*

Lili war gerührt von diesen Worten. Da entschuldigte sich der Mann, der diese herrliche Musik schuf und der jetzt endlich mal die Gelegenheit hatte, seine Musik so zu hören, wie alle anderen sie hören konnten, bei ihr, einem pubertierenden Mädchen aus dem 20. Jahrhundert. Auf einmal liefen ihr die Tränen übers Gesicht und wollten gar nicht mehr aufhören. Sie sah rein nichts mehr durch den Tränenschleier vor ihren Augen, hörte nur diese wunderbaren Töne und sagte leise: „Ludwig, ich freue mich so für dich! Sei mir nicht böse!"

Nein, böse war ihr Ludwig ganz und gar nicht. Doch er war sprachlos. Noch völlig von dem Erlebten erfüllt, verließ Lili nach der Probe die Beethovenhalle. Wow, nie hätte sie gedacht, dass sie eine Musik mal so ergreifen könnte. Wenn das ihre Eltern wüssten! Vor sich hinlächelnd und erst langsam wieder in der Welt vor der Konzerthalle ankommend fiel ihr Blick auf ein Plakat an der Litfaßsäule vor der Halle. An Silvester sollte es zum Abschluss des Beethoven-Jahres das finale Konzert in der Beethovenhalle geben.

Gespielt würde dann die 9. Symphonie, und um Mitternacht würde es am Rheinufer ein Feuerwerk zu Ehren des großen Sohnes geben, wo auch einige seiner Musikstücke gespielt würden. Höhepunkt sollte die Ode an die Freude sein. „Ludwig, da gehen wir hin!“, flüsterte Lili. Sie bekam keine Antwort.

Ludwig antwortet nicht. Okay er würde sich schon melden, und es war Lili ganz Recht, schließlich hatte sie ja vorgehabt sich schick einzukleiden. Ein Blick auf die Uhr ließ sie strammen Schrittes Richtung Marktplatz und den umliegenden Geschäften eilen. Es war inzwischen 16.00 Uhr und da die Geschäfte um 18.30 Uhr schlossen, blieben ihr schlappe zwei und eine halbe Stunde. Gut, dass Lili allein unterwegs war. Mit Helga im Schlepptau würden sie an jedem Schaufenster stehen bleiben. Lili hatte einen Plan und wusste, wo es die größte Auswahl und, mit etwas Glück, auch das eine oder andere Schnäppchen gab: Zuerst zu Kaufhof. Hettlage wäre, hätte Lili mehr Geld zur Verfügung, erste Wahl, doch Kaufhof war ok.

Als Lili durch die Schwingtür trat, den unangenehmen, warmen Luftzug des Eingangsbereichs hinter sich hatte und mit der Rolltreppe in den zweiten Stock zur Damenabteilung fuhr, staunte sie nicht schlecht. Oben angekommen sah sie im hinteren Bereich einen Teil der Verkaufsfläche wie einen Western-Saloon gestaltet und, Lilis Einkaufsherz frohlockte, auf den dort aufgestellten Tischen, Stühlen, dem Tresen und den Balken hing oder lag locker gestapelt alles was die junge Mode hergab. Im Nu war Lili dort. Da hingen Schlaghosen, in Jeans, Cord, Strick, Baumwolle, und was auch immer für ein Material, in allen angesagten Farben. Bunt, um nicht zu sagen schrill, war auch dieses Jahr die Wintermode, und auch an Mustern wurde nicht gegeizt. Da gab es folkloristische Muster, wunderbar auf unifarbenen, bunten oder auch weißen Baumwollblusen und Pullovern. Schlaghosen, eine schöner als die andere und Kleider in den abgefahrensten Ornamentmustern. Lili wusste gar nicht wo zuerst hinschauen, was greifen, tasten und testen. Doch auf einmal fiel ihr Blick auf eine rehbraune Schlaghose aus Cord. Es war Liebe auf den ersten Blick. Ganz sanft strich Lili über den Cord-Stoff. Sie war so versunken in diese Hose, dass sie erschrocken zusammenfuhr, als sie plötzlich hinter sich eine lebendige Stimme hörte: „Ja, gell, das fühlt sich unfassbar samtig an. Und dass bei einer Cordhose! Ist auch mein Favorit! Hab leider für diesen Monat schon meinen Mitarbeiterbonus ausgereizt. Aber dir würde die sicher super stehen. Bei den tollen Beinen! Mein Gott, die gehen ja bis in den Himmel!"

Lili drehte sich um und musste im nächsten Moment grinsen. Das war ja mal eine gelungene Verkäuferin, und gar nicht mal so alt! Lili schätzte sie auf höchstens 17 oder 18 Jahre. So wie sie aussah, hätte sie gut und gern einem Modemagazin für Hippiemode entstiegen sein können. Da passte alles, das Stirnband, die Indianerkette, die locker auf der naturweißen, gesmokten Bluse baumelte und manchmal an den Fransen der braunen, ärmellosen Wildlederjacke hängen blieb.

Dazu trug sie eine super schöne Schlaghose, die am Bein-Ende leicht ausgefranst war. Die weiß, wie Mode geht, ging es Lili durch den Kopf und im nächsten Moment erzählte sie Monika, denn nach dem ersten Satz waren die beiden beim du, sie erzählte also Monika von ihrem Plan beim Fremeloes Konzert aufzufallen. Monika grinste: „Bei der Figur ist es nur die Frage, ob dein Portemonnaie, das hergibt, oder ob ich vielleicht den einen oder anderen Rabatt für dich locker machen kann. Na, lass mich mal machen. Die braune Cordhose soll es, wie ich sehe, auf jeden Fall sein, stimmt's?" – Lili nickte, und alles was dann folgte würde bei ihr für immer und ewig in Erinnerung bleiben. Mit einer unfassbaren Treffsicherheit kombinierte Monika die fehlenden Teile zur Hose zusammen. Zum Schluss war Lili stolze Besitzerin der besagten Schlaghose nebst eines superleichten cremefarbenen Baumwoll-Leinen Pullovers im Carmen-Stil mit einem verspielten Ornamentmuster, das senkrecht von der Mitte bis zum Bündchen verlief. Die

Ärmel hatten dreiviertel Länge und lagen lässig etwas über der Länge, je nachdem wie viel der Carmen-Ausschnitt von der Schulter preisgab. Monikas Tipp hier war: „Nicht kleckern, sondern klotzen!“

Und als wäre das nicht schon ultra, kam Monika, nachdem sie kurz verschwunden war, mit drei Schuhkartons wieder. Auch hier bewies sie ein gutes Augenmaß und brachte Lilis Schuhgröße mit. Der Hit war ein traumhafter, in den Farben blau, dunkelgrün, knallrot und indisch-gelb strahlender Plateau Schuh, der Lili locker um 10cm größer machte. „Der ist ein Traum und sicher viel zu teuer für mich“, war alles was sie mit offenem Mund staunend von sich geben konnte. „Moni macht`s möglich!“ antwortete ihr die Verkäuferin augenzwinkernd und erklärte ihr, dass Lili als Schülerin einen Rabatt von 10% bekomme, der Schuh obendrein, wer mag es glauben, als Ladenhüter gekennzeichnet und somit zum halben Preis zu erwerben sei. „Die Kundschaft, die so ausgeflippte Schuhe kauft, geht nicht zu Kaufhof“, kommentierte Monika Lilis ungläubigen Blick. „Noch nicht“, orakelte sie und erklärte Lili auf dem Weg zur Kasse, dass sie, Monika, sobald sie mit der Ausbildung fertig sei, die neue Modelinie im Kaufhof würde übernehmen können und dann den Laden hier mal richtig aufmischen würde. Solange sie noch da sei. Denn sie wollte nach ein paar Jahren Berufserfahrung den Quereinstieg ins Modedesign-Studium wagen.

Als Lili das Kaufhaus verließ, war sie glückliche Besitzerin der tollsten Sachen überhaupt, hatte die hippeste Verkäuferin Bonns kennengelernt und konnte nun dem Konzert am Samstag sowie dem Aufeinandertreffen mit Axel etwas gelassener entgegenblicken. Da konnte auch die sich jetzt zu Wort meldende Stimme Beethovens in ihrem Kopf nichts daran ändern: *„Meine Wehrteste, es sei mir untergebends eine Anmerkung erlaubt. Glaubet das Fräulein ernstenst der junge Bursche werde sich daran weiden, wenn er Eurer in dieser seltsamen Kleidung angesichts werde?* - „Halt die Klappe Ludwig", schnitt Lili zu ihrem eigenen Erstaunen diesem Quälgeist das Wort ab. Sie spürte es ganz deutlich, der Einkauf bei Monika hatte sie selbstbewusst gemacht. Das erste Mal seit sie die Stimme im Kopf hörte, konnte Lili sie ignorieren. Sie hörte einfach nicht zu, ließ sie links liegen. Sodass sie tatsächlich bald verstummte.

„Wow, du siehst sensationell in den Klamotten aus! Hoffentlich werden die Jungs bei deinem Anblick nicht das Spielen vergessen!“ Helga lehnte sich auf Lilis Bett zurück und schaute Lili dabei zu, wie diese sich vor ihrem Spiegel drehte und Helga anstrahlte. „Ja das meinte Monika auch. Und noch ehe Helga nachfragen konnte, schwärmte Lili ihr von dem Einkauf ihres Lebens und der supertollen, abgefahrenen Verkäuferin Monika vor.

Die beiden Freundinnen hatten sich bei Lili verabredet. Lili war sich zwar absolut sicher was ihr Outfit für das morgige Konzert betraf, doch es hatte schon Tradition, dass sie sich gegenseitig ihre neuen Klamotten vorstellten. Und unter Umständen hatte Helga noch die eine oder andere Idee; schließlich wollte Lili nichts dem Zufall überlassen, sie wollte perfekt gekleidet sein. Axel sollte mit eigenen Augen sehen was ihm entging. Und tatsächlich hatte Helga noch eine Idee. Lilis Haar sollte zwar auffallen, was es ohnehin schon durch seinen kupferfarbenen Ton tat, doch es sollte nicht

Lilis super Klamotten die Show stehlen. So als hätte sie es geahnt, hatte Helga ein blaues Haarband dabei, das nur gering von dem kräftigen Blau in ihren Schuhen abwich. Damit band sie Lilis Mähne zu einem frechen Pferdeschwanz zusammen, sodass sich der Rest des Bandes locker um die Haare schmiegte. Helga ging ein paar Schritte zurück und betrachtete sich ihre Arbeit. Zufrieden grinsend neigte sie ihren Kopf: „Tja, gekonnt, ist halt gekonnt! Da macht sich dann doch das langweilige Modellieren an den Friseurköpfen der Chefin bezahlt. Es sieht einfach super aus, Lili. Morgen mach ich dir noch ein klasse Make Up, und dann bleibt den Jungs bei deinem Anblick vor Staunen die Spucke weg!“ Helga geriet regelrecht ins Schwärmen.

Wie sie Lili sich so vor dem Spiegel drehen sah, stellte sie wieder einmal neidlos fest, dass ihre Freundin ein richtiges Sahneschnittchen war. Und das erste Mal hatte Helga das Gefühl, dass Lili begann das auch zu merken. Und es stimmte. Als Lili sich noch einmal für ihre Freundin die neuen Sachen angezogen hatte, kam sie nicht drum herum sich einzugestehen, dass die Kleidung ihr richtig gut passte und ihre

Figur an den richtigen Stellen betonte. Gehörten diese langen, schlanken Beine und der knackige Po tatsächlich zu ihr? Immer wieder bestaunte sich Lili im Spiegel, während ihre Freundin Helga, die nie mit ihrer Meinung hinterm Berg hielt, sie mit Komplimenten überhäufte. Lili strahlte! Für sie reichte es, wenn Axel sie sehen würde. Ach Axel, zu ihrem Strahlen mischte sich Melancholie. Eigentlich waren es doch die Jungs, die die Mädels nicht verstanden, die, wie es immer hieß, aus dem Verhalten der Mädchen nicht schlau wurden. Doch in ihrem Fall war es genau umgekehrt, sie verstand Axels Reaktionen nicht. In einem Moment schienen sie sich so nah zu sein, schien alles klar, doch im nächsten Augenblick war da plötzlich eine unerklärliche Distanz, ja regelrechte Reserviertheit. Axel konnte doch nicht im Ernst glauben, dass sie, Lili, sich mit dieser Schmalzlocke, diesem Aufschneider Tom einließ.

Schon merkte Lili wie Wut in ihr aufstieg. „Upps, wird es dir zu viel? Soll ich das Fenster öffnen“? – Helga bemerkte, dass das Gesicht ihrer Freundin zunehmend rot wurde. „Ne, alles gut. Also ich meine, es liegt nicht an den

Klamotten, mir ist nicht zu warm. Es ist nur… dieser Axel ist so ein Blödmann, als ob ich…“, mit einer Mischung aus Traurigkeit und Ärger knallte Lili ihr Lieblingskissen vom Bett in die Zimmerecke und ließ sich trotzig auf ihr Bett fallen.

„Was soll ich sagen“, Helga hatte sich neben Lili aufs Bett gesetzt, mein Brüderlein war noch nie so schnell im Begreifen, wenn es um das andere Geschlecht geht. Ist ja auch nicht immer ganz leicht. Mit Tom hat er jemanden in seinem Umfeld, der glaubt, alle Frauen seien nur seinetwegen auf dieser Welt. Schau mir in die Augen Kleines“, imitierte Helga nun Toms ausgelatschten Anmachspruch, drückte ihre Nasenspitze auf Lilis, sodass beide auf die kurze Distanz unweigerlich zu schielen begannen, beide sich nicht mehr halten konnten und schallend zu lachen anfingen. „Lili-Schatz, das kriegen wir hin. Wenn mein Bruder am Samstag bei deinem Anblick nicht zu jaulen beginnt wie ein läufiger Wolf, dann stecke ich ihn persönlich ins nächstbeste Kloster“! Den Rest des Abends verbrachten die Freundinnen damit, sich den morgigen Tag in allen Einzelheiten auszumalen. Wie auch immer das

Konzert verlaufen würde, sie würden den Abend rocken, und dabei kam Tom gar nicht gut weg.

Axel seinerseits durchlebte in den Tagen eine Achterbahn an Gefühlen. Da war diese riesige Gelegenheit vor erfolgreichen Musikern, deren Manager und nicht zu vergessen vor gut und gern 1000 Zuschauern zu spielen. Die anwesende Presse, und zwar nicht nur regional, kam noch mit ihrer Berichterstattung als Sahnehäubchen obendrauf. Endlich konnten sie zeigen was sie musikalisch auf dem Kasten hatten. Axels Gefühle tanzten Tango, Samba und Cha-Cha-Cha gleichzeitig. Immer wieder schaute er sich morgens im Badezimmerspiegel ins Gesicht, grinste über beide Ohren und sagte laut zu sich: „Eh Junge, das ist real, das findet statt, du bist dabei!" Wenn er dann an der Bäckerei von Lilis Eltern vorbeifuhr, eigentlich gab es keinen Grund dafür, er tat es einfach. Beinahe so, als würde er von Lili magisch angezogen. Also immer, wenn er dort vorbeifuhr, sank sein Stimmungsbarometer auf den Gefrierpunkt. Dann verfluchte er sich und dass er auch immer, wie er glaubte, auf so einen Typ Frau reinfiel. Er ermahnte sich nicht mehr an Lili zu denken, spielte danach wie ein Besessener seine Gitarrenparts runter. Dabei griff er mit einer solchen Vehemenz in die Saiten, dass er in kürzester Zeit zwei neue

Saiten-Sätze aufspannen musste. Irgendwie schaffte Axel es die Gedanken an Lili zu verbannen. Pah, wenn er erst mal wie die Fremeloes durch die Weltgeschichte touren würde, hätte er an jeder Hand fünf Mädels, dann würde Lili endgültig der Vergangenheit angehören.

Doch die wirren, amourösen Träume, die ihn in den Nächten umhertrieben, sprachen eine andere Sprache. Nur gut, dass diese Träume tatsächlich Schäume waren. Waren sie im Schlaf auch noch so intensiv in all ihrem Spüren, Fühlen und Erleben, sodass Axels glühender Körper und sein zerwühltes Bett eine eindeutige Sprache sprachen, so zerbrachen sie beim ersten Erwachen unwillkürlich in Abermillionen Teilchen, von denen das eine oder andere kurz beim Aufwachen wie Glühwürmchen aufleuchtete, doch dann, wie alles andere, für Axels Erinnerung unerreichbar blieben.

Damit hatte es Axel auf jeden Fall geschafft Lili und seine Gefühle für sie aus seinem Alltagsbewusstsein zu streichen. Die letzten beiden Tage vor dem Auftritt war er in einem kompletten Tunnel, nicht ansprechbar für seine nicht musikalische Umwelt, komplett ausgerichtet auf das bis dahin größte Musikereignis seines Lebens, in dem er, Axel, eine wesentliche Rolle spielen würde. Am Morgen des 12. Dezembers war er sehr früh aufgewacht. Wie in den vergangenen Nächten war sein Bett zerwühlt und er durchgeschwitzt, doch kaum, dass er aufwachte, waren sie auch schon da, die Energie und der unbedingte Wille das Ding zu rocken.

Axel zog sich seine Sportsachen an, schloss die Haustür hinter sich und lief runter zum Rhein. Obwohl der Tag langsam dämmerte, leuchteten die Straßenlaternen, was Axel das Joggen erleichterte. Denn die auf dem Wasser treibenden Nebelschwaden schwappten immer zu ihm rüber auf den Leinpfad und erschwerten Axels Sicht. Sei`s drum. Das Joggen am, zu dieser Zeit kaum belebten, Rheinufer war genau das, was er jetzt brauchte. Allein mit sich und seinem Fluss. Die mächtige Kraft, die dieser ausstrahlte, inspirierte Axel immer wieder aufs Neue. Er spürte regelrecht, wie er sich mit dem Fluss verband, wie sich ihre Energien trafen.

Axels Stimmung stieg mit jedem Meter, den er hinter sich ließ. Da war kein Platz mehr für Zweifel. Er war getragen von dieser ganz besonderen Kraft und fühlte sich einmal mehr ganz und gar verbunden mit diesem gewaltigen Strom.

Dass vor mehr als 200 Jahren an diesem Strom ein Musik-Besessener und bedeutender Bürger Bonns das Licht der Welt erblickte, der ebensolche Verbundenheit zu diesem Fluss gehegt hatte, daran dachte Axel nicht. Noch wusste er nichts davon wie nah diese Person ihm inzwischen gekommen war.

„Habt ihr die Karren vor dem Eingang gesehen, Leute? Nicht schlecht, oder? Den Bentley würde ich mir auch gerne in die Garage stellen." Steve, der größte Autofan von ihnen, geriet ins Schwärmen." Ja, typisch britische Kiste, he?", stimmte Ax ein, worauf Steve gleich trocken dagegenhielt: „Ja, typisch britisch, gehört jetzt auch zu VW." Ein gemeinsames Gelächter löste die große Anspannung, unter der die Jungs, jetzt standen, während sie gegen 17.00 Uhr über den Parkplatz vor der Bad Godesberger Stadthalle zum Eingang gingen. Keiner von ihnen hatte in der Nacht richtig geschlafen, und wenn überhaupt, dann sehr unruhig oberflächlich, so wie Axel. Die allesamt vor dem Eingang geparkten Autos hinterließen schon sehr ihre Wirkung bei ihnen. Sie verbanden damit nicht nur ein eventuelles Protzgehabe oder das Angeben mit materiellen Dingen, sondern ein gewisses Lebens- und Freiheitsgefühl, welches Stars im Musikgeschäft nun mal verkörperten. Die Spannung, gleich auf die Fremeloes zu treffen, ihnen persönlich zu begegnen, vielleicht sogar ein bisschen mit ihnen zu reden, sofern man sich gegenseitig verstand, stieg wieder an.

Nachdem Heiner, sonst so was wie der ruhende Pol der Band, als erster die große Eingangstür der Halle mit pochendem Herzen und zittriger Hand öffnete und sie alle eintraten, verstärkte sich diese Spannung bei ihnen noch. Schlagzeug-Geräusche drangen an ihr Ohr, dazu etwas leiser Bass und Rhythmusgitarre. „Hey, Jungs, ich kenn den Song!“, kam es aus Tom heraus. „Ist der von denen? Ich glaub, der ist gerade ein ziemlicher Hit, läuft jedenfalls auf RTL in den Charts.“ „Ja, irgendwie sowas wie <Life>, glaube ich“, fiel Axel ein. „He And His Life“, ergänzte Steve. „Ist momentan Nummer vier in den britischen Charts“. „Von wegen, die sind nicht mehr up to date, Leute“, stellte Heiner fest. Jetzt wird mir auch klar, warum die ihre heißen Kisten fahren können. Das Lied dürfte ihnen sicher schon einiges an Flocken eingebracht haben.“

„Hallo Jungs, seid ihr die Vorband?“ Die vier Bonner drehten sich um und sahen eine hübsche Brünette mit einem bunten Button an ihrer Bluse, worauf <The Fremeloes European Tour 70> stand. Sie stand am hinteren Bühnenzugang, den Axel und seine Kumpels erreicht hatten, lächelte ihnen zu und sprach diese Worte mit einem - wie sie fanden - süßen englischen Akzent. Neben ihr standen noch drei weitere Personen, zwei junge extrem langhaarige Männer in bunten T-Shirts und blauen Jeans und eine schon ein wenig ältere Dame, die allerdings ziemlich modisch gekleidet war und über ihrer teuer aussehenden Bluse eine schwarze Lackjacke trug. Die Managerin vielleicht, ging es Axel durch den Kopf, während er immer noch nicht fassen konnte, dass er und die Band gerade hier standen und Teil dieses professionellen Konzerts sein sollten. Nach außen tat er jedoch das was die anderen auch taten, er blieb cool, oder versuchte es zumindest. Und es funktionierte.

Nachdem die Jungs die Eingangsfrage bejahten, forderte die freundliche jüngere Frau die Vier auf ihr zu folgen, was sie nur zu gerne taten. Wow, wow, wow, was für eine krasse Erfahrung! Heiner, Tom und Steve grinsten über beide Ohren und Axel wusste, dass sie genau das gleiche dachten.

Mehr und mehr näherten sie sich den Geräuschquellen, bis diese eine schon sehr präsente Lautstärke besaßen. Die hübsche Brünette öffnete die Tür und plötzlich waren alle mitten im Geschehen. Zwei junge Männer standen mit ihren Gitarren auf der Bühne und bewegten sich zum Rhythmus von <Me And My Life>, ein Dritter stand vor einem Keyboard und gab die unverwechselbaren Töne ein. Das Schlagzeug passte sich dem Song relativ unauffällig an.

Dann plötzlich ein lautes <<Stop stop, boys>> und die Musiker würgten den Song ab. Es entspann sich eine sehr lebhafte Diskussion, um die eine oder andere Art zu spielen. Unsere Bonn-Beueler Jungs verstanden nichts, wussten aber dennoch intuitiv, worum es ging, nämlich um den Grove, der schon ein bisschen schleppend war. Axel zumindest hatte das eingangs sofort gehört.

Ihre Ankunft schien noch niemand von den Fremeloes bemerkt zu haben. Sie debattierten und gestikulierten mit Leidenschaft, griffen danach ihren Song wieder auf, um ihn an einer anderen Stelle erneut abzubrechen. Axel, Tom, Steve und Heiner standen eine ganze Weile unbeholfen herum und beobachteten die

Szene, als plötzlich unsere Brünette mit lauter, fast schon schriller Stimme verkündete: „The boys from Germany!“, was ihr keiner von den Jungs zugetraut hätte.

Joe, der sich umdrehte und die Vier natürlich sofort erkannte, stieg von seinem Platz am Keyboard herab und schritt auf die Boys zu, alle anderen folgten ihm. Jeder der Fremeloes kam nun an und schüttelte den Jungens die Hände, unglaublich freundlich und auf eine nette Art neugierig. „Hey, where is Dick, Hazel?“, wendete sich Joe der hübschen Brünetten zu, deren Name ihnen nun auch bekannt war. Sie wusste es wohl auch nicht genau, sagte aber, dass er noch kommen würde. Das verstanden die Jungs gut; denn so schlecht war ihr Englisch ja nun auch nicht. Nachdem die Fremeloes sich allen vorgestellt hatten und sie sich doch relativ mühelos miteinander verständigen konnten, setzten diese ihre Probe fort, nicht ohne vorher für die Beueler Jungs zu sorgen und ein paar Flaschen Cola und Limo zu ordern, was von dieser mit einem „Sure, Joe, I already thought about it“ quittiert wurde.

Es folgten „Even The Sad Days Are Nice“ und „Here Comes The Lady“, ein Song, der ja von Cat Stevens geschrieben wurde, aber in ihrer Version viel bekannter wurde. Das galt genauso für den ursprünglich italienischen Song „Non andare su tutte le furie”, auf den sie den englischen Text „My Little Baby“ geschrieben hatten, und vor allem für ihren Smash-Hit „Prudence Is Silver“, von den „Four Seasons“ komponiert.

Nachdem sie mit diesen Songs durch waren, kamen der Bassist und der Schlagzeuger rüber und fingen an, mit ihnen zu fachsimpeln. Dabei ließen sie immer wieder Bemerkungen fallen, dass ihre ganze Musik bisher ja was für Schwachsinnige gewesen sei und sie ihren Stil sehr bald grundlegend ändern würden. Tom war schon versucht, diesen Ansichten von seiner Seite aus großes Verständnis entgegenzubringen, als Gott sei Dank plötzlich Dick an der Tür stand und den Jungs zuwinkte. Man traf sich auf halber Strecke und Dick umarmte jeden von ihnen. Auch die Fremeloes wurden umarmt und man merkte sofort, dass die Chemie zwischen ihnen und Dick stimmte.

„Hey, wann können unsere Boys proben?", fragte er Hazel, die offensichtlich als einzige gut deutsch sprach. "Wird ein bisschen knapp", antwortete sie, aber so gegen 18:30 müsste das gehen. „What do you think, Joe? There is still enough time for our boys? " „Sure, Hazel, we'll be done soon!". „Na, ok, Jungs", gab Joe von sich, „geht klar. Eine Stunde müsste reichen. Danach lassen wir die Crowd rein."

Ach ja, die Crowd! Daran hatten sie ja gar nicht mehr gedacht. Puh, mit einem Mal waren sie wieder aufgeregt. Wie viele mochten wohl kommen? Kamen auch Leute, die sie schon kannten? Doch hoffentlich nicht die Schwachmaten aus dem Pfarrheim!

„Die Hütte wird voll, Folks, der Saal ist ausverkauft!", gab Dick ihnen bekannt. Die vier schauten von der Bühne in den noch leeren und dunklen Saal. Der sollte sich in wenigen Stunden bis auf den letzten Platz füllen, und sie würden dann hier auf der Bühne stehen und vor dem vollen Saal spielen? „Die Ruhe vor dem Sturm", es war Steve der sich, dicht an Axels Ohr, zu der fast schon bedrohlichen Äußerung hinreißen ließ. Heiner der neben ihm stand und den Satz mitbekommen hatte, nickte nachdrücklich mit dem Kopf. Auch Tom schien von so was wie Ehrfurcht ergriffen zu sein. Axel fand als erste die Sprache wieder, drehte sich zu den anderen um und sagte mit ihm fremder, entschlossener Stimme: „Es gibt jetzt kein Zurück mehr! Wir müssen, nein Jungs, wir werden es bringen“! Es wirkte. Heiner und Steve blickten Axel zustimmend an. Auch Toms Gesicht hellte sich auf. Er schien ähnliches zu denken. Sein entschlossenes Gesicht zeigte genau diese Haltung; und zum ersten Mal nach längerer Zeit kam in Axel wieder so etwas wie Sympathie auf für seinen Rhythmus-Gitarristen auf, was ihn dazu verleitete, diesem kurz auf die Schulter zu klopfen und dabei leicht, ganz leicht zu lächeln. Mit einem Mal war Axel klar: musikalisch sind wir ein Team. Alles andere gehörte hier nicht hin.

Wieder forderte die Brünette sie auf ihr zu folgen, und ein paar Minuten später fanden sie sich in ihrer eigenen Garderobe wieder, mit genug Platz für ihre Klamotten und einem gemütlichen Sofa nebst Sesseln, in die sich die Jungs erst einmal fallen ließen, um sich vielleicht ein letztes Mal zu sammeln. Nachdem sich die bisherigen Eindrücke bei ihnen etwas gesetzt hatten, war es Tom, der aussprach was alle dachten: „Mensch Leute was für eine fette Nummer läuft hier eigentlich ab. Wir als Vorband für die Fremeloes, und als wäre das nicht schon genug, sitzen wir hier tatsächlich in einer Garderobe ganz allein für uns!" – Die anderen stimmten ihm wild kopfnickend zu, während sie ´ihre` Garderobe in Augenschein nahmen. Ja man, ging es Axel durch den Kopf: was für eine abgefahrene Sache!

Manchmal sind es Minuten, die entscheidenden Einfluss auf unser Leben nehmen, die ein Aufeinandertreffen von Menschen möglich machen oder nicht. So ähnlich war es bei Lili und Axel; denn ebenso wie Axel liebte es Lili am frühen Morgen, wenn noch ganz wenige Leute am Rheinufer unterwegs waren, dort zu joggen. Auch am Samstagmorgen trieb es sie hinaus. Doch als sie nach draußen trat, waren die Straßenlaternen schon aus und das Morgengrauen war dem jungen Tag gewichen. Die Nebelschwaden über dem Rhein wurden mehr und mehr von der aufsteigenden Dezembersonne durchbrochen. Es versprach ein schöner Herbsttag zu werden. Lili lief los und merkte sofort, dass sie genau das jetzt brauchte, um gut durch diesen speziellen Tag zu kommen. Nachdem sie heute Morgen aufgewacht war, waren ihr sofort wieder tausend und ein Gedanke durch den Kopf geschossen. Hatten, einer listigen Spinne gleich, ihre Fäden gesponnen. Die Geschwindigkeit und die Unterschiedlichkeit der Gedanken hatten Lili immer unruhiger werden lassen, und sie hätten sich letztlich im Gedankennetz verzettelt, wäre sie nicht joggen gegangen.

Lili spürte wie sich das Gedanken-Gewusel mit jedem Meter, den sie lief, mehr und mehr auflöste und einzig Helgas Satz: „Lilischatz, das kriegen wir hin", übrigblieb. Lili atmete tief ein und aus, und ein Lächeln machte sich auf ihrem Gesicht breit, genau, das kriegen wir hin. Und da war er wieder, dieser unbeschreibliche Flow, dieser Punkt beim Joggen, der den Kopf frei werden ließ und ihr das Gefühl gab ewig so weiterlaufen zu können. Zufrieden und glücklich kehrte sie nach einer knappen Stunde nach Hause zurück. Die Eltern hatten bereits gefrühstückt. Es war mal wieder ihr freier Samstag, und sie wollten früh los, da sie eine Wanderung mit Übernachtung geplant hatten. Doch es wären nicht ihre Eltern gewesen, wenn sie Lili nicht den Tisch mit Papas frischen Brötchen und einem Lili-Spezial-Croissant, nebst leckerer Marmelade und Käse, gedeckt hätten. So konnte sie sich also entspannt und frisch geduscht an den herrlichen Frühstückstisch setzen, ohne sich dem elterlichen Verhör zu stellen und den anschließenden guten Ratschlägen für den heutigen Abend anhören zu müssen. Es war ohnehin ihr Glück, dass die Eltern durch die nun einsetzende Weihnachtsbäckerei keine Zeit für Gespräche hatten. Etwas, was Lili sonst bedauerte, ihr doch in ihrer gegenwärtigen Situation sehr gelegen kam.

Sie seufzte. In ihrem Leben herrschte im Moment ein solches Chaos! Angefangen bei dieser Stimme im Kopf, die sie zum Glück gerade überwiegend in Ruhe ließ, bis hin zu Axel und all diesen konfusen Gefühlen. Allein an ihn zu denken, ließ Lili wieder unruhiger werden. Nach dem Morgenkaffee hatte sie sich gezwungen ein Käsebrötchen zu essen, wusste sie doch, dass ihre Aufregung mit zunehmender Stunde steigen würde, und dann würde sie sicher keinen Bissen mehr herunterkriegen.

Sie hatte gerade den Tisch abgedeckt, als es an der Haustüre klingelte. Lili schaute auf die Uhr und wusste sofort wer da vor der Tür stand. „Hallo Lili-Maus, na wie schaut es aus? Brauchst mir nicht zu antworten. Ich habe vorhin Axel weggehen sehen, und der machte ein ganz ähnliches Gesicht." Mit diesen Worten begrüßte Helga ihre Freundin und trat ein. Die beiden hatten sich für den heutigen Vormittag verabredet, nachdem Helga am gestrigen Tag bei einem Blick in ihren Kleiderschrank erschrocken festgestellt hatte, dass sie überhaupt gar nichts Richtiges zum Anziehen hatte für das heutige Konzert. Diese spontane Einkaufsaktion Helgas kam Lili sehr gelegen. So war sie bis zum Konzert abgelenkt und würde am Abend nicht das Gefühl haben vor Anspannung zu platzen.

Die beiden Mädels machten sich auf den Weg rüber nach Bonn und es war beschlossene Sache, dass Helga sich ebenfalls in die professionellen Hände der Bekleidungsfachfrau Monika begeben würde.

Im Kaufhaus angekommen, war Helga dann auch hin und weg. Lili hatte nicht zu viel versprochen. Monika, die sich riesig freute Lili so bald wiederzusehen und dann auch noch Helga beraten zu können, war voll in ihrem Element. Als die beiden jungen Frauen nach drei Stunden glücklich und um jede Menge Bekleidungstipps reicher das Kaufhaus verließen, war Helga stolze Besitzerin eines tollen Maxi-Jeansrocks nebst geringeltem Pulli in mexikanischen Gelb-, Braun- und Rottönen. „Super, einfach super!“ Helga schwenkte ihre Einkaufstüte übermütig durch die Luft. „Das ist einer meiner besten Einkäufe! Diese Monika ist der Hammer! Jetzt noch eine leckere Schokolade in unserem Lieblings-Café und das Konzert kann kommen!“ Helga hakte Lili unter, und gemeinsam machten sie sich auf den Weg zum Café am Theater.

War Lili bis dahin durch die Kaufhaustour abgelenkt gewesen, genügte das Wörtchen Konzert, um sie unter Strom zu setzen. Helga, die das sofort merkte, lenkte Lilis Aufmerksamkeit wieder auf die neuen Klamotten der Freundinnen und schaffte es so Lili auf andere Gedanken zu bringen. Bevor diese dann später an ihrer Haltestelle ausstieg, verabredeten die beiden, dass Helga sie gegen 17.00h abholen würde, um sich dann gemeinsam auf den Weg zur Godesberger Stadthalle zu machen.

Lili war so froh, dass der Tag, so vollgepackt, ihr sprichwörtlich keine freie Minute ließ, um an Axel zu denken. Zu Hause angekommen merkte sie mit einem Mal wie hungrig sie war. Mit Heißhunger aß sie zwei Käsebrötchen, und auch das Croissant vom Morgen wurde von ihrem hungrigen Magen mit Freude empfangen. Danach war es auch schon Zeit zum Umziehen. Gerade als Lili die Schnallen ihrer neuen Schuhe geschlossen hatte, klingelte Helga an der Tür. Die beiden Freundinnen überhäuften einander mit Ah`s und Oh`s für das Aussehen der jeweils anderen. Eins stand fest: die beiden würde man beim Konzert in der Godesberger Stadthalle nicht übersehen. Machten Lilis Plateauschuhe sie um glatte 10 cm größer, konnte Helga größenmäßig mit ihrer Freundin standhalten, da sie zu ihrem angesagten Maxi-Jeansrock ihre jüngst erworbenen braunen Wildlederstiefel angezogen hatte, die, ebenfalls mit Plateau ausgestattet, Helga, die etwas kleiner war als Lili, bis auf 2 cm zu Lili aufschließen ließ. Nachdem der letzte Lidstrich getan und die Lippen mit dem Glos Stift versehen waren, stellten die beiden sich gemeinsam vor den Spiegel und kommentierten ihr Aussehen, wie aus einem Mund: „Besser geht nicht!“ Und während Lili die elterliche Haustür hinter sich zuzog, hakte Helga sich mit den Worten: „So, auf geht’s! Denen zeigen wir heute mal was Sache ist!“ bei ihr unter.

Lili schaute ihre Freundin fragend an. „Denen?“ – „Lili, mach‘s nicht unnötig kompliziert“, stöhnte Helga gespielt. „Na, halt denen allen, die uns heute über den Weg laufen!“ Lili grinste Helga an. Wenn es überhaupt jemand schaffte sie von jetzt auf gleich in gute Laune zu versetzen, dann Helga, die immer, aber auch immer, einen witzigen Spruch parat hatte.

Herumalbernd machten sie sich auf den Weg. Zunächst ging es mit der Straßenbahn rüber nach Bonn, und von dort dann weiter mit dem Bummelzug nach Godesberg. Vom dortigen Bahnhof waren es nur noch ein paar Minuten zu Fuß, und so standen die zwei Mädels gegen 18.30 Uhr vor der Stadthalle. Obwohl es ein angenehm sonniger Tag gewesen war, so war Lili doch froh, dass sie ihren langen warmen Afghan-Coat mitgenommen hatte. Denn trotz der zuversichtlichen Helga, die sicher davon ausgegangen war, dass sie, wenn noch nicht in den Konzertsaal, so doch schon ins Gebäude hineindurften, wurde ihnen vom freundlichen, doch nicht umzustimmenden Sicherheitstypen unmissverständlich klar gemacht, das dies erst in einer halben Stunde möglich ist. Da halfen auch Helgas allerbeste Augenaufschläge nichts. Sie mussten draußen vor der Halle warten, was bei rasch abfallender Temperatur eine Herausforderung war. Besonders, wenn man, wie Helga, nur mit einer leichten Wildlederjacke ausgestattet war. Als sie nun beim Warten zu frösteln begann, erklärte sie Lili, dass sie nur diese Jacke hätte anziehen können, anstatt ihren warmen Wintermantel, denn nur diese Jacke würde perfekt zu ihren Wildlederstiefeln passen. Der Mantel hingegen hätte alles kaputt gemacht. Dabei führte sie Lili detailliert aus worauf man unbedingt bei der Zusammenstellung seiner Garderobe achten müsse, wolle man nicht aussehen wie ein Zirkusclown. Und das sei nun mal das letzte, was sie, Helga, an dem heutigen Abend wollte.

Wenn Helga so in Fahrt war wie jetzt, wenn sie redete, erläuterte, mit den Händen gestikulierte, den Kopf mal schräg nach links, mal nach hinten warf, alles gab, als ginge es um nichts Geringeres als ihr Leben, dann war das für Lili stets ganz großes Kino. Dann stand sie jedes Mal wie gebannt vor der Freundin, lauschte ihren Worten und vergaß alles um sich herum. So war es auch nicht verwunderlich, dass sie zutiefst erschrocken zusammenfuhr, als sie hinter sich eine Stimme hörte, die ihnen verkündete: „Du und das verrückte Huhn neben dir, ihr könnt jetzt rein. Los trödelt nicht, die anderen hinter euch werden schon ungeduldig!“

Lili und Helga hatten die ganze Zeit direkt vor dem Eingang gestanden. Und es war der Sicherheitstyp, der sie nun leicht ungehalten anwies, sich in Bewegung zu setzen. Erst jetzt merkte Lili, dass sich um sie herum eine enorme Menschenmenge eingefunden hatte, die nun auch begannen zu drängeln. „Los ihr da vorn, geht rein! Quatschen könnt ihr auch noch drinnen!“ Helga, die ihre ausschweifende Rede beendet hatte, schaltete ruck zuck um: „Komm, Lili, nicht trödeln, wir wollen doch einen guten Platz ergattern!“. Bei diesen Worten schob sie die leicht verwirrte Lili behutsam in die Stadthalle.

War Lili bis jetzt, nicht zuletzt wegen Helgas Ausführungen zu Kleiderfragen, richtig gut vom eigentlichen Grund ihres Hierseins abgelenkt gewesen, verfehlte die sich jetzt in Windeseile ausbreitende, quirlige, erwartungsvolle Stimmung um sie herum nicht ihre Wirkung auf sie. In Nullkommanichts schoss ihr Puls in die Höhe, ihr Herz begann wie wild zu pochen. Gleich würde sie ihn sehen! Helga reichte ein Blick ins Gesicht ihrer Freundin, um zu wissen, wie sich diese nun fühlte. Nicht nur, dass Lilis sonst eher blasser Sommersprossen-Teint einem mehr und mehr glühenden Rot-Ton gewichen war, nein besonders daran wie ihre Augen hektisch hin und her flogen und sie dennoch nicht viel sah und dass Lili, was so typisch für sie war, ihre Hände permanent ineinander knetete. Also, bevor Lili Gefahr lief, hier im Foyer stecken zu bleiben bugsierte Helga sie zur Garderobe, wo sie ihre Mäntel abgaben, und von dort in den Konzertsaal, und zwar so weit nach vorne, wie es ging. Letztlich schafften sie es bis zur Absperrung, die die Leute im Saal von der Bühne trennte. Wow, dachte Helga bei sich, so schaut es also aus, wenn in unserer beschaulichen Stadt richtige Popstars gastieren.

Auf dem ganzen Weg von der Eingangshalle bis zu ihrem Platz vor der Bühne waren beide Freundinnen immer wieder von wohlwollenden Blicken des männlichen

Publikums begleitet worden, bis hin zu anerkennendem Zungenschnalzen und Kommentaren wie „Hey Ladies, wohin des Weges?", oder „Hallo, Süße, wo hast du dich bloß so lange versteckt?" Dabei musste Helga neidlos anerkennen, dass zum überwiegenden Teil Lili damit gemeint war. Die jedoch bekam von alledem nichts mit. Spätestens seitdem der Typ am Eingang unsanft Helgas Ausführungen beendet hatte und Lili damit wieder mittendrin war in ihrem Axel-Drama, konnte sie an nichts anderes mehr denken, war sie taub für alle Kommentare. Ja sogar für die in ihrem Kopf.

Denn Beethoven, dem sie bei ihrer Einkaufstour ziemlich harsch das Wort verboten hatte, hatte sich daraufhin wortlos zurückgezogen. Natürlich waren es nicht nur Lilis doch recht beleidigende Worte gewesen, die ihn dazu gebracht hatten. Nein, es war in erster Linie die Generalprobe in jener Halle gewesen, die seinen Namen trägt. Und natürlich das unerwartete Hören der von ihm selbst komponierten Musik. Wie da wirklich gute Musiker sich anschickten, seiner Musik, seiner Fünften, an der er, wie letztlich an allen seinen Werken, mit Herzblut gefeilt hatte, in einer ihm bisher ungekannten Art und Weise Ausdruck zu verleihen. Wie sie dies mit großer Hingabe und Konzentration taten. In diesem Moment hatte Ludwig die tiefe Liebe gespürt, die nicht nur er, sondern auch diese Musiker für sein Werk empfanden. Dieses Gefühl hatte ihn überwältigt, hatte ihn demütig werden lassen.

Außerdem, er gab es unumwunden zu, brauchte er mal eine Pause von dieser Lili. Das war ja noch toller als zu seiner Zeit, wie sich die Fräuleins in dieser Zeit gebärdeten, welch krauses, unverständliches Zeugs sie sprachen und dann auch taten. Naja, irgendwie auch schon a bissel wie die Damen seiner Zeit, und dann doch wieder nicht. Die Damenwelt halt, ein Mysterium! Doch war er nun etwas verwirrt. War er, auch wenn er Ruhe gab, doch immer noch bei ihr! Das Fräulein hatte ihm vor seiner Halle - auch das klang gar zu schön: „Beethovenhalle" - also dort hatte diese Lili ihm versprochen mit ihm zu jenem Silvesterkonzert zu gehen, welches auf dem Plakat vor seiner Halle angekündigt war. Doch vor der Halle, vor der Lili gestanden hatte, konnte er das heutige Datum lesen. Es war der 12. Dezember, also nicht Silvester. *„Wehrtes*

Fräulein, erlaubt mir die Frage. Werden heute Abend wieder meine Kompositionen gespielt? Sind wir deshalb hier? So antwortet doch, wehrtes Fräulein! Lasset mich nicht im Ungewissen! Seiet nicht so garstig zu mir!" – Doch so sehr er sich auch mühte, er bekam keine Antwort. Lili war so im Tunnel, an dessen Ausgang nur Platz für einen war: Axel! Der Weg dahin schien unendlich zu sein. Den Blick auf die Bühne gerichtet, die dort bereits stehenden, noch herrenlose Mikrofone anstarrend, ließ Lili alles an sich abprallen. Helga, die, nachdem beide Freundinnen einen guten Platz an der Bühne gefunden hatten, zunächst versuchte durch die eine oder andere lustige Geschichte aus ihrem Friseursalon-Alltag abzulenken, gab nach dem dritten Anlauf auf und betete im Stillen, Lili und letztlich auch sie mögen den Abend gut überstehen. Auch Beethoven gab auf, denn soeben bewegten sich menschliche Gestalten aus dem Bühnenhintergrund nach vorne an die Mikrofone. Die Vorgruppe nahm ihre Plätze ein, der Konzertabend begann.

Ein und eine halbe Stunde zuvor absolvierten die vier Beueler Jungs noch ihren Sound-Check. Jeder von ihnen war nervös, und jeder von ihnen versuchte seine Nervosität auf seine ganz ur-eigene Art zu bewältigen.

Steve brummte die ganze Zeit über leise vor sich hin, was ihn offensichtlich beruhigte. Es klang ein bisschen so wie das berühmte „om", die heilige Silbe der Hindus und Buddhisten, die schon seit mehr als 1000 Jahren als Mantra eingesetzt wird und dabei helfen soll sich des eigenen Geistes bewusst zu sein. Nun, ob Steve sich just in diesem Moment seines eigenen Geistes bewusst war, ist fraglich, und woher er das hatte, wusste auch sonst keiner der Jungs. Fest stand jedoch, dass es ihm immer vor und bei aufregenden Situationen half, seien es Konzerte, Prüfungen, Treffen mit Mädchen oder anderes. Das „om" murmelte er dann kaum hörbar in sich hinein, sodass es kaum jemand mitbekam. Axel nahm es schon öfter wahr, meinte aber immer, er singe sich seine Bassläufe vor. Insofern fand er das gar nicht wunderlich oder merkwürdig.

Ganz anders Tom: Er war unentwegt in Bewegung. Es schien fast, als könne er den Attacken seines vegetativen Nervensystems dadurch entgehen, dass er ihnen physisch auswich.

Sitzen kam für ihn überhaupt nicht infrage; und Stehen auch nicht. Er lief und hüpfte permanent hin und her und auf der Stelle. Es gab keine ruhige Minute. Wenn man seine dabei abgearbeiteten Kilometer einmal hätte messen können, wäre man in einer Stunde sicherlich auf eine gute Marathon-Strecke gekommen. Dabei war es nicht nur das Laufen und Hüpfen, das ihn trieb, sondern auch das Schütteln seines Lockenkopfes, das er hin und wieder in sein Konditionsprogramm mit einbaute. Die anderen versuchten dann immer, ihn dabei nicht zu beachten, um sich nicht selbst dadurch verrückt machen zu lassen, was manchmal gar nicht so einfach war. Aber irgendwie ging es.

Axel benutzte auch eine Art Mantra, allerdings kein akustisches, wie Steve, sondern ein „Bewegungs-Mantra". Ständig kippte er langsam mit seinem Oberkörper vor und zurück. Dabei schien es, als sage er sich irgendwas auf oder versuchte, sich etwas einzuprägen. Vielleicht war dem auch so. Dabei starrte er meistens völlig abwesend vor sich hin und fixierte irgendeinen Punkt im luftleeren Raum.

Am „normalsten" schien Heiner zu sein. Er klopfte mit den Händen auf alles was vor seine Augen kam. Wo er sonst einfach reinhauen konnte in seine Drums, Hi Hat und Becken und den vor jedem Konzert üblichen akustischen Müll produzierte, blieb ihm ja diesmal nur das Cajon; und bevor er dort seine Sitzposition bezog und darauf trommeln durfte, waren es halt jetzt noch andere Gegenstände, die in seinen Fokus gerieten und dort von ihm zu einer Art Schlaginstrument umfunktioniert wurden. Tja, Heiners Position war beim Aufwärmen – trotz Ermangelung seines so heiß geliebten Schlagzeugs - auf jeden Fall komfortabler und von allen ohne Murren akzeptiert. Pole Position!

Jedenfalls schienen alle diese Marotten in dem Moment auszuhören, als es ans Spielen ging. Sie gingen nochmal alle Songs, die sie an diesem Abend spielen sollten, durch, indem sie sie kurz anklingen ließen. Dabei waren zwei Dinge besonders bemerkenswert:

Tom verspielte sich kein einziges Mal und schien hochkonzentriert zu sein. Kein Zweifel, er hatte geübt. Axels Worte schienen auch bei ihm Eindruck hinterlassen zu haben und gingen wohl ganz entschieden gegen seine Musiker-Ehre. Das konnte und wollte er nicht auf sich sitzen lassen.

Doch noch bemerkenswerter war, dass Axel sich zu seinen Klängen auf der Gitarre bewegte. Erst ein wenig scheu, doch dann schnell selbstbewusster und sicherer werdend. Dabei kamen die Bewegungsabläufe locker rüber, und es schien, dass er das alles mit Leichtigkeit hinbekam. Dass auch er verbissen daran gearbeitet hatte, konnte man überhaupt nicht erahnen. Es stand außer Frage, dass beide die Aufforderung des anderen ernst genommen hatten. Umso Verrückte war, dass keiner der Beiden dies beim anderen bemerkte, da ja Beide so sehr auf sich und den Auftritt konzentriert waren. Auch Steve und Heiner waren dies. Der Einzige, der das alles sehr positiv registrierte, war Dick. „Na bitte, läuft doch“, murmelte er leise vor sich hin. „Die wollen doch, die wollen doch!“.

Erst waren es einige laute Rufe, ein paar kurze Schreie, eine dunkle Stimme, die durchdrang und irgendwas von sich gab, das nicht für sensible Ohren bestimmt war. Dann mehr und mehr Stimmen, die sich dazu gesellten. Ein paar quietschende Mädchen, Gelächter, ein Stuhl, der wohl versehentlich angestoßen wurde; und immer mehr menschliche Klänge, Laute, Töne, Schritte, die sich zu einem breiigen Gemurmel steigerten, immer lauter werdend und schließlich einen Grundtonus erreichend, der den Klangteppich des Publikums bildete, gleichermaßen banal wie ehrfurchtsgebietend, bedrohlich wie euphorisierend, beängstigend wie herausfordernd.

Heiner war der Erste, der einen kurzen Blick in den Saal warf, kurz hervorlugend aus dem Seitenvorhang, der noch einen kleinen Teil der Bühne abdeckte.

„Die Hütte ist voll, Jungs", rief er den anderen zu. „Seid ihr soweit?" Dann folgte etwas, das sie sich überlegt hatten, um ihre Spannungen abzubauen. Sie gingen aufeinander zu, stellten sich im Kreis auf und umarmten sich. Heiner rief irgendwas aus und alle anderen stimmten kurz in ein Indianer-ähnliches Geheul ein, das klang wie „huwa hoya moya toy". Sie ernteten ein paar irritierte Blicke des Fremeloes-Trosses, aber dann war es auch schon vorbei damit und ein Mann im mittleren Alter betrat die Bühne. Seine langen Haare fielen auf sein T-Shirt mit der Aufschrift „Fremeloes European Tour 70" und er trug - so als blendeten ihn die Scheinwerfer, die mittlerweile auf alle Mikrophone gerichtet waren - eine randlose Sonnenbrille, natürlich mit runden Gläsern. Es war – wie nicht anders zu erwarten –Dick.

„Guten Abend Bad Godesberg! Guten Abend Bonn!", rief er aus. Und das Publikum antwortete ihm mit einem undefinierbaren „Yeahhhh…".

„Herzlich Willkommen zur „Fremeloes European Tour 70"! Freut euch auf drei volle Stunden Musik vom Feinsten. Die Instrumente stehen bereit, und bald werden sie von unseren britischen Freunden besetzt. Aber bevor dies geschieht, Leute, haben wir noch einen besonderen Leckerbissen für euch. Vier Jungs aus eurer Region. Vier junge Männer, die uns aufgefallen sind, weil sie wirklich gut sind, weil sie Talent haben und vielleicht auch irgendwann mal ihre eigene Tournee durchführen können. Sie schreiben eigene Songs, tolle Songs, Folks, das werdet ihr hören. Und Ihr werdet den einen oder anderen Song nicht mehr aus Eurer Birne kriegen, das verspreche ich euch, Leute. Die Jungs spielen heute - anders als sonst, wo sie als Band mit Schlagzeug und E-Gitarren unterwegs sind - „unplugged", also nur mit akustischen Instrumenten und einem Cajon. Das, Leute, ist besonders schwer; denn sie können sich nicht hinter einem voluminösen Soundteppich verstecken und schon dadurch beeindrucken, sondern müssen ganz allein über ihre Musik bestechen. Aber das können sie, und das wollen sie auch heute Abend. Bonn, freut euch auf Musik vom Feinsten, freut euch auf die Jungs aus Eurer Heimatstadt, freut euch auf…ANYBUDDY".

Und mit dem letzten Satz machte Dick eine ausladende Handbewegung und verließ die Bühne, auf die jetzt sofort die so vielversprechenden Vier unter dem frenetischen Beifall der mehr als tausend Zuhörer stürmten. Steve, Axel und Tom banden sich ihre Gitarren um und nahmen die Plätze vor ihren Mikrophonen ein und Heiner eilte an sein Cajon, auf das er sich vor seinem direkt darauf gerichteten Mikrophon niederließ.

Keiner der Jungs nahm das Publikum wahr. Denn erstens waren alle Scheinwerfer nun auf sie gerichtet und sie konnten dadurch kaum etwas erkennen, und zum Zweiten waren sie derartig auf ihre Sache fokussiert und konzentriert, dass sie außer ihrem Auftritt, der gleich beginnen sollte, rein gar nichts wahrnahmen.

Heiner zählte ein. „One, two three, four…“, und dann stimmten alle anderen Drei ein in den ersten Song: „SOS…SOS…“.

Das Publikum war schlagartig ruhig, unheimlich ruhig, wie die Jungs es vermeintlich wahrnahmen. Ihnen war schlagartig klar: nun galt es das Ding so locker und mühelos wie möglich zu rocken.

Der Eingangssong war eine Mischung aus spannungsgeladenen Strophen und eingängigem Refrain zum Mitgehen. Er startete mit einem 3-stimmigen Intro. Das hatten die Boys vorher geprobt bis zum Abwinken. Jede einzelne Stimme musste sitzen, und zwar auf Anhieb. Das Publikum wusste zwar oft nicht, warum etwas nicht stimmte, merkte es aber sofort, wenn etwas nicht stimmt. Deshalb galt für sie von Beginn an: volle Konzentration bei „SOS…SOS…“. Axel, Steve und Tom waren ganz bei der Sache. Eine Unsicherheit in einer der drei Stimmen hätte den Einstieg total vermasselt, vielleicht den ganzen Song, und möglicherweise sogar den ganzen Auftritt. Denn die ersten Töne sind gewissermaßen die Eintrittskarte der Band, ihr Image, der erste Eindruck, der sich unauslöschlich einbrennt in das Klangempfinden der Zuhörer und damit Anerkennung, Begeisterung und Freude auslösen kann wie leider auch das genaue Gegenteil, nämlich Abneigung, Enttäuschung und Frust. Insofern war die Wahl dieses Einstiegssongs ein ganz hohes Risiko; dessen waren sich die Freunde bewusst; aber wenn es gelang, dann – das wussten sie auch – war das schon fast die halbe Miete. Dann wurde so etwas immer vom Publikum honoriert und gefeiert. Es musste also einfach gelingen!

Und – es gelang! Alle drei Stimmen saßen wie eine Eins und brachten – unterstützt durch die tolle Musikanlage in der Halle – eine fantastische Harmonie hervor. Die Zuschauer waren gebannt und überrascht. So etwas hätten sie von einer hiesigen Band nicht erwartet. Und als dann der eingängige Refrain einsetzte, hüpften und tanzten viele schon mit, ja vereinzelt wurde sogar bereits mitgesungen. Ein Super-Einstieg! Das merkten Axel und die anderen Jungs sofort intuitiv, obgleich sie diese Wahrnehmung gar nicht in ihr Bewusstsein vordringen ließen, sondern sich immer noch voll und ganz auf ihren jeweiligen Part konzentrierten. Am Ende des Songs aber setzte der Applaus ein, unterstützt von hunderten von johlenden Stimmen. Ein Volltreffer! Eine 10-Zentner-Last löste sich bei jedem Einzelnen von ihnen.

Der zweite ihrer Songs hieß „Down By The Old Riverside“. Es war ein Beat, den sie als Band mit E-Gitarren und Schlagzeug sehr treibend und hart spielten. Jetzt, mit ihren Akustik-Gitarren, versuchten sie ihn so genau auf den Punkt zu spielen, wie es das „unplugged“-Schema eben zuließ. Aber auch das gelang ihnen gut. Die drei Gitarren erzeugten zusammen ein recht fetziges Klangvolumen, den das Cajon noch unterstützte. Die Leute gingen mit und klatschten ebenfalls begeistert, als der Song zu Ende war.

Die folgenden Songs stellten mal wieder ein Risiko dar, insofern sie nun nicht mehr in das Schema passten, das sie für ihren Einstieg auswählten. „Bye Bye Honeybee“ war eine sehr sanfte Ballade, die allerdings durch eine sehr interessante Melodie bestechen konnte und im Refrain wiederum durch Dreistimmigkeit getragen wurde. Auch dies funktionierte. Die Zuhörer waren durch die Eingangssongs derart positiv gestimmt, dass sie schon recht schnell bereit zu anderen Klängen waren. Selbst ein ziemlich verrücktes Lied, das „Simple Pie“ hieß, wurde gefeiert.

Und so passte alles richtig und haute zu 100% hin. Und je mehr die Stimmung stieg und sich auf die Band übertrug, umso lockerer wurde jeder Einzelne. Tom schien an seiner Rhythmus-Gitarre die Sicherheit in Person zu sein, Steve verwuchs geradezu mit seinem von ihm eingesetzten Gitarren-Bass und Axel bewegte sich zu den Rhythmen und den Melodien derart professionell, als hätte er seit Ewigkeiten nichts anderes gemacht. Tom, der ihn nun, nach dem dritten und vierten Song, ab und an aus dem Augenwinkel heraus beobachtete, fiel fast der Unterkiefer runter vor Erstaunen, aber auch vor Anerkennung.

Am Ende, nach dem zehnten Lied, hätte ein jeder von ihnen am liebsten noch weiter und weiter gespielt. So sehr waren sie eins geworden mit ihrer Musik, ihren Stimmen und Instrumenten, eins auch mit dem Publikum, der Halle, dem Sound, den Menschen, die sie jetzt am liebsten alle umarmt hätten.

Und Axel, der jetzt, nach der dritten Verbeugung, immer noch wie hypnotisiert da stand und es irgendwie nicht fassen konnte, hätte auch im Weiteren wohl nichts mitbekommen von den Menschen, die direkt vor ihm in der ersten Reihe standen, begeistert mit klatschten, pfiffen und jubelten, wäre nicht einer der Fremeloes plötzlich am Seitenflügel der Bühne erschienen und hätte - mit seinem

Finger auf die erste Reihe zeigend – für Axel hörbar ausgerufen „What a girl!!".

Axel folgte sogleich mit seinen Augen der Richtung, in die der Musiker zeigte, und wollte im ersten Moment kaum wahrnehmen was er da sah. Mit offenem Mund registrierte er, wie sich ein junges Mädchen da unten im Publikum immer noch im Rausch der bereits verklungenen Musik wiegte, wobei ihr leuchtend langes, rotes Haar aufreizend hin- und herflog. Dass sie damit alles andere um sich herum in den Schatten stellte, war ihr offensichtlich nicht bewusst. Axel nahm diese langen, glänzenden, rot-braunen Haare wahr, die fast ihre ganze weibliche Figur umspielten, erblickte ein paar Beine die offenbar in den Himmel wuchsen, und er schaute direkt in ein Gesicht, das irgendwie überirdisch, fast engelhaft, und ihm doch so vertraut und klar erschien.

Und ohne darauf zu achten was links und rechts von ihm vorging und passierte, kullerten ihm die vier Buchstaben, die er nun ebenfalls laut und deutlich, aber langsam und, wie Perlen an einer Kette, hinter einander gereiht, aussprach, nur so aus seinem Mund: L-I-L-I

Natürlich war Lili ganz und gar von dieser Welt, doch von dem Moment an, in dem Axel und die Band mit ihren Songs loslegten, hob Lili ab. Fast war es so als spiegelten die Lieder ihre empfundenen Erlebnisse der vergangenen Wochen und Tage wider, ja als würden diese von der Musik davongetragen. Sie fühlte sich mit einem Mal frei und leicht; und so tanzte sie, eingetaucht in ihre Gefühlswelt, alles um sich herum vergessend, mit leidenschaftlichem Ausdruck.

Helga, die zunächst nur Augen für die Band gehabt hatte und voller Stolz ihrem Bruder beim Gitarrenspiel zusah, staunte nicht schlecht, als sie Lili neben sich selbstvergessend tanzen sah. Wow, sie hatte ja nicht geahnt, dass sich ihre Freundin mit solch einer Geschmeidigkeit tanzend bewegen konnte, und dann dieser Hüftschwung. „Wow Lili…", setzte Helga an, doch ein Blick in Lilis Gesicht machte Helga klar, dass diese gerade ganz woanders war, auch wenn Lili den Blick auf die Band gerichtet hatte. Helga war nicht die einzige Person, der Lili auffiel. Schon hefteten sich verschiedene Augenpaare auf sie, bzw. auf ihren kessen Hüftschwung, „Hey, was ist das denn für eine süße Biene?", vernahm Helga den einen oder anderen Kommentar. Helga schmunzelte kurz, bedachte ihre Freundin mit einem liebevollen Blick, begann selbst im Rhythmus der Musik zu tanzen und genoss den Auftritt ihres Bruders.

Lili war voll im Rausch ihrer Empfindungen. Getragen von der Musik, tauchte sie immer mehr in ihre Welt ab, und die bestand seit ein paar Tagen zum großen Teil aus Axel, sieht man mal von Beethovens telepathischen Attacken ab. Doch dieser fand im Moment keinen Zugang zu ihr, zu stark waren die Gefühle zu Axel in ihr am Toben. Wie ein Orkan wirbelten sie ihre Stimmung durcheinander und gipfelten in dem Wangenkuss, an jenem Abend, als Axel sie nach Hause gefahren hatte. In genau diesem Moment der Erinnerung daran explodierten bunte Feuerwerke in ihrem Kopf, ihr wurde heiß und kalt; mit einem Mal riss sie ihre bis dahin geschlossene Augen weit auf, sah Axel vor sich auf der Bühne stehen, wie er sich ein letztes Mal verbeugte, und schrie: „Ich liebe dich!" Helga die längst voll im Groove der Musik eingetaucht war, hatte so etwas wie

„Lichtdicht“ verstanden, nickte mit dem Kopf und sagte zu Lili, ohne sie anzuschauen: „Ja, das Licht ist ziemlich grell.“

Axel, der die ganze Zeit über komplett in sein Musikspiel versunken war erging es ähnlich. Nachdem er sich, gemeinsam mit den anderen Bandmitgliedern, immer und immer wieder vor dem begeistert applaudierenden Publikum verbeugt hatte, und in etwa zeitgleich zu dem Ausruf „what a girl“, blitzte mit einem Mal, mit einer heftigen, seinen Körper durchlaufenden Wärmewelle die Kussszene mit Lili vor ihm auf. Der Moment, in dem Axel ihren Namen laut aussprach, war exakt genau der Moment, in welchem Lili ihre Augen öffnete, Axel anblickte und „ICH LIEBE DICH“ schrie. Es war aber auch der Moment, in dem im Saal noch einmal ein riesiger Applaus losdonnerte und Lilis Satz mit sich riss, ohne dass er hätte gehört werden können. Das „*Dacapo*“ jedoch, dass dann aus Lilis Mund herausgeschleudert wurde, immer und immer wieder, war sehr wohl zu hören, nicht zuletzt auch deswegen, weil es mehr als deplatziert für eine Pop-Veranstaltung war. Von jetzt auf gleich war Lili wieder in der Gegenwart. Gegen diese Vehemenz, mit der

Beethoven seine Begeisterung über die Musik der Jungs aus Lili herausrief, wusste diese sich, völlig überrumpelt von Beethovens plötzlichen Intervention, nicht anders zu helfen, als die Flucht zu ergreifen. Sie wandte sich kurz mit den Worten: „Mir wird schlecht“, zu Helga, die sie bereits fragend beäugte, und rannte, sich den Weg durch die applaudierende Menge bahnend, in Richtung Ausgang.

Helga war völlig überrumpelt von Lilis Verhalten. Was ging nur in der letzten Zeit in ihrer Freundin vor? Sie hatte Liebeskummer wegen Axel, okay. Doch musste sie gleich so abdrehen? Wenn sie es nicht besser wüsste, würde sie denken Lili habe sich was eingeworfen. Doch dafür kannte sie ihre Freundin zu gut. Sie dachte an die Haschkekse, die Helgas Freundin Renate den beiden einmal angeboten hatte, und auch daran, wie entschieden Lili das Angebot ausgeschlagen hatte. Helga schaute zur Bühne. Täuschte sie sich oder versuchte Axel, Lilis Flucht mit den Augen zu verfolgen?

Helga täuschte sich nicht. Denn nachdem Axel Lili im Publikum entdeckt hatte, konnte er seine

Augen nicht mehr von ihr lassen. Immer wieder ging ihm durch den Kopf: ich habe mich in diesen Rotschopf verliebt! Er hätte schwören können, dass sie ihn geradewegs angeschaut hatte und da war so etwas Verheißungsvolles in ihrem Blick gewesen. Umso erstaunter war er, als sie sich abrupt umdrehte und aus dem Saal flüchtete.

Weiter kam er mit seinen Überlegungen nicht. Schon wurden sie aus dem Back von der Bühne gewunken. Gleich, in einer halben Stunde, würden die Fremeloes die Bühne rocken. Und dafür mussten noch ein paar Umbauten stattfinden.

Helga überlegte kurz, dann machte sie sich auf den Weg nach draußen. Etwas Zeit hatte sie noch bis zum Auftritt der Fremeloes, den sie auf keinen Fall verpassen wollte. Sie würde Lili suchen, sie beruhigen und wieder mit reinnehmen.

Diese hatte inzwischen die Toiletten erreicht. Ihr war tatsächlich etwas übel, ihr Magen rumorte und ihre Gefühle tanzten Tango. Was war das eben gewesen mit Axel? Hatte sie tatsächlich inmitten der ganzen Menschenmassen „Ich liebe dich“ geschrien? Lili wäre jetzt noch am liebsten im Erdboden versunken. Was war nur los? Wieso bekam sie den Typ, der offensichtlich nichts mit ihr zu tun haben wollte, nicht aus ihrem Kopf? Lili stöhnte verzweifelt auf.

Doch zuerst hatte sie ein Hühnchen zu rupfen, und zwar mit Ludwig. Der wiederum ließ nicht lange auf sich warten: „*Wehrtes Fräulein Lili, ihr treibt es gar doll mit mir. Erst versagt ihr mir Euer Wort, lasst mich gar ganz im Ungewissen ob dieses Abends, der mich dann mit seinen Klängen doch sehr angenehm überraschet und dann entfernet Ihr Euch plötzlich vom Orte der Musik. Also, ich muss schon sagen…* “ – „Oh, Mann, halt doch endlich deinen Mund! Ich habe es dir doch immer und immer wieder gesagt: du kannst dich nicht einfach mit meiner Stimme der Welt mitteilen! Mensch, ist das denn so schwer zu kapieren? Die Leute denken, dass ich das sage! Die denken, ich spinne! Wenn du das weiter so machst, dann kannst du dein Silvesterkonzert vergessen! Da gehe ich dann ganz einfach nicht hin. Basta!“ –

„Oh verzeihet mir, Fräulein Lili, ich bin nun mal Musik durch und durch. Wie heißet es doch gleich: die Gäule sind's, die mir durchgingen. Verzeihet! – „Dann sag den verdammten Gäulen eben, sie sollen ihr Maul halten!“

„Lili“, es war Helga, die inzwischen die Tür zur Damentoilette geöffnet hatte. „Sorry, ich habe mir Gedanken gemacht. Aber wenn du willst, kann ich auch wieder gehen.“

„Entschuldige Helga, das war eben etwas zu viel für mich. Du weißt schon, Axel, die Musik und überhaupt!“ Als Helga ihre Freundin so verzweifelt vor sich sah, tat sie ihr unendlich leid, und sie nahm sie tröstend in die Arme. „Komm wir gehen mal raus an die frische Luft. Gleich spielen die Fremeloes, und das bringt dich bestimmt auf andere Gedanken.“

Und so war es denn auch, was sicherlich ebenfalls daran lag, dass der Gitarrist der Fremeloes ein Auge auf Lili geworfen hatte und nun während des Konzertes heftig mit ihr flirtete. Lili musste zugeben, dass dies jetzt im Augenblick ihrer gebeutelten Seele guttat und sie gerne darauf einging. So dauerte es gar nicht lange, bis Lili sich wieder selbstvergessend zur Musik wiegte, ihren Hüftschwung perfektionierte und Helga ins Staunen versetzte! War das noch dieselbe Lili, die sich vorhin auf der Damentoilette ihrem Leid hingegeben hatte? – Wie dem auch sei, Helga tat es Lili gleich, tauchte ab in die Musik der Fremeloes und tanzte was das Zeug hielt.

Was Lili anging, gab es, außer dem Gitarristen der Fremeloes, natürlich noch jemanden, der seine Augen nicht von Lili lassen konnte: Axel.

Nachdem die Jungs wie im Rausch die Bühne verlassen hatten, langsam zu sich kamen und sich mehr und mehr bewusst wurden, was für einen irren Auftritt sie gerade hingelegt hatten und wie begeistert das Publikum reagiert hatte, durften sie nun vom Back aus dem Auftritt der Hauptband des Abends folgen. Sie waren voll bei der Sache, alle, außer Axel; denn das, was er vorhin zum Ende ihres Auftritts plötzlich gefühlt hatte, das, was sich da mit einem Mal mit aller Kraft vor sein geistiges Auge geschoben und ihm durch und durch gegangen war, „das“ beziehungsweise „die“ tanzte jetzt wieder in einer atemberaubenden Art und

Weise direkt vor der Bühne: Lili! Und Axel hörte wieder die Worte des Fremeloes-Gitarristen „What a girl!“ –

“Ja”, dachte Axel, „what a girl!” Und er hatte bei ihrem letzten Zusammentreffen nichts Besseres zu tun gehabt, als dieses „Girl“ so dämlich vor den Kopf zu stoßen. Doch da war Tom mit seinen zweideutigen Bemerkungen in Bezug auf Lili, die für Axel eindeutig waren, dass nämlich Tom bei Lili gelandet war. Und dann wieder heute Abend, eben am Ende ihres Auftrittes, da war dieser Blick von Lili zu ihm gewesen. Er war sich ganz sicher, dass sie ihn direkt angeschaut hatte und dies mit einem Ausdruck, der Axels Knie jetzt noch ganz weich werden ließen. Und jetzt? Jetzt tanzte sie da vor der Bühne wieder in einer Art und Weise, so aufreizend, so ganz in sich versunken, und an seiner Stelle stand jetzt der Gitarrist der Fremeloes vor ihr. Tauscht sie ihn, Axel, jetzt etwa aus?

„Hey, Axel, ich habe dich gerade was gefragt? Kann es sein, dass sich der Gitarrist gerade verspielt hat?“, Tom sah Axel verwundert an. Was war denn mit seinem Kumpel los, dass er da gar nicht drauf reagierte? Hörte er denn der Musik überhaupt zu?

„…I DON'T GET ANY FURTHER, NO MATTER HOW I TRY…NO MATTER HOW I TRY…"

Noch nie zuvor traten Axel die Schlusszeilen eines Liedes derart deutlich vor Augen, wie sie jetzt beim letzten Zugabe-Song der Fremeloes, „Here Comes The Lady", gesungen wurden.

Da spielten die Fremeloes noch einmal ihren großen Hit, den einst ein gewisser Yusuf, damals besser bekannt unter dem Namen „Cat Stevens", komponiert hatte, und seine „Lady", sein Mädchen, seine Lili tanzte da unten zu den Klängen der Musik, mindestens genauso ekstatisch, genauso versunken und leidenschaftlich, genauso selbstvergessen, wie er sie nach seinem Auftritt erlebt hatte und wie sie es wohl auch während ihres Auftrittes getan hatte. Und sie tanzte auch noch, nachdem der Applaus für die Fremeloes aufbrauste, unbeirrt von dem was sich um sie herum und auf der Bühne abspielte.

…NO MATTER HOW I TRY…", hörte sich Axel leise mitsingen, bevor ihn der Schluss-Akkord und eben jener folgende Applaus endgültig aus seinen Gedanken riss. „Hey, kann es sein, dass die bei uns mehr applaudiert haben als bei den Fremeloes?“ Steve kniff Axel kumpelhaft in die Seite, und auch Heiner gesellte sich bestens gelaunt und noch berauscht von all den Klängen und ihrem eigenen Erfolg dazu. „Ja…ja…, kann sein…“, antwortete Axel, „…ich meine auch…“, und gab den Beiden ihr Lächeln zurück.

Mittlerweile hatte sich der Applaus gelegt und nach ein paar Verbeugungen und wiederkehrendem Erscheinen auf der Bühne mit weiteren Verbeugungen machten sich die Profis auf in ihre Garderobe.

Die Welt schien auch mit der Bonner Band in Einklang zu sein, und selbst Axel vergaß für ein paar Minuten seine widerstrebenden Gefühle und tauchte ab in diesen Rausch des Glücks, den ihm seine ausgeschütteten Hormone verschafften.

„Das war ja wohl ein krasser Hammer, den sich der Fremeloes-Gitarrist da vorhin geleistet hat, Jungs, habt ihr das gehört?“, schaltete sich Tom ein, „Und das von diesem Typ, der bei unserem

Applaus vom Back aus auf unseren süßen Rotschopf zeigte und laut „what a girl“ brüllte. „Ja, und ausgerechnet unser Oberton-Meister und Perfektionist hat das nicht gehört. Hey, Ax, wat is los mit dia?“, fuhr er im seinem manchmal aufblitzenden Ruhrpott-Slang fort, den er von seinen von dort stammenden Eltern übernommen hatte. Axel zuckte zusammen, ließ sich aber im Weiteren nichts anmerken. „Keine Ahnung“, entgegnete er, „‘muss wohl noch voll im Nirwana gewesen sein!“.

Die anderen hatten keine Gelegenheit mehr darauf einzugehen; denn plötzlich betrat unvermutet Dick die hintere Bühne und mischte sich unter die Gruppe. „Das war erste Sahne, Boys, erste Sahne, was ihr da abgeliefert habt! Mein Riesen-Glückwunsch!“

Die Jungs wussten gar nicht was sie sagen sollten. Ein solches Kompliment aus dem Mund eines Mannes wie Dick, der ja schon so viele Konzerte miterlebt hatte und eine Unzahl an Bands kannte, war einfach umwerfend für sie.

„Auch die Fremeloes reden ganz respektvoll von euch. Habe sie eben in ihrer Garderobe belauscht. Die Boys wollten eigentlich zuerst hier irgendwo im Godesberger Stadtpark was essen gehen, das geht aber nicht, und so wollen sie gleich noch einen Trip durch die Bonner City unternehmen. Und sie fragen, ob ihr Lust hättet mitzukommen. Auf jeden Fall laden sie euch davor alle zum Essen ein, irgendwo im Bonner Zentrum.

„Die Fremeloes? Mit uns?", entgegnete Heiner. „Ja, klar, sagte ich doch", antwortete Dick seinerseits. „Ja, Wahnsinn!", meldeten sich alle zu Wort, „Und logo, natürlich kommen wir mit!" Dick führte sie zurück auf die Bühne und von dort hinunter in den Zuschauer-Raum, wo noch eine Menge Leute herumstanden und bei ihrem Erscheinen plötzlich ganz wach wurden.

Axel vernahm anerkennende Worte und fing ebensolche und darüberhinausgehende Blicke auf, vor allem vom weiblichen Publikum. Das schmeichelte ihm und seinen Kumpels natürlich sehr. „Ein tolles Gefühl", dachte er im Vorübergehen. „So fühlt es sich also an, wenn man ein Star ist! Ganz schön berauschend!"

Dass seine Mitmusiker das genauso erlebten, sah er ihnen sofort an. Vor allem Tom fühlte sich im siebten Himmel und verteilte bereits eifrig Autogramme an ein paar scheu an ihn herangetretene Mädels. „Ja“, dachte Axel, „das ist wohl genau das was er am meisten liebt!“. Und eh er sich versah, musste auch er ihm gereichte Eintrittskarten, leere Zettel oder was auch immer den Fans einfiel, unterschreiben.

Und so bahnten sie sich langsam und mit wenig Eile ihren Weg zum Ausgang, immer freundlich lächelnd und nicht müde werdend, bis Dick auftauchte und sie ermahnte, einen Zahn zuzulegen. Draußen waren die Boys von der Insel bereits in ihren Startlöchern, beziehungsweise in ihren Luxus-Karossen und warteten auf sie. Also beeilten sie sich.

Am Parkplatz angekommen, begrüßte sie Joe Breaker herzlich und wiederholte noch einmal was Dick ihnen schon erzählt hatte. Wie „great“ sie ihre Musik gefunden hätten, dass sie das sehr beeindruckt habe, sie - kein Zweifel – zu hundert Prozent rauskommen werden und weitere unglaubliche Komplimente, und die aus dem Mund dieser Vollprofis! Irre!

Und nachdem Dick es in die Hand nahm, sie auf alle zur Verfügung stehende Autos aufzuteilen und sie gerade dabei waren einzusteigen, blieb den Jungs für einen Moment der Atem stehen. Außer ihnen nämlich gab es noch zwei weitere Personen, die sich offensichtlich an dem nächtlichen After-Show City Trip beteiligten. Und mit offenem Mund erblickte Axel seine Schwester in Joe Breaker‘s Wagen und...Lili... im Bentley des Gitarristen, der mit dem von Tom registrierten Verspieler.

„Das kann ja heiter werden!“, entfuhr es ihm. Dick war seinem Blick gefolgt: „Ja das ist eine Schwäche der Jungs. Sie können es einfach nicht lassen, nach ihren Konzerten ein paar Girls einzuladen. Wobei die erst gar nicht wollten, doch als sie hörten, dass ihr mit am Start seid, saßen sie, ratz fatz, in den Autos. Versteh einer die Frauen“. Dick schüttelte schmunzelnd seinen Kopf. Er drehte den Zündschlüssel um, und gemeinsam mit den anderen Fahrzeugen ging es Richtung Bonner Innenstadt.

Axel und Steve stiegen ein in Dick's Sport-Coupé, während Heiner bei Joe Breaker mitfuhr - „Gottseidank", wie Axel erleichternd feststellte – und Tom in der Nobelkarosse des Gitarristen, wo er sich neben Lili platzierte.

Während der Fahrt ließ Dick noch einmal seiner Begeisterung über den Auftritt der Jungs freien Lauf. „Astrein" und „bärenstark" waren Adjektive, die oft fielen, wie auch ab und an „bullshit", wenn er mit irgendeiner Sache aus dem Business nicht einverstanden war. Nein, für ihn gab es keinen Zweifel, dass die Jungs da ganz groß rauskommen könnten; er, Dick, würde sie sogar managen, wenn sie das wollten.

Steves Miene wurde immer zufriedener, und auch Axel hörte solche Worte natürlich nicht ungern, obwohl ihn der momentan hinter ihnen fahrende Bentley und seine Insassen entschieden mehr interessierten.

„Wo geht's eigentlich hin?", unterbrach Axel an einer der wenigen Redepausen Dicks Monolog. „Ach ja, hab' ich ja noch gar nicht gesagt. Wir fahren in den „Stiefel". Kennt ihr das Lokal?"

Die Gaststätte „Im Stiefel" in der Bonngasse 30 war den Jungs schon bekannt, das heißt, sie kamen des Öfteren mal bei Besorgungen oder Einkäufen in der Stadt daran vorbei, hatten allerdings selbst bisher noch nicht die Gelegenheit sich dort hineinzubegeben. Vielleicht schien ihnen der „Stiefel“ auch ein wenig zu bürgerlich, zu spießig, um sich dort aufzuhalten.

Deshalb fragte Steve verwundert: „Im Stiefel? Das hätte ich jetzt nicht gedacht!“ Dick entgegnete, dass das Essen dort sehr gut sei und…- was unsere britischen Freunde natürlich sofort überzeugte – das Bier, das dort gebraut wurde, ebenfalls.
„Ok“, meinte Axel, „dann auf in den Stiefel! Ich hab‘ auch langsam Hunger!“ In diesem Punkt waren sich alle im Auto einig. Und nun war die Erwartung an Speis und Trank hoch und steigerte sich von Minute zu Minute.

Auch in den anderen Fahrzeugen war die Stimmung gut. In Joe Breaker‘s Wagen wurde mittlerweile gesungen was das Zeug hielt. Helga und Heiner, der, und das registrierte Helga mit einem freudigen Kribbeln in der Bauchgegend, locker seinen Arm um ihre Schulter gelegt hatte, schmetterten die Hits der Fremeloes zusammen mit Joe bei heruntergelassenen Seitenscheiben, sodass es sicher alle Fußgänger, die ihnen begegneten, mitbekamen. Beim Refrain von „My Little Baby“ - „you can make the moonshine bright...” - geriet Joe in der Euphorie dann auch prompt auf die linke Fahrbahn, die er als Engländer zuhause ja gewohnheitsmäßig befuhr. Zum Glück bemerkte er es rechtzeitig, sodass er bei...“if you could do whatever you need” wieder auf deutsche Verhältnisse umswitchen konnte. Dick, der das Ganze in seinem Rückspiegel beobachtete, blieb das Herz für ein paar Sekunden stehen. Helga und Heiner, die inzwischen nur noch Augen füreinander hatten, bekamen davon zum Glück nichts mit.

Auch Lili war noch euphorisiert. Sie hätte in ihrer Stimmung die ganze Welt umarmen können; und so tat sie das auch abwechselnd mit Tom und Mick, dem Gitarristen, der dies natürlich ausgesprochen gerne über sich ergehen ließ und – oh Wunder – dabei, im Gegensatz zu Joe, nicht von der Fahrbahn abkam. Tom ließ es natürlich auch gerne über sich ergehen, erkannte jedoch sofort, dass Mick bei Lili angebissen hatte und er, Tom, somit aus dem Spiel war.

Gut gelaunt und überschwänglich kamen sie dann alle auf einem Parkplatz in der Nähe des „Stiefel" an, stiegen aus ihren Geschossen aus und gingen die letzten Meter zu Fuß.

„My Goodness, if you've just started to drink, the glass is empty again. Hello, Herr Ober, please bring me another Kölsch!!"

Peter Preston, der Bassist der britischen Popband, winkte verzweifelt der Bedienung zu, die bei all den Bestellungen kaum nachkam mit den „Köbes"-Runden.

„Aba das Bear schmeckt seah guut", verkündete ihnen eine vertraute weibliche Stimme. Es war Hazel, die nette junge Dame am Eingang zur Stadthalle, die zusammen mit der Managerin jetzt an einem der zusammengestellten Holztische saß. Auch die Managerin, eine Amerikanerin in den Mitt-Vierzigern mit dem Namen Susan, wie alle später noch erfuhren, stimmte dem zu; und diesmal schien sie viel lockerer und gelöster zu sein als vor dem Konzert, wo förmlich alles noch vor Spannung knisterte und die Aufregung spürbar im Raum stand. Susan lächelte den drei Bonner Musikern anerkennend zu und leerte ebenfalls ein Kölsch-Glas nach dem anderen. „Junge, Junge, die scheint ja eine verdammt gute Kondition zu haben", ging es Axel durch den Kopf.

Dies nahm er allerdings nur am Rande wahr; denn seine Aufmerksamkeit galt - wie konnte es anders sein - in erster Linie Lili, die neben Mick, dem Gitarristen, saß. Mick hatte bei ihrer Ankunft im „Stiefel" sofort die Gelegenheit ergriffen, sich neben sein Traumgirl zu setzen, ohne dass Lili hier auch nur den Hauch einer eigenen Einflussnahme hätte geltend machen können. Irgendwie war ihr das im Augenblick auch egal. Sie ließ sich immer noch treiben und genoss es, ihre Gedanken einmal richtig auszuschalten und den Augenblick zu genießen. Axel beäugte allerding misstrauisch, wenn Mick ab und zu seinen Arm, scheinbar absichtslos, auf ihre Schultern legte oder sie ihm schon mal zulächelte.

Das Essen war famos. Gut-bürgerliche Küche und sehr delikat, sowohl das Fleisch wie auch das Gemüse. Alle griffen beherzt zu und ließen es sich schmecken.
Je mehr die Stimmung stieg und damit auch der Alkoholkonsum, desto eindeutiger wurden auch die Annäherungsversuche des Gitarristen, und desto mehr auch die Abwehrhaltung Lilis. Geradezu hilfesuchend blickte sie in Axels Richtung, um ihm zu signalisieren, dass sie

eigentlich nur an ihm interessiert war und sehr erfreut über eine Initiative von seiner Seite wäre. Der aber interpretierte die flehentlichen Blicke anders, nämlich als kokette Versuche Lilis, sich in Szene zu setzen und allen zu zeigen, wie unerhört begehrt sie war. Sein Blick wurde umgekehrt proportional zur Stimmung im „Stiefel" immer finsterer und missmutiger.

„Hey, Ax, what is wrong with you? You look like a Canadian lumberjack whose tree has just been taken away!". Axel erschrak und riss sich augenblicklich zusammen. Nein, als Spaßbremse und als Miesmacher wollte er nicht dastehen, nicht vor all den interessanten Leuten und nicht an einem Abend wie diesem. „No, sorry, I guess I look like that now and then. Doesn't mean anything", antwortete er grinsend, sodass alle am Tisch in schallendes Gelächter verfielen.

Lilis Unbekümmertheit schwand nun rapide mehr und mehr. Sie wollte sich hier nicht an den Gitarristen hängen und das auch deutlich machen. Und gerade, als sie sich überlegte aufzustehen, um Axel zu fragen, ob er vielleicht eine Zigarette für sie habe, vernahm sie eine altbekannte Stimme, erst leise und irgendwo tief in ihrem Inneren, dann lauter und lauter werdend:

„*…kenne ich…dies ist doch…hat er nicht immer hier an diesem Orte gesessen? In diesem Raume, an jener Stelle vernahm ich doch dereinst seine Stimme. Schon von draußen erdröhnte sie mir in meinen Ohren, wenn ich mit der Mutter und dem Bruder kam und hereingeschickt wurde, um ihn zu holen.*“

„Wusstet Ihr eigentlich“, hob Dick just in diesem Moment an, „dass dieses Lokal, in dem wir uns im Augenblick befinden, schon in etwa zu Beethovens Geburt bestand und Beethovens Vater hier ein und ausging?“ „Did you know that this place…“, übersetzte er zugleich ins Englische.

“Wou, Beethovens daddy, really?“, hallte es von gleich drei oder vier britischen und einer amerikanischen Stimme wider. „And we're eating here 200 years later! Great stuff!” “Ja, genau”, fuhr Dick fort. „Und böse Stimmen behaupten heute noch, dass bei der Beerdigung von Beethovens Vater dem damaligen Wirt dieses Lokals kondoliert wurde, weil ihm ein so guter Kunde wegfiel.“

„Ich höre sie so deutlich, schon von außen, weit vor dem Lokale, die Stimme meines werthen Herrn Papas:

*>Wenn isch mir dat janze Aristorkate-Pack esu aanlur, wie die prasse un fiere, un mir, dat einfache Volk, hann nix, da kresch isch de Wut. Et wid Zick, dat he bald de Köpp rolle!< >Mensch, Johann, bliev still! Wenn dat de Polizey erfährt wat du he sääs, wirste selevs jeköpp< <Es mir ejal. Et wird Zick, dat he bald de Köpp rolle! Et wird Zick, dat he bald de Köpp rolle!<“ **

Lili kullerten diese letzten Worte immer und immer wieder aus ihrem Mund. Und dabei warf sie ihren roten Haarschopf hin und her, was total niedlich aussah, aber völlig diametral zum Inhalt ihrer Aussage.

Den Fremeloes standen die Fragezeichen nur so in ihre Gesichter geschrieben, sie verstanden gottlob nichts. Auch Dick, der nicht Rheinländer war, konnte sich keinen Reim aus diesen Worten machen. Es hörte sich für ihn so ähnlich an wie „Zickezacke zickezacke heuheuheu“, und er hielt das für einen Trinkspruch.

Tom, der ja - wie gesagt – Ruhrpott-Wurzeln hatte, fand das ebenso niedlich und stimmte in „Zickezacke…“ ein, wie bald der ganze Tisch diese Worte fröhlich aufgriffen.

Einzig Axel und Helga verstanden, was Lili hier wirklich von sich gab. Er verstand bloß nicht, warum sie das sagte. Was war bloß los mit diesem Mädchen? Und wie viele Kölsch hatte sie getrunken

Nach einigen feucht-fröhlichen Stunden wurde Joe Breaker dann stellvertretend für die Fremeloes die Rechnung präsentiert, die anstandslos übernommen wurde. Lili war es zu ihrer großen Erleichterung gelungen für die verbleibende Zeit im Stiefel Beethoven mundtot zu machen,

* *Wenn ich mir das ganze Aristokraten-Pack so anschaue, wie sie prassen und feiern, und wir, das einfache Volk, haben nichts, da krieg ich die Wut. Es wird Zeit, dass hier bald die Köpfe rollen!< >Mensch, Johann, bleib still! Wenn das die Polizei erfährt, was*

du hier sagst, wirst du selbst geköpft< <Ist mir egal. Es wird Zeit, dass hier bald die Köpfe rollen! Es wird Zeit, dass hier bald die Köpfe rollen!<

indem sie ihm still wiederholt angedroht hatte das Silvesterkonzert ausfallen zu lassen, würde er nicht augenblicklich ruhig sein. Beethoven, der inzwischen von der Resolutheit Lilis überzeugt war, folgte und schwieg.

„Hey, what do you think of a little walk through the city?", rief Mick aus. "Ein Zug durch die Gemeinde, klar, machen wir, was, Jungs und Mädels? Das Wetter ist schön, zumindest regnet es nicht. Ich hoffe nur, ihr seid warm genug angezogen", ergänzte Dick. „Wir machen uns warme Gedanken", erwiderte Steve. Mick, der Lili glühende Blicke zuwarf, würde dies ohne Probleme gelingen. „Na, dann, auf geht's, Leute. Come on, folks!" Und mit allgemeinem Getöse, Gesumme und Gepfeife ging es raus an die frische Luft, in die Bonngasse, Richtung Innenstadt.

Lili, der Micks Annährungsversuche zunehmend unangenehm waren, hatte sich beim Verlassen des Lokals geschickt bei Helga untergehakt, ihr heimlich zugeraunt „rette mich!“ und dabei auf Mick gedeutet. Helga wiederum, ganz im Rausch der unerwarteten Gefühle zu Heiner und deren Erwiderung, schaute Lili fragend an, ließ sie jedoch gewähren und hakte sich ihrerseits bei Heiner unter. Da Tom mit Mick gerade ein intensives Gespräch über Gitarren-Riffs im Allgemeinen und was sein Spiel am heutigen Abend betraf im Besonderen führte, war Lili fürs erste vor amourösen Anspielungen des Gitarristen sicher.

Inzwischen hatte Axel, wider Willen, die Aufgabe der Stadtführung übernommen, da Hazel und vor allem Susan bei jedem Objekt, das auch nur im Entferntesten nach Geschichte und Kultur aussah, entzückt ausriefen: „Oh, have a look, how beautiful! Axel, what‘s that?“ So gelangten sie zum Marktplatz mit dem alten Rathaus, und auch hier erklang die inzwischen vertraute Frage: „Axel, what‘s that?“ Was dieser dann auch brav erklärte und anfügte, dass sogar John F. Kennedy vor sieben Jahren auf den

Stufen des Gebäudes seine Begrüßungsrede gehalten hat. Mick, der genüsslich an einer verdächtig langen Zigarette zog und Axels Ausführungen im Wesentlichen verstanden hatte, sprang sofort die Treppen zur Rathaustür hoch, breitet seine Arme aus und rief mit entsprechendem Pathos: „Iiik been ein Börliner“ – Worauf Axel brummend von sich gab: „Wir sind hier in Bonn, und nicht in Berlin!“ Doch Mick hatte sich bereits über das Geländer geschwungen und landete mit einem beherzten Sprung vor Lilis und Helgas Füßen. Dabei grinste er die beiden erschrockenen Freundinnen an und reichte ihnen seine vermeintliche Zigarette mit den Worten: „Miladies, please!“

Nach dem ersten Schrecken war Helga diejenige, die sofort begriff, um was für eine Zigarette es sich handelte, nahm diese grinsend entgegen und machte mit den Worten „Nicht schlecht, Herr Specht!“ einen kräftigen Zug. Danach reichte sie die Tüte an Lili weiter. Lili verstand erst nicht was Helga meinte, wollte jedoch nicht als unbedarftes Küken dastehen und nahm ebenfalls einen guten Zug und begann postwenden heftig zu husten, worauf

Mick, der schon zu genüge den Rauch der Zigarette inhaliert hatte, zu kichern begann, Lili um die Taille fasste und sie einmal schwungvoll um ihre Achse wirbelte. Axel, dem dies jetzt entschieden zu weit ging, wollte gerade einschreiten, als er dicht an seinem Ohr Hazel Stimme hörte: „Hey, honey, let them do it! How about the two of us?“, und im nächsten Moment spürte er ihre Lippen auf seinem Mund.

Dick, der spätestens seit Micks Ausruf “A little walk through the city“ so einiges kommen sah, fühlte sich bei der Rathausszene mit dem ganz offensichtlich bekifften Mick darin bestätigt. Dass nun Hazel ihrer Vorliebe für jugendliches Gemüse nachgab und sich an den Gitarristen der Vorgruppe ranmachte, war auch nicht hilfreich. Er hatte jedoch in all den Jahren, in denen er nun schon bekannte Bands und deren Touren organisierte, gelernt, dass in dieser Situation Schadensbegrenzung oberstes Gebot war. „Hey Leute, dem großen Beethoven habt ihr doch sicher ein Denkmal gewidmet, also Eure Stadtväter, meine ich natürlich. Laut dem Hotelguide soll das ganz hier in der Nähe sein!“

Dank Dicks durchdringender Stimme hatte er sofort die Aufmerksamkeit aller, und Axels dankbarer Blick war ihm sicher. Denn inzwischen hatte die Haschtüte auf ihrem Weg durch die Gruppe längst Hazel erreicht, die, nachdem sie einen kräftigen Zug genommen hatte, sich kichernd an Axel hängte. Als sie jedoch die Worte Denkmal und Beethoven hörte, hüpfte sie, „yeah, yeah, yeah, great", rufend umher und rannte im nächsten Augenblick quer über den Marktplatz, ohne zu wissen wohin. Wohl oder übel musste Axel hinter ihr her, damit sie auch tatsächlich am Beethovendenkmal ankam. Dick mobilisierte den Rest der inzwischen kichernd herumalbernden Gruppe, und gemeinsam gaben sie aus der Vogelperspektive ein kurioses Bild ab: Vorneweg die unermüdlich „yeah, great" rufende Hazel, gefolgt vom inzwischen fluchenden und laut „stop, Hazel, wait" rufenden Axel sowie den anderen.

Lili folgte, wie alle anderen, Dicks Aufforderung, froh darüber, dadurch etwas Ruhe vor Mick zu haben, obwohl ihr seine Anmache inzwischen weniger unangenehm war.

Dafür hatten Dicks Worte über den großen Beethoven selbigen wieder in Lili auftauchen lassen: *Was vernehme ich da? Dieser Mann scheint gar von gebildetem Verstande. Erkennet er doch die Größe meiner Musik, ja gar meiner selbst. Und was gab er da zu Worte? Meine Heimatstadt, in der ich geboren und meine Kindheit erlebet habe, hat meiner zu Ehren ein Denkmal errichtet? Ach, wie ehret mich dies! Ein Denkmal mir, dem Bonner Jungen! Geschwind Fräulein, laufet zu! Sonst verlieret ihr die Spur der Führenden und ich werde dorte nimmer die Ehrung in Augenschein nehmen können!* – Und als würde sie von fremder Hand getrieben, begann Lili zu rennen. Auch hatte sie inzwischen, wie all die anderen, ausgiebige Züge der Zigarette mit besagtem Inhalt genommen und fand es von daher keineswegs störend oder gar merkwürdig, dass sich da eine andere Stimme als die ihre in ihr zu Wort meldete.

Mittlerweile hatten alle schnaufend, jedoch nicht weniger herumalbernd und kichernd, den Münsterplatz erreicht. Der Leadsänger der Fremeloes ließ eine neue „Tüte" rundgehen, und Dick hatte sich dem unvermeidlichen Schicksal des „ich muss es laufen lassen" ergeben. Er nahm einen kräftigen Zug von der ihm angebotenen Zigarette; denn seine Erfahrung hatte ihn ebenfalls gelehrt, dass es für ihn nicht gut ausging, wenn er der einzige Verkrampfte unter all den ach so Entspannten einer solchen Tour war. So waren denn nun alle im Reich der bunten, schwebenden Marihuana-Wölkchen, außer Axel.

Er und Tom hatten bei einer Ferienfreizeit vor zwei Jahren in Holland, zu der auch ein Tagesausflug nach Amsterdam gehörte, der Versuchung nicht widerstehen können und dort einen der einschlägigen Coffeeshops besucht. Nachdem sie sich eine Tüte reingepfiffen hatten, wie Tom es in späteren Erzählungen gerne großspurig nannte, war es Axel dermaßen übel geworden, dass er sich geschworen hatte, ein für alle Mal die Finger von solchen Sachen zu lassen. Das und die ganze Situation mit Lili hielten ihn davon ab, sich das Dreckszeug, wie er es seit seiner Erfahrung nannte, reinzuziehen. Außerdem hatte er genug damit zu tun sich um die immer euphorischer werdende Hazel zu kümmern. „Hey, Susan, have a look! That's him, Beethoven! What an amazing guy! What tremendous music he wrote!" rief Hazel voller Entzückung aus und tanzte dabei, die ersten Zeilen von Beethovens Neunter trällernd, um dessen Statue herum: „Freude, schöner Götterfunken Tochter aus Elysium, Wir betreten feuertrunken, Himmlische, dein Heiligtum..." Axel traute weder seinen Augen noch Ohren. Diese Hazel war nun völlig durchgeknallt. Er schaute sich um. Zum Glück war keiner, außer ihrer verrückten Truppe, auf dem Münsterplatz unterwegs. Doch man schien sie über den Platz hinaus zu hören, denn irgendwo hörte Axel, wie ein Fenster zugeschlagen wurde, nicht ohne, dass vorher: „Jetz is et ever joot!" gerufen wurde. Hazel kümmert das herzlich wenig. Sie schickte sich inzwischen an, auf die Beethovenstatue zu klettern, um dem „greatest composer ever" einen „big kiss" zu geben. Und während Axel, der nach wie vor wissbegierigen Susan erklärte, dass bei der Enthüllung der Statue 1845 gar der Preußenkönig Friedrich Wilhelm IV und Königin Victoria von England vor Ort gewesen waren, befand sich Hazel bereits auf dem Sockel, als sie ins Schwanken geriet. Gerade noch eben war Axel rechtzeitig zur Stelle und konnte sie sicher auffangen. Jauchzend ließ

Hazel sich in seine Arme fallen, schlang ihre um seinen Hals und drückte ihm den „big kiss for Beethoven" auf die Wange.

„Keep calm please!", versuchte Axel zu retten was zu retten war. Aber Hazel war nicht allein mit ihrer Begeisterung für die Statue. Beethoven, der nun vollends in Lili erwacht war, sprudelte seinerseits über vor Staunen, Freude und Rührung, kurz; er schwamm auf einer schier endlosen Welle der Verzückung. Und das tat er auch kund, über sein Medium Lili: „*Oh welch Ehrung gar meiner ich ansichtig werde. Nicht im kühnsten Traume hätte ich gewaget mir solches auszudenken! Sehet wie prachtvoll meine ach so geliebte Mutterstadt mir solch ein Monument, solch eine Huldigung bescherete. Doch dieses nicht allein tatet sie, nein, sie platzierte diese Statue mir zu Ehren nicht irgendwo, sondern* vis-à-vis *meiner geliebten Münsterkirche. In derer ich die Schule besuchte, dort im Kapitalsaale, der der Kirche innewohnt, und ach, nicht nie ich vergesset das mir gelegentlich gestattete Spiel auf der prachtvollen Orgel. Noch spüre ich die angenehme Kühle der Tastatur, höre ich die Ballen der Orgel kräftigst arbeiten, um dann doch spielerisch leicht die Töne preiszugeben, welche ich ihr zuflüsterte*"

Lili, glaubte sich von bunten, tanzenden Kugeln umgeben, die ihre ganze Aufmerksamkeit auf sich zogen. So konnte Beethoven von ihr unbemerkt seinen Emotionen freien Lauf lassen, ohne dass Lili ihn daran hätte hindern können. Währenddessen tanzte diese entrückt um das Denkmal herum, um im nächsten Moment mit weit ausgebreiteten Armen zur Münsterplatzmitte zurückzukehren und sich der ganzen Zeit über nicht bewusst zu sein als Beethovens Sprachrohr zu dienen.

Glücklicherweise waren alle entrückt auf irgendwelchen Haschwolken unterwegs und wunderten sich nicht über Lilis Gerede, sondern tanzten kichernd mit Lili über den Platz. Wie gesagt „alle“, außer Axel. Der hatte sich gerade der endlich müder und somit ruhiger werdenden Hazel entledigt, indem er sie in Dicks Arme bugsiert hatte, als er mit großer Sorge Lilis doch sehr merkwürdige Verführung wahrnahm. „Die Arme muss ja total vollgedröhnt sein“, ging es ihm durch den Kopf, und das merkte jetzt auch Lili selbst. Mit einem Mal wurde ihr speiübel, und noch ehe Axel zur Stelle war, schwankte sie am Denkmalsockel, konnte sich gerade noch Halt verschaffen und entledigte sich in einem Schwall ihres gesamten Mageninhaltes. Kraftlos und erschöpft ließ sie sich anschließend in Axels Arme fallen, der inzwischen zur Stelle war, und sorgenvoll verhinderte, dass sie unsanft zu Boden fiel.

Dick, der neben Axel noch der Nüchternste von allen war, hatte genug gesehen. Das rothaarige Girl war komplett fertig, und darüber hinaus sicher noch nicht einmal volljährig. Für die Fremeloes stand morgen Abend in Köln der nächste Auftritt an, es war mittlerweile weit nach Mitternacht und somit Zeit alle in ihre Betten zu befördern. Da keiner mehr von Ihnen fahren konnte, organisierte er am nahegelegenen Taxistand für alle eine Heimfahrt. Die Fremeloes, die ohne weibliche Beute abziehen mussten, taten dies etwas missmutig. Hatten doch offensichtlich die Boys der Vorgruppe statt ihrer bei den German Girls landen können. Denn unbemerkt von Lili, die müde und kraftlos in Axels Armen das Taxi bestieg, gesellte sich Helga, engumschlungen von Heiner, zu ihnen ins Auto, um sich dort während der Fahrt weiter zu herzen und zu knutschen. Davon bekam Lili nichts mit. Sie war schon halb an Axels Schulter eingeschlafen, als das Taxi vor ihrem Elternhaus stoppte.

„Lili, aufwachen, wir sind da. Du musst aussteigen!“ Behutsam berührte Axel ihre Wange, doch von ihr kam nur ein unverständliches Brummen. So blieb Axel nichts anderes übrig, als Lili vorsichtig aus dem Wagen zu helfen und sie zur Tür zu bringen. Doch statt wacher zu werden, griff Lili schläfrig in ihre Tasche, fingerte nach dem Hausschlüssel, welcher ihr entglitt und zu Boden fiel. Schlussendlich schloss Axel die Haustür auf, brachte Lili hinauf in ihr Zimmer und legte sie behutsam auf ihr Bett. Als er sich zu ihr hinabbeugte, ihren Kopf vorsichtig anhob, um ihr wenigstens die dicke Wintermütze auszuziehen, hauchte sie ihm mit den Worten: „Du bist so süß“ einen Kuss auf die Wange, drehte sich zur Seite und schlief augenblicklich ein. Ein wohliger Schauer durchlief Axels Körper, er streichelte zärtlich Lilis roten Haarschopf und flüstert: Du auch, Lili, du auch.

Als er wieder auf die Straße trat, war das Taxi längst weitergefahren. Auch gut, dachte Axel bei sich. Der Spaziergang nach Haus wird mir nach dem heutigen Tag mehr als guttun.

Bei Axel zu Hause entdeckten sich die staunende Helga und der nicht minder überraschte Heiner von einer ganz anderen Seite. Sie ließen sich mitreißen von ihren entflammten Emotionen, tauchten ab in die Welt ihrer neuen Gefühle füreinander und schliefen anschließend gemeinsam glücklich ein. Was für ein Tag!

Und dass an diesem Tag der bedeutendste Sohn der Stadt ebenfalls anwesend gewesen war, hätte, wäre dies der Truppe bewusst gewesen, dem Ganzen die Krone aufgesetzt. Doch so blieb es sein Geheimnis. Wenigstens dieses eine Mal hatte er, Ludwig, etwas ganz für sich allein. Und ohne das geringste Bedürfnis sich anderen mitzuteilen, ruhte er in diesem einmaligen Gefühl des Augenblicks ganz in sich. Jener Moment auf dem Münsterplatz, als ihm der Anblick des Denkmals zu Teil wurde, als er seinem geliebten Münster so spürbar nahe war, als er unter den so ausgelassenen jungen Menschen diese enorme Kraft und Liebe gespürt hatte.

Kraft und Liebe, nun von Letzterem hatten sich auf jeden Fall Helga und Heiner mitreißen lassen, und keiner hätte davon überraschter sein können als die beiden selbst. Was letztlich ausschlaggebend gewesen war, konnten beide rückblickend nicht mehr wirklich sagen, und spielte letztlich auch keine Rolle. Es war wohl in der Summe der komplette Abend, der sie einander mit anderen Augen hat sehen lassen. Bereits beim Auftritt der Jungs war Helgas Blick immer wieder von ihrem Bruder zu Heiner hinüber gewandert. Wie dieser dort am Cajon saß und voller Hingabe spielte. Helga ertappte sich bei der Vorstellung Heiner durch die Haare zu wuscheln und ihm über die Wangen zu streicheln. Hey, was war denn plötzlich mit ihr los? Das war doch nur Heiner, den sie schon eine gefühlte Ewigkeit kannte.

Auch Heiner erging es nicht viel anders. Nachdem sein Blick erst von der, zugegebenermaßen sexy ihre Hüfte schwingenden Lili eingefangen wurde, rückte sehr bald mehr und mehr die flotte Biene neben Lili in sein Blickfeld: Helga! Helga? Ja, Helga! Die Schwester von Axel, die nie um einen kessen Spruch verlegen war und ihn in der

Vergangenheit so manches Mal damit hatte ins Leere laufen lassen, wenn er zaghaft versuchte, Kontakt mit ihr aufzunehmen. Irgendwie sah sie ihn nur als Schlagzeuger der Band ihres Bruders und schien ansonsten nicht an ihm interessiert zu sein. So war es auch tatsächlich gewesen bis, ja bis zum jenem vergangenen Abend. Es war, als würde sie Heiner zum ersten Mal richtig sehen, also als Mann, wie sie ihm in der Nacht, zwischen heißen Küssen und zärtlichen Umarmungen, gestand. Jedenfalls entstand zwischen den Beiden, unbemerkt vom Rest der Truppe, eine zunehmend knisternde Anziehungskraft, der sie sich nicht entziehen konnten und letztlich auch nicht wollten. Als sie dann gemeinsam im Taxi die Heimfahrt antraten und dieses vor Helgas zu Hause anhielt, streckte Helga Heiner mit den Worten „komm" ihre Hand entgegen und zog ihn aus dem Auto. Noch ehe er das Fragezeichen in seinem Gesicht zu einem Satz formulieren konnte, hatte Helga ihm ihre Arme um seinen Hals geschlungen und begann ihn leidenschaftlich zu küssen. „Erst die Arbeit, dann das Vergnügen, Herrschaften. Das macht 21 D-Mark", wurden sie vom schmunzelnden Taxifahrer unterbrochen. Kichernd trippelte

Helga zur Haustür, während Heiner verdattert bezahlte und ihr folgte. Was für ein irrer Abend, ging es ihm dabei durch den Kopf.

Von alledem ahnte Axel, als er gut eine Stunde nach den beiden die Haustür aufschloss, nichts. Auch für ihn war dieser Abend irre gewesen, in vielfacher Weise. Da war natürlich zunächst dieser Mega-Auftritt mit der Band gewesen, dieses sensationelle Gefühl, von einer Welle an Begeisterung von über 1000 Fans Raum und Zeit enthoben zu sein. Dann Dicks Lobrede zu ihrem Auftritt, aus dem Mund eines so erfahrenen Mannes der Musikbranche. Dass sie dann anschließend mit dieser angesagten britischen Gruppe in Bonn mit einem gemeinsamen Abendessen den Tag beendeten und zu guter Letzt noch, wenn auch zunehmend bekifft, mit Ausnahme seiner eigenen Person, das Bonner Nachtleben aufmischten, kam Axel immer noch wie ein Traum vor. Und über allem schwebte, jedenfalls für ihn, Lili. Dieses bezaubernde, ihn immer wieder aus der Fassung bringende, wilde und gleichzeitig so zarte Wesen, das ihm - daran gab es nach dem heutigen Abend keinen Zweifel mehr -gehörig den Kopf verdreht hatte. Diese Wirkung schien sie allerdings nicht nur auf ihn zu haben; denn der Gitarrist der der Fremeloes, Mick Cashfood, war ja offenkundig auch ganz hin und weg von Lilis Charme gewesen, was ihr wiederum zu schmeicheln schien. So war jedenfalls sein erster Eindruck gewesen. Doch dann hatte es zunehmend den Anschein gehabt, dass Lili Micks durch die umhergereichte Haschtüte verstärktes Anbaggern mehr und mehr unangenehm wurde. Axel schüttelte beim Öffnen seiner Zimmertür immer wieder ungläubig seinen Kopf. Was für ein Abend! Denn als ob dies nicht schon verrückt genug gewesen wäre, musste er, Axel, sich dem verliebten Gurren von Hazel, der Assistentin im Team der Britpop Band, erwehren. Und vorhin, als Axel die sichtlich zugedröhnte Lili ins Haus und in ihr Bett gebracht hatte, da war es ihr ihm zugemurmeltes „Du bist so süß“ gewesen, dass ihm sein Herz bis zum Hals hatte schlagen lassen. Mit letzter Kraft hatte er es geschafft, sie nicht zu küssen. Wusste er doch letztlich nicht, wen sie damit gemeint hatte, und ob sie es so meinte, wie sie es sagte. Da war einfach zu viel Haschisch im Spiel beziehungsweise in Lilis Blutbahnen. So deckte er die sich auf ihrem Bett in voller Montur zusammenrollende Lili behutsam mit einer Decke zu und strich ihr liebevoll über die roten Haare.

Als er im Anschluss wieder auf die Straße trat, war er zunächst sauer, dass das Taxi und somit auch Helga und Heiner nicht auf ihn gewartet hatten. Doch der Fußmarsch nach Hause gab ihm Zeit über all das nachzudenken, den Abend Revue passieren zu lassen und einen Entschluss zu fassen. Doch, nachdem er sein Zimmer betreten hatte, ergriff die Müdigkeit mit solcher Kraft von ihm Besitz, dass er binnen kürzester Zeit in seinem Bett lag und von jetzt auf gleich einschlief.

Zum Glück war der nächste Tag ein Sonntag, und keiner wurde von irgendwelchen Terminen aus dem Bett gedrängt, was alle Beteiligten ausnahmslos genossen. Selbst das junge Glück im Zimmer gegenüber von Axel genoss die sonntägliche Ruhe am Morgen, war doch der Abend für sie in der Nacht in Verlängerung gegangen, was Heiner der neben ihm schnurrend aufwachenden Helga augenzwinkernd zuflüsterte. Schließlich wollte er niemand im Hause Blackburn wecken oder gar unnötig auf sich aufmerksam machen. Helgas strahlend zärtlichen Blick erwiderte Heiner ebenso zärtlich, und in diesem Moment wussten beide, das mit ihnen würde über die

Nacht hinausgehen. Sie genossen noch eine Weile ihre neue Zweisamkeit, machten sich dann fertig und gingen hinunter in die Küche.

Als Frau Blackburn ihre Tochter mit Heiner die Treppe hinunterkommen sah, genügte ein Blick in die Gesichter der Beiden, um Bescheid zu wissen. Sie gab ihrer Tochter einen Kuss auf die Wange, raunte ihr zu „Wie schön, der Heiner!" und verabschiedete sich mit dem Hinweis, dass ihre Laufmädels schon auf sie warteten. Und wenn es überhaupt etwas gab was ihrer Mutter heilig war, dann die Lauftreffs mit ihren Mädels. Somit konnte Helga sich den Blick auf die Uhr sparen; denn bei Wind und Wetter ging ihre Mutter sonntags um 11.00 Uhr joggen.

Nachdem Heiner und sie, immer wieder unterbrochen von ausgiebigen Knutscheinlagen, den Frühstückstisch gedeckt hatten, saßen sie - der Welt entrückt, das Frühstück und sich genießend - am Küchentisch. Immer wieder blickte Helga Heiner lächelnd an und konnte ihr Glück nicht fassen. Die vergangene Nacht war so wunderbar, so berauschend gewesen, und auch jetzt beim Frühstück stimmte die Chemie zwischen ihnen, schlang Helga immer wieder ihre Arme um ihn, sog seinen Duft ein und konnte gar nicht genug von diesem Menschen bekommen. Auch er schwebt auf Wolke sieben. Die Schwester seines Bandkollegen war nun seine Helga geworden, hatte ihn mit ihrer Zärtlichkeit, ihrer Liebe überwältigt. Was für eine Frau! Er hatte gerade erneut ihr Gesicht mit Küssen übersät, woraufhin sie sich seufzend in seine Arme sinken ließ, als Axel hereinkam und mit offenem Mund stehen blieb: „Alter Schwede!“, brachte er völlig verdutzt hervor. Die beiden Turteltauben brauchten einen Moment, bis sie ihn bemerkten. Als erste fand Helga die Sprache wieder: „Ja, Brüderchen, damit hätten wir wohl alle nicht gerechnet, oder?“ Sie hatte sich, wenn auch nur ungern, aus Heiners Armen befreit und bot ihrem Bruder eines der frischen Brötchen an. „Dreimal darfste raten von welchem Bäcker die sind.“ Axel sah Helga fragend an:

„Hä, wieso, soll ich jetzt raten? Ist doch egal von wo die Brötchen sind!“ Dabei machte er, so empfanden es die beiden frisch Verliebten, und so empfand er es auch selbst, ein ausgesprochen blödes Gesicht. Im nächsten Moment brachen alle drei in Lachen aus und redeten aufgeregt durcheinander.

Wie irre der vergangene Abend mit dem Auftritt und der Zeit in der Bonner Altstadt gewesen war. „Oh, have a look, how beautiful! Axel, what‘s that?“, imitierte Helga Hazel und lachte herzhaft über Axels gequälten Gesichtsausdruck. „Puh, ich bin so froh, dass Dick mir weiteres erspart hat!“, erwiderte dieser. Die drei amüsierten sich noch köstlich über die verrückte Britin und die nicht minder ausgeflippte Amerikanerin. Axel, der sich sehr schnell an das neue „Traumpaar“, wie er Helga und Heiner getauft hatte, gewöhnt hatte, wurde nicht müde, den Beiden immer wieder zu sagen, wie sehr er sich für sie freue; und überhaupt hätte er schon lange gewusst, dass die Beiden zueinander passten. Mit Letzterem übertrieb er ein wenig, doch sei es drum. Es freute ihn tatsächlich sehr, dass sein Schlagzeuger und seine Schwester zueinander gefunden hatten. Denn ganz offensichtlich hatte da der Topf seinen Deckel gefunden.

Axel war gerade in Gedanken versunken, als er den Namen „Lili" hörte und schlagartig wieder ganz bei der Sache war. Gerade hatte Heiner darüber gesprochen, dass Mick sich am Abend äußerste Mühe gegeben hatte bei Lili zu landen, und dass es zunächst auch danach ausgesehen habe, dass ihm dies gelingen würde. „Doch dann hat ihm der schwarze Afghane einen Strich durch die Rechnung gemacht", ergänzte Helga Heiners Ausführungen und fügte hinzu: „Oder war es der rote Libanese, der grüne Türke, das Gras, oder wie das Hasch-Zeugs sonst noch so genannt wird?" Dabei beobachtete sie ihren Bruder aus dem Augenwinkel und sah, wie sich dessen Gesicht bei der Erwähnung von Micks Anmachversuchen bei Lili verdunkelte. Dachte ich es mir doch, ging es Helga durch den Kopf und setzte nach. Jetzt musste Axel Farbe bekennen: „Du hast ihr ja dann, als es ihr so schrecklich übel war, ritterlich zur Seite gestanden, Bruderherz. Ich hatte den Eindruck, dass ihr das sehr guttat und sie deine Nähe sogar genoss, soweit es ihr noch möglich war. Na, und bei dir hatte ich das Gefühl, dass du sie den ganzen Abend nicht aus den Augen gelassen hast!" – Diesen Blick kannte Axel.

Wenn Helga ihn so anschaute, war klar, dass sie nicht eher Ruhe geben würde, bis er ihr eine klare Antwort gegeben hatte. Ausflüchte machten da keinen Sinn.

Helga, die die üblichen Ausreden von ihrem Bruder erwartet hätte, staunte aber nicht schlecht, als es plötzlich aus ihm herausbrach. Dieser Vulkan an Emotionen, der sich nun so ungebremst über Helga und auch über den verdutzt dreinblickenden Heiner ergoss, war sicherlich auch der Anspannung der vergangenen Wochen bezüglich des gestrigen Auftritts geschuldet. Doch den weitaus größten Anteil daran hatte Lili. Jeder Satz, in dem er von ihr sprach, war jetzt gefüllt mit starken Gefühlen, großer Leidenschaft, Liebe, Zuneigung, Enttäuschung und Verzweiflung. Verzweiflung, dass er von Anfang an nicht wusste, wie sie zu ihm stand. Dass es immer wieder so eindeutig-uneindeutige Zeichen von ihr gab. Der Abend, an dem er, Axel, Lili nach Hause gefahren hatte und sie ihn küsste. Im nächsten Moment erfährt er von Tom, dass dieser sich klare Chancen bei Lili ausrechnete. Ausgerechnet Tom, dieser aufgesetzte Frauenversteher. Am gestrigen Abend dann musste er, Axel, erleben, wie sich Lili sichtlich geschmeichelt von Micks Anmache fühlte. Um dann schließlich, als er sie nach Hause bringt, ein gehauchtes „Du bist so süß“ abzubekommen, bei dem er sich wünschte gemeint zu sein, es aber wohl doch eher diesem Mick gegolten habe.

Ermattet vom eigenen Redeschwall ließ sich Axel, der währenddessen im Zimmer auf und ab gelaufen war, auf den nächstbesten Stuhl nieder. Helga war platt, was nun wirklich nicht oft vorkommt. Nun war sie es, die mit offenem Mund dasaß und ihren Bruder anstarrte. Auch Heiner staunte nicht schlecht. „Mensch, den Axel hat es ja voll erwischt!“, murmelte er leise vor sich hin. Helga dachte an Lili und an ihre Gespräche über Axel, und daran, dass die Beiden ganz schön verrannt sein konnten. „Keiner traut dem anderen, und sich selbst erst recht nicht, und raus kommt ein Jahrhundert Kuddelmuddel!“, schimpfte sie in Gedanken.

Sie holte tief Luft. Und was dann folgte, war eine Kombination aus Standpauke für einen Typen, der scheinbar nicht blickt, dass Lili sich in ihn, und nur in ihn, verguckt hatte und aus schwesterlicher Unterstützung für den Bruder, gepaart mit Tipps und Motivation, sich seinen Gefühlen zu stellen und endlich das Gespräch mit ihrer Freundin Lili zu suchen. „Genau", unterstützte Heiner seine neue Flamme dabei. „Mensch Axel, geh hin zu dem Mädel und sag ihr, dass sie dir nicht mehr aus dem Kopf geht, dass du dich in sie verguckt hast. Schaff Klarheit, dann geht es dir wieder besser!"

„Ach Heiner, du bist so klug!", Helga schmiegte sich in seine Arme. „Du aber erst, mein Schatz, du aber erst!", und mit diesen Worten lagen sich die frisch Verliebten wieder in den Armen und herzten und busselten was das Zeug hielt.

Mit einem Ruck stand Axel auf und verkündete beim Hinausstürmen:" Ihr habt Recht, ich werde es ihr sagen. Noch heute sage ich es ihr!" Durch sein ungestümes Aufstehen fiel der Stuhl um und krachte laut zu Boden. Davon aufgeschreckt schnellten Helga und Heiner hoch, liefen dem seinerseits hinauseilenden Axel hinterher und riefen ihm noch nach:" Bravo, so ist es richtig. Schnapp dir das Girl!" – Letzteres kam von Heiner, wofür er einen leicht rügenden Blick Helgas erntete: „Schnapp dir das Girl" geht überhaupt nicht, Heinerboy!" Doch noch ehe dieser ihr antworten konnte, hatte Helga ihren Mund wieder auf seinen Lippen. „Ach, verliebt sein ist einfach herrlich!", ging es ihr durch den Kopf.

Axel hatte fest vor, seinen soeben gefassten Vorsatz unverzüglich in die Tat umzusetzen. Doch als er vor die Haustür trat, staunte er nicht schlecht: Hazel, soeben noch lässig an Dicks Wagen gelehnt, stürmte sofort freudig auf Axel zu, als sie ihn erblickte: "Honey, my darling, soooo nice to see you again! Dick is waiting." Noch ehe Axel wusste, wie ihm geschah, hatte sie ihre Arme um ihn geschlungen und drückte ihm ihre roten Lippen auf den Mund. Axel stöhnte gequält auf, der Schrecken von gestern schien sich heute fortzusetzen. Hazel ließ ihm aber keine Zeit zum Nachdenken. Sie bugsierte ihn ins Auto zu dem wartenden Dick, und noch ehe er sich versah, brausten sie mit ihm davon.

Unbemerkt von ihnen hatte Lili aus einiger Entfernung die Szenerie beobachten können. Sie sah und hörte gerade so viel, um sich nun wiederum ihren eigenen Reim darauf zu machen. Und dieser stimmte – wen wunderts - natürlich nicht im Ansatz mit dem tatsächlichen Geschehen überein. „Ich habe es doch gewusst! Wie kann ich auch auf jemanden hören, den es eigentlich gar nicht gibt und der seit über 100 Jahren tot ist!“, schoss es ihr durch den Kopf. Wütend und traurig zugleich machte sie auf dem Absatz kehrt und rannte davon.

Sie rannte und rannte und blieb erst stehen, als sie das elterliche Haus erreichte. Die ganze Zeit über hatte sie abwechselnd Axel, sich und Ludwig verwünscht. Dabei waren ihr unentwegt Tränen über die Wangen gelaufen, ohne dass sie es bemerkt hätte. Froh, dass ihre Eltern noch nicht zurück waren, hastete sie die Treppe zu ihrem Zimmer hoch, ließ die Tür hinter sich knallend ins Schloss fallen und warf sich, nun heftig schluchzend, auf ihr Bett. Inzwischen war sie dazu übergegangen, ausschließlich Axel mit allen ihr bekannten Schimpfworten zu versehen. Schuft, Heuchler und Schurke waren dabei noch die Schmeichelhafteren. Sie gab sich Mühe einen klaren Kopf zu bekommen, versuchte sich zu beruhigen. Doch sie verstand nichts mehr. Gestern noch war sie ganz sicher, dass Axel kein Interesse an dieser Hazel hatte, dass er nur aus „good will“ den Fremdenführer gegeben hatte und geduldig auf all ihrer dusseligen Fragen antwortete. Ja, sie hätte schwören können, dass Axel sie, Lili, nicht aus den Augen ließ. Okay, nachdem sie einige Züge aus der Tüte genommen hatte, wurde es mit der Erinnerung schwierig, doch sie wusste dennoch, dass es Axel war, der sie nach Hause brachte, der ihr die Treppen hinauf in ihr Zimmer half, der so süß gewesen war ihr zu helfen. Ja, und dann dieser Traum, der so real war, so als würde sie ihn eins zu eins tatsächlich erleben.

In diesem Traum sah sich Lili auf einer großen Feier. Sie war zusammen mit Helga dort, die ihrerseits den Damen der Gesellschaft die Haare frisieren sollte. Während Helga also eine Frisur nach der anderen fertigte, schaute Lili sich im großen Saal, in dem noch kaum Gäste waren, um. Es gab so etwas wie eine Bühne, auf der alles für einen Bandauftritt hergerichtet war. Mit einem Satz war auch Axel dort. Er hatte seine Gitarre dabei, begann zu spielen und schaute sie unentwegt an. Nachdem er fertig war, kam er zu ihr, nahm sie in seine Arme und küsste sie mit einer solchen Leidenschaft, dass es ihr den Boden unter den Füßen entriss. Dann, er half ihr auf, Lili blickte zu ihm hoch, doch mit einem Mal war es nicht Axels, sondern Hazels Gesicht, in das sie blickte: „Er gehört mir, hörst du, mir, mir allein“, zischte sie und versetzte Lili einen heftigen Schlag, sodass diese wieder zu Boden stürzte. Im nächsten Moment lief sie mit Axel über die Rheinauen zum Wasser hin, und beide ließen sich ins Gras fallen, Doch noch ehe sie sich richtig in den Armen liegen konnten, war da wiederum Hazel, die Lili zur Seite stieß und sich erneut Axel in die Arme warf.

Verschwitzt und völlig verwirrt wurde Lili in den frühen Morgenstunden wach. Schlaftrunken ging sie in die Küche, öffnete den Kühlschrank und nahm einen kräftigen Schluck aus der Saftflasche, die sie wenig später mit nach oben auf ihr Zimmer nahm. Der Traum ging ihr immer wieder durch den Kopf. Sie wälzte sich von einer Seite auf die andere. Immer wieder tauchten die Bilder aus dem Traum auf und ließen sie nicht los.

Ach, wehrtes Fräulein Lili, ich merket es quälet euch gar sehr! Dieser Bursche und dieses Weib, welches - ich muss es gestehen - mir ebenso könnt gefallen gar fein. – Lili stöhnte auf. Das hatte ihr jetzt gerade noch gefehlt! Wie sehnte sie den Augenblick herbei, wenn er sie endlich ein für alle Mal in Ruhe lassen würde. – *Ich kann euch hören, Wehrteste, ich bin doch in eurem Kopfe!* – Oh, Mann, Ludwig, lass mich in Ruhe, bitte! Ich habe auch ohne dich genug Probleme! – *Nun, dass ihr meiner nicht wisset zu schätzen, bedaure ich gar sehr. Könnte ich doch wohl hilfreich für euer Fräulein sein. Wisset, ich vermag doch in solch wirrem Geträume die rechte Nachricht zu lesen. Aber wenn ihr nicht wollet….*

Also, wenn ich eines überhaupt nicht gebrauchen kann, dann sind es zickige Stimmen im Kopf, Tote oder Geister, oder wie immer ich dich bezeichnen soll. Außerdem hat sich gezeigt, dass du nicht eher Ruhe gibst, bis du sagen kannst was du sagen möchtest. Also sag es schon!

– *Nun denn, wenn ihr mich gar so bittet!* – Lili verdrehte die Augen. Eitler Gockel! - *Also die Botschaft, des Traumes innerster Kern, ist wie folget: Axel, der Jüngling begehret Euer auf gar aufrechte Art. An Euch ist es ihm, Euer Vertrauen, Eure Liebe, die ganz offensichtlich in Euch lebet, zu zeigen. Das Böse in dieser Geschichte zeigt sich in Form jenes hexenähnlichen Wesens, welches den Nahmen Hazel traget, das mit seinen Reizen versucht Euren Verehrer zu gewinnen. Ihr nun dürfet Euch nicht blenden lassen. Folget Eurem Herzen.* – Du weißt aber schon, dass das ziemlich kitschig klingt. Und überhaupt, woher willst du wissen, dass es so ist, wie du es dir zusammenreimst? – *Bei allem Respekte, werthes Fräulein, ich reime mir mitnichten etwas zusammen, ich nehme Schwingungen wahr, und darin irre ich nicht!*

Es war, ein sehr langes Gespräch, das Lili mit der Stimme Ludwigs in ihrem Kopf führte. Schließlich überzeugte er sie, und nachdem Lili einigermaßen wach war und gefrühstückt hatte, machte sie sich mutigen Herzens auf den Weg zu Axel. Sie war regelrecht beseelt von Ludwigs Worten, umso härter kam sie, wie sie es später nannte, auf dem Boden der Tatsachen auf, als sie Axel und Hazel zum wiederholten Male zusammen sah.

Nachdem ihr tränennasses Gesicht getrocknet war, wählte sie die Nummer, die auf der Visitenkarte stand, welche ihr Mick gestern zugesteckt hatte. Pah, andere Mütter haben auch hübsche Söhne. *Lili, nein, tuet es nicht, bedenket dass….* – „Ludwig halte dich da raus, du hattest deine Chance!".

„Hallo, hier ist Lili", meldete sie sich kurz darauf, als Mick den Hörer im Hotelzimmer abnahm. Der Gitarrist, der gerade sein „English breakfast" genoss, reagierte sofort: „Wow, that girl!", wie er sie inzwischen nannte," how nice!" - Hatte es doch mehr als er zugeben wollte an seinem Ego gekratzt, dass „that girl" dem German boy statt seiner den Vorzug gegeben hatte. Umso erfreulicher war es nun für ihn, dass sie ihn im Hotel anrief und ihm, wie sie es nannte, als Wiedergutmachung ihrer gestrigen Ablehnung, ein Treffen vorschlug. Das Ganze hatte nur einen Haken, Mick musste mit der Band nach Köln, da sie dort am Abend ein Konzert gaben. „Ich komme mit", beschloss Lili wie aus der Pistole geschossen, für den Bruchteil einer Sekunde fuhr ihr der Schrecken durch alle Glieder. Was machte sie da eigentlich? Doch der begeisterte Mick am anderen Ende der Leitung ließ ihr keine Zeit zum Nachdenken. „Yeah, that's really great! Let's meet today!" Sie verabredeten einen Treffpunkt in Köln; denn das Angebot mit ihm und der Band gemeinsam dorthin zu fahren, musste sie ausschlagen. Die Fremeloes fuhren bereits in einer Stunde los, das war Lili zu knapp. Ihre Eltern hatten ihre Rückkehr für den frühen Nachmittag angekündigt und Lili konnte nicht einfach ohne Absprache mit Ihnen nach Köln düsen. Sie würde also warten und später mit dem Zug in die Domstadt fahren. Das flehende: *Fräulein Lili, ihr seiet im Begriffe gar fürchterliches zu begehen! Tuet es nicht! Ich bitte Euch! Tuet es nicht! – k*onnte Lili erfolgreich ausblenden. Sie war auf ihrem persönlichen Rachefeldzug!

Axel war unterdessen in einem völlig anderen Film. Kaum dass Hazel ihn zu Dick ins Auto bugsiert hatte, begrüßte dieser ihn mit einer freudigen Vertrautheit, so als wäre es nicht das erste Mal, dass Dick ihn mit dem Auto überraschend abholen würde. Axel war sprachlos, und das, was ihm Dick im Weiteren eröffnete, verstärkte diesen Zustand. Wie am Vorabend lobte Dick die musikalische Leistung der Bonner Jungs. Wie ungemein gut ihm deren Zusammenspiel, die Gesangsharmonien und überhaupt deren professioneller Auftritt gefallen hatte. Und, was ganz wesentlich war, wie begeistert das Publikum auf sie reagiert hatte. Deshalb habe er bereits mit den Fremeloes besprochen, dass Axel und seine Band auch am heutigen Abend in Köln als Vorgruppe auftreten sollen.

Dicks Worte umspülten Axel wie prächtige Wellen. Der Enthusiasmus dieser Worte erfasst ihn mehr und mehr und berauschte ihn. Während er in diesem Zustand noch versuchte, das Gesagte zu sortieren und einzuordnen, hielt der Wagen, die Tür öffnete sich und mit einem „Yep, Mensch Junge, was für eine geile Sache!" ließ Tom sich neben seinen Kumpel in den Sitz fallen. Ja, das war es in der Tat. Dieser Tag sollte, das wurde Axel nun klar, genauso verrückt weitergehen wie der gestrige geendet hatte.

Nun war er wieder ganz Musiker, dem gerade bewusst wurde was für eine Riesen-Chance ihnen geboten wurde. Er und Tom begannen mit Dick die Einzelheiten zu besprechen. Ihre Instrumente einzupacken, dafür fehlten jedoch Platz und Zeit. Sie würden um die Mittagszeit in Köln sein und hatten dann dort noch genug Zeit, sich mit den Musikinstrumenten vor Ort vertraut zu machen. Axel staunte nicht schlecht, Dick hatte alles bereits durchgeplant, dank der Hilfe von Hazel, die Axel vom Vordersitz aus immer wieder vielsagender Blicke zuwarf. Das blendet er jetzt aus. Sein Fokus war wieder ganz auf der Musik. Steve und Heiner hatten inzwischen auch Bescheid bekommen und würden mit den Fremeloes fahren. Steve hatte Heiner bei Helga ausfindig gemacht, und kurze Zeit später fuhren sie mit Mick und dessen Bandkollegen Richtung Köln. Mit von der Partie war Helga. Da alles so schnell gegangen war, hatte diese nicht mehr die Zeit gehabt ihre Freundin anzurufen. Das „don`t worry, she will be there“ von Mick ließ sie annehmen, dass Axel dafür gesorgt habe, hatte er doch das Haus mit dem festen Vorsatz verlassen mit Lili ins Reine zu kommen. Wie aufregend über Nacht doch ihr Leben geworden war! Plötzlich war sie die Freundin eines Musikers, der mit seiner Band in Köln als Vorgruppe der Fremeloes spielen würde. Und als ob das nicht schon fantastisch genug sei, gab es noch einen obendrauf, indem sie nämlich mit den Fremeloes persönlich nach Köln fuhren. Glücklich schmiegte sich Helga an Heiner.

Als alle vor der Kölner Sporthalle eintrafen - denn in keiner kleineren Halle sollte zur Überraschung aller Bonner Jungs und Mädels der abendliche Auftritt stattfinden - gab es ein großes Hallo. Es gab so viel zu besprechen, doch Dick ließ ihnen keine Zeit. Er gab, kaum dem Wagen entstiegen, ein Kommando nach dem anderen. Und so dauerte es nur ein paar Minuten, und die Jungs und Helga fanden sich in den heiligen Hallen der Sporthalle, wie Dick sie nannte, wieder. Hazel gab ihnen die technischen Daten des Gebäudes durch, und den Bonner Boys kippten zunehmend die Kinnladen runter: hatten sie gestern noch in Bad Godesberg vor sage und schreibe 1000 Fans gespielt, würden es heute Abend unfassbare 8000 Menschen sein. „Na, das nenne ich mal einen kometenhaften Aufstieg!“, gab Tom von sich. Dabei konnte er jedoch nicht verhindern, dass seine Stimme vor Aufregung leicht zitterte. Doch als Hazel erwähnte, dass vor drei Jahren die Rolling Stones auf dieser Bühne aufgetreten waren, verschlug es selbst Tom die Sprache. Nachdem alles Organisatorische besprochen und die Instrumente in Augenschein genommen waren, konnten Axel und die Jungs durchschnaufen und es sich Backstage bequem machen. Selbst für die Klamotten für den Auftritt war gesorgt, ließ Hazel die Jungs augenzwinkernd wissen. Sie habe einen treffsicheren Blick für Kleidergrößen. Und sollte die eine oder andere Hose, oder das Hemd etwas eng sitzen, bei diesen Worten bedachte sie Axels Körper wohlwollend, dann wäre dies ein zusätzlicher Augenschmaus. Danach warf sie Axel noch eine Kusshand zu und verschwand, um sich um die Belange der Fremeloes zu kümmern.

Wie in Godesberg, so waren jetzt erst mal die Fremeloes auf der Bühne mit Proben und Soundcheck an der Reihe.

„Wo ist eigentlich Lili?" Helga sah Axel fragend an. „Wie war denn euer Gespräch?" Axels Gesichtsausdruck ließ Helga nichts Gutes vermuten. Sie löste sich aus der Umarmung Heiners. „Oh nein, Axel, sag jetzt nicht, dass du sie gar nicht getroffen hast!" Helgas Frage nach Lili riss Axel aus der Welt der Musik zurück in sein gegenwärtiges Alltagsdesaster. Mit einem Schlag war ihm sein eigentliches Vorhaben vom Vormittag wieder präsent. „Lili", entfuhr es ihm erschrocken. Helgas Unruhe nahm stetig zu. „Das ist jetzt nicht wahr! Axel sag mir bitte, dass das nicht wahr ist! Du warst doch bei ihr, oder?" Axel raufte sich verzweifelt die Haare, schüttelte immer wieder seinen Kopf und sagte schließlich tonlos: „Nein, war ich nicht. Da war doch, als ich heute aus dem Haus kam, das Auto mit Dick, und Hazel hat mich regelrecht hineingeschoben. Das ging alles so schnell. Es ging direkt um Köln und dass wir hier heute auftreten sollen. Dick hatte schon alles organisiert, und so war ich davon ausgegangen, dass Lili mit euch nach Köln kommen würde".

Helga sah Axel fassungslos an. Das war ja gehörig in die Hose gegangen! Sie dachte fieberhaft nach. „Oh dieser Mick!“, entfuhr es ihr dabei. „Was ist mit dem Typ?“, der Name ließ bei Axel die Alarmglocken klingen. „Später, Axel, später. Ich muss jetzt wissen was mit Lili ist. Vorne an der Straße habe ich eine Telefonzelle gesehen. Los, ich brauche Kleingeld. Ich muss Lili anrufen. Fünf Minuten später stand sie mit einer Handvoll Münzen in der Telefonzelle und wählte die Rufnummer der Familie Frisch.

Etwa zur gleichen Zeit saß Lili im Zug nach Köln. Immer wieder gingen ihr die Bilder von Axel und Hazel durch den Kopf. Hatte sie heute Morgen noch gedacht, dass sie mit ihrer Vermutung, dass da was zwischen Axel und Hazel lief, falsch lag, auch bestärkt durch diesen Ludwig sich auf den Weg zu Axel gemacht hatte, nur um dann so bitter enttäuscht zu werden. Um Axel in aller Öffentlichkeit mit Hazel rumknutschen zu sehen! Schon wieder liefen ihr bei der Erinnerung daran die Tränen über ihr Gesicht. „So ein Mistkerl", entfuhr es ihr, der Schaffner, der soeben ihre Fahrkarte kontrollierte, blickte sie irritiert an. „Entschuldigung, ich meine nicht Sie, Entschuldigung", Lili schnäuzte sich kräftig die Nase. Diese jungen Leute heutzutage! Kopfschüttelnd ging der Zugkontrolleur weiter.

Lili war schon wieder ganz in ihre Gefühls- und Gedankenwelt abgetaucht. Axel konnte ihr nun endgültig gestohlen bleiben. Hatte sie gedacht, dass Tom ein Schwerenöter sei, so stand ihm Axel ganz offensichtlich in nichts nach. Die beiden passten prima zusammen, was wohl nicht nur für ihr Musik galt. Wie hatte sie, Lili, nur so dumm sein können, auf diesen Typen hereinzufallen. Vielleicht weil er Helgas Bruder war und sie dachte, er wäre ebenso wie seine Schwester…. Nicht mit mir, oh nein nicht mit Lili Klara Frisch! Lili schnäuzte ein letztes Mal kräftig ins Taschentuch, trocknete ihre Tränen und nahm sich entschlossen vor: heute werde ich Spaß haben, und zwar mit Mick.

Nachdem Helga eine Weile gewartet hatte, hörte sie am anderen Ende der Leitung die Stimme von Lilis Mutter, die sofort, als sie Helgas Stimme erkannte, erschrocken fragte, ob etwas passiert sei, ob denn Lili noch nicht bei ihnen angekommen wäre. Helga wurde es heiß und kalt zugleich. Jetzt galt es ruhig zu bleiben und vorsichtig zu antworten, sodass Lilis Mutter nicht merkte, dass sie, Helga, überhaupt nicht wusste, wo Lili gerade war. Irgendwie gelang es Helga, dass Lilis Mutter keinen Verdacht schöpfte, sondern ihr erzählte, dass Lili sich vor etwa zwei Stunden auf den Weg gemacht habe, um mit dem Zug nach Köln zu fahren. Wo laut Lili Helga sie am Bahnhof abholen wollte. Als Lilis Mutter sie fragte, ob sie denn schon am Kölner Bahnhof sei, konnte Helga es gerade noch so hinbiegen, dass sie etwas von vollen Straßen, schlechtes Durchkommen und Verspätung zusammenbrachte und dass dies auch der Grund wäre, weshalb sie nun anrief. Habe sie doch in Erfahrung bringen wollen, wann Lili sich auf den Weg gemacht hatte. Legte Lilis Mutter nach dem Gespräch den Telefonhörer beruhigt auf, war Helga nun in heller Aufregung. Sie rannte zurück zur Sporthalle, schaute sich suchend um, und als sie Dick entdeckte, der gerade mit dem Tonmanager sprach, lief sie zu ihm und erklärte kurzerhand:" Einer von euch muss mich zum Bahnhof fahren. Jetzt, sofort!"

Dick zunächst überrascht von Helgas forscher Art, hörte ihr dann jedoch genau zu, als sie von Lili, Mick, Axel und Hazel erzählte. „Oh, bad boys", stöhnte er auf. So sehr er seine Arbeit liebte, so sehr nervten ihn diese ewigen Frauenepisoden seiner Jungs, und dass er stets in die Bresche springen musste, um die Wogen zu glätten. Denn sonst hätte die Band ganz schnell einen schlechten Ruf, und das galt es selbstredend zu vermeiden. Auch wenn es weiblichen Groupies schon gut und gern dreißig Jahre gab. Soweit er sich erinnerte, tauchten diese das erste Mal in den 1940er Jahren bei öffentlichen Auftritten Frank Sinatra`s auf. Damals waren es die sogenannten Bobby-Soxer, weibliche Teenager. In den 1960er wurden sie dann zu einem regelrechten kulturellen Phänomen. Doch so schmeichelhaft es für die Bands war, von ihnen schmachtend angehimmelt zu werden, gab es immer wieder Ärger, da die romantischen Vorstellungen der girls nicht viel mit dem amourösen Zeitvertreib zu tun hatten, den die meisten Bands in ihnen sahen. Für Dick und seine Arbeit mit Bands hatte von jeher der eiserne Grundsatz gegolten: stay away from girls!

„Ok, ok," beschwichtigte er daher die nun mehr und mehr aufgebrachte Helga, und nach etwa zehn Minuten saß Helga im Käfer einer der Monteure und befand sich eine viertel Stunde später in der Eingangshalle des Kölner Hauptbahnhofes.

Etwa zu der Zeit als Helga vor der Sporthalle ins Auto stieg, rollte der Nahverkehrszug aus Bonn im Bahnhof vor dem Kölner Dom ein. Je näher er der Domstadt kam, umso unsicherer wurde Lili. Was sollte sie tun? Wie würde der Abend verlaufen, wenn sie in der Sporthalle auf Mick und gleichzeitig auf Axel und Hazel treffen würde. Dieser Mick war ja bereits in Bonn recht aufdringlich gewesen, würde sie es heute Abend noch einmal schaffen ihn auf Abstand zu halten? Sie wollte doch gar nichts von ihm! Es war Axel der ihren Puls höherschlagen ließ, nach dessen Nähe und Zärtlichkeit sie sich sehnte. Mit einem Ruck hielt der Zug im Bahnhof. Über die Lautsprecheransage wurden die Anschlusszüge aufgezählt, Fahrgäste, die aussteigen wollten, wurden dazu aufgefordert umzusteigen sowie der Hinweis gegeben, dass der Zug in einer Viertelstunde seine Rückfahrt nach Bonn antreten werde.

Automatisch folgte Lili der Aufforderung, verließ den Zug und ging Richtung Eingangshalle.

Plötzlich stand sie vor dem Bandplakat der Fremeloes, auf dem das heutige Konzert der Band in der Sporthalle angekündigt wurde. Wie angewurzelt blieb sie stehen und starrte auf das Plakat, auf dem unten links ein kleiner Aufkleber zur Vorband nachträglich angebracht wurde. Aufgeführt waren Axel und seine Bandkollegen.

Ich kann da nicht hin, ging es Lili mit einem Mal durch den Kopf, und im nächsten Moment machte sie auf dem Absatz kehrt und ging hastig zurück zum Bahngleis, wo sich die Türen des Nahverkehrszugs bereits wieder zu schließen begannen. Lili begann zu rennen.

Das war auch der Augenblick, in dem Helga die Bahnhofshalle betrat, ebenso wie Lili das Plakat der Fremeloes entdeckte und dann, ihr fiel ein Stein vom Herzen, Lili erblickte.

„Mensch Lili da bist du ja!“, begann Helga erleichtert zu rufen und beeilte sich die Freundin zu erreichen. Umso erstaunter war sie, als sie sah, dass Lili nicht auf ihren Zuruf reagierte, sondern in Windeseile zum Bahngleis zurücklief. „Lili, was ist denn los? Warte doch! Hey, was machst du denn? Du willst doch nicht etwa wieder zurückfahren?“ Entgeistert sah Helga wie ihre Freundin auf den Zug zulief, dem Schaffner zurief auf sie zu warten und Helga entweder ignorierte oder tatsächlich nicht hörte. Helga schwankte zwischen aufkeimender Wut und bloßer Verzweiflung. Das kann doch alles nicht wahr sein! Lili war genauso verquer wie ihr Bruder, und sie, Helga, konnte sehen, wie die Situation noch zu retten war.

Lili hatte inzwischen die offene Waggontür erreicht und war gerade im Begriff einzusteigen. Doch inzwischen war auch Helga zur Stelle, und nun bemerkte Lili endlich ihre Freundin.

Aber sie war komplett mit den Nerven runter. In ihr tobte ein Sturm aus Verzweiflung, Sehnsucht und Wut. „Lili, warte, fahr nicht zurück! Du liegst falsch! Da ist nichts zwischen Axel und Hazel! Dick hat ihn mit Hazel zusammen vor unserer Haustür abgefangen, und sie sind direkt nach Köln gefahren. Axel wollte zu dir, Lili. Hörst du, er wollte zu dir!"

Während Helga dies Lili zurief, konnte sie die letzten Worte nur noch hervorpressen, denn inzwischen rannte sie neben dem anfahrenden Zug her, dessen Türen sich endgültig schlossen. In diesem kurzen Moment, bevor der Zug Fahrt aufnahm und sich die Türen noch halb offen waren, bekam Lili, die sich regelrecht in den Waggon geflüchtet hatte, nur noch Bruchstück von Helgas Erklärung mit und das hörte sich dann so an: …zwischen Axel und Hazel…Axel wollte…abgefangen…wollte nicht….zu dir. Lili, deren Puls raste, deren Kopf keinen klaren Gedanken mehr fassen konnte, pochte gegen die nun verschlossene Tür des Waggons "Helga, was ist los? Ich verstehe dich nicht. Was ist mit Axel und Hazel?"

„Junges Fräulein, ich muss doch sehr bitten! Suchen Sie sich einen Sitzplatz und unterlassen Sie das Trommeln gegen die Waggontür!“ Der Kartenkontrolleur sah sie ernst an und wies Lili einen Platz im Abteil zu. Lili ließ sich erschöpft auf den Sitz fallen. Sie konnte nicht mehr klar denken. Ihre Gedanken wirbelten nur so durch ihren Kopf. Was war das gewesen, am Samstag nach dem Konzert in Bonn, Axels Aufmerksamkeit ihr gegenüber und seine Hilfe, als sie, von der Tüte und dem Alkohol schwer, nicht mehr im Stande gewesen war die Haustür aufzuschließen. Nicht zu vergessen der Kuss und dieser zärtliche Blick, auf der Heimfahrt vor ein paar Wochen. Das wollte nicht zu den Bildern passen, die sie von Axel und Hazel hatte, und erst recht nicht, zu der Szene heute Vormittag vor Axels Elternhaus. Lili stöhnte verzweifelt auf, sodass eine ältere Dame sie besorgt anblickte: „Alles in Ordnung, Kindchen?“ – Lili nickte, brachte ein gequältes Lächeln zustande und tauchte wieder ab in ihr Gedankenchaos.

Wie sie es drehte und wendete, sie fand keine halbwegs vernünftige Erklärung für alles. Als sie in Bonn aus dem Zug stieg, war sie froh direkt den Anschluss zur Straßenbahn nach Beuel zu bekommen, und als sie dann schließlich zu Hause die Haustür hinter sich schloss, war sie mehr als froh, dass Ihre Eltern am heutigen Abend bei Freunden zum Essen eingeladen waren. So blieben Lili stotternde Erklärungen erspart, weshalb sie zu Hause und nicht in Köln beim Konzert war.

Dort aber, in der Domstadt, auf dem Bahngleis, blieb eine verwirrte, ratlose Helga zurück, der nun nichts anderes übrigblieb, als zurück zur Sporthalle zu fahren. Sie hatte alles versucht Lili zum Bleiben zu bewegen. Doch sie kannte ihre Freundin gut genug, dass sie wusste, wenn Lili diesen Tunnelblick draufhatte, dann war nur noch schwer an sie ranzukommen. Ihr Gefühl sagte ihr, dass Lili nach Hause fahren würde, und dass die Freundinnen am nächsten oder übernächsten Tag noch Zeit finden würden, um die Dinge zu klären. Zumindest zwischen ihnen. Was mit Lili und Axel sein wird, Helga seufzte tief, das mussten die Beiden allein klären.

Zum Glück hatte der Käferfahrer vor dem Bahnhof gewartet und brachte Helga wohlbehalten zurück zur Konzerthalle. Es war inzwischen später Nachmittag und die Fremeloes hatten ihren Soundcheck hinter sich. Als Helga hinter die Bühne kam, waren gerade Axel und die Jungs dabei ihren Sound zu checken.

„Das hast du ja prima hinbekommen", wurde Axel von seiner wütenden Schwester begrüßt, als er und die anderen Bandmitglieder die Bühne verließ. „Mensch Helga, was soll ich denn gemacht haben? Mach mal halblang! Und wo ist Lili? Du wolltest sie doch vom Bahnhof abholen?"

Helga berichtet ihm wie sie am Bahnhof Lili vor dem Plakat der Fremeloes geistesabwesend hatte stehen sehen, wie sie sie gerufen und wie Lili sie nicht registriert hatte, sondern stattdessen zurück zum Zug gerannt war, und wie sie, Helga, erfolglos versuchte hatte Lili das Missverständnis vom Vormittag zu erklären, während sie japsend neben dem abfahrenden Zug hergerannt war: „Ich habe mir also wegen euch beiden Querköpfen die Seele aus dem Leib geschrien, während ich wie blöd neben dem Zug hergerannt bin!", endete Helga ihre Ausführung. „Ich fass es nicht!"

Axel raufte sich seine Haare und sah dabei so betrölpelt aus, dass er Helga leidtat. „Sorry Bruderherz, das musst du jetzt mit Lili klären." Mit diesen versöhnlichen Worten umarmte sie Axel und widmete anschließend ihre ganze Aufmerksamkeit Heiner, der ihre Taille liebevoll umschloss. Schließlich waren die Beiden über beide Ohren ineinander verliebt, und eine so frische Verliebtheit galt es zu würdigen. Helga drehte sich zu Heiner um und nun gab es nur noch sie beide. Die Welt um sie herum wurde unwichtig.

Axel, eben noch ganz im Fokus ihres heutigen Auftritts, verlor nun mehr und mehr die Konzentration. Immer wieder drifteten seine Gedanken ab, dachte er an Lili und daran, wie gerne er jetzt bei ihr wäre, um ihr alles zu erklären, um ihr zu sagen, dass er sich in sie verliebt hatte und nicht in Hazel. Dass die ganze Sache mit Hazel ein großes Missverständnis war.

„Und? Alles klar für heute Abend, Jungs?“ Es war Dick, der seine Arme um Axel und den neben ihm stehende Tom legte. „Das hier in der Sporthalle ist eine Riesensache, gut dass ich euch als Vorgruppe habe. Ihr werdet den Leuten gut einheizen“. Tom nickte bestätigend mit dem Kopf. Er und die anderen Bandmitglieder waren tief beeindruckt von den Ausmaßen der Kölner Sporthalle, und nachdem eben der Soundcheck ohne Probleme geklappt hatte, war er voller Zuversicht: „Yes Sir, wir werden den Laden heute Abend rocken!“ Hätte er oder Dick Axels Gedanken lesen können, wären sie sich da nicht ganz so sicher gewesen.

Axel wischte sich über die Augen, einmal, zweimal, mehrmals. Was er da soeben gesehen hatte, als er hinter einem Seitenteil der Kölner Sporthalle hinuntergeschaut hatte, ließ ihn den Atem stocken. War das die Realität? Oder war das doch eher ein Traum? Konnte das wahr sein, was sich da unten in der Halle abspielte? Und dann dieses Geräusch, das an ein fortwährendes Meeresrauschen erinnerte, sich ständig steigerte und, obwohl aus tausenden Kehlen kommend, einen einzigen permanenten Klang abgab.

Das konnte doch alles nicht wirklich so stattfinden! Sie, die netten Jungs aus Bonn-Beuel, die, die bis vor Kurzem noch in ihrem kleinen linksrheinischen Städtchen für Pfadfinder, Schüler und Schülerinnen und ein paar musikbegeisterte Halbwüchsige in doch sehr überschaubaren Räumlichkeiten gespielt hatten, sollten da gleich auftreten? Als Vorband zu einer professionellen Band, die schon unzählige Hits gelandet hatte?

„Mein Gott!", schoss es Axel durch den Kopf, und ihm war nicht bewusst, dass dieser Ausspruch wohl immer dann ganz spontan von

Menschen kommt, wenn ihnen etwas Unerhörtes, Ungeheures und Unglaubliches widerfährt. „Schaffen wir das?" Er spürte, wie auch Steve, Tom und Heiner plötzlich neben ihm waren und gleichsam nach unten schauten in die brodelnde Masse. Genauso fassungslos, genauso ungläubig, genauso betäubt vor Schreck und Faszination zugleich. Dann erst bemerkten sie einander und schauten sich alle lange gegenseitig an.

„Jungs, wir müssen da durch!" „Ja, und wir werden da durchgehen!" „Ja, und wir sind gut! Wir sind saugut! Wir sind die Besten, die Größten. Wir sind <<Anybuddy>>" Wer was sagte, war nicht mehr genau auszumachen, und ihnen selbst erschienen die Worte, die aus ihnen herauskamen, irgendwie von allen gemeinsam gesprochen, irgendwie da zu sein, in der Luft zu liegen, irgendwie, irgendwie…Anybuddy. „Anybuddy, huwa hoya moya toy", „Huwa hoya moya toy", „Huwa hoya moya toy".

Dick hatte bewusst darauf verzichtet, die Jungs auf diesen Auftritt vorzubereiten. Denn erstens hatte es sich relativ schnell und spontan ergeben. Das Management der Kölner Sporthalle war erst eine Woche zuvor auf ihn und die Fremeloes zugekommen, hatte ihnen mitgeteilt, dass ein zuvor geplantes Konzert mit der Gruppe „The Hollies“ ausfallen würde und angefragt, ob die Fremeloes nicht Interesse hätten hier einzuspringen. Dick musste dabei einige Überzeugungsarbeit leisten; denn die Rolle als Lückenfüller lag den Mannen um Joe Breaker überhaupt nicht. Sie sahen sich keinen Deut minderwertiger oder weniger gefragt wie ihre doch vielleicht etwas ruhmreicheren Landsleute. Erst das Argument, dass nur ganz große Bands eine derartige Bühne erhalten, wie sie die Kölner Sporthalle darstellt, überzeugte sie schließlich, und sie erklärten sich einverstanden.

Dass die Bonner Boys jetzt mit von der Partie waren, störte sie überhaupt nicht; im Gegenteil: auch sie waren nach dem Auftritt in der Godesberger Stadthalle von der Qualität der Jungs überzeugt, und nicht zuletzt gab es da ja vereinzelt auch sehr schöne und verheißungsvolle Querverbindungen zu bestimmten Bandmitgliedern und deren Anhang.

Zum Zweiten wusste Dick, dass es keinen Sinn gemacht hätte, Axel und die Band frühzeitig auf gleich zwei große Events einzuschwören. Schon der erste in der Godesberger Stadthalle war ja eine Riesen-Sache für sie gewesen. Allein die Vorstellung, gleich am nächsten Tag in der Kölner Sporthalle zu spielen, hätte einen viel zu starken Druck aufgebaut, dem die Knaben um Axel und Tom nicht gewachsen gewesen wären.

Sie aber dann sofort ins kalte Wasser zu schmeißen, ohne lange darüber zu sprechen, sie einfach dorthin zu fahren und ihnen kurz zuvor zu sagen, dass das jetzt ihre nächste Sache sei, dies hatte Dick schon bei einigen anderen Youngsters sehr erfolgreich durchgeführt. Und auch diesmal glaubte er, dass das die beste Art und Weise wäre, aus unerfahrenen Jungs echte Männer zu machen.

Und so wies er das Konzertmanagement noch kurzfristig an, die Plakate mit den Fremeloes, die seit Samstag in ganz Köln und Umgebung an allen möglichen Stellen hingen, noch mit kleinen Aufklebern der Vorband zu versehen. Keiner unserer Beteiligten bemerkte dies rechtzeitig, da alle am Samstag noch zu sehr mit dem Godesberger Auftritt beschäftigt und dann später viel zu bekifft waren, um so etwas zu registrieren. Während des gemeinsamen Abends im „Stiefel" war auch zu keiner Zeit die Rede davon gewesen. Vielleicht ging so etwas aber auch bei der allgemeinen Aufregung unter.

Es war ein unglaubliches Gefühl! Nach der Ankündigung durch den Hallen-Ansager hob das „Meeresrauschen" im Publikum plötzlich zu einem ausgewachsenen Sturm an. Und den Beueler Boys schlug das Geschrei und Gebrülle nur so um die Ohren.

Bereits beim Soundcheck am Nachmittag war ihnen schnell klargeworden, dass es da noch etwas gab, das die brodelnde Masse und deren geräuschvolle Präsenz noch um einiges übertreffen würde, nämlich die Wattzahl und vor allem die akustische Ausrichtung der Boxen in der Halle.

Und so empfanden es die Jungs auch. Die Wahnsinns-Lautstärke in der Halle wurde von ihnen und ihren Instrumenten noch übertroffen, und dies auf eine sehr kunstfertige und professionelle Weise, sodass dieses Erlebnis in ihnen ein Hochgefühl erzeugte und sie zu noch größerer Euphorie anstachelte als ohnehin schon, durch das sich nun mehr und mehr Raum verschaffende Adrenalin.

Die ersten Songs liefen irre gut. Fast wären sie jetzt schon in eine Art Trance-Zustand geraten, der ihnen intuitiv suggerierte, dass sie unschlagbar, unverwundbar und traumhaft sicher einen Song nach dem anderen abspulen konnten. Die euphorische Rückmeldung aus dem Publikum tat das Ihrige dazu und schien alles aus ihnen herauszuholen. Alle bewegten sich zum Sound ihrer Instrumente wie Profis. Selbst Axel wuchs wieder einmal über sich hinaus. War die Bewegung doch eins mit ihrer Musik und konnte man beides doch nicht voneinander trennen.

So schien der Abend beinahe schon gelaufen, wäre da nicht etwas gewesen, etwas das völlig unvorbereitet und ohne Warnung daherkam.

Etwas, das man vielleicht als den Feind einer jeden Routine bezeichnen könnte, als einen ganz wesentlichen Faktor, den es sehr ernst zu nehmen galt, vor allem für derartig junge Leute, wie es die Bonner Jungs waren: nämlich die Macht der Gefühle, der persönlichen Verfassung, der Gemütslage, sprich: der Liebe.

War es nicht paradox, dass es ausgerechnet Axel war, der diesen Unsicherheitsfaktor ins Spiel brachte. Axel, der doch sonst derjenige war, welcher alles bis aufs Letzte vorausplante, jeden Schritt einstudierte, jeden Ton abwog, nuancierte, perfektionierte und auf den Punkt brachte. Vor allem seine Gitarren-Solos waren abgestimmt und höchst konzentriert dargebracht. Er selbst legte alles hinein und schien bisher immer mit seiner Musik zu verschmelzen.

Doch dann geschah es, beim nunmehr fünften Song! Noch während er traumsicher sein Solo zu „I can't remember" spielte und sich selbst und die anderen dabei singen hörte „has there ever been such a girl in my life, a girl who's loving me…", erschien es plötzlich vor seinen Augen, das Bild, das er eigentlich schon so lange in sich trug, ohne es zu wissen, ohne es zu bemerken, zu registrieren: das Bild von Lili. So klar und lebendig erschien sie ihm auf einmal vor seinem inneren Auge, dass es ihn schier umhaute. Ihre wunderschönen kastanienfarbigen Haare, ihr süßes Gesicht, ihr attraktiver Körper und die feinen ineinander abgestimmten Bewegungen. Lili, wo war Lili? Jetzt, bei seinem größten Auftritt, dem bisherigen Höhepunkt seiner musikalischen Laufbahn, jetzt war sie nicht da! Unerträglich! Ausgerechnet jetzt war Lili nicht da. Und das Lied, das er ihr gewidmet hatte, unbewusst vielleicht, doch mit einmal unumstößlich wissend, dass es ihr Song war, dieses Lied spielte er jetzt für etwa 8000 Menschen, die ihm eigentlich nichts bedeuteten, denn eine Person, der eine Mensch um den es ihm ging: Lili, fehlte.

Und plötzlich passierte es, dass völlig Unerwartete: Axel verspielte sich. Es brachte ihn schier aus allem heraus. Und was noch schlimmer war: er brachte auch keinen Ton mehr heraus. Tom, auf einmal panisch vor Schreck, versuchte die Situation zu retten, indem er Axels Gesangspart übernahm, doch seine Stimmlage passte nicht für diesen Song und so blieb die Wirkung völlig aus. Der Song endete in einem merkwürdigen Stakkato. Einige Zuschauer registrierten das mit Pfiffen und Lachen. Der Masse fiel es gottseidank nicht auf.

Die Auswirkung auf die nächsten Songs war jedoch nicht unerheblich. Die Band kam regelrecht aus dem Tritt; und der Glanz und das Flair der Eröffnung waren schnell verflogen. Die Band, nun im freien Gefühlsfall war wie paralysiert, wissend dass jeder Song sie dem Ende ihres Auftritts näherbringen, sie erlösen und von der Bühne runterbringen würde, spielte ihre Parts herunter, ohne sich anmerken zu lassen was abging. Und dann, endlich, war ihr Auftritt zu Ende.

Der Applaus war ordentlich, auch wenn er nicht mehr die Begeisterung in sich trug die bei den ersten Songs der Jungs herrschte. Manche Zuschauer hatte sich schon vorzeitig hinaus in die sich nun anschließende fünfzehn minütige Umbaupause, vor dem Auftritt der Fremeloes begeben. Das und die plötzliche Unsicherheit im Spiel der Beueler Jungs hatte Dick, der die ganze Zeit hinter der Bühne deren Auftritt verfolgte, sehr wohl gemerkt. Well, da müssen die Boys durch, war seine Reaktion zu Hazel, der der Patzer ebenfalls aufgefallen war und die Dick nun fragend ansah. Die Fremeloes, bereit für ihren Auftritt, verschwendeten keinen Gedanken daran. Der Auftritt der Vorgruppe war gut, zum Glück nicht zu gut, sodass sie nun der Masse ordentlich einheizen konnten.

Für Axel und seine Jungs hingegen war dieser Auftritt mehr als eine kalte Dusche gewesen. Mit hängenden Köpfen schlurften sie an Dick und Hazel vorbei. Hazel setze gerade an Axel ihren Arm um dessen Schulter zu legen, als sie Dicks Kopfschütteln sah und in der Bewegung innehielt. Dick wusste, wie sich die Jungs jetzt fühlten und dass sie nun erst einmal in Ruhe gelassen werden wollten. Steve war der erste der seine Sprache wieder fand, nachdem sich die Garderobentür hinter ihnen schloss: „Was war denn eben los? Axel, das war doch dein sicherster Song von allen?“ – Axel hatte sich auf einen der Stühle fallen lassen und starrte abwesend vor sich hin. Die Drei anderen sahen sich verunsichert an. Tom versuchte es als nächster: „Eh komm, Axel, alles in allem hat es doch ganz gut geklappt.“ „Ja, genau“, stimmte

Heiner ein, „schließlich ist noch kein Meister vom Himmel gefallen.“ Axel stöhnte auf und alle wussten, dass sie den Patzer letztlich nicht schönreden konnten. Sie, allen voran Axel, hatten es vergeigt. Als Dick etwas später zu ihnen kam, hingen alle desillusioniert im Zimmer herum, keiner hatte die bereitgestellten Erfrischungen und Häppchen auch nur angerührt. Er wusste, was jetzt zu tun war und legte gleich los: „Come on boys, don`t be worry. Dafür dass Ihr in dieser mega Halle vor mehr als 8000 Leuten gespielt habt, ist es doch ganz ordentlich gelaufen. Seht es mal so: Ihr habt den Fremeloes noch Luft nach oben gelassen.“ „Ha, ha, Dick, so hatten wir es ja noch gar nicht gesehen. Stimmt`s Jungs?“, es war Tom der als erster dankbar Dicks Aufmunterung annahm. Heiner und Steve nickten zunächst verhalten, doch nachdem Dick ihnen erklärte, dass das selbst den ganz Großen schon mal passiert sei, dass da letztlich jeder der auf der Bühne steht, mal durchmuss und wenn es zu Beginn der Karriere sei, umso besser, da hellten sich die Mienen der Beueler Jungs wieder auf, bei allen, bis auf Axel. Da half es auch nicht, dass Dick ihnen versicherte, dass ihr Auftritt bis zu dem Patzer richtig gut gewesen, da noch mehr drin sei und er keineswegs die Absicht habe sie abzuschreiben. Axel hörte ihm gar nicht richtig zu. Für ihn war der Tag in doppelter Weise ein Desaster. Zunächst hatte Lili ihn wohl mit Hazel vor seinem Elternhaus gesehen und die Situation völlig missverstanden und dann noch sein Blackout während seines Auftritts. „Was ist denn nun Axel? Kommst du mit? Mensch, Dick hat absolut Recht, da müssen wir durch, wenn wir mehr wollen, als nur in Beuel ein bisschen auf der Gitarre zu klimpern"! Es war nun Heiner der versuchte Axel aus seinem Schweigen zu locken. Dick hatte den Jungs angeboten hier in Köln mit den Fremeloes, ihm und der Crew den Abend ausklingen zu lassen. Auch für die Nacht bot er ihnen Hotelzimmer an. Waren Tom, Steve und Heiner, letzterer freute sich schon darauf mit Helga dies alles genießen zu können, wieder guter Dinge, schüttelte Axel energisch den Kopf. „Sorry Leute, ich kann nicht. Ich bin durch. Ich will nur noch in mein Bett und die nächsten 100 Jahre schlafen. Ich fahre nach Hause." „Sei doch kein Spielverderber...", setzte Tom an, verstummte jedoch schnell, als er Dicks Blick sah. „Okay Axel", sagte dieser, „ich kann dich verstehen. Einer von der Crew wird dich zum Bahnhof fahren.“ Axel blickte ihn dankbar an, stand wortlos auf und eine Stunde später saß er im Nachtzug, zwei weitere Stunden später lag er erschöpft doch schlaflos in seinem Bett.

Von den schiefen Tönen in der Sporthalle, von Axels Alleingang und Helgas Sorgen um sie wusste Lili nichts. Wie auch. Als Lili an diesem Abend nach Hause gekommen war, hatte sie sich noch lange schlaflos in ihrem Bett herumgewälzt und war erst in den frühen Morgenstunden in einen unruhigen Schlaf gefallen.

Noch während der Radiowecker sie um 6.00 Uhr unliebsam aus ihren wilden Träumen riss versuchte Lili ihr Traumwirrwarr zu ordnen, nur um dann beim endgültigen Erwachen sich nicht mehr daran erinnern zu können. Ist auch besser so, dachte sie, während sie im Badezimmer im Spiegel ihr müdes Spiegelbild sah. „Na, du hast auch schon mal frischer ausgeschaut“, schien es sie zu begrüßen. Lili streckte ihm Zunge heraus und begann dann sich die Zähne zu putzen. Dabei ging ihr das vergangene Wochenende durch den Kopf. Was für ein Wahnsinn! Ein einfaches Wochenende stellte ihr ganzes Leben auf den Kopf, und das sollte was heißen, denn seit der Stimme, also diesem Ludwig, war ohnehin schon alles kompliziert geworden. Doch jetzt auch noch diese Sache mit Axel. Allein der Gedanke an ihn trieben ihr die Tränen in die Augen. Wie konnte er nur so gemein sein! Zuerst tat er so als würde er ihre Gefühle erwidern, nur um im nächsten Moment mit dieser Hazel im Arm loszuziehen. Dass er Helgas Bruder war, machte das Ganze nicht einfacher. Und dann die Aktion mit Köln! Lili schüttelte immer wieder den Kopf. Was hatte sie sich nur dabei gedacht diesen Mick anzurufen, nicht auszudenken, wie aufdringlich der geworden wäre, wäre sie, Lili, tatsächlich zu dem Kölner Konzert gegangen. Dass dann am Bahnhof plötzlich Helga aufgetaucht war, ihr zum Zug hinterherrannte und währenddessen ihr unverständliche, halbe Sätze zugerufen hatte, machten das Caos komplett. Lili war ratlos, was sollte sie tun, wie sich verhalten? Helga würde sie sicher anrufen, mit ihr sprechen wollen. Lili raufte sich die gerade sorgfältig gekämmte Mähne. So ein Mist. Zum erneuten Kämmen reichte die Zeit nicht mehr. Von unten rief schon die Mutter nach ihr. Schnell band sie sich einen Zopf, zog ihre Jacke und Schuhe an und lief die Treppe hinunter. An der wartenden Mutter vorbei, ein kurzes: „Sorry, bin irre spät dran“, hervorbringend, und im nächsten Moment zur Haustür hinaus verschwindend. Nur schnell weg, nach dem gestrigen Tag fragen, konnte die Mutter auch später.

„Also ich weiß nicht, Lili ist in der letzten Zeit so merkwürdig. Gerade eben ist sie in Windeseile an mir vorbei. Ich weiß nicht, ich weiß nicht.“ Kopfschüttelnd ging die Mutter in die Backstube. „Ach lass sie. Wir waren doch auch mal so jung.“ Bei diesen Worten umfasst der Vater ihre Hüfte, zog seine Frau an sich und drückte ihr einen liebevollen Kuss auf die Wange. Oh ja, daran konnte sie sich sehr gut erinnern.

Irgendwie brachte Lili die Schulstunden hinter sich. Teilweise lenkte der Unterricht sie sogar von dem ganzen Desaster ab. Doch kaum hatte sie die Wohnungstür aufgeschlossen holte sie alles wieder ein: „Lili, gerade hat Helga angerufen. Sie lässt dir ausrichten, du mögest sie bitte zurückrufen.“, rief ihre Mutter ihr aus der Küche zu, während sie, wie eigentlich jeden Tag, ein schnelles Mittagessen vorbereitete, bevor sie wieder im Laden verschwand. „Ach, und bevor du mit Helga telefonierst, deck bitte den Tisch. Das Essen ist gleich fertig.“ Eigentlich hatte Lilis Mutter Protest von ihrer

Tochter erwartet, war es doch immer wichtiger Helga anzurufen, besonders wenn diese um Rückruf bat. Doch dieses Mal folgte Lili der Aufforderung ihrer Mutter ohne Murren. Was war nur in der letzten Zeit mit dem Kind los. So langsam begann Frau Frisch sich Sorgen zu machen.

Zum Glück warteten bereits die nächsten Kunden im Bäckerladen, und so blieben Lili die klassischen Mütterfragen erspart. Zunächst einmal. Was hätte sie ihr auch antworten sollen? Dass da seit geraumer Zeit eine Stimme in ihrem Kopf war, die mit ihr sprach und auch, beim Gedanken daran drehte sich Lili der Magen um, auch bisweilen sich Lilis Stimme bediente um dann unverständliche, ja peinliche Sprüche von sich zu geben und obendrauf noch behauptete diese Stimme gehöre keinem Geringeren als Beethoven. Ha! Lili konnte sich nur zu gut das ungläubige Staunen in den Augen der Mutter vorstellen, das dann sehr rasch von einem überaus sorgenvollen, mütterlichen Blick abgelöst werden würde. Auch die gestrige Zugfahrt, mit der Absicht Axel mit diesem Mick eifersüchtig zu machen, würde nicht zur Beruhigung der Mutter beitragen. Nein, Lili schüttelte den Kopf. Sie musste allein eine Lösung finden. Sie wusste zwar noch nicht wie, doch es würde schon irgendwie funktionieren. Auf keinen Fall würde sie Helga zurückrufen. Das ging jetzt nicht. Helga hatte sie schon einmal überredet Axel eine Chance zu geben, und dass sie das erneut versuchen wollte, darauf hatte Lili keine Lust! Nein das wollte Lili nicht. Sie musste erst einmal in ihrem Gefühlschaos Ordnung schaffen. Doch sie kannte Helga nur zu gut und wusste, dass diese nicht so schnell aufgeben würde, und so war es. Kaum war das gemeinsame Mittagessen beendet und die Eltern wieder zwischen Brot und Streuselkuchen unterwegs, klingelte das Telefon. Lili atmete tief durch und hob ab. Nachdem sie sich gemeldet hatte, hörte sie Helgas Stimme am anderen Ende der Leitung. Ohne eine Sekunde zu zögern, sprudelte es aus ihr heraus: „Bitte Helga, ich kann jetzt nicht mit dir sprechen. Ruf mich nicht mehr an! Ich melde mich bei dir. Versprochen!“, und noch ehe Helga reagieren konnte, hatte Lili das Gespräch beendet.

„Und was sagt sie?“, es war Heiner, der seit Köln keine Sekunde von Helgas Seite gewichen war, wenn Helga nicht gerade arbeitete oder er für seinen Abschluss büffelte. Ja man konnte unumwunden festhalten, dass es die beiden volle Kanne erwischt hatte. Bei ihnen lief das volle Programm. Angefangen von Schmetterlingen im Bauch, nicht die Finger voneinander lassen können bis hin zu den Endlosverabschiedungen, um dann doch noch mal eine gefühlte Ewigkeit der Stimme des anderen am Telefon zu lauschen. Doch bei all ihrer Verliebtheit sorgte sich Helga doch sehr um ihre Freundin und, wenn auch mit Strafpunktabzug, um ihren Bruder. Es war nicht zu übersehen, dass Axel litt wie ein geschundener Hund. Für sie war das eine klassische Verstrickung übler Missverständnisse, die, das hatte sich Helga zur Aufgabe gemacht, aufgeklärt werden mussten. Es konnte doch nicht sein, dass da zwei Menschen, ineinander verliebt bis über beide Ohren, ihrem Glück dermaßen im Weg standen. Helga seufzte tief. „Sag schon, was sagt sie?“ – „Sie hat einfach aufgelegt! Sie sagte sie brauche Zeit und werde sich melden!“ „Na dann ist es ja gut.“, und nach diesem unüberlegten Satz, wollte sich Heiner wieder seiner gegenwärtigen Lieblingsbeschäftigung zuwenden und mit Helga ausgiebig knutschen.

„Das ist jetzt nicht dein Ernst!“ Helga sah Heiner empört an und es folgte eine ausführliche Belehrung Heiners über die weibliche Empfindsamkeit, die Verantwortung einer Freundin, also Helgas, sich um das Weh und Ach der anderen zu sorgen und zu kümmern. Nach einer halben Stunde des Zuhörens hatte Heiner seine Lektion gelernt: keine schnellen Sprüche mehr aus der Hüfte. Der weibliche Teil der Menschheit tickte definitiv anders. Was unter Jungs klare Ansage war, war es unter den Mädels noch lange nicht.

Letztlich wurde Heiners Geduld belohnt. Mit den Worten: „Ach, ich bin so froh, dass wir uns gefunden haben!“ sank Helga in seine Arme und ließ sich ausgiebig von ihm liebkosen. Wenn Lili es so wollte, dann würde sie ihr Zeit geben. Irgendwo hatte Heiner Recht. Helga kuschelte sich in seine Arme und vergaß die Welt um sich herum.

Lili verbrachte den Montag und den kompletten Dienstag damit sich möglichst unsichtbar zu machen. Bei ihren Spaziergängen am Rheinufer wäre sie einmal beinahe Axel begegnet. Zum Glück war ihr der Hausschlüssel hinuntergefallen und sie musste ihn zwischen den Bergen an Herbstlaub, das vom kühlen Dezemberwind scheinbar endlos von den Pappeln heruntergewirbelt wurde, im Halbdunkel suchen. Als sie einmal ihren Kopf, der fast komplett in der Mütze ihres Parkers verschwand, hob, sah sie aus sicherer Distanz Axel, wie er den unteren Leinpfad entlang schlappte. Er konnte sie nicht gesehen haben, denn sonst hätte er auf dem Absatz kehrt gemacht. Dennoch war ihr der Schrecken in die Glieder gefahren, war es Lili gleichzeitig heiß und kalt geworden. Am liebsten wäre sie zu ihm gelaufen, hätte ihn umarmt und ihm gesagt…, ja, was hätte sie ihm eigentlich gesagt? Immer wieder hatte sie das Bild vor Augen, wie er zusammen mit dieser Hazel, Arm in Arm, ins Auto gestiegen und davongebraust war. Sie hatte sich so hintergangen, so elend gefühlt. Und wenn ihm etwas an ihr liegen würde, dann hätte er sich schon längst bei ihr gemeldet. Doch das tat er nicht. Stattdessen spazierte er das Rheinufer entlang und wahrscheinlich traf er sich später noch mit Hazel. Wie eine Pfeilspitze schien sich der Gedanke an ein mögliches Treffen der Beiden in ihr Herz zu bohren. Verzweiflung machte sich breit. Lili konnte sich nicht erinnern sich jemals so elend gefühlt zu haben. Doch langsam machte sich Wut in ihr breit. Wenn das Liebe war, dann konnte sie ihr gestohlen bleiben. Beinahe trotzig richtete sich Lili, mit dem gefundenen Schlüssel, auf und stampfte, Flüche und Verwünschungen murmelnd, nach Hause.

Hätte Lili in diesem Moment nur für einen Augenblick Axels Gedanken lesen können… - doch so blieb ihr seine Enttäuschung über das, in seinen Augen, Desaster beim Köln Konzert, seine Verzweiflung über Lilis Rückzug und ihr Schweigen, seine Sehnsucht nach ihr und sein Verlangen, sie, trotz Helgas eindringlichem Rat Lili Zeit zu lassen, einfach zu aufzusuchen, um sich ihr zu erklären, um ihr alles zu sagen, verborgen.

Als sich der Dienstag seinem Ende zuneigte war Lili noch genauso ratlos wie am Vortag. Ihre Gefühle, ihre Sehnsucht nach Axel trieben sie um, ließen sie immer wieder aufs Neue zweifeln und nicht zur Ruhe kommen. Es waren immer dieselben Gedanken, die in ihrem Kopf Karussell fuhren. Was wenn Helga doch Recht hatte, wenn zwischen Axel und Hazel nichts lief, wenn Axel nur Augen für sie, Lili, hatte? Doch warum um alles in der Welt stieg er dann mit Hazel im Arm in die Limousine? *Nun, wohl dann, wenn das wehrte Fräulein meine bescheidene Sicht der Dinge möget hören wollen…? –* Lili verdrehte die Augen, nicht auch noch der!

Diesbezüglich war es so schön ruhig in ihrem Kopf gewesen. „Nein, will ich nicht!“ gab sie Beethoven barsch zur Antwort. „Und wenn ich tatsächlich mit dir zum Silvesterkonzert gehen soll, dann halte dich da raus! Verstanden!“ Das muss wohl klar und deutlich gewesen sein, denn es kam kein einziger Mucks mehr. Er wusste noch zu gut aus Lebzeiten, dass ein solcher Unterton in der weiblichen Stimme, nur eine Möglichkeit offenließ: zu schweigen. So folgte denn Ludwig, wenn auch schweren Herzens, Lilis Aufforderung.

Im Sortiment der elterlichen Bäckerei befand sich in der Vorweihnachtszeit stets Glühwein. Das hatte schon Tradition im Hause Frisch und auch Helga und Lili hatten das eine oder andere Mal am Abend mit einem Glas Glühwein beisammengesessen. Gerne hätte Lili ihre Freundin auch an diesem Abend bei sich gehabt. Doch so saß sie nun allein mit ihrem Glas Glühwein in ihrem Zimmer und konnte doch nicht verhindern, dass sie sich in den Schlaf weinte.

Der Mittwoch begann ähnlich mies wie die beiden vorherigen Tage. Beim Aufwachen hätte Lili sich am liebsten die Decke über den Kopf gezogen und weitergeschlafen. Doch es half nichts, sie musste raus und sich fertig machen. Was hätte sie auch ihren Eltern erzählen sollen? Die schauten ohnehin schon besorgt genug, wenn sie ihre sonst so lebenslustige Tochter nun so betrübt durch den Tag schleichen sahen. Nein es half nichts. Sie musste aufstehen. „Ablenkung ist die beste Medizin“, klang ihr Helgas Credo gegen jede Art von schlechter Stimmung und Trübsal im Ohr. Also riss sie sich zusammen, und mit einem Satz war Lili aus dem Bett und begann ihre Tagesroutine abzuspulen, die sich nicht wesentlich von der der beiden anderen Tagen unterschied. Bis, ja bis sich Ludwig auf dem Nachhauseweg von der Schule wieder meldete:

„*Verehrtes Fräulein Lili*“. Lili achtete nicht darauf, dass sich plötzlich wieder etwas in ihrem Kopf bemerkbar machte. Sie hatte diesem Ludwig doch am Rheinufer klipp und klar gesagt, dass er sie in Ruhe lassen soll. Und jetzt setzte er schon wieder an ihr auf die Nerven zu gehen. Oh nein, so nicht. Sie würde ihn schlichtweg ignorieren! Doch Ludwig wäre nicht Ludwig würde er klein beigeben, besonders nicht an dem heutigen Tage! So dauerte es keine fünf Minuten und Lili hörte es erneut: „*Werthes Fräulein. Seiet ihr anwesend*“?

Was war das denn für eine dämliche Frage. Wo sollte sie denn sonst sein? Schließlich war es ihr Körper, von dessen Kopf er, wie auch immer, Gebrauch machte. Oh nein, dieses Mal würde sie nicht auf sein Gesäusel reinfallen. Nein, so etwas konnte sie jetzt nicht gebrauchen, nicht schon wieder zum tausendeinhundertsten Mal! Er soll sich gefälligst zurückhalten und sein Mitteilungsbedürfnis im Zaume halten. „*So höret doch, Fräulein Lili!*“. Er kann mich mal, dieser altmodische Notenklempner, und soll mich gefälligst in Ruhe lassen. „*Bitte, Fräulein Lieselotte, so höret mich doch ein einziges Mal, bitte…*“ Moment…Fräulein Lieselotte? Woher kennt er denn meinen Taufnamen? „Woher weißt du wie ich mit bürgerlichem Namen heiße?“ „*Fräulein Lieselotte, Ihr wisset doch, dass mir nichts wirklich Wichtiges verborgen bleibt. Eure verehrte Frau Mama erwähnte dereinst Euren Namen, und ihr erinnert Euch doch sicher auch an Euren Traum, den mit dem Eier-Dieb. Auch in jenem sprach ich Euch über den Traum mit diesem so liebreizenden Namen an.*" Ach ja, der Traum, dachte Lili, dieser merkwürdige Traum, der in einer dunklen Kammer begann und dann darin gipfelte, dass sie mit ihren nackten Füßen in einer glibberigen Eiermasse stand, iiihhh.....Toll, was dieser Beethoven ihr schon alles abverlangt hatte! Und jetzt hatte er es doch wieder geschafft. Sie ließ sich auf ihn ein: „Was willst du Ungeheuer denn schon wieder? Merkst du nicht, dass ich – weiß Gott – andere Sorgen habe und dass ich mir kein Geschwätz von niemandem anhören will, auch nicht von dir?"

„*Aber...*" „Nichts aber°!" „*Aber heute ist ein besonderer Tag, Fräulein Lili!*" „Was soll denn an diesem trostlosen Tag so besonders sein, bitte schön?" „*Es ist...*" „Ja? Bitte? Was denn?" „*Es ist...*" „Mein Gott, Herr van Beethoven, jetzt rücken Sie schon raus damit!" „*Es ist...mein Geburtstag!*"

„Dein Geburtstag? Heute ist dein Geburtstag? Der 16.12. ist der Tag, an dem du geboren wurdest?" „*So ist es, werthe Lili, so ist es…wahrscheinlich.*" „Wahrscheinlich? Was heißt das denn nun schon wieder?" „*Nun, liebes, teures Fräulein Lieselotte…*" „Bleib einfach bei Lili, Ludwig!" „*Gut, wie gewünscht, gnädiges Fräulein Lili.*" „Einfach nur Lili bitte, ohne diesen ganzen gnädigen, werthen und teuren Kram, please…" „*Gut, gut, so denn, äh…Lili*". „Und was heißt jetzt wahrscheinlich?"

„*Gut, ich erkläre es Euch: Überliefert isset, und miroselbst auch Zeit meines Lebens bewusst gewesen, dasse ich morgen, also an einem 17.12. getaufet wurde. Jenes wurde mir von meinen verehrten Eltern und auch allen hochgestellten Persönlichkeiten und den Gott gesegneten Priestern meiner Pfarrei stets so mitgeteilet. Und so seiet es auch eingetragen im kirchlichen Register der Sankt Remigius Pfarrei zu Bonn. Und da alle Kinder zu meiner Zeit so schnell wie möglich nach ihrer Geburt getaufet werden mussten, da ja im Falle eines raschen und unerwarteten Kindes-Todes die noch nicht gesalbte Seele unwiederbringlich verloren gewesen wäre und im schlimmsten Falle sogar der Leibhaftige – der Herr verzeihe mir die Erwähnung seines Namens – Herr darüber geworden wäre, wurde die Taufe sofort angeordnet, das heißet natürlich, sobald der Priester in Ruhe seine Vorbereitungen dazu treffen und das*

Sakrament in aller heiliger Ceremonie durchzuführen vermochte. Und dies war in der Regel morgens der Fall.

Da dieser Tag Montag, der 17.12. war, ist anzunehmen, dass ich an eben jenem Wochenend zuvor das Licht der Welt erblickete. Und da es wohl sicherlich kein von Gott gesalbter Mann hätte verantworten können, wenn in seiner Gemeinde eine Kindesseele an den Teufel ging – der Herr möge mir erneut vergeben – muss der Tag des Betretens dieser körperlichen Welt für mich eigentlich der Sonntag zuvor gewesen sein. Und dies war der 16.12. Zudem, werthes…äh…Fräulein äh…Lili, ist es doch klar, dass einer wie ich doch eigentlich nur an einem Sonntage geboren sein kann, also ein Sonntageskind sein musset.“

„Pah, du alter Angeber! Als wenn das nun was Besonderes sein soll! Ich bin auch an einem Sonntag geboren, und hat es mir Glück gebracht“? schon tauchten die vergangenen Tage vor Lili auf und es wollte sich erneut ein Kloß in ihrem Hals bilden. Doch unbeachtet dessen fuhr Ludwig mit seinen Ausführungen fort:

„Des Weiteren, wert…äh…Liselotte, äh…Lili, des Weiteren spielte der Geburtstag in meiner katholischen

Familie im Grunde auch nie eine große Rolle; denn bis vor noch nicht allzu langer Zeit feierte man in katholischen Regionen, zu welcher natürlich die Rheinlande zählen, lediglich den Namenstag, und jener isset für Ludwig der 28. April."

Lili, eben noch den Tränen nahe, spürte wie Groll in ihr wuchs. Dieser Eierdieb schien sich nur und ausschließlich für sich zu interessieren. Sie blaffte ihn an: „Na, prima, *dann brauche ich dir ja keinen Kuchen zu backen! Was ich auch sonst nicht machen würde. Mir geht es total mies, doch das scheint dich nicht im Ansatz zu interessieren"!* - Doch Beethoven schien den bissigen Unterton Lilis nicht wahrzunehmen. Stattdessen fragte er erstaunt:

„Kuchen, für mich?" – Lili gab auf. Diesen alten Geist noch zu Besserem zu bekehren war wohl endgültig zu spät. Resigniert erklärte sie:_„War ein Joke, vergiss es, Ludwig!" *„Ein was, bitte?"*, erwiderte Ludwig. „Ein Witz, eine Posse." *„Gut, eine Posse, Ihr seiet stets zu scherzen bereit, Fr.... Lili. Aber so denn...seiet Ihr bereit meinen Ausführungen zu folgen und mir zu glauben, dass heuer mein Geburtstag sei?"*

Mit einem Mal tat Ludwig ihr leid. So wie er jetzt war, so stur, uneinsichtig, so muss er zu Lebzeiten auch gewesen sein, was sicher dazu geführt hatte, dass es nicht allzu viele Freunde in seinem Leben gegeben hatte. Und jetzt, warum auch immer, hörte sie ihn, konnte mit ihm sprechen, und ihm war es offensichtlich wichtig sich mitzuteilen. Lili wurde mehr und mehr versöhnlich gestimmt:

„Ja, natürlich, Ludwig, warum soll ich das nicht glauben? Ja es berührt mich von dir so viel Persönliches zu erfahren. Also wann genau bist du denn geboren, ich meine in welchem Jahr?"

„Anno domini 1770, Lili". „1770, das war ja genau vor 200 Jahren! Ist ja der Hammer! Du wirst heute 200 Jahre alt! Hast dich aber gut gehalten, Luigi!"
„Ha, wieder eine Posse! Ihr erheitert mein Gemüt. Das freuet mich! Da Ihr ja itzo wisset, dass ich heuer meinen Geburtstage begehe, würdet Ihr mir einen Gefallen thun?"

„Einen Gefallen…, na kommt drauf an was für ein Gefallen das sein soll. Schieß los!"

„Was soll ich, schießen, womit denn und auf wen bitte? Ach, war sicher wieder eine Posse! Nun, liebes Lili, ich bitte Euch: führet mich an diesem besonderen Tage in meine Taufkirche. Ich möchte so gerne kurz an jenem Orte verweilen, der mich in den Kreis der christlichen Menschen aufnahm.“ „Deine Taufkirche, wie heißt die denn?“ *„Sankt Remigius, ich erwähnete es bereits“.*

„Die Remigius-Kirche, die kenn ich. Ok, Luigi, machen wir, das ist dann quasi mein Geburtstagsgeschenk an dich!“ *„Oh, ich danke Euch, liebes Lili, Ihr seid allzu gütig und großherzig! Lasset uns beschwinget und leichten Herzens auf den Weg machen. Ich spüre mein Herz in Eurem pochen. Welch Freude!“* –

Und so machten sie sich auf den Weg. Besser gesagt: Lili machte sich auf den Weg. Sie zog sich, in ihrem Zimmer angekommen schnell wärmerer Kleidung an; denn in den vergangenen Tagen war es mehr und mehr kalt geworden, und die Feuchtigkeit vom Rhein schien allgegenwärtig zu sein. Als sie die Treppe von ihrem Zimmer hinunterging und an der offenen Küchentür vorbeikam, lugte sie herein und ließ ihre Mutter, die gerade dabei war für sich und den Vater den Nachmittags-Kaffee zu kochen, kurz wissen: „Ich fahre mal rüber nach Bonn“. Sie wusste, dass die Mutter nur allzu froh war, dass ihre Tochter nach drei Tagen endlich mal wieder mehr Aktivität zeigte, und dazu augenscheinlich in weitaus besserer Laune war als an den vergangenen Tagen. Nun, das war auch tatsächlich der Fall. Ludwigs Bitte und das aufsteigende Mitgefühl für ihn hatten Lilis soziale Ader aktiviert. Wenn schon der berühmteste Sohn Bonns in ihrem Kopf umhergeisterte, zugegebener Weise ihr auch schon gehörig auf die Nerven gegangen war, so konnte sie ihm dennoch nicht an seinem Geburtstag den Wunsch abschlagen ihn zu seiner Taufkirche zu begleiten. Was, wenn Lili darüber nachdachte, so abgefahren war, so unerklärlich, dass sie den Gedanken nicht weiterverfolgte. Alles was mit dieser Stimme in ihrem Kopf zu tun hatte, mit diesem Ludwig van Beethoven, war so abgefahren, so unglaublich, dass sie nun bereit war es so zu nehmen, wie es war. Also auf nach Bonn zur Remigius-Kirche!

Nachdem Lili die Straßenbahn verlassen hatte, ging sie schnurstracks die Wenzelgasse entlang, bis sie an deren Gabelung in die Brüdergasse einbog und auf die Remigiuskirche traf.

Sie öffnete die seitliche Tür und sagte einladend: „Hereinspaziert, mein Herr“! – Ein älterer Herr, der sich schon in der Kirche befand und im Begriff war zu gehen, sah Lili kopfschüttelnd an und fragte sich im Stillen, was bloß mit dieser Jugend los war? Lili versuchte ihr Kichern zu unterdrücken, als sie Beethovens Stimme hörte: *„Dort stehet er!“* Lili schaute sich suchend um: „Wer steht wo?“, hörte Lili sich selbst flüstern, um sich gleich in Erinnerung zu rufen, dass sie zwar in einer Kirche war, doch musste sie nicht flüstern, konnte sie sich doch stumm mit dem Mann in ihrem Kopf unterhalten. *„Der Taufstein, das Becken, über welches mich der Vater hielt und in dem ich das gesegnete Wasser empfinge. Sehet dort hinten links vom Hauptschiff. Ach, wie wird mein Herz doch arg gerühret!“*

Lili, die im Mittelgang in Richtung Altar stand, folgte der Beschreibung. Ihr Blick wanderte vom Altar nach links. Was sie dort erblickte, hatte in Ihrer Vorstellung wenig mit einem Stein zu tun. Im geziemten Kirchenschritt ging

Lili auf das imposante Taufbecken, was es tatsächlich war, zu. Das Becken selbst bestand, soweit Lili das beurteilen konnte, aus feinem Marmor, und auch der Fuß des Beckens war aus diesem Material gefertigt. Das Becken selbst wurde von einem großen, stattlichen Deckel verschlossen, der sich nach oben hin zu einem Baldachin verjüngte, auf dessen Abschluss ein Vogel mit weit geöffneten Schwingen thronte. Den Deckel schmückten wunderschöne Blumenornamente. Lili stand gleichzeitig staunend und gerührt davor. Vor ihrem geistigen Auge sah sie die Szenerie wie sie sich morgen vor exakt 200 Jahren abgespielt haben könnte. Wie dort ein kleines Bündel Mensch quäkend und fröstelnd sein Taufwasser über das kleine Köpfchen geschüttet bekam. Hier die Mutter und der Vater, dort der Priester, ein paar Gebete sprechend, im Hintergrund vielleicht noch ein paar Angehörige, Freunde und gute Bekannte der Familie Beethoven. Und keiner der damals Anwesenden hätte auch nur im Ansatz erahnen können welche Bedeutung dieses Neugeborene für die Menschheit noch 200 Jahre später haben würde. Lili konnte nicht verhehlen, dass sich nun eine kleine Träne in ihrem rechten Auge bildete, die sie aber schnell wieder fortwischte; denn just in diesem Augenblick meldete sich Ludwig wieder, und zwar ziemlich unfeierlich:

„*Das ist nicht die Kirche, in welcher ich getaufet wurde!*“ „Ja, wie? Nicht die Kirche! Du hast doch gerade selbst gesagt, dass dies das Taufbecken ist, in welchem du das Sakrament empfangen hast!“ „*Das Taufbecken, ja, das ist es auch! Aber es ist nicht die Kirche. Ich kenne doch meine Kirche! Und, vor allem, ich höre sie, ihren Klang, ihren Hall, ihr Echo. Und auch vom Anscheine her weiß ich ganz genau, dass dies nicht die Remigius-Kirche ist!*“ „Was soll das denn jetzt wieder, Ludwig? Natürlich ist das die Remigius-Kirche. Ich bin doch auch Bonnerin und weiß ja wohl, wo diese Kirche steht.“

„*Nein, nein, und nochmal nein. Das hier ist sie nicht! Ich war doch nicht nur zu meiner eigenen Taufe hier, sondern auch zu der meiner Brüder und Schwestern Nikolaus Johann, da war ich fünf, Anna Maria Francisca, da war ich acht, Fritz Georg, da war ich zehn und Maria Margareta Josepha, da war ich immerhin schon fünfzehn Lenze alt. Außerdem habe ich hier den Klang der Orgel aufs Wunderbareste erlebet, wo doch Nicola Veit, der Lehrer meines Jugendfreundes Franz Josef Mompour, jenen, welchen ich so gerne nach*

Wien hätte mitgenommen ob seines großen Talentes, die Tasten so schön beherrschete. Nein, liebe Lili, das ist nicht die Remigiuskirche, wie ich sie kenne!“

Da war er wieder, dieser sture Ludwig, der Lili immens auf die Nerven gehen konnte. Lili atmete tief durch: „Okay Ludwig, also sind wir umsonst zur Brüdergasse gelaufen! Du machst es mir wirklich nicht leicht…“, weiter kam Lili nicht. *„Brüdergasse? Wir sind in der Brüdergasse? Die Straße war die Brüdergasse? So anders siehet sie heute aus!“* „Ja, und die Remigiuskirche steht doch in der Brüdergasse!“ *„Ach, welch Thor ich doch bin! Ich vergaß ja völlig, dass meine Pfarrkirche dereinst von einem Blitze getroffen und schwer beschädigt wurde. Das war…wartet, liebes Lili, ja…das war im Jahre 1800. Und man fand nicht das Geld, sie wieder zu restaurieren. Das Inventar wurde in andere Kirchen verteilt. Und deshalb stehet der Taufstein tatsächlich noch in der anderen Kirche. Hat man sie deshalb vielleicht sogar Remigiuskirche getaufet?* Stopp, Ludwig, hör` bitte mit deinem endlosen Wortschwall auf. Ich kann es mir schon denken. Jetzt haben wir zwar dein Taufbecken gefunden, doch das reicht dir noch nicht, stimmts?“ Also wo stand denn deine Remigius Kirche? Aber bitte in Kurzform!“ *Fräulein Lili,* *ihr überraschet mich gar mit eurer hellsichtigen Gabe!* Doch dann musste er eingestehen, dass er den Standort nicht wirklich zu benennen wusste. Zunächst hatte Lili keine Ahnung, wo dieser Platz sich befinden sollte.

Doch plötzlich fiel ihr ein, dass es ja noch den Remigius-Platz in Bonn gibt. Ha, das könnte doch der Platz sein, auf welchem die Kirche gestanden hatte, ja, plötzlich war sie sich sicher, das müsste doch so sein. Warum sollte denn so ein Platz sonst Remigius-Platz heißen?
„Ludwig, ich glaube ich weiß wo deine alte Kirche stand. Lass uns in südlicher Richtung gehen und den Marktplatz überqueren.“
Ludwig stimmte zu; denn er erinnerte sich vage daran, wo er gerade war und wo seine Pfarrkirche stand.
Und so verließen sie die Remigiuskirche in der Brüdergasse, um sich auf den Weg zur alten Remigiuskirche zu machen, das heißt zu der Stelle, an welcher das Gotteshaus zu Beethovens Geburt und noch 30 Jahre später bis zum Jahr 1800 stand.
Sie passierten den Marktplatz, und Ludwig schien das Treiben darauf sowie die Rufe und das Geschrei zu genießen; denn er gab ein

kurzes „*Wunderbar, noch genauso wie zu meiner Zeit!*" von sich.

Kurze Zeit später erreichten sie den Remigius-Platz und hielten am Blumenstand, der hier vor kurzem aufgestellt wurde. „*Hier!*", rief Ludwig aus, „*He wor et. Ich spür et deutlich. „He, jenau jejenöver der Ocherstroß wor do acht-eckije Turm, an dänn sich dat Schiff mit der Apsis-Ausrichtung nach Osten, wie alljemein üblich, anschloss. Ich weeß et noch janz jenau! Ever nix is överisch jebleve von dem aale Jotteshaus. Et ist schon traurig!*"* Ludwig verfiel wieder mal in den Rheinischen Slang und Singsang, den er zu der Zeit besaß, in der er als kleiner Junge in Bonn lebte, wahrscheinlich weil er sich plötzlich so deutlich an seine Kinder- und Jugendzeit erinnern konnte. Dass auch wirklich nicht das kleinste Mäuerchen mehr stand, kein Stein, der noch an irgendetwas erinnern würde, ja noch nicht mal eine Tafel oder ein Gedenkstein aufgestellt war, betrübte Ludwig doch sehr. „*Es war doch ein Gotteshaus!*", brummelte er, diesmal in passablem Hochdeutsch, vor sich hin. Und wieder weiter auf <Juut Bönnsch>:

*Nojo, de Franzuse sinn zu minger Zick onit jerad zimperlich damit ömjejange. Ene Päädstall hanse us der Kirch gemaat. Die wore onnet besser als de Deutsche!"***

**Hier war es. Ich spüre es deutlich. „Hier, genau gegenüber der Acherstraße war der acht-eckige Turm, an den sich das Schiff mit der Apsis-Ausrichtung nach Osten, wie allgemein üblich, anschloss. Ich weiß es noch ganz genau! Aber nichts ist übrig geblieben von dem alten Gotteshaus. Es ist schon traurig!"*

** *„Naja, die Franzosen sind zu meiner Zeit auch nicht gerade zimperlich damit umgegangen. Einen Pferdestall haben sie aus der Kirche gemacht. „Die waren auch nicht besser als die Deutschen!"*

Lili spürte Ludwigs Trauer über den Verlust der alten Remigiuskirche. Es war ein schmerzendes Gefühl. „Komm Ludwig, hier gibt es nichts mehr zu finden für dich. Es mag dich nicht betreffen, doch mir wird mehr und mehr kalt, und müde bin ich auch. Ich werde mit der Straßenbahn nach Hause fahren. Doch auf dem Rückweg können wir der Münsterkirche noch einen kleinen Besuch abstatten. Bei unserem Zug durch Bonn, warst du doch ganz aus dem Häuschen als wir auf dem Münsterplatz waren.“ Ludwig schien noch zu sehr über den Verlust seiner Remigius-Kirche betrübt zu sein, denn er gab keinen Ton der Erwiderung von sich.

Es war schon ein merkwürdiges Verhältnis, das Lili inzwischen zu Ludwig eingegangen war. Nervte es sie die überwiegende Zeit, sich sein, wie sie es nannte, Geschwätz anhören zu müssen, sein Gequengel, sein Genöle, so schaffte er es doch jetzt tatsächlich ihr Herz zu berühren. Und zwar derart, dass sie versuchte seine spürbare Traurigkeit zu lindern.

Nach ungefähr zehn Minuten betraten sie die Münsterkirche. Bis auf ein paar wenige Menschen, die darin ein wenig Ruhe und Einkehr suchten, war kaum jemand dort. Lili suchte sich einen ruhigen Sitzplatz im Seitenschiff des Münsters und horchte

hinein in diese Stille wie es sie nur in Kirchenhäusern gibt. So saß sie eine ganze Weile. Auch Ludwig schwieg, und Lili hatte das vage Gefühl, dass er es sehr genoss. Auf einmal hob die Orgel zu mächtigem Spiel an, und obwohl die Musik Lili nicht geläufig war, spürte sie doch, dass sie sie kannte. *„Meine Missa Solemnis! Oh Gott, welch ein Geschenk! Habet ihr dies wisset, Lili?*

Und wie sie klinget. So neu und doch so tief vertraut!“ Lili überlief ein Schauer der Ergriffenheit. Natürlich hatte sie es nicht gewusst. Wie auch? Doch dass jetzt, wo sie mit Beethoven in der Bonner Münsterkirche saß, sein „gelungenstes Werk“, wie er es in seinen letzten Lebensjahren selbst bezeichnet hat, gespielt wurde, hatte, das musste Lili zugeben, etwas Magisches. Und plötzlich öffneten sich bei Lili alle Schleusen, und die Tränen liefen ihr nur so über das Gesicht. All das Gefühlschaos der vergangenen Tage schoss an die Oberfläche. Schluchzend verbarg Lili ihr Gesicht in ihren Händen.

„Ja, ich weiß, sie ist ergreifend. Ja das ist sie"! Kommentierte Beethoven die Situation. Glaubte er doch, der selbst tief berührt war vom Orgelspiel, dass Lilis Tränen seiner Musik galten. Lili antwortet nicht. Zu sehr war sie von ihren eigenen Gefühlen überwältigt.

Nachdem das Orgelspiel beendet war, verließ Lili das Münster. Draußen vor der Tür empfing sie die kalte Dezemberluft. Es war schon längst dunkel geworden. Müde, doch auch erleichtert machte sie sich auf den Heimweg. Ihr Dialog mit Ludwig schien für den heutigen Tag beendet. Unmittelbar nachdem das Orgelspiel endete, hörte sie ein gerührtes: *„Itzet stehe ich für ewig in Eurer Schuld, Lili. In Euer Schuld!!!* – Danach fühlte sich Lilis Kopf so frei an. Ludwig hatte sich zurückgezogen

An der Straßenbahnhaltestelle angekommen hatte sie Glück. Kurz bevor die Bahn in Richtung Beuel abfuhr, erreichte Lili sie und ließ sich erschöpft auf einen der Sitze nieder. Dieser Tag reihte sich ein in die Folge von verrückten Tagen, die sie in der vergangenen Zeit erlebt hatte. Und doch war es heute anders gewesen als sonst, wenn sich Ludwig bei ihr zu Wort meldete. Besonders in der Münsterkirche hatte sich Lili ihm plötzlich so nahe gefühlt. Es kam ihr auch jetzt noch so vor, als hätte sie fühlen können, wie stark er vom Orgelspiel berührt gewesen war. Es war irre. Ja, einfach irre, was sie zurzeit mit der Stimme im Kopf erlebte, zu was sie sie bewegte. Am liebsten hätte sie Helga davon erzählt. Doch davor schreckte Lili nach wie vor zurück. War sie sich doch sicher, dass selbst eine durchgeknallte Freundin wie Helga, ziemliche Probleme haben würde sich das Ganze vorzustellen.

Langsam machte sich große Müdigkeit bei Lili breit, ihre Lider wurden schwer und schwerer und ehe sie sich versah, schlief sie ein.

„Lili“, wie durch eine Nebelwand hörte sie jemanden ihren Namen sagen. Noch völlig verschlafen hielt sie die Stimme für die Beethovens. „Oh nein, nicht schon wieder“, brummelte sie. „Lass mich, Ludwig“.

Helga, die verliebt in Heiners Armen lag, und die es sich mit ihm zusammen auf der hintersten Bank in der Straßenbahn bequem gemacht hatte, hatte der einsteigenden Mädchengestalt zunächst keine Bedeutung geschenkt. Doch dann war ihr Lilis rotes Haar aufgefallen. „Ist das da vorne nicht Lili?“ Während Heiner noch überlegte, war Helga bereits aufgesprungen und zu der zusammengesunkenen Gestalt geeilt. Ja, tatsächlich, da saß Lili und schlief. „Ach herrje, die Arme“, schoss es ihr durch den Kopf und sanft berührte sie ihre Freundin an der Schulter: „Lili“. Es dauert eine Weile, bis diese reagierte und Helga in Erstaunen versetzte. Ludwig? Wer war bitte schön Ludwig? Hatte Lili da jemanden kennengelernt? War Axel aus dem Rennen? „Lili, ich bin es! Helga“ – „Helga?“, noch benommen vom Schlaf begann Lili blinzend ihre Augen zu öffnen. „Helga, was machst du denn hier?“ „Dasselbe wie du, mit der Straßenbahn fahren“, antwortete diese sichtlich erleichtert ihre Freundin nun wach zu sehen und endlich sprechen zu können. Nach einer Weile registrierte Lili, dass sie in der Straßenbahn saß und Helga nun neben ihr. So sehr sie sich freute ihre Freundin wieder zu sehen, wäre es ihr doch lieber gewesen, dass dies nicht ausgerechnet an diesem Tag und in der Straßenbahn der Fall gewesen wäre. Sie hätte es auf jeden Fall vorgezogen, sich den Zeitpunkt selbst aussuchen zu können. So spät am Abend und nach all dem Erlebten fühlte sie sich nicht in der Lage mit Helga über die vergangenen Tage und vor allem über Köln zu sprechen. Helga brannte es da schon eher unter den Nägeln endlich mit Lili zu reden; doch als sie ihrer Freundin ins Gesicht blickte, bemerkte sie deren Erschöpfung und raunte ihr deshalb teilnahmsvoll zu: „Du, Lili, ich freue mich riesig dich endlich wieder zu sehen. ‘hab dir doch so viel zu erzählen. Aber die Straßenbahn ist sicher nicht der passende Ort. Außerdem wartet da hinten Heiner auf mich". Mit einer Kopfbewegung deutete sie mit verliebten Augen auf den auf der Sitzbank wartenden Heiner. „Lass uns doch morgen in Bonn in unserem Lieblings-Café einen Kakao trinken. So gegen 15.00 Uhr?" – Lili war so froh, dass Helga nicht sofort alles besprechen wollte und nickte zustimmend. „Okay mein Schatz, dann bis morgen. Wir treffen uns im Café!" Helga umarmte sie, drückte ihr einen Schmatzer auf die Wange und saß im nächsten Augenblick wieder neben Heiner.

Verschlafen, doch irgendwie besänftigt, stieg Lili an ihrer Haltestelle aus und winkte den Beiden zum Abschied zu. „Bis morgen, Helga."

Wie sie nach Hause und schließlich ins Bett gekommen war, konnte sie am nächsten Tag nicht mehr nachvollziehen. Das einzige, an das sie sich erinnerte, war die bleierne Müdigkeit, die sie überkam, kaum dass sie die Bettdecke über sich gezogen hatte. Danach tauchte sie tief ab in scheinbar wirre Traumwelten, die untermalt waren vom prächtigen Orgelspiel, so wie sie es am Tag in der Münsterkirche gehört hatte. Und immer wieder tauchte Ludwig dazwischen auf, hörte sie seine Stimme: „…*Der Tag wird für mich der schönste meines Lebens…*“, oder „…*Gott wird mich erleuchten, dass meine schwachen Kräfte zur Verherrlichung dieses feierlichen Tages beitragen…*“ – *Gar prächtig solls erklingen zu Rudolphs Bischofsweihe zu Olmütz, gar prächtig.*

Lili war ganz und gar mit dem Traumgeschehen verwoben, so stark spürte sie Ludwigs Empfindungen, seine glühende Leidenschaft für jeden einzelnen Ton. Immer wieder liefen ihr Schauer der Entzückung über den Rücken, durchwälzte sie in dieser Nacht unzählige Male schwer schnaubend, durchdrungen von Ludwig und seiner Lebensader, der Musik, ihr Bett.

Als sie schließlich in den Morgenstunden durch das schroffe Klingeln ihres Weckers aus dieser phänomenalen Klangwelt gerissen wurde, war die Müdigkeit von einem tiefen Gefühl der Erschöpfung abgelöst worden. Dennoch fühlte Lili sich eigenartig erfüllt, ja beinahe glücklich. Was war das? Lag es daran, dass ihr dieser Ludwig inzwischen auf eine ganz seltsame Art und Weise vertraut schien. So, als hätte sie in sein Leben blicken können.

Helga hatte allerdings nicht das Gefühl in Lilis Leben blicken zu können, im Gegenteil, es schien immer schwieriger zu sein den Gemütszustand ihrer Freundin nachzuvollziehen. Als sie gestern Abend in der Straßenbahn aus Lilis Mund den Namen Ludwig gehört hatte und dieser wohl, für Helga offensichtlich, zu Lilis Gefühlswirrwarr nicht unerheblich beitrug, verwirrte dies Helga nur noch mehr. Und ihr Bruder, der sich unübersehbar in Lili verknallt hatte, tat nichts, aber auch gar nichts, um klare Fronten zu schaffen, geschweige denn das Gespräch mit ihr zu suchen.

Ihren Gedanken nachsinnend betrat Helga am Morgen die Küche. Da saß er ja, ihr vermeintlicher Held: Axel. Zugegeben, glücklich sah er nicht gerade aus. Er saß am Küchentisch, eine Tasse Kaffee vor sich und die Nase in der Tageszeitung vergraben.

Verärgert über seine Untätigkeit raunzte sie ihn an: „Sagt dir der Name Ludwig irgendwas?" Axel blickte von der Zeitung auf und sah seine Schwester fragend an. „Ludwig? Wie kommst du auf den Namen und wieso sollte er mir was sagen? Den einzigen den ich kenne ist der hier". Er deutete auf den vor ihm liegenden Kulturteil des Bonners Generalanzeigers. Dort blickte Helga dem Konterfei Beethovens entgegen, zu dessen 200-jährigem Geburtstag die Zeitung ihm eine Doppelseite widmete. „Mensch Axel, wie kannst du jetzt Witze machen! Versteh einer die Männer! An einem Tag leidest du wie ein Hund. Du jammerst mir die Ohren voll wie sehr du dich in Lili verknallt hast und was weiß ich noch. Und wenn es darum geht mögliche Nebenbuhler zu vertreiben, kommst du mir mit so einem lächerlichen Joke"! Helga schnaubte jetzt fast regelrecht, und das Gesagte verfehlte bei Axel seine Wirkung nicht. Hatte seine Schwester gerade Nebenbuhler gesagt? Machte sich da etwa gerade jemand an Lili heran? Doch, ehe er Helga antworten konnte, hatte diese ihre Sachen zusammengepackt und machte sich mit den Worten: „Mist, bin wieder spät dran. Ich darf heute nicht schon wieder zu spät kommen!" auf den Weg zur Arbeit. Zurück blieb ein aus seiner Lethargie gerissener Axel, der sich nun unentwegt die Frage stellte, wer dieser Ludwig war.

Unter der Dusche fiel es ihm plötzlich ein: der Pütz von den Pfadfindern. Ja genau, der hieß doch Ludwig und war, das musste Axel offen zugeben, der Herzensbrecher Beuels schlechthin. Zumindest in seiner Altersklasse. Er sah gut aus, spielte ganz passabel Gitarre und sang auch noch brauchbar dazu. Dies allein waren für Axel schon Kriterien genug diesen Ludwig unter Generalverdacht zu stellen. Untermauert wurde seine Vermutung noch dadurch, dass er sich daran erinnerte, wie der Pütz einmal mit Lili zusammengestanden hatte und die beiden sich augenscheinlich gut unterhalten hatten. Mehr und mehr wurde für Axel klar: Ludwig Pütz machte sich an seine Lili ran! Das galt es zu verhindern. Eigentlich war es doch klar, dass er, Axel und Lili, zusammengehörten. Nun musste er endgültig die Missverständnisse zwischen ihnen aufklären.

Getrieben von der Angst Lili verlieren zu können machte er sich in Windeseile im Bad fertig, zog sich an und hastete zu Lilis Elternhaus. Schon stand er kurze Zeit später vor der Haustür, als er drinnen die Stimmen von Lili und ihrer Mutter hörte: „Schatz, und denk daran ihm zu sagen, wie sehr wir uns auf ihn freuen und…. „Mama du siehst ihn doch nachher. Ich muss jetzt los, sonst komme ich zu spät!“ Erschrocken über den mitgehörten Dialog zwischen Mutter und Tochter, der ihn in seiner schrecklichen Vermutung noch bestätigte, versteckte sich Axel in der angrenzenden Hofeinfahrt und konnte so noch gerade verhindern das er mit Lili, als diese das Haus verließ, zusammentraf. Axel kam sich vor wie im falschen Film. Was tat er eigentlich hier? Doch als er der beschwingt davoneilenden Lili nachblickte, sah wie ihr rotes Haar unter der Wollmütze hin und her tanzte, konnte er nicht anders und ging ihr vorsichtig hinterher. Er wollte sich nicht länger so elend fühlen, er wollte jetzt Klarheit.

Sollte es tatsächlich so sein und Lili und Ludwig zusammenkommen, dann würde es ihn zwar umhauen, doch er wüsste dann endlich, woran er bei ihr war. Von diesen und ähnlichen Gedanken getrieben schlich er, die Kapuze seines Parkas tiefer in die Stirn ziehend, hinter Lili her, immer darauf bedacht genügend Abstand zwischen ihnen zu lassen, um ja nicht von ihr entdeckt zu werden.

„Sollte es mit meiner Musikkarriere nichts werden, kann ich ja Detektiv werden“, versuchte er sich in dieser angespannten Situation witzelnd zu beruhigen. Mittlerweile saß er in der Straßenbahn Richtung Bonn. Nachdem Lili als eine der ersten eingestiegen war, war Axel in letzter Sekunde zugestiegen und hatte sich sicher in einer vorspringenden Ecke versteckt. Von dort aus hatte er Lili gut im Blick, ohne dass sie ihn hätte sehen können. Hinzu kam, dass die Straßenbahn gut besetzt war. Jetzt, in der Vorweihnachtszeit, zog es viele Beueler nach Bonn in die City. Das Angebot an Weihnachtsgeschenken war dort erheblich größer als im kleineren Beuel.

Zu Axels Verwunderung stieg Lili nicht in der Nähe der Einkaufsstraßen aus, sondern erst am Hauptbahnhof. Auch hier herrschte großes Treiben, sodass es für Axel einfach war nicht aufzufallen, und das, obwohl er in den nächsten 10 Minuten wie zur Salzsäule erstarrt stehen blieb und die Fußgänger, teils kopfschüttelnd, teils schimpfend, einen Bogen um den bewegungslos dastehenden jungen Mann machen mussten. Es war eine Szene, die sich in gut fünf Meter Entfernung vor ihm abspielte, die Axel erstarren ließ und seine größten Befürchtungen zu übertreffen schien.

Lili war die letzten Meter zum Bahnhofsvorplatz gelaufen, während sie immer wieder etwas, für Axel unverständliches rief und mit beiden Armen zum Ausgang winkte. Im nächsten Moment lag sie sich mit einem attraktiven jungen Mann lachend in den Armen und küsste ihn überschwänglich auf die Wange. Dabei lösten sich die beiden immer wieder aus der herzlichen Umarmung, schauten sich strahlend an, knufften sich zärtlich in die Seiten, um sich im nächsten Augenblick wieder zu umarmen. Auch wenn die ganze Situation Axel regelrecht überrollte, er nicht wusste, wo ihm der Kopf stand, geschweige denn was er machen sollte, erkannte er doch eines sofort: das war nicht Ludwig Pütz! Ob das nun gut oder schlecht war, war ihm zum jetzigen Zeitpunkt völlig egal. Allein Lili in den Armen eines anderen zu sehen, drehte Axel den Magen um. Dann auch noch die vertraute Herzlichkeit zwischen den beiden wahrzunehmen, ihre innigen Umarmungen mit ansehen zu müssen gaben ihm den Rest. Das besonders laut und schroff geäußerte „Hey junger Mann, stehen sie anderen eigentliche gerne im Weg“? riss ihn aus seiner Erstarrung. Mit einem heftigen Ruck drehte er sich herum und lief davon als ginge es um sein Leben. Ohne sich umzublicken, lief er bis zum Theater und weiter über die Kennedy Brücke, und erst als er am Beueler Rheinufer die ersten Häuser wahrnahm blieb er völlig außer Atem und nach Luft ringend stehen. Nachdem die erste Erschöpfung abgeklungen war, setzte er seinen Weg am Rheinufer fort und ließ sich, immer noch erschöpft, auf die nächste freie Parkbank sinken. In Axels Kopf rauschten die Gedanken nur so hin und her, während sich die Übelkeit in der Magengegend hartnäckig meldete. So war es also jetzt. Lili hatte ganz offensichtlich einen anderen. Wahrscheinlich hatte er, Axel, von Anfang an zu viel in Lilis Verhalten ihm gegenüber hineininterpretiert. Sie war Helgas Freundin und hatte ihn, Axel, so kennengelernt. Okay, Lili hatten der Auftritte der Band im Gemeindezentrum und später dann in der Godesberger Stadthalle gut gefallen. Okay, der zarte Kuss auf dem Moped, das passiert schon mal im Überschwang der Gefühle, vielleicht hatte Lili dabei ja auch an diesen gutaussehenden Hünen vom Bahnhofsvorplatz gedacht…

Axel raufte sich verzweifelt die Haare. So wird es gewesen sein. Der zärtliche Blick, der zarte Kuss hatten nicht ihm gegolten, nicht ihm.

Plötzlich bemerkte Axel die Wassertropfen, die von seiner Kapuze auf seine Nase tropften, von dort sein Kinn hinunterliefen, um dann über seinen Hals unter seinem Sweatshirt zu verschwinden, sodass dieses zunehmend nass wurde. Getrieben vom einsetzenden Regen und der immer stärker werdenden nassen Kälte, die von seinem Körper Besitz ergriff, schlürfte Axel mit hängenden Schultern nach Hause. Dort angekommen, ging er geradewegs in sein Zimmer, griff sich seine Gitarre, legte sich auf sein Bett und spielte, und spielte, und spielte. Das war seine Welt, hier stimmten die Griffe, gaben die Saiten das von ihm gewünschte wieder. Irgendwann schlief er ein. Die Gitarre noch halb im Arm, tauchte er ab in die Klangwelt seiner Musik.

„Mensch, Hans, wie schön dich wieder zu sehen!“ Lili begrüßte ihren Cousin überschwänglich und herzte ihn ausgiebig. Die beiden hatten in der Kindheit viele Stunden des gemeinsamen Spielens und Beisammenseins verbracht, bis Hans' Eltern vor zehn Jahren nach Bayern umgezogen waren, der Arbeit wegen. Hans' Vater, der jüngere Bruder von Lilis Mutter, hatte bei einem großen Automobilhersteller eine vielversprechende Anstellung gefunden.

Für die beiden Kinder war es damals ein harter Schnitt gewesen, doch in den Ferien hatten sich die beiden immer gegenseitig besucht und Zeit miteinander verbracht. Meist nutzen auch die Eltern solche Gelegenheiten, um sich wiederzusehen.
Als dann Hans, der zwei Jahre älter war als Lili, vor drei Jahren in die USA ging, um dort zu studieren, brach für Lili eine Welt zusammen. Die beiden waren fast wie Geschwister, erzählten sich stets alles und waren wie Hans' Mutter zu sagen pflegte „Topf und Deckel". Nun also nach drei Jahren gab es endlich wieder ein Wiedersehen. Zwar hatten sich die beiden in der Zeit immer mal wieder Briefe geschrieben und sogar einmal im Jahr telefoniert, doch konnte das nicht das

tatsächliche Beisammensein ersetzen. „Wow, Lili-Kröte, aus dir ist ja ein fesches Madel geworden! Lass dich anschauen" Hans löste sich aus Lilis Umarmung und schaute sie strahlend an. „Mensch, es ist so schön, mal wieder bei dir zu sein! Ich habe dir so viel zu erzählen!" „Und ich dir erst, Hans!" Die beiden strahlten um die Wette, und nicht nur Axel hielt sie für ein verliebtes Paar. Das kümmerte die beiden nicht im Geringsten. Selbst ihre Eltern hatten in der Vergangenheit gewitzelt, dass sie miteinander umgingen als seien sie ein altes Ehepaar.

Dass sich durch Axels Interpretation ihrer Begrüßung am Bahnhofsvorplatz gerade Lilis gegenwärtiges Gefühlschaos noch verstärken sollte, davon ahnte sie zu diesem Zeitpunkt noch nichts. Glücklich, ihren Freund aus Kindertagen endlich wieder mal bei sich zu haben, schlenderte sie mit ihm durch Bonn, kauften die beiden das eine oder andere noch fehlende Weihnachtsgeschenk ein, tranken kichernd am alten Rathaus einen Glühwein und fuhren anschließend mit der Tram nach Beuel.

Auch im Hause Frisch wurde Hans geherzt und liebevoll umarmt, und beim gemeinsamen Abendessen wurde, trotz des Werktages und zur Feier des Tages, eine Flasche Sekt geöffnet. Es gab so viel zu erzählen, sodass Lili sichtlich erleichtert war, als ihre Mutter ihr von Helgas Absage für den heutigen Nachmittag berichtete.

Helga musste länger im Friseursalon bleiben. Es hatten sich kurzfristig Kunden vom Theater angemeldet, und da musste sie beim Frisieren helfen. Noch wusste sie nicht was Axel erlebt hatte, und Zeit, um nach dem Namen Ludwig zu fragen, hatte sie ohnehin nicht. Das musste warten. Wenn Kunden vom Theater kamen, war es für Helga immer so, wie wenn sich für eine kurze Zeit der Vorhang zur großen Bühnenwelt auftat. Meist waren es Musikerinnen, die tatsächlich schon auf einigen großen Bühnen der Welt gestanden hatten und dementsprechend spannendes zu erzählen wussten.

Auf dem Nachhauseweg, am späten Abend, ging Helga dann die nächsten Tage durch und überlegte, wann sie sich mit Lili würde treffen können. Dabei stellte sie fest, dass sich das tatsächlich schwierig gestaltet. Nicht nur, dass in einer Woche schon Heiligabend war und sie noch nicht alle Weihnachtsgeschenke gekauft hatte. Auch Heiner nahm mittlerweile eine nicht unerhebliche Zeit in ihrem Tagesablauf ein, und das wollte Helga auch nicht ändern. Dazu war sie viel zu verliebt; hatte sie doch täglich das Gefühl, Heiner am liebsten rund um die Uhr bei sich haben zu wollen. Wie sollte sie sich also wann mit Lili treffen? Sie überlegte hin und her, doch es war ganz offensichtlich erst nach den Weihnachtstagen möglich. Ach herrje, dabei ging es ihrer Freundin doch zurzeit überhaupt nicht gut! Letztlich entschloss sie sich, Lili am nächsten Tag anzurufen und zu fragen. Lili war immer geradeheraus. Wenn sie Helga würde sehen wollen, würde sie es ihr sagen.

Am nächsten Morgen staunte Helga nicht wenig, als sie am Telefon von einer gutgelaunten Lili begrüßt wurde. Nein, beschwichtigte sie Helga, es wäre völlig in Ordnung, wenn sie sich nach den Weihnachtstagen treffen würden. Sie hätten ohnehin Verwandtschaft zu Besuch, um die sie sich kümmern müsse. Und so verabredeten sich die beiden Freundinnen für den 28. Dezember in ihrem Lieblingscafe. „Je nachdem wie viel ich die Feiertage gegessen haben werde, trinke ich dann nur ein Mineralwasser“, kicherte Lili zum Abschied.

Erleichtert aber auch erstaunt, legte Helga den Hörer auf die Gabel. Wie konnte es Lili denn so schnell wieder besser gehen? Hatte das etwa mit diesem mysteriösen Ludwig zu tun, und wo war eigentlich ihr Bruder? Den hatte sie den ganzen Tag noch nicht zu Gesicht bekommen.

Axel war abgetaucht, oder sollte man besser sagen, untergetaucht? Egal, er wollte sich Zeit für sich nehmen, seine Ruhe haben und natürlich auch den bohrenden Fragen seiner Schwester ausweichen. Und nirgends war dies besser möglich als bei Patenonkel Willi, dem Bruder seiner Mutter. Dieser hatte sich im beschaulichen Schwarz-Rheindorf, nördlich von Bonn-Beuel gelegen, einen Ruhesitz geschaffen und sich dazu eine alte Scheune zum Wohnhaus umgebaut. Onkel Willi war ein absolut ruhiger Zeitgenosse, und obendrein weilte er jetzt in der Winterzeit in Spanien. Axel und er hatten ein gutes Verhältnis, und Axel durfte jederzeit die alte Scheune als Rückzugsort nutzen.

Also hatte dieser, nachdem er am frühen Morgen neben seiner Gitarre aufgewacht war, ein paar Sachen zusammengesucht, der Mutter kurz Bescheid gegeben mit der Bitte Helga möge ihm seine Ruhe lassen und sich auf den Weg nach in Schwarz-Rheindorf gemacht.

Auch Lilis Eltern war aufgefallen, dass es Ihrer Tochter wieder besser ging. „Sie hat ihn halt doch arg vermisst, ihren Hans." „Ja", meinte der Vater schmunzelnd, als er seiner Frau die frischen Brote aus der Backstube reichte, „wir hätten Lili besser Gretel taufen sollen, dann hätten wir nun Hänsel und Gretel!" – „Ich kann dich hören, Papa", meldete sich Lili aus dem Flur, welcher Wohnung und Backstube trennte. „Wirklich sehr lustig." Sie versuchte zwar ihre Stimme ernst klingen zu lassen, doch konnte sie ein breites Grinsen nicht verhindern.

Ja, es stimmte, es tat so gut mal wieder mit Hans quatschen zu können. Bis spät in die Nacht hinein hatten sie erzählt, und ganz zum Schluss ließ Hans dann die Bombe platzen: er habe sich in den Staaten verliebt. Stacy war ihr Name, Amerikanerin durch und durch. Er hatte sie an der Uni kennengelernt. Deswegen würde er auch vor Silvester wieder zurückfliegen, um mit ihr ins neue Jahr zu feiern.

Auch wenn sich Lili riesig für Hans freute, so bedauerte sie es doch sehr, nicht gemeinsam mit ihm Silvester feiern zu können. Gerne hätte sie ihn auch Helga vorgestellt, die ihn noch gar nicht kannte. „Don`t worry, sweetheart, spätestens an Stacy's und meiner Hochzeit sehen wir uns wieder."
Lili war froh, dass Hans sich nicht nach ihrem Liebesstatus erkundigte. Er hatte schon immer ein sehr feines Gespür dafür gehabt, was ausgesprochen werden konnte und was nicht. Ach, hätte doch Axel…nein, an den wollte sie in den wenigen Tagen mit Hans nicht denken. Schnell verdrängte sie den aufkeimenden Gedanken.
Und so verging der gemeinsame Abend im Flug; irgendwann waren sie dann beide eingeschlafen, mit der festen Absicht die wenigen Tage ausgiebig zu nutzen.

„Und er hat tatsächlich gesagt, dass er allein sein will? Also nicht einmal ich darf zu ihm?“ Helga schaute ihre Mutter ungläubig an, während diese immer wieder mit dem Kopf nickte. „Ja, Schatz, und bitte halte dich daran. Ich weiß zwar nicht warum, doch deinem Bruder geht es wirklich nicht gut. Und wenn er sich zurückzieht, dann sollten wir das respektieren.“ Frau Blackburn schaute ihre Tochter eindringlich an. Helga kannte diesen Blick. Sie gab sich geschlagen. „Okay, Mum, ich habe ohnehin noch genug bis Weihnachten zu erledigen, und da ist ja dann noch Heiner…“ verliebt blickte Helga in die Ferne. Frau Blackburn betrachtete ihre Tochter liebevoll: Ihre Kleine hatte ernsthaft Feuer gefangen. Dieser Heiner hatte das Herz ihrer Tochter erobert.

Helga hatte gut daran getan, die wenige Zeit bis Weihnachten für die Planung und den Einkauf von Geschenken zu nutzen. Denn sie wollte nicht noch einmal, wie vor Jahren, am Heiligen Abend mit einem fehlenden Geschenk dastehen. Axel würde sie ja ohnehin beim gemeinsamen Festessen sehen.

So war es denn auch. Als Axel an Heiligabend zusammen mit den Eltern und Helga am Tisch saß, beobachtete Helga ihn aus dem Augenwinkel, während sie sich das britische Feiertagsmenu in Form eines mit Maronen gefüllten Truthahns, gebackenen Kartoffeln, Gemüse mit Röstzwiebeln, Preiselbeer-Soße und des berühmten Plum-Puddings schmecken ließ. Wieder einmal stellte sie zufrieden fest, dass es – gängigen Vorurteilen zum Trotz – durchaus auch kulinarische Vorteile hatte, dass ihr Vater Brite war.

Ihr Bruder war erst am Vorabend wieder nach Hause gekommen. Er war dankbar und froh, dass die Eltern und auch Helga ihm die Auszeit gelassen hatten. Hatte er doch in den vergangenen Tagen viel nachgedacht und auch ebenso viel Gitarre gespielt. Dabei war ganz nebenbei auch ein neuer Song entstanden, in den er all seine Gefühle reingepackt hatte, und, wie in alten Zeiten, war es dann Steve gewesen, den er angerufen und dem er dann später in der alten Scheune den neuen Song vorgespielt hatte. Dieser sagte zunächst nichts, dann, nach einer gefühlten Ewigkeit, sprang er auf, klopfte Axel mit den Worten: „Wow, Junge, astreiner

Song!", auf die Schulter. Danach diskutierten die beiden noch diverse Abläufe des Songs und quatschten noch bis spät in die Nacht hinein. Mit dem gebührenden Abstand zu ihrem Köln-Auftritt konnte Axel nun auch Dicks Beschwichtigungen und Argumentation zu dem Ausrutscher in ihrem Spiel nachvollziehen, ja sie beruhigten ihn sogar. Fast tat es ihm jetzt leid nicht beim anschließenden Beisammensein in Köln dabei gewesen zu sein. Umso schöner war es von Steve zu hören, dass Dick ihn und die anderen Jungs nach England eingeladen hatte. Der genaue Termin stand noch nicht fest, doch es sollte im kommenden Jahr stattfinden. Dick plante mit den „German Boys" eine Tour durch ausgesuchte britische Pubs zu machen. Nichts Großes. Die Jungs sollten mal in das Business dort reinschnuppern, und er wollte schauen, wie es laufen würde. Mit seinen Ausführungen dazu schaffte es Steve bei Axel das musikalische Feuer wieder zu entfachen. Auch am nächsten Tag beim Frühstück war es noch Thema zwischen den Freunden. Sie verabredeten noch vor Silvester ein Treffen mit der gesamten Band, und ähnlich wie es Lili mit Hans ergangen war, hatten diese nicht alltäglichen Neuigkeiten es geschafft Axels

Stimmung mehr als aufzuhellen und die Gedanken an Lili in den Hintergrund zu stellen. Dort ließ Axel sie auch, wenigstens zunächst. Denn anders als Lili war die Musik klar und unmissverständlich.

Und als Helga noch beim Essen überlegte was ihren Bruder so offensichtlich verändert hatte, begann dieser zwischen Truthahn und Plum Pudding von der großen Neuigkeit zu berichten, und Helga konnte sehen, wie sehr es Axel freute und es ihm guttat. Auch seine Eltern freuten sich sehr für ihren Sohn, besonders der Vater begann schon verschiedene englische Pubs aufzuzählen, in denen Axel und seine Band unbedingt spielen sollten. An diesem Abend wurde bei Blackburns viel gelacht, Überlegungen angestellt und Pläne gemacht.

Als Helga und Axel spät am Abend nach oben in ihre Zimmer gingen, blieb Helga vor der Zimmertür ihres Bruders stehen: „Ach Axel, ich freue ich so sehr für dich“, sie umarmte ihn und gab ihm einen schwesterlichen Kuss. „Schlaf gut, Brüderlein“ – „Du auch, Schwesterherz“.

Müde, aber zufrieden machte sich Helga kurz darauf in ihrem Zimmer für die Nacht fertig. Zwischen Zähneputzen und zu Bettgehen sinnierte sie: und wenn ich übermorgen Lili treffe, werde ich auch das Rätsel lösen können. Weiter kam sie mit ihren Überlegungen nicht, denn kaum, dass sie sich die kuschlige Bettdecke bis zur Nasenspitze hochgezogen hatte, fielen ihr die Augen zu.

Auch im Hause Frischs verlief das Weihnachtsfest harmonisch, mit glücklichen Gesichtern. Die Eltern waren froh, dass es ihrer Tochter besser ging, Hans war froh seine Lieblingscousine nach so langer Zeit wieder besuchen zu können, und Lili freute sich durch Hans auf ganz andere Gedanken zu kommen. Mit Hans im Schlepptau war schon immer alles möglich und leichter gewesen, und so war es auch dieses Mal. Hinzu kam, dass seine aufregenden Erzählungen über das Leben in den Staaten Lili sehr faszinierten und sie sich schon auf einen Besuch bei ihm in Übersee freute. Ihre Alltagsprobleme der vergangenen Tage und Wochen schienen in unerreichte Ferne gerückt zu sein.

Doch selbst die schönsten und längsten Feiertage gehen einmal zu Ende, und so standen sich dann am 28. Dezember Hans und Lili am Bahnsteig gegenüber, umarmten sich zum x-ten Mal, wünschten sich alles Gute und schworen bald voneinander zu hören. Lili kämpfte schon die ganze Zeit mit ihren Tränen, doch als Hans, kurz bevor er in den Zug stieg, sie ein letztes Mal umarmte und ihr zuflüsterte: „Lili-Kröte, hör auf dein Herz“, war es um ihre Fassung geschehen. Schluchzend und schniefend drückte sie Hans einen letzten Kuss auf die Wange, sprang vor der sich schließenden Tür zurück und lief winkend hinter dem anfahrenden Zug her, bis er den Bahnhof verlassen hatte. Danach setzte sie sich auf eine abseitsstehende Bank und ließ ihren Tränen freien Lauf.

„Ähm, hüstel, gewähret mir eine Frage. Was meinete der junge Herr, als er Euch eine Lili-Kröte nannte? Mir kömmet es gar garstig vor. Eine junge Maid mit diesem gar grausligen Bildnis einer Kröte gleichzusetzen. Es möge mir nicht anstehen, doch lasset mich sagen: Nichts liegt Eurem Anlitz ferner als das einer ekligen Kröte…

-

Er war also noch da. Eine ganze Woche hatte er nichts von sich hören lassen, hatte in Lili die Hoffnung aufkeimen lassen, dass dieser Spuk vorbei sei. Eine ganze herrliche Woche lang, nur um sich jetzt über ihren liebsten Kosenamen auszulassen. Lilis Tränen waren verschwunden. Sie spürte, wie sich jeder einzelne Muskel in ihrem Körper anspannte, doch statt ihm eine Standpauke zu halten, atmete sie tief durch: „Lieber Ludwig, du bist zu früh. Es ist noch nicht Silvesterabend. Unsere Vereinbarung war, dass du dich bis dahin ruhig verhältst. Bis zum Konzert". – Den Trick hatte ihr Hans verraten. Nicht, dass Lili ihm von Ludwig erzählt hätte, nein! Doch er hatte gemerkt, dass seine Cousine irgendwie verändert und oft angespannt war. Also hatte er kurzerhand ein paar Entspannungstechniken mit ihr eingeübt, die er in einem Yoga-Kurs an der Uni kennengelernt hatte. Lili hatte sie seitdem täglich, wie Hans es ihr empfohlen hatte, geübt, und gerade eben konnte sie sie erfolgreich bei ihrer aufkeimenden Wut anwenden. Lili machte eine weitere Atemübung, ehe sie in erstaunlicher Gelassenheit Ludwig klarmachte, dass er sich erst wieder bei ihr melden durfte, wenn sie ihm das Okay gab. Also an Silvester, denn sonst, doch weiter musste sie das nicht erklären, denn auch wenn Ludwig eine Nervensäge sein konnte, das Konzert seiner Musik, das würde er nicht verpassen wollen. Nun war es an ihm tief durchzuatmen, und weg war er.

Lili staunte. Das war sensationell! So schnell, ohne zu maulen, zu bitten und zu zetern, war seine Stimme noch nie aus ihrem Kopf verschwunden. Hätten sie und Hans noch mehr Zeit gehabt, hätte sie sich sicher auch getraut ihm von Axel und dem ganzen Chaos zu erzählen. Doch sie konnte es ihm nicht übelnehmen, dass er Silvester bei Stacy sein wollte. Sie konnte den Wunsch nur zu gut nachempfinden, und mit einem Mal waren sie wieder da, die Gefühle für Axel. In den vergangenen Tagen hatte sie keine Zeit gehabt über dieses Thema nachzudenken und war auch mehr als froh darüber gewesen. Sie war regelrecht aufgeblüht, hatte viel gelacht, und auch das leckere Weihnachtsessen der Mutter hatte ihr vorzüglich geschmeckt. Die Zeit mit Hans hatte ihre trüben Gedanken und Gefühle verdrängt. Doch nun waren sie wieder da und belagerten ihr Herz. Dass sie am Nachmittag mit Helga verabredet war, machte das Ganze auch nicht besser. Denn Lili war klar, dass die Geschehnisse an den beiden Konzerttagen zur Sprache kommen würden. Wie sollte es auch anders sein? Besonders Lilis überstürzte Rückfahrt von Köln nach Bonn würde sie Helga erklären müssen. Lili schnäuzte ein letztes Mal kräftig in ihr Taschentuch, erhob sich von der Bank und machte sich auf den Nachhauseweg. Es war gerade mal Mittagszeit, und bis zu ihrem Treffen mit Helga hatte Lili noch genügend Zeit sich frisch zu machen und zu sich zu kommen.

Als Lili dann am späten Nachmittag das Café betrat, saß Helga schon in ihrer Lieblingsecke, winkte ihr fröhlich zu und begrüßte sie mit den Worten: „Mensch, Lili, ich habe das Gefühl, dass wir uns eine halbe Ewigkeit nicht gesehen haben. Wow, da ist so viel passiert! Die beiden Konzerte, unsere nächtliche Tour durch Bonn; du und dieser Mick, na war da was?“ sie zwinkerte Lili verschwörerisch zu. „Na, und überhaupt diese Band mit all den Leuten um sie herum. Wie sich diese Hazel an Axel rangeschmissen hat; ja, und dann mein Heiner!“ sie sprach den Namen mit vor Liebe vibrierender Zärtlichkeit aus, dass Lili, obwohl es ihr bei den Namen Mick und Hazel kurz in die Magengrube gefahren war, sich ein Schmunzeln nicht verkneifen konnte. Lili kannte ihre Freundin nur zu gut, und sie wusste, dass sie sie nun erst einmal bremsen musste, denn sonst würde Helga sie mit ihren Fragen überrollen. Also umarmte sie ihre Freundin erst einmal innig, drückte ihr einen Kuss auf die Wange und fragte, nachdem sie sich einen ihrer Lieblingskakaos bestellt hatte, nach den Weihnachtstagen: „Erzähl doch mal, Helga, wie waren deine Weihnachtstage? Durfte Heiner zum Anstandskaffee kommen?“ Helga knuffte die Freundin gespielt empört in die Seite. Wussten doch beide, dass es eine solch steife Etikette im Haus Blackburn nicht gab. Helga ließ sich auch nicht lange bitten, sondern erzählte freudig, dass mit Heiner an ihrer Seite Weihnachten ganz besonders gewesen sei, ihre Eltern, die ihn ja bereits durch ihren Bruder kannten, schätzten ihn ohnehin bereits und freuten sich für Helga, dass sie nun mit ihm zusammen war. Ja, sie und Heiner waren ein Paar. Das können sie noch gar nicht begreifen, und doch fühlte es sich so gut und richtig an, nicht nur weil Heiner ein, O-Ton Helga, unfassbar guter Liebhaber war. An dieser Stelle übernahm Lili die Berichterstattung, denn was sie jetzt überhaupt nicht hören wollte, waren die amourösen Details von Helgas aktueller Liebesbeziehung. Außerdem wollte sie das Thema Axel in ihrem Gespräch noch hinauszögern, und dazu wäre Helga sicher bald gekommen. Also schnitt sie der überschwänglichen Helga das Wort ab: „Wo du gerade von Kaffee sprichst!", der Schachzug war gelungen, denn während Helga noch überlegte, ob sie tatsächlich von Kaffee gesprochen hatte, war Lili schon mitten in der Schilderung ihrer Weihnachtstage. Sie erzählte von ihrem Cousin Hans aus Kindertagen, der extra für die Weihnachtstage aus den Staaten nach Bonn zu ihr und ihren Eltern gekommen sei. Wie gut es ihr getan hatte, was für eine herrliche, entspannte Zeit sie gehabt hatten. Leider sei er heute wieder zurückgereist, habe Lili ihn am Bahnhof verabschiedet. Helga staunte nicht schlecht. Schnell hatte sie eins und eins zusammengezählt: Den Typ, den Axel gesehen hatte, war Hans.

Nachdem Lili ausführlich die Tage und das Beisammensein mit Hans geschildert hatte und die Freundinnen schweigend in ihrem Kakao rührten, war es Helga, die das Wort ergriff: „Sag mal Lili, was war eigentlich seit dem Konzert in Godesberg mit dir los? Ich dachte zuerst, mein Brüderlein hätte es dir angetan, doch dann hast du dich von diesem Mick umgarnen lassen. Und was war eigentlich im Kölner Bahnhof los? Und wer ist Ludwig?" – Da war sie, die berühmt berüchtigte Helga-Wort-Lawine. Lili wusste nicht, womit sie beginnen sollte. Mehr und mehr begannen sich die Bilder und die Gedanken in ihrem Kopf zu drehen. Ihre Anspannung stieg und stieg, Tränen rannen ihr die Wange hinunter, gefolgt von heftigem Schluchzen. „Ich kann es dir nicht sagen, ich kann es dir nicht sagen, ich weiß es selbst nicht". Brachte Lili mühsam hervor.

Wow, mit einer so heftigen Reaktion hatte Helga nicht gerechnet, schon drehten sich die ersten Köpfe der anderen Gäste zu ihnen herum. Bei der herbeieilenden Bedienung bezahlte Helga eilig ihre Rechnung und bugsierte sich und Lili an die frische Luft.

In den vergangenen Tagen war es kühler geworden, manch einer hoffte, dass, wenn schon die Weihnachtstage nicht schneegeschmückt gewesen waren, es nun zum Jahreswechsel der Fall sein würde. Helga zog ihren Schal wärmend um ihren Hals und hakte sich bei der immer noch aufgewühlten Lili unter. Gemeinsam gingen sie über die Kennedy-Brücke nach Beuel hinüber. Als sie auf der anderen Rheinseite waren, hatte Lili sich weitestgehend wieder beruhigt. Sie versuchte sich zu sammeln und begann zu erzählen.

Ja, sie hatte Schmetterlinge im Bauch, wenn sie an Axel dachte. Ziemlich viele sogar, und auch jetzt noch. Alles hatte mit dem nächtlichen, flüchtigen Wangenkuss, nach der Mofafahrt, begonnen. Eigentlich etwas völlig harmloses, hatte es doch bei Lili ungeahnte Gefühle freigesetzt. Sie sehnte sie sich nach Axel, danach ihm nahe zu sein, sein Gesicht in ihren Händen zu halten, ach was sollte sie sagen, es hatte sie ordentlich erwischt. Auch von ihm glaubte sie ähnliche Gefühle zu spüren, sagte er doch wie schön er ihre Mofa-Fahrt fand, schaute er sie doch mit solch liebevollem Blick an. Doch dann war es mit einem Mal völlig anders. Bei ihrem Treffen auf dem Weihnachtsmarkt, wo sie und Helga ihn trafen, da war er so abweisend, ja fast schroff ihr gegenüber. Und es wurde nicht besser, nein, es wurde schlimmer. Beim Konzert in Godesberg und auch bei der nächtlichen Tour durch Bonn, da hatte er nur Augen für diese Hazel, die keinen Hehl daraus machte, dass sie ein Auge auf Axel geworfen hatte. Und auch als sie, Lili, glaubte, sich mit all dem getäuscht zu haben, und sich am Tag des Köln-Konzertes zu Blackburns auf den Weg machte, um die Missverständnisse mit Axel zu klären, wurde sie eines Besseren belehrt. Das, was sie vor Blackburns Haustür mitanschauen musste, ließ keine Zweifel mehr zu: da lag diese Hazel Axel schnurrend in den Armen. Das war ganz klar. Deshalb hatte sie, Lili, kurz darauf Mick angerufen und sich mit ihm in Köln verabredet, hatte er ihr dies doch am Vorabend immer wieder angeboten. Ohne lange zu überlegen, setzte sie sich in den Zug und fuhr nach Köln. Dort jedoch angekommen, kamen ihr Zweifel. Eigentlich wollte sie keinen von beiden sehen. Weder Mick noch Axel, geschweige denn Hazel, die, wenn nicht schon am Vorabend geschehen, dann sicherlich in Köln Axel abschleppen würde.

Die beiden Freundinnen waren nun schon in den Beueler Rheinanlagen. Helga, die, ganz erstaunt von Lilis Redeschwall schweigend neben ihr herging bemerkte mit einem Mal das Lili zitterte. „Komm, lass uns drüben ins Ufer-Café gehen. Da ist um die Uhrzeit nicht mehr viel los und wir können uns bei einem Tee aufwärmen.“ – Lili, der die Kälte in die Knochen gekrochen war, nahm Helgas Vorschlag dankbar an.

Sie waren, bis auf ein Pärchen, das sich darum bemühte unsichtbar zu sein und in der hintersten Ecke saß, die einzigen Gäste. Erleichtert ließ sich Lili auf einen der Stühle nieder. „Das ist ja ein Durcheinander!“, begann Helga vorsichtig. Wenn sie Lilis Schilderungen hatte folgen können und sie sie richtig verstanden hatte, hatte sich zwischen Lili und Axel ein Missverständnis nach dem anderen aneinandergereiht.

Lili nickte stumm, erleichtert darüber, dass jetzt alles raus war, all ihr Schmerz, ihre Traurigkeit und die Enttäuschung. Umso mehr staunte sie, als sie hörte was Helga ihr zu berichten hatte. Dass da nämlich absolut gar nichts zwischen

Hazel und Axel gelaufen war oder gar lief. Im Gegenteil, genervt sei er von ihr gewesen, und das bereits in Bonn. Hazel hatte sich davon jedoch nicht irritieren lassen und sich an Axel gehangen. Ihm, Axel, wäre dagegen fast die Hutschnur gerissen, als er mitansehen musste, wie Mick bei der nächtlichen Tour durch Bonn immer wieder versuchte Lili anzubaggern. Und es wäre letztlich Axel gewesen, der die inzwischen bekiffte Lili vor weiteren Zugriffen bewahrt und sie sicher nach Hause begleitet habe. „Ja, aber ich habe die Beiden doch am nächsten Tag vor eurem Hause Arm in Arm gesehen.“, Lili konnte nicht recht glauben was Helga ihr erzählte. Sollte ihr Eindruck sie derart getäuscht haben? Das sei einzig von Hazel ausgegangen, die Axel vor der Haustür abgefangen habe, wurde sie von Helga aufgeklärt. „Axel war auf dem Weg zu dir, Lili. Ihn hat es doch genauso erwischt wie dich. Er wollte die Missverständnisse ein für alle Mal aus der Welt schaffen.“ Lili traute ihren Ohren nicht. Axel wollte zu ihr? Er hatte also die gleiche Absicht gehabt wie sie. Sie seufzte schwer. Beinahe kam es ihr vor wie in einem Groschenroman. Es war zum Haare raufen. Wie konnten sie sich nur so missverstehen. Die

Worte ihrer Oma kamen ihr in den Sinn: „Kindchen, das Leben schreibt die kuriosesten Geschichten". - Es schien fast so. Und was war mit Köln? Und warum hatte sich Axel nicht mehr bei ihr gemeldet? War da vielleicht in Köln was mit Hazel gelaufen? Es ergab für Lili keinen Sinn.

Das Gespräch der beiden dauerte noch gut zwei Stunden, in denen sie eine ganze Kanne Tee leerten. Da die Besitzerin des Cafés nach Ladenschluss noch aufräumen musste, konnten die Freundinnen noch währenddessen im Warmen sitzen bleiben. Nur zu gut erinnerte sich die Ladenbesitzerin noch daran, wie schwierig es für junge Leute war, ein ruhiges Plätzchen zum Reden zu finden, ohne dass die Eltern oder jüngere Geschwister nervend störten.

Für die beiden verging die Zeit wie im Flug. Zu Vieles gab es, was richtiggestellt werden musste.

Ach, Köln, ein wohliges Gefühl stellte sich bei Helga ein. Dieser Tag und diese Nacht waren für sie untrennbar mit Heiner verbunden, doch das war es nicht was Lili hören wollte. Und so sparte Helga das bei ihrem Bericht über den Tag aus. Stattdessen schilderte sie ihre Sorge um Lili, wusste sie doch nicht wo ihre Freundin war, wie es ihr ging und weshalb sie nicht zusammen mit ihnen nach Köln gefahren war. Hatte sie doch gedacht, sie käme zusammen mit Axel an der Sporthalle an. Als dies nicht der Fall gewesen war, habe sie zunächst ihren Bruder zusammengestaucht, um dann beim anschließenden Telefongespräch mit Lilis Mutter zu erfahren, dass Lili mit dem Zug nach Köln gefahren sei. Mehr und mehr habe Helga vergeblich versucht sich aus allem einen Reim zu machen und Lilis Verhalten im Kölner Bahnhof, ihre regelrechte Flucht in den Zug nach Bonn, habe Helgas Verwirrung komplett gemacht. „Ich bin so froh, dass wir jetzt endlich Zeit gefunden haben und alles klären konnten". Helga wirkte sichtlich erleichtert und umarmte ihre Freundin herzlich.

„Und da war wirklich nichts mehr zwischen Axel und Hazel? Du sagtest, ihr hättet alle im Hotel übernachtet. Da kannst du doch nicht wissen ob Hazel und Axel…" – „Doch kann ich", unterbrach Helga ihre Freundin behutsam. „Axel war, nachdem für ihn der

Auftritt mit den Jungs nicht gelungen war und weil auch er sich inzwischen Gedanken um dich machte, mit dem Nachtzug nach Hause gefahren. Die Tage danach, eigentlich bis Weihnachten habe ich Axel so gut wie gar nicht mehr gesehen. Er hat sich im Haus seines Patenonkels regelrecht eingeigelt. Erst an den Feiertagen ließ er sich wieder blicken. Wirkte irgendwie verändert. Vielleicht hatte es was mit dem neuen Song zu tun, den er geschrieben hatte und seinem Treffen mit Steve." Über Letzteres sann Helga für einen Moment lang nach.

Lili hörte Helga zu und schüttelte immer wieder ihren Kopf. Wie hatte das Ganze nur so verworren werden können! Warum hatte keiner von ihnen den anderen gefragt? – „Wir haben uns nicht getraut", sagte sie beinahe flüsternd, mehr zu sich selbst als zu Helga, die auch nur Bruchstücke verstand: „Ihr habt was"? – „Uns nicht getraut", wiederholte Lili, nun wieder traurig und fragte sich, ob das Ganze überhaupt noch Sinn machen würde. Hinzu kam, dass sie sich mit einem Mal völlig erschöpft fühlte. „Ich glaube, ich gehe jetzt nach Hause, Helga. Ich bin so müde, und das Ganze muss sich erst mal bei mir setzen".

Helga schaute ihre Freundin an und sah die ganze Abgeschlagenheit in ihrem Gesicht. Sie begleitete sie noch nach Hause. Vor der Haustür fiel ihr dann plötzlich noch ihre Begegnung in der Straßenbahn ein: „Lili, eine letzte Frage: Wer ist eigentlich Ludwig?"

Auch Axel trieb diese Frage um, bis er Lili mit dem Typen auf dem Bonner Bahnhofsvorplatz in sehr vertrauter Zweisamkeit entdeckt hatte. Das musste er sein, war ihm sofort durch den Kopf geschossen. Ludwig! Mehr brauchte, mehr wollte er von den beiden auch nicht sehen. Zu elend wurde ihm allein durch diesen Anblick. Wie gut, dass er sich in die alte Scheune seines Onkels hatte zurückziehen können. Und wie so oft war es auch dieses Mal die Musik gewesen, die Balsam für seine Seele war, die ihn über den heftigen Schmerz hinweggetröstet hatte. Seine Musik, seine Gitarre, die beiden festen Konstanten in seinem Leben. Immer dann, wenn er sie brauchte, standen sie ihm verlässlich zur Seite. All dies ging ihm durch den Sinn, als er - sein

Instrument auf dem Rücken - mit seinem Mofa nach Hause fuhr. Gerade als er auf die Uferstraße abbog, um den Heimweg abzukürzen, sah er wie Helga und Lili, Arm in Arm, das Ufer-Café verließen. Den beiden jetzt zu begegnen, war das letzte was er wollte. Kurzentschlossen wendete er und fuhr auf die Hauptstraße zurück.
Als Helga eine halbe Stunde später nach Hause kam und vor Axels Zimmertür stand, hatte er, wie er es immer tat, wenn er nicht gestört werden wollte, das Durchgang-verboten Schild an die Tür gehangen. Helga ging in ihr Zimmer, kam kurz darauf mit einem Zettel zurück, den sie an Axels Tür klebte. Darauf stand: Wir müssen reden!

Später in ihrem Bett liegend ließ sie den Nachmittag mit Lili noch einmal Revue passieren. Und während ihr vor Müdigkeit die Augen zu fielen dachte sie: was für eine Zeit!

Am nächsten Morgen stand Helga früh auf. Sie wollte, nein, sie musste mit Axel reden. Deshalb stand sie bereits um 6.00 Uhr in der Früh in der Küche und stellte die Kaffeemaschine an, denn auch in den vergangenen Tagen war Axel seiner Gewohnheit treu geblieben und wollte nicht auf seinen geliebten Morgenkaffee verzichten und dies möglichst ungestört. Als Axel, der Helgas Zettel an seiner Tür gelesen hatte, gegen 6.00 Uhr leise die Treppe hinunterkam und ebenso leise die Küchentür öffnete, standen da bereits auf dem Küchentisch zwei Tassen frischduftender Kaffee, und es begrüßte ihn seine Schwester mit den Worten: „Habe ich es mir doch gedacht. Du wolltest dich davonschleichen!“

Axel versuchte erst gar nicht Helga zu widersprechen, sondern ließ sich ertappt auf den Küchenstuhl fallen. „Okay, Schwesterherz, worüber willst du mit mir reden?“

Seinem Unterton hörte Helga an, dass sie mit Bedacht und sehr vorsichtig vorgehen musste, wollte sie nicht riskieren, dass es sich ihr Bruder anders überlegte und wortlos die Küche verließ. Der beste Weg würde der über die Musik sein: „Heiner hat mir erzählt, dass ihr euch heute zur Bandprobe trefft. Gibt es da vielleicht schon Neuigkeiten von Dick, von denen ich noch nichts wissen darf?" – Axel biss an! Gerne gab er seiner Schwester Auskunft über das neue Bandprojekt. Nein, es gäbe keine Neuigkeiten von Dick. Dieser würde sich im neuen Jahr mit ihnen in Verbindung setzen. Sollten sie neue Songs haben, könnten sie ihn das im Vorfeld wissen lassen. Daher würden sie das neue Stück proben und gegebenenfalls abrunden, um Dick dann davon berichten zu können.

Axel war richtig ins Erzählen bekommen und leerte gerade seine zweite Tasse Kaffee, als Helga unvermittelt sagte: „Das war alles ein großes Missverständnis zwischen euch!" Axel, der gerade noch einmal über ihren Köln-Auftritt sprach und davon, dass er nun das Ganze entspannter betrachten konnte, verstand zunächst nicht was seine Schwester meinte. Doch das sollte sich schnell ändern; denn Axels Moment der Verwunderung nutzte Helga, um ihm von ihrem gestrigen Gespräch mit Lili zu berichten, und darüber, dass Lili, wie auch Axel wohl ganz offensichtlich, einer Reihe von Missverständnissen aufgesessen waren, einschließlich des Cousins vor dem Bonner Bahnhof. Lili sei in ihn, Axel, verliebt. Diese Sache mit Mick sei nur aus Lilis Verärgerung über Axel und Hazel entstanden, und es sei ohnehin nichts als heiße Luft gewesen, wenn überhaupt.

Axel hörte seiner Schwester ungläubig zu. Er hätte es wissen müssen, Helga schaffte es doch immer wieder ihn festzusetzen. Es machte ihn wütend. Schon hatte er den Stuhl zurückgeschoben und war im Begriff aufzustehen, als er Helga sagen hörte: „Du bist doch bis über beide Ohren in Lili verknallt! Das sieht doch jeder!" – Das saß. Wie aus dem Nichts tauchten seine Gefühle wieder auf. Seine Sehnsucht, das Kribbeln im Bauch, sein unbändiger Wunsch sie in seine Arme zu nehmen, wenn er sie sah. Ja, er war verliebt in Lili, immer noch. „Doch wenn der Typ am Bahnhof ihr Cousin und nicht Ludwig ist. Wer, zum Kuckuck, ist dann dieser Ludwig?" – Helga musste zugeben, dass sie es nicht wusste: „Das ist doch völlig egal, Bruderherz. Sie war am Schlafen. Da träumt man sich schon mal die seltsamsten Sachen zurecht. Was zählt, ist doch, dass sie in dich verliebt ist. In dich, Axel, verstehst du?" – Natürlich hörte Axel was Helga ihm sagte, doch es trug nicht dazu bei, sein Gefühlschaos zu entwirren. Hatte er sich gerade damit abgefunden, dass er mit Lili nicht zusammenkam, brachte seine Schwester seine neue, mühsam geschaffene Gemütslage durch ihre Schilderungen wieder völlig ins Wanken. Das war entschieden zu viel! Die vorhin aufglimmende Wut entfachte erneut. Axel sprang mit einem Ruck auf, stieß dabei wütend den Stuhl um: „Es reicht. Ich kann es nicht mehr hören. Lasst mich doch alle in Ruhe! Diese Lili kann mir gestohlen bleiben. Die weiß doch gar nicht was sie will. Eine verwöhnte Göre ist sie, diese Bäckerstochter!". Und mit diesen Worten stürmte Axel aus der Küche. Wenige Sekunden später hörte Helga die Haustür zuknallen und Axel auf dem Mofa davonbrausen.

Als Helga sich am späten Abend in Heiners Arme kuschelte und ihm von ihrem morgendlichen missglückten Gespräch mit Axel erzählte, schaute dieser sie ernst an: „Helga, du musst die beiden das selbst klären lassen. Du solltest nicht noch weiter versuchen zwischen ihnen zu vermitteln. Du hast getan, was Du tun konntest, hast mit beiden gesprochen. Die Entscheidung liegt bei ihnen! Außerdem war Axel heute bei der Bandprobe so was von auf dem Punkt und im Fokus der Musik. Er scheint damit besser umgehen zu können, als Du denkst." „Aber", wollte Helga aufbegehren, ich muss doch…" – „Nein, mein Schatz, du musst nicht!"; und ehe sie noch widersprechen konnte, küsste Heiner ihre <abers> einfach weg. Doch Helga wäre nicht Helga gewesen, wenn sie Heiner nicht das Versprechen hätte abluchsen können, dass er versuchen sollte Axel zur Silvesterfete ins Pfarrheim zu lotsen. „Das ist dann auch mein allerletzter Versuch! Versprochen! Danach lasse ich die beiden in Ruhe!", gurrte sie an Heiners Ohren. Wie hätte er da nein sagen können!

Lili hatte das Gespräch mit Ihrer Freundin gutgetan. Endlich hatte sie Klarheit, wusste, dass sie sich nicht in Axels Gefühlen für sie getäuscht hatte. Nicht in diesem Gefühl, das sie vor ein paar Wochen auf der Heimfahrt auf dem Mofa zwischen ihnen gespürt hatte, nicht in diesem Moment, als sie ihm beim Kuss auf die Wange so nah gekommen war.

Sehr erleichtert, ja fast glücklich, streckte sie sich am Morgen in ihrem Bett aus und genoss das Kitzeln der Morgensonne auf ihrer Nasenspitze. Nach dem Silvesterkonzert würde sie endlich ihren Kopf wieder frei haben, sprichwörtlich. Hatte doch Ludwig ihr versichert, sie danach in Ruhe zu lassen. Dann musste sie nicht mehr befürchten mit merkwürdigen Äußerungen von ihm ihr Umfeld zu verschrecken. Dann, ja dann, würde sie mit Axel sprechen. Noch ahnte sie nicht, dass dieser, nach seinem Gespräch mit Helga, nicht mehr wusste, was er glauben sollte. Nein, das tat Lili nicht im Geringsten. Mit frischem Elan schwang sie sich aus ihrem Bett. Ihre heutige Mission lautete: Karten fürs Silvesterkonzert besorgen.

Diese sollte sich mehr als schwierig gestalten. Lili war in ihrer jugendlichen Art davon ausgegangen, dass es ein Leichtes sein würde, zwei Tage vor Silvester noch Konzertkarten zu bekommen. Die netteste Antwort auf ihre Anfrage bei einer der Verkaufsstellen war:

„Allgemeinbildung meine Liebe, Allgemeinbildung! Wir feiern dieses Jahr den zweihundertsten Geburtstag des berühmtesten Sohnes Bonns, und sie wollen allen Ernstes zwei Tage vor dem großen Konzert noch Karten kaufen!“ Es folgte ein ts ts sowie Kopfschütteln, begleitet von einem beinahe mitleidigen Blick. Nein, es war nichts zu machen. Es gab keine Karten mehr. Lili kaute fieberhaft überlegend auf ihrer Unterlippe. *„Spüre ich gar unruhige Gefühle bei Euch, wehrte Lili? Hänget es mit Eurer Bildung beisammen? Brauchet ihr diese, um an meinem Konzerte anwesend zu seien? –* „Oh Ludwig, ich brauche jetzt wirklich einen freien Kopf. Ich muss nachdenken, sonst wird das nichts mit dem Konzert. Also verhalte dich still. Sofort!“ – Es schien zu wirken. Zu sehr war Ludwig darauf aus, bei diesem, seinem Konzert, dabei zu sein und dazu brauchte er Lili. Also hielt er sich, was ihm denkbar schwerfiel, zurück. Die Lösung kam von einer unverhofften Seite.

Als Lili am darauffolgenden Tag, den 30. Dezember, nach einer unruhigen, halbdurchwachten Nacht, an deren Ende sie begonnen hatte sich auf das Unabwendbare sowie einen tobenden und wütenden Ludwig einzustellen, hörte sie ihre Mutter im Flur rufen: „Wir haben sie! Wir haben sie!" Lili, neugierig geworden, begab sich rasch nach unten und fragte: „Wen? Wen haben wir?" – „Na die Karten", gab nun der Vater zur Antwort, der seine Frau fröhlich umfasste und zu Lili meinte: „Und du kommst mit. Das ist quasi unsere Bonner Bürgerpflicht!"

Inzwischen saß Lili mit ihren aufgeregt durcheinanderredenden und gestikulierenden Eltern in der Küche und blickte ungläubig auf die vor ihr liegenden Karten.

Nachdem sich die elterliche Euphorie über den Erhalt der Karten gelegt hatte, erzählten sie Lili, dass sie, nachdem Lili so erstaunt über Beethovens Musik gewesen war, die aus der neuen Stereoanlage der Eltern zu hören gewesen war, beschlossen hätten, mit Lili das Silvesterkonzert zu besuchen. Dort würde zum Abschluss des Beethoven-Jahres dessen „Ode an die Freude“ zu hören sein. „Ein Erlebnis, an das du dich noch lange erinnern wirst“, schloss der Vater die Erklärung ab. Nun schauten beide ihre Tochter an und rechneten zumindest mit einem kleinen Protest. Wussten sie doch, dass Lili und Helga schon lange geplant hatten, gemeinsam zur Silvesterfete ins Jugendzentrum des Pfarrheims zu gehen.

Umso mehr waren sie erstaunt, als Lili ihnen nacheinander um den Hals fiel und sich überschwänglich für die Einladung zum Konzertabend bedankte. „Willst du denn gar nicht wissen wie lange das Konzert dauern wird?“ fragte die Mutter und schaute Lili dabei ungläubig an. Ihre Tochter war mal wieder für eine Überraschung gut. „Ach, das wird schon passen,“, riss diese sie aus ihren Gedanken. „Wenn du meine Verabredung mit Helga meinst. Die Party im Pfarrheim geht eh erst später am Abend richtig los, da die meisten noch „in Familie machen müssen“.

Lili war so erleichtert, hatte sie doch die halbe Nacht in Sorge damit verbracht, ob es nicht noch eine Möglichkeit geben könnte, um ins Konzert zu kommen. Dass ihre Eltern Karten bestellt hatten, war ein Geschenk des Himmels für sie.

Als sie später mit Helga telefonierte, hielt sie ihre Freude darüber zurück. Sie hatte Helga nicht von Ludwig erzählt und würde es nach dem Konzert auch nicht mehr tun müssen. Deshalb spielte sie die genervte Tochter, die an Silvester auf unbedingten Wunsch der Eltern das Konzert in der Beethovenhalle würde besuchen müssen: „Ich weiß, dass das total bescheuert ist. Doch dafür darf ich nach der Party mit zu dir, wie wir das geplant haben. Ich muss nicht direkt nach Mitternacht nach Hause. Da ist es auch nicht ganz so schlimm, dass ich erst gegen 22.00 Uhr auf der Fete auftauchen werde. Heiner wird dir bis dahin sicher gut die Zeit vertreiben!“, kicherte die inzwischen gut aufgelegte Lili in den Hörer. Ja, das wird er sicher tun, doch wie bringe ich Lili bei, dass in dieser Nacht kein Platz in meinem Zimmer für sie frei sein wird? Den letzten Teil ihres Gedankens schob Helga zur Seite. Es wird sich schon eine Lösung finden. Heiner hatte ihr ja versprochen, Axel zur Fete zu locken.

Lili versicherte sie, dass das überhaupt kein Problem sein würde. Den Rest ihres einstündigen Telefonats brachten die Freundinnen damit zu, sich der Kleiderfrage für diesen Abend zu widmen. Nach längerem hin und her entschieden sich beide, die Klamotten anzuziehen, die sie auch in der Godesberger Stadthalle getragen hatten.

Als Helga auf Heiners Frage was sie anziehen würde ihm ihre Entscheidung mitteilte, bekam er leuchtende Augen, zog seine Freundin an sich, und bevor sie knutschend die Welt um sich herum vergaßen, flüsterte er ihr ins Ohr: „Eine ausgezeichnete Wahl!" - Er hatte das Bild von Helga in der Stadthalle noch klar vor Augen. Sie hatte so zum Anbeißen ausgeschaut, so sexy!

Lili hatte sich für ihr Outfit vom Abend in der Godesberger Stadthalle entschieden, weil sie sich einfach rundum wohl in den Klamotten fühlte und diese immer mit dem Einkauf in Bonn und der supernetten Verkäuferin, die sie so toll beraten hatte, verbinden würde. Irgendwie fühlte sie sich stark und unbesiegbar in ihnen. Unbesiegbar, bei diesem Wort musste Lili kichern. Also, manchmal denke ich mir ziemlichen Mist zusammen. Natürlich hatte sie sich auch für das Outfit entschieden, weil sie hoffte an Silvester im Pfarrheim Axel zu begegnen, und da wollte sie unbedingt gut ausschauen, auch wenn sie bezweifelte, dass er dort auftauchen würde. Hatte er sich doch in den vergangenen Wochen kein einziges Mal bei ihr gemeldet, was er, wie Lili fand, durchaus hätte tun können. Da sag noch einer, Mädels seien kompliziert, der hat noch nie Bekanntschaft mit den empfindsamen, musizierenden Männerherzen gemacht. Stopp, Lili, gebot sie sich selbst Einhalt. Das bringt doch nichts! Außerdem hatte Helga eine Andeutung gemacht, die sie, Lili, hoffen ließ, Axel können doch noch auf der Silvesterfete auftauchen. Und wenn das der Fall sein sollte, dann wollte sie sicher sein, dass er sie nicht würde übersehen können. Laut Helga sei dies mit diesen Klamotten schlicht unmöglich. Und da gab es ja auch noch diesen Moment in der Godesberger Stadthalle, in dem Axel sie mit unverhohlenem, mehr als wohlwollendem Blick angeschaut hatte.

„Lili, kommst du? Das Abendbrot ist fertig". – Nur zu gerne kam Lili an diesem Abend der Aufforderung ihrer Mutter nach. Merkte sie doch, wie ihr Puls schneller zu schlagen begann und sie bereits jetzt mehr und mehr nervös wurde, wenn sie an ein mögliches Zusammentreffen mit Axel dachte.

Im Anschluss an das Abendessen saß Lili noch lange mit ihren Eltern zusammen, die das sichtlich genossen, da doch sonst ihre Tochter stets auf dem Sprung war und nach den Mahlzeiten schneller wieder verschwand als es ihnen lieb war.

Dass sie an diesem Abend einen Crashkurs in Kulturgeschichte durch ihren Vater erhielt, nahm sie gerne in Kauf, wurde doch dadurch ihre ganze Aufmerksamkeit auf das morgige Konzert in der Beethovenhalle gelenkt und ließ keinen Platz mehr zu, um sich um Axel zu drehen.

Lili staunte nicht schlecht, als sie von ihrem Vater erfuhr, dass die Beethovenhalle der erste repräsentative Neubau der Nachkriegszeit gewesen war, der unter anderem durch enorme Spendeninitiativen der Bonner Bürger unterstützt wurde, bei denen mehr als eine Millionen Deutsche Mark zusammenkamen. Aber nicht nur im Inland wurden für den Neubau Spenden gesammelt. Als Lili hörte, dass am 5. Dezember 1956 ein Charity-Concert in der Carnegie Hall in New York City stattfand, fiel ihr beinahe der Kinnladen runter. Und, Lili kam aus dem Staunen nicht raus. Dieses Gebäude, so erfuhr sie, war nicht nur seit seiner Fertigstellung im Jahr 1959 eines der Wahrzeichen Bonns, dessen Orchester mit seinen Musikern zur deutschen Spitzenklasse zählt, sondern obendrein eines der bedeutendsten Bauwerke seiner Zeit. „Ja mein Schatz", endete der Vater kurz vor Mitternacht seine Ausführungen, „und in diesem ehrwürdigen Konzerthaus werden wir morgen unter der Leitung Herbert von Karajans, eines der bedeutendsten Dirigenten unserer Zeit, dieses phänomenale Orchester die 9. Sinfonie Beethovens spielen hören dürfen. Das ist was ganz was Besonderes, Lili!

Ach, und ich habe ja noch gar nicht erzählt, dass die heutige Beethoven-Halle nicht die erste ihrer Art in Bonn ist. Nein, sie ist die dritte. Die erste wurde 1845 gebaut, die zweite dann 1870, doch sie wurden leider…“

„Ich denke wir sollten jetzt alle schlafen gehen. Lili fallen ohnehin schon die Augen zu“, seine Frau schubste den Vater sanft an, der, kam er mal ins Reden, kein Ende fand. „Ach herrje, schon so spät“, er blickte zur Uhr und sprang erschrocken vom Sessel auf. „Jetzt aber nichts wie ab ins Bett, sonst schlafen wir morgen bei der Neunten noch ein“, witzelte der Vater nun auch gähnend.

Als Lili wenig später im Bett die Augen endgültig zufielen, hörte sie noch wie durch eine Nebelwand Ludwigs Stimme: „*Gar derer dreie hat man mir zur Huldigung erbauet. Gar derer dreie. Ach, säßen wir doch nur jetzte schon in dieser Halle. Wie sehr es mich dränget mit ganzer Seel endlich dieses hochgelobte Orchester meine Neunte spielen zu hören! Wie sehr es mich dränget…*“ Sollte Ludwig noch weitergesprochen haben, so blieb Lili davon verschont. Wie ein Stein schlief sie die

Nacht hindurch, nichts und niemand konnte ihr den Schlaf streitig machen.

Am nächsten Morgen konnte nicht nur Lili ausschlafen, auch ihre Eltern kamen in den Genuss. Sie hatten dem ersten Gesellen die Backstube und der langjährigen Angestellten den Laden für den Silvestertag überlassen, wussten sie beides doch bei ihnen an diesem Tag in guten Händen.

War Lili in der Nacht von jeglichen Heimsuchungen Ludwigs verschont geblieben, ergriff er, kaum dass sie die Augen öffnete, das Wort: „*Ach liebes Fräulein Lili, Euer werther Herr Papa hat am gestrigen Abend gar so ausgezeichnet von der, meiner, Halle zu sagen gewusset, dass es mich kaum noch haltet. Sagt, wann werde es so weit sein? Wann, saget mir wann?*“

Lili brauchte eine Weile, bis sie begriff, dass sie nicht wieder in einem dieser Träume war, in denen Ludwig sie durch Raum und Zeit trieb, sondern dass er sie vielmehr, kaum dass sie wach war, mit seinen Fragen löcherte und nervte. Verschlafen rieb sie sich die Augen, setzte sich auf und holte tief Luft: „Ludwig, wie oft soll ich es dir noch sagen? Heute ist Silvester, heute Abend um 20.00 Uhr findet das Konzert statt, und du hältst dich bis dahin und, ganz wichtig, auch während des Konzertes bitte zurück. Sonst kannst du es vergessen. Dann gehe ich da nicht hin!" – *„Natürlich Fräulein Lili, Euer Wort ist mir Befehl, ganz und gar. Verzeihet meine Ungeduld, so sehr hat Euer Vater selbige zu wecken gewusst, so sehr!"* – Mag ja sein, Ludwig. Ich fand es auch interessant, doch das ändert nichts an der Tatsache, dass du dich bis heute Abend wirst gedulden müssen, und bitte an unsere Abmachung zu halten hast. Basta!" – Das war eine klare Ansage, die selbst ein Quergeist wie Ludwig verstand und ihm unmissverständlich klarmachte: Entweder, oder! Diese Lili war gar schon ein Teufelsweib. Zu schade nur, dass die Zeit sie trennte. Doch letzteres behielt Ludwig wohlweislich für sich.

Lili, die bereits ihre Sportsachen angezogen hatte, lief die Treppen hinunter, öffnete die Haustür und setzte sich in Bewegung. Das würde die letzte Runde auf ihrer Laufstrecke entlang der Uferpromenade in diesem Jahr sein.

Dass genau die gleichen Gedanken einige Kilometer entfernt durch Axels Kopf gingen, als er, wie Lili, aus der Haustür trat und sich die beiden, wäre Axel direkt losgelaufen, auf jeden Fall am Rheinufer begegnet wären, davon hatten beide nicht den geringsten Schimmer. Denn gerade als Axel sich in Bewegung setzen wollte, kam Heiner, der mal wieder bei Helga übernachtet hatte, aus dem Haus: „Hey Ax, hast du Lust auf eine spontane Probe bei mir zu Hause?“ – Da konnte Axel nicht nein sagen, was Heiner natürlich wusste. Doch wenn nicht jetzt, wann sonst sollte er mit Axel über die Silvesterfete im Pfarrheim sprechen. Schließlich hatte er es Helga versprochen! Doch er wusste auch, dass er Axel nicht überrumpeln konnte. Also würde er erst einmal ein paar ihrer Songs mit ihm proben, über Dick und England quatschen, um dann, hoffentlich geschickt - das hatte Helga ihm eingetrichtert - den Bogen zur Fete finden.

Bei Heiner zuhause angekommen, liefen die Songs wie von selbst. Axel und Musik, das ging immer. Da konnte er sich von allem frei machen, da war nur noch Klang in seinem Kopf, und für Heiner immer wieder ein Genuss mit ihm gemeinsam zu spielen. Im Anschluss sprachen sie noch über Dick und die Möglichkeit, durch ihn in englischen Pubs auftreten zu können. Sprachen darüber, dass es doch alles in allem ein großes Glück gewesen war ihn damals im Bonn-Center getroffen zu haben. Als Axel schon aufbrechen wollte, um doch noch eine Runde zu joggen, gab sich Heiner einen Ruck: „Sag mal Ax, was machst du denn heute Abend? Ich meine, es ist schließlich Silvester, das will gefeiert werden. Und am besten machen wir das doch, wie jedes Jahr, zusammen, oder? Was meinst du?“ – Er erzählte ihm, dass er und Helga zur Silvesterfete ins Pfarrheim gehen wollten. Von dort aus sei es nicht weit zum Rheinufer, und man habe dort einen Superblick rüber nach Bonn zum Feuerwerk. Das solle doch in diesem Jahr so groß werden, wegen dem alten Knaben, diesem Beethoven. Er sah wie Axel überlegte. „Ich weiß nicht.“, sagte dieser zögerlich. „Ist Lili auch da? Bestimmt ist sie da. Sie an Silvester ohne Helga, das kann ich mir nicht vorstellen.“ – Heiner dachte an Helga und daran, dass sie sicher enttäuscht sein würde, sollte er Axel nicht dazu bewegen, zur Fete zu kommen. Wie dann der Abend verlaufen würde, das wollte er sich erst gar nicht vorstellen. „Ach komm schon, Ax, du bist doch verknallt in die Kleine. Das ist die Gelegenheit sie für dich zu gewinnen. Und wenn es nicht klappt, sind da sicher noch ein paar andere süße Mäuse!" – Okay, ich komme!" Axel war selbst überrascht. Er schaute Heiner verdattert an, als dieser ihm zustimmend auf die Schulter klopfte: „Astrein, Ax! Du wirst sehen, es wird eine irre Fete.

Die beiden verabschiedeten sich, und während Axel nach Hause joggte, konnte er noch nicht wirklich glauben, dass Heiner ihn überredet hatte. Doch Heiner hatte mit einem auf jeden Fall Recht, er, Axel, war in Lili verknallt, und alle Versuche das zu ändern waren fehlgeschlagen. Er musst nun alles auf eine Karte setzen. Wenn nicht heute Abend, wann sonst`? Würde Lili ihn zurückweisen, dann hätte er endlich Klarheit. So wie es jetzt war, konnte es jedenfalls nicht weitergehen, zu sehr spukte sie durch seine Gedanken und Gefühle. Wie heißt es doch so treffend: lieber ein Ende mit Schrecken als ein Schrecken ohne Ende! Und wer weiß, vielleicht mochte sie ihn ja auch, vielleicht erwiderte sie seine Gefühle, vielleicht war sie ja auch in ihn verliebt.

Und ob sie das war! Auch Lili sehnte die Fete herbei und die Möglichkeit mit Axel zu sprechen, ihm in die Augen zu sehen und hoffentlich das zu sehen, wonach sie sich schon so lange sehnte. Die Zeit bis dahin erschien ihr unendlich zu sein. Vorher hatte sie noch das Versprechen gegenüber Ludwig einzulösen: das Konzert. Danach, so hoffte sie, würde er sie endlich in Ruhe lassen. Doch bis zum Konzert waren es noch Stunden, die es galt hinter sich zu bringen, ohne mehr und mehr mit den Gedanken bei der Fete und Axel zu sein und langsam durchzudrehen. Da war es ihr ganz Recht, dass, nachdem sie vom Laufen kam, die Mutter sie bat, ihr noch in der Küche zu helfen. Wie jedes Jahr zu Silvester sollte es Rheinischen Kartoffelsalat mit Bockwurst und anschließender roter Grütze mit Vanillen-Soße geben. Das bedurfte der Vorbereitung und nahm zum Glück viel Zeit in Anspruch. So vergingen die Stunden dann doch schneller, als Lili gedacht hatte, und nach dem traditionellen Silvesteressen machte sie sich mit ihren Eltern auf den Weg zur Beethovenhalle.

Als sie vor dem Konzerthaus ankamen, staunte Lili nicht schlecht: auf dem Vorplatz drängten sich Menschenmassen. Ihr Vater erklärte ihr, dass dies nicht überraschend sei, fasse doch die Halle gut und gern 2000 Personen. Lili spürte mit einem Mal, dass zu ihrer Aufregung noch eine weitere hinzukam: die von Ludwig. Schon fing er wieder an zu quasseln: *Welch eine nie gekannte Freude es in ihm entfache, all jener Menschen angesichts zu werden. Daß er zerbersten könne vor Stolz und Spannung.* Still ermahnte Lili ihn sich an sein Versprechen zu halten und sie, Lili, nicht zu irgendwelchen schrägen, verbalen Äußerungen zu bringen. Und siehe da, es wirkte: Vom Moment an, in dem sie die Konzerthalle betraten und ihre Plätze einnahmen, schwieg Ludwig. Lili atmete tief durch und machte es sich entspannt auf ihrem Sitz bequem.

Doch schon eben, als sie das Foyer der Beethovenhalle betraten, spürte Lili intuitiv die immense Spannung, die in der Luft lag, das Raunen der vielen Menschen, die in die Halle strömten und die gediegene, aber dennoch knisternde Atmosphäre, die sich auf die Räume ausbreitete. Herren in ihren besten Anzügen erschienen auf der Bildfläche, sowie Damen mit auffälliger Abendgarderobe und entsprechend teurem Schmuck. Auch ihre Eltern hatten sich schwer ins Zeug gelegt was ihr Outfit betraf. Ihr Vater hatte sich den Smoking angezogen, den er sich vor Jahren einmal in einer Anwandlung von Übermut und Snobismus gekauft hatte und seiner heftig dagegen protestierenden Frau mit den Worten „Anneliese, der wird auf jeden Fall noch zu seinem Einsatz kommen“ versuchte schmackhaft zu machen. Anneliese Frisch erschien in einem langen, samtdurchzogenen smaragdgrünen Abendkleid und hatte sich die Perlenkette umgehängt, die sie von ihrer Mutter geerbt hatte. Eine rubinrote Brosche lenkte den Blick auf ihr Dekolletee, welches sich - da war sie mit Recht sehr selbstbewusst – auf jeden Fall sehen lassen konnte.

Auch Lili hatte für solche Fälle vorgesorgt. Für den Mittelball der Tanzstunde, an dem sie erst vor Kurzem teilnahm, hatte sie sich ein sehr hübsches Kleid besorgt, „nutzlos“, wie sie sich dann schon sehr bald sagte; denn nach dieser recht steifen Veranstaltung brach sie das Unterfangen ab. „Wenn ich tanzen lernen will, kann ich mir das auch selbst beibringen“, meinte sie in ihrer gewohnt dickköpfigen, aber unwiderstehlichen Art.

Nun waren sie also schick und feierlich unterwegs und genossen die einzigartige Stimmung vor dem Konzert. Ein Gong ertönte, und man wurde sanft darauf hingewiesen, die Plätze einzunehmen.

In der Konzerthalle ertönte erst mal, wie immer vor solchen Aufführungen, das Stakkato aus gefühlten tausend Instrumenten, die sich einstimmten. Auch das trug zur Steigerung der Spannung bei, die – je näher der erste Satz zur Aufführung kam – noch weiter anstieg. Obwohl Lili ja nun überhaupt nichts mit der ganzen Sache zu tun hatte, außer dass sie, wie alle anderen, nur Zuhörerin war, bemerkte sie, dass auch sie auf einmal etwas nervös wurde. Anspannung scheint ansteckend zu sein, ging ihr durch den Sinn, und auf einmal fiel ihr Ludwig ein. „Wie sehr muss er, um den es hier doch eigentlich geht, vor Anspannung leiden!" Aber sofort unterdrückte sie den Gedanken wieder; denn wieder von Ludwig überrascht zu werden und womöglich mit seiner Stimme zu reden, war das letzte, was sie jetzt, wo man eine Stecknadel hätte fallen hören können, brauchen konnte. Und Ludwig schien sich tatsächlich zurückzunehmen. „Danke!“, flüsterte sie leise vor sich hin.

Plötzlich regte sich was auf der Bühne. Ein nicht mehr ganz junger Herr in weißem Rollkragenpullover unter seinem schwarzen Jackett betrat die Bühne, und ein tosender Beifall brauste auf, der gar nicht mehr enden wollte.

„Ist das dieser Karawan?“, fragte Lili ihren Vater, der neben ihr saß, genau in der Mitte seiner beiden „Mädchen“, wie er öfter mal gern zu sagen pflegte. „Karajan, Lili, Karajan heißt er. Ja, das ist er.“, entgegnete ihr sichtlich beeindruckter Vater. „Einer der besten Dirigenten der Welt. Und auch weltbekannt“, fügte er ein wenig stolz hinzu.

Nachdem der Applaus endlich abgeklungen war, erhob Karajan seinen Taktstock. Das Orchester war nun völlig still und konzentriert auf die Hände des Meisters. Mit fast unmerklich leichten, lockeren Bewegungen setzte der große Dirigent an, und die Halle wurde erfüllt von schnell hintereinander gestrichenen

Geigenklängen, erst ganz leise, ein Horn ertönte dazu, das konnte Lili auch als Laie heraushören. Dann plötzlich lauter, kräftiger, mächtig und erhaben. Karajan bewältigte seine erste sportliche Herausforderung, wie Lili – erst noch etwas belustigt - registrierte, und ruderte verwegen mit seinen Armen hin und her, doch dann war sie auf einmal ganz in der Klangwelt gefangen und hörte nur noch die Musik. „Mein Gott, Ludwig!“, das war alles, was aus ihr herauskam. Gottseidank ging das in den machtvollen Klängen unter.

Lili hatte keine Ahnung von Musiktheorie, wie ja sicher auch die weit überwiegende Mehrheit der Zuhörer. Sie wusste natürlich nichts davon, dass dem Thema eine Einleitung vorangestellt ist, die in A-Dur beginnt, was sich als Dominante zur Haupttonart d-moll entpuppt und ab Takt 17 in punktiertem Rhythmus übergeht. Nichts dergleichen wusste sie, ja noch nicht einmal, wie die Symphonie überhaupt entstand und wie es dazu kam. Das wollte sie später einmal genauer in Fachbüchern nachschlagen. Aber eins war ihr nach den ersten Tönen sofort schlagartig klar: dies hier, und all das, was gleich noch kommen wird, war gigantisch und rührte ganz tief in ihrem Inneren. Das war Musik für alle Zeiten, nicht nur für die Menschen der damaligen Epoche, und es war Musik für alle Menschen, alle Hautfarben, Nationalitäten und Kulturen. Und damit hatte sie eigentlich schon genau das erfasst, worum es den Urhebern der Idee, nämlich Friedrich Schiller und Ludwig van Beethoven ging.

Während Lili diese Gedanken intuitiv erspürte und von der Wucht der Musik schon gleich zu Anfang fast erschlagen war, ging es Ludwig, so unwahrscheinlich es klingt, fast so ähnlich.

Völlig paralysiert, ja fast hypnotisiert nahm er die ersten Töne seiner Symphonie auf, ohne zu reflektieren und detailliert auf einzelne Dinge einzugehen. „Welcher Klänge werde ich hier gewahr?", fragte er sich erstaunt. „Ist das meine 9. Symphonie?". Ungläubig und fassungslos nahm er die Klangwelt wahr, die ihn nunmehr, nach 200 Jahren, über die gesunden Ohren Lilis erreichten. Aber nicht nur die Tatsache, dass er nun sein Werk klar und ohne störende Beigeräusche hören konnte, brachte ihn so aus der Fassung, sondern auch die Instrumente selbst, deren Einsatz und vor allem die Interpretation der Komposition. Das, was Ludwig hier hörte, war ganz und gar neu für ihn. Da erklangen Instrumente, die ihm gänzlich unbekannt waren, und das Arrangement ergab eine vollkommen andere Wirkung, als er es von damals im Mai 1824, als er seine Symphonie uraufführte, in Erinnerung hatte.

Nur langsam gewöhnte sich Ludwig an diesen Umstand, schüttelt innerlich noch mehrmals seine langhaarige Mähne, aber tauchte mehr und mehr in diese phänomenale Klangwelt ein.

„*Das ist ja unglaublich!*“, stellte er fest. Und nach einiger Zeit fand er den Faden wieder, der ihn an seine Ursprungs-Interpretation band, ja fand sogar Gefallen an dieser neuartigen Sichtweise und dessen Darstellung. „*Großartig*!“, entfuhr es ihm jetzt immer öfter, und Lili bekam diese Begeisterungsrufe direkt in ihr Großhirn, sodass sie dies sofort ausrief. Außer ihren Eltern, die völlig erstaunt waren über Lilis offensichtliche Begeisterung, bekam das aufgrund der Lautstärke gottseidank niemand im Saal mit. Und so verstrich der erste Satz der

Symphonie für Ludwig und Lili gleichsam intensiv und beeindruckend.

Ludwig erwartete nun einen tosenden Beifall; denn warum, um alles in der Welt, kamen nach nun schon 200 vergangenen Jahren so viele Menschen zusammen, um sich seine Werke anzuhören, ohne dass hier ein Ausdruck der Begeisterung stattfand. Er wartete und wartete, aber es kam nichts. „*Wie ist das möglich? Den 2. Satz meiner 7. Symphonie musste ich bei der Uraufführung wiederholen, so begeistert war das Publikum. Auch sagte man mir damals, dass es immer wieder spontane Beifallsbekundungen zwischendurch gegeben habe. Nichts dergleichen habe ich nun vernommen. Warum bloß? Haben sich die Menschen geändert oder gibt es heute so viele Reize, dass meine Musik eigentlich gar keine größere Bedeutung unter den vielen anderen Angeboten mehr hat?*“

Lili hörte seine Gedanken mit und sagte ihm leise, dass dies nicht so wäre. Die Menschen hätten so viel Respekt vor seinem Werk, dass sie nicht wagten, ihre profanen Gefühlsausbrüche zu zeigen. Das sei heute verpönt. „*Merkwürdig*!“, entschlüpfte es Ludwig, der aber mit Lilis Erklärung letztlich mehr als zufrieden war.

Mit einem starken Streichereinsatz und mehreren Paukenschlägen begann das Scherzo des 2. Satzes. Der Dirigent hatte sich vorher wieder in Pose geworfen und im richtigen Augenblick eingesetzt.

Ludwig entschloss sich dazu, die Aufführung zu genießen und lehnte sich innerlich entspannt zurück, was Lili registrierte und gleichsam freudig aufnahm. Dennoch hielt es ihn an der einen oder anderen Stelle nicht, und er konnte nicht anders, als darauf zu reagieren. Lili sah es ihm nach; denn er war ja schließlich derjenige, der sich als Schöpfer dieser Musik am besten, fachkundigsten und profundesten auskannte. Insofern erhielt Lili zusätzlich zur Musik hin und wieder die besten Informationen, die man sich überhaupt vorstellen kann, nämlich vom Genie selbst.

„*Mich deucht, dass Eure Zeit sehr von der Eile und der Sachlichkeit gepräget ist*", konstatierte er. „*Mich fasciniret es gar sehr. Auch jenes hat seinen Charakter, fürwahr. Doch täte Eurer Zeit wohl ein wenig mehr an Gediegenheit und Ruhe gut.*"

Lili nahm seinen Kommentar staunend zur Kenntnis. Mein Gott, Eile und Sachlichkeit, was würde er wohl erst mal sagen, wenn er ein Rockkonzert live hören würde? Jimi Hendrix' Gitarrensolos zum Beispiel. Aber die kann er ja leider nicht mehr hören, da Jimi im September des Jahres an einer Überdosis Schlaftabletten und Alkohol verstorben ist. Furchtbar!

Das Adagio des 3. Satzes, das jetzt begann, passte zu Lilis Stimmung, während sie an Jimi Hendrix dachte. Eine tiefe Traurigkeit ergriff sie, und wieder wurde ihr bewusst, wie stark und intensiv auch Ludwigs Gefühle gewesen sein mussten, während er eine solche Musik schrieb. Was muss man innerlich erleben, um dieses Ausmaß an Traurigkeit und Tiefe in seiner Kunst wiedergeben zu können? Und dennoch: durch die Noten und Klänge durchzieht sich bei ihm zugleich immer auch ein zarter Strahl an Hoffnung und Zuversicht, meisterhaft umgesetzt zum Beispiel durch die Holzbläser, Flöten und Fagotte. „Mein Gott, Lili, du bist ja schon auf dem Weg zur

Sachverständigen!", sagte sie sich im Scherz. „Daran ist sicher er allein schuld". Ohne zu wissen, dass sie sich schon im Zwischenteil zum letzten Satz befanden, erkannte Lili plötzlich das berühmte Thema wieder, das hier noch spielerisch variiert wird und in andere Musikteile eingebettet ist. „Ahhh…", entfuhr es ihr, diesmal etwas lauter, sodass sich ein älterer Herr in der Reihe vor ihr amüsiert nach ihr umdrehte. Lili hörte noch, wie er zu seiner Frau sagte: *„Ja, dat kennt dat junge Jemös och noch joot!"

Lili bekam einen hochroten Kopf und hatte das Gefühl, jeder Konzertbesucher der Beethovenhalle starrte sie jetzt im Augenblick an und lachte heimlich über sie. Peinlich!

Der Bariton „Oh Freunde, nicht diese Töne", erlöste sie von dieser Vorstellung, und der Chor setzte ein. Jetzt erfüllte sich die Bühne mit gefühltem tausendfachem Leben, und es gab gar keine Möglichkeit mehr, irgendwelchen überflüssigen Gedanken hinterher zu jagen.

Auch Ludwig war wieder völlig aufgelöst. Lili spürte seine Begeisterung. Hatte man den Chor und die Sänger zuvor noch relativ unerkennbar auf der Bühne positioniert, traten sie jetzt umso stärker in Erscheinung, was hervorragend zur Inszenierung der Musik passte. Nein, eine solche Wucht an Energie und Stärke hätte er jetzt nicht erwartet. Das war meisterhaft!

* „Ja, das kennt das junge Gemüse auch noch gut!"

„Seid umschlungen, Millionen!", ertönte es jetzt von der Bühne. „*Ja, so soll es sein!*", ließ er sich begeistert aus. „*Wunderbar! Das habe ich geschrieben?*"
Ludwig war jetzt nicht mehr außenstehender Betrachter, sondern er war in seiner Musik, nein, besser, er WAR die Musik. Es gab hier nichts mehr zu korrigieren, zu interpretieren, zu bemerken. Ludwig lebte. Er lebte, so wie er vielleicht noch nie gelebt hatte, auch zu Lebzeiten nicht. Was würde Schiller dazu sagen? Brauchte es noch

mehr, um seine Gedanken, seine Gefühle, seine Sehnsüchte, seine Ideen von Brüderlichkeit und Freiheit zu verewigen?

Lili empfing nun jede Schwingung Ludwigs, jede Aufwallung, all die Unmenge an sich zum Teil widerstrebenden, aber letztlich doch kanalisierten Gefühlen, die doch alle nur ein Ziel kannten: den Menschen und die Würde, die ihm zuteil werden sollte.
Als ihr Vater ihr in guter Absicht ein „Schön, was Lili?" zuraunte, konnte sie darauf nichts, rein gar nichts erwidern.

Erst der Schlussakkord entließ sie langsam aus der Welt, in welcher sie jetzt etwa 70 Minuten lang eingebunden gewesen war, fast so als sei sie selbst ein Teil dieses Klangkosmos. Vor diesem Erlebnis hätte Lili sich nicht im Entferntesten ausmalen können, dass diese Musik sie so stark in ihren Bann würde ziehen können! Sie atmete tief ein und aus.

Ihren Eltern, die das Konzert ebenso gefesselt hatte, war die Faszination ihrer Tochter nicht entgangen, hatten sie doch immer mal wieder Lilis Äußerungen gehört. Dass diese nicht ihre eigenen waren, konnten die Eltern natürlich nicht wissen. So sahen sie ihre Tochter nach dem Schlussakkord noch immer gebannt von dem musikalischen Erlebnis auf ihrem Platz sitzen, ja beinahe schien es so, als kehre Lili von ganz weit her zurück. Die Eltern sahen sich lächelnd an. Dass dieses Konzert Lili derart begeistern würde, damit hätten sie nie und nimmer gerechnet.

Da nun die Sitznachbarn Lilis aufstanden, um hinauszustreben, erhob sich Lili und ging, immer noch tief beeindruckt, mit ihren Eltern hinaus. Draußen empfing sie die kalte Dezemberluft, es war so als würde sie durch einen Vorhang gehen. Eben noch umhüllt von den mächtigen Klängen der Musik Beethovens, begann die Frische des Abends ihr erhitztes Gemüt zu kühlen. Sie begann zu frösteln. Der Vater, noch ganz im Rausch der Musik und glücklich darüber dieses Erlebnis mit Frau und Tochter geteilt zu haben, knuffte Lili übermütig in die Seite: „Na, Töchterchen, das war mal ein Konzert, was?“ Unterdessen legte er seinen Arm um seine, nun auch fröstelnde, Frau.

Frau Frisch schmiegte sich, wärmesuchend an ihren Mann und versuchte dessen rheinisches Naturell zu zügeln: „Jetzt lass sie doch erst mal Luft holen! Das Konzert hatte eine solche Wucht, da muss auch ich erst mal in Ruhe zu mir kommen." Sie schaute Lili an und merkte intuitiv, dass ihrer Tochter gerade nicht zum Reden zumute war. Auch ihr, der Mutter, war es eher danach schweigend den Heimweg anzutreten und die Musik in sich noch nachklingen zu lassen. Sie sah ihren Mann eindringlich an. Diesen Blick kannte er. Das war wohl mal wieder so eine Frauensache. Natürlich war das Konzert phänomenal und hatte auch ihn durch und durch begeistert und mitgerissen, doch das hinderte ihn nicht daran sich unmittelbar danach darüber austauschen zu wollen. Nein, für ihn als Rheinländer war es geradezu ein Muss sich zu dem Erlebten zu äußern. Ja es musste raus! Doch der Wink seiner Frau war eindeutig gewesen, und so verkniff er sich jeden weiteren Kommentar und trat mit seinen beiden Mädchen schweigend den Heimweg an. Seine Frau würde sicher nicht ewig still sein wollen. Und so war es auch; denn auch sie war schließlich Rheinländerin.

Als Herr Frisch mit seinen inzwischen durchgefrorenen Mädels die Haustür hinter sich schloss, ging er, gefolgt von seiner Frau, ins wohlig warme Wohnzimmer, wo sie es sich bei einem Glas Wein gemütlich machten. „Das war bei weitem das beste Konzert, die beste Interpretation von Beethovens Neunter, die ich bislang gehört habe!“ Ihr Mann strahlte sie dankbar an. Er hatte gewusst, dass seine Frau nicht länger hätte schweigen können. War doch auch für sie der Austausch mit ihm stets wichtig. Als Lili, nun auch wieder mehr und mehr in der Gegenwart angekommen, sagte, sie gehe sich umziehen und anschließen ins Pfarrheim zu Helga, waren ihre Eltern schon so sehr im Gespräch über das Konzert, den Dirigenten, das Orchester und den Chor versunken, dass sie Lili nicht hörten.

Oben in ihrem Zimmer, ließ sie sich auf ihr Bett fallen. Auf dem gesamten Heimweg hatte diese mächtige Musik, die sie bis in die kleinste Faser ihres Körpers hinein hatte vibrieren lassen, die jedes noch so gut verpackte Gefühl in ihr an die Oberfläche gerissen hatte, in ihr nachgeklungen. Und so war sie jetzt damit beschäftigt dieses Erlebnis für sich persönlich einzuordnen. Auf diese Art und Weise hatte sie Musik noch nie gehört. Natürlich hing dies insbesondere mit Beethovens Gegenwart in ihr zusammen, die längst viel, viel mehr geworden war als eine bloße Stimme.

Manchmal war sich Lili nicht mehr sicher, ob es ihre eigenen Gedanken und Worte waren, oder ob es Ludwigs waren. Dann wieder glaubte sie, mit ihnen zu verschmelzen. Und heute, an diesem Abend, in diesem Konzert, da war er sie und sie war er. Seine Gefühle waren ihre Gefühle. Auf ihrem Bett liegend atmete Lili tief ein und aus.„*Ihr spüret es* itzet *auch, nicht wahr Fräulein Lili. Ihr spüret es itzet auch.*" – „Ludwig", es klang beinahe zärtlich, als Lili seinen Namen aussprach. „*Ach werthe Lili, ihr habet mir gar ein so kostbares Geschenke gemachet, dass ich nicht wisset, wie ich es Euch sagen lassen kann!*" – „Ich weiß, Ludwig. Ich weiß." Und für den Bruchteil einer kleinen Ewigkeit spürten beide, dass sie es voneinander wussten, so als sei es immer schon da gewesen. Es bedurfte keiner Worte. Es war und es blieb: ein einzigartiges Gefühl! Kaum dass sie sich dieses Momentes bewusst wurde, war er auch schon vorbei und Lili fühlte sich mit einem Mal wie aus der Taufe gehoben. So neu, so frisch und lebenshungrig.

Mit einem Satz stand sie auf, begann sich für die Fete im Pfarrheim fertig zu machen, und als sie mit dieser neugewonnen Energie und in ihrem coolen Outfit kurze Zeit später die Treppen hinunterkam und zur Wohnzimmertür hineinschaute, um den Eltern tschüs zu sagen, blieb dem Vater, der gerade über den grandiosen Beginn des Scherzos lebhaft mit seiner Frau diskutierte, das Wort vor Staunen im Hals stecken. Wie konnte es sein, dass diese bezaubernde junge Dame seine Lili war? Seine spitzbübische Tochter, die sich gerne morgens aus der Backstube frische Croissants stibitzte. Wie war das möglich, dass genau diese Lili sich innerhalb von nicht einmal einer Stunde derart verändert hatte. Sie hatte so ein Strahlen, so eine Sicherheit bekommen.

Frau Frisch erblickte Lili und sah die Reaktion ihres Mannes. Sie musste lächeln. Dieses Erkennen, das ihren Mann gerade ereilte, nämlich dass Lili kein Kind mehr war, das hatte sie schon seit einiger Zeit. Und so half sie ihrem Mann über dessen plötzliche Sprachlosigkeit hinweg: „Na, wenn das nicht unsere erwachsene Tochter ist, was Hans-Werner!" dabei stand sie auf und ging auf Lili zu. „Gut schaust du aus, Lili-Maus. Schau, deinem Vater hat es die Sprache verschlagen!"

Hans-Werner Frisch war seiner Frau unendlich dankbar für ihre Schützenhilfe. „Ja, das kann man wohl sagen! Ich bin froh, dass Helga heute an deiner Seite ist. Da kann sie dir helfen allzu aufdringliche Jungs abzuwehren.“ Er stand nun bei seiner Frau, und seiner Tochter.

Lili schmunzelte, wenn ihrem Vater mal die Worte ausgingen. Und das hieß schon was! Ein größeres Kompliment konnte er ihr gar nicht machen. „Weißt du was, deine Mutter und ich begleiten dich zum Pfarrheim. Schließlich ist Helga schon dort, und so musst du nicht allein gehen. Noch vor einem Tag hätte Lili protestiert und auf ihre Selbständigkeit gepocht. Doch jetzt sah sie in den Augen ihres Vaters bei allem Stolz, den er beim Anblick seiner Tochter empfand, auch einen Funken Traurigkeit. Da die Mutter direkt in den Vorschlag einstimmte, wollte Lili die Beiden am Silvesterabend nicht vor den Kopf stoßen, war es doch auch das erste Silvesterfest, das sie nicht gemeinsam verbringen würden. So schlenderte sie, rechts und links von den Eltern untergehakt, zum Pfarrheim.

Kurz bevor sie das Pfarrheim erreichten, blieb Frau Frisch stehen und hakte sich bei ihrem Mann unter: „So, wir müssen Lili ja nicht noch die Stufen hochtragen. Ich denke mal, dass sie jetzt keine Eskorte mehr braucht. Ihre Tochter blickte sie dankbar an. Die letzten Minuten hatte sie sich schon überlegt, wann und wie sie die elterliche Begleitung beenden sollte, denn auf der Fete wollte sie allein auftauchen. So drückte sie beiden einen herzhaften Kuss auf die Wangen und wünschte Ihnen einen guten Rutsch ins neue Jahr. „Ich rufe euch gleich morgen von Blackburns aus an. Also sobald wir aufgestanden sind.“ Und mit diesen Worten machte sie sich auf die letzten Meter zum Pfarrhaus und verschwand bald darauf durch die Eingangspforte.

Anneliese Frisch schmiegte sich an ihren Mann: „Tja Hans-Werner, das ist der Lauf der Zeit. Unsere kleine Lili ist jetzt unsere Große! Komm, lass uns nach Hause gehen!“ Gemeinsam spazierten die beiden durch das nächtliche Beuel. „Weißt du was“, meldete sich Herr Frisch nach einer Weile des besinnlichen Dahinschlenderns. “Lass uns zum Silvesterfeuerwerk an den Rhein gehen. Das soll in diesem Jahr besonders schön werden. Wegen Beethovens 200. Geburtstag." – „Ja, lass uns das tun. Aber nicht mitten ins Getümmel, sondern etwas abseits. Doch noch ist Zeit, und ich würde mich gerne noch zu Hause etwas aufwärmen", erwiderte Anneliese Frisch. Und ohne es auszusprechen, wussten beide, dass sie begonnen hatten sich auf eine neue Lebensphase einzustimmen.

Lili hatte schon auf den letzten Metern, in denen sie sich dem Pfarrheim näherte, gespürt, dass sich in ihr eine erwartungsvolle Anspannung aufbaute. Natürlich hoffte sie, Helga so schnell wie möglich zu finden, ging sie doch davon aus, dass nun um 22.00 Uhr der Saal schon ziemlich voll sein würde. Das würde ihr erschweren sich einen Überblick darüber zu verschaffen wer alles da sein würde. Eigentlich und ausschließlich ging es ihr um Axel. Allein an ihn zu denken, ließ ihr Herz schneller schlagen, flutete sie mit einem wohlig warmen Gefühl. Der Anspannungspegel stieg und stieg. Würde er dort sein? Mit wem würde er dort sein? Käme er allein oder in Begleitung, und wenn ja, mit wem?

Unmittelbar, bevor sie die Pforte öffnete, blieb sie einen Moment stehen und rief sich zur Ruhe: jetzt dreh nicht durch, bevor du überhaupt etwas weißt und ihn gesehen hast. Geh jetzt rein, mach Helga ausfindig, und alles andere wird sich finden!

Es wirkte! Lili ging hinein, gab ihre Jacke an der eigens für diesen Abend eingerichteten Garderobe ab und betrat den Saal.

Ein süßlicher Geruch empfing sie, und die Musik passte dazu. Gerade lief der Song „Piece of my heart“ von Janis Joplin. Da waren sicher einige Tüten im Umlauf, und noch ehe Lili den Gedanken beendet hatte, wurde ihr eine angeboten. Dankend lehnte sie ab. Die Erfahrung aus der Bonner Nacht reichte ihr. Es waren tatsächlich sehr viele Jugendliche zur Silvesterfete gekommen, und ein Großteil von ihnen tanzte nun wild zu den Klängen Joplins auf der Tanzfläche. Lili versuchte sich einen Überblick zu verschaffen, was zugegebener Weise fast unmöglich war. Da wuselten einfach zu viele Jungs und Mädels vor ihr herum. So würde sie Helga nicht finden. Kurzentschlossen ging sie deshalb zu einem am Rand des Saales stehenden Stuhl und stellte sich darauf. Und tatsächlich, nachdem sie ihren Blick hatte schweifen lassen, entdeckte sie Helga.

Auch Helga versuchte immer wieder Ausschau nach Lili zu halten, ohne Erfolg. Doch sie konnte sich nicht alle fünf Minuten zum Eingang durchkämpfen, und außerdem war der Platz, den sie und Heiner in der Sofaecke ergattert hatten, zu gut, um ihn an andere Pärchen zu verlieren. Helga war fast so aufgeregt wie Lili. Heute Abend musste es mit ihrer Freundin und Axel klappen. Das hatte sie sich fest vorgenommen. Selbst das Knutschen mit Heiner konnte sie nur teilweise ablenken. „Wo bleibt Lili bloß? Das Konzert in der Beethovenhalle müsste doch schon längere Zeit vorbei sein." Unruhig hatte sich Helga aus Heiners Armen gelöst, sich, obwohl sie nicht mehr sehen konnte, auf das Sofa gestellt, um sich kurz darauf mit einem Seufzer neben Heiner aufs Sofa plumpsen zu lassen. „Und du bist dir sicher, dass Axel kommen wird? Hatte er keine Uhrzeit genannt? Ich werde noch wahnsinnig!" Heiner zog seine Freundin behutsam an sich, und während er begann ihren Nacken mit zarten Küssen zu liebkosen, flüsterte er ihr beruhigend ins Ohr: „Honey, mach dir nicht so viele Gedanken. Wir haben alles getan, was wir tun konnten. Jetzt liegt es an ihnen. Und ja, Axel hat mir versprochen, dass er zur Fete kommt. Es schien zu wirken. Helga entspannte sich und ließ sich seufzend von Heiner liebkosen.

Nachdem Axel während des Joggens noch voller Überzeugung war sich an diesem Abend mit Lili auszusprechen, gewannen, je später es wurde, seine Zweifel die Oberhand. Was wäre, wenn Lili nicht dort sein würde? Auch wenn weder Helga noch er diesen Ludwig kannten, so konnte er doch existieren und Lili bereits jetzt in dessen Armen liegen! Und überhaupt, was, wenn sie nicht in ihn, Axel, verliebt war... „Schluss, aus! Ich werde ja noch wahnsinnig. Ich gehe da jetzt hin. Egal was wird. Es ist Silvester und Heiner und Helga sind dort. Punkt, aus, basta!“, schalt Axel sich laut.

Er ging ins Bad, duschte ausgiebig, benutzte anschließend das Rasierwasser, das seine Mutter ihm zu Weihnachten geschenkt hatte, zog seine neue Wrangler an, ein Weihnachtsgeschenk seines Patenonkels, und dazu seinen weißen Lieblingspulli. Unten im Hausflur schlüpfte er in seine Turnschuhe, zog seinen Parker an und machte sich auf den Weg zum Pfarrheim.

Er kam etwa eine Viertelstunde nach Lili dort an und wurde gleich am Eingang von Gisela, einer früheren Klassenkameradin, abgefangen. „Ach wie schön! Der schnuckelige Axel!", noch ehe er reagieren konnte, hatte sie ihre Arme stürmisch um ihn geschlungen und erzählte ihm, leicht lallend, wie sehr sie ihn bewundere, seit sie ihn im Pfarrheim auf der Bühne gesehen hätte. Dass er so Musik machen würde, und überhaupt sei er ein ganz heißer Typ. Bei diesen Worten versuchte sie immerzu ihn auf Wange und Mund zu küssen. Axel wusste nicht wie ihm geschah. Mittlerweile war er mit der ihn zulallenden und bedrängenden Gisela im Saal des Pfarrheims angelangt, und jeder Versuch sich von ihr zu lösen schlug fehl. Schon zog sie ihn auf die Tanzfläche und begann zu „Spirit in the sky" von Norman Greenbaum wie wild um ihn herum zu tanzen, wobei sie ihn immer wieder überschwänglich umschlang. Wo waren die anderen? Axel sah sich hilfesuchend um.

Heiner sah ihn zuerst. Er traute seinen Augen nicht! Was ging denn da ab? Drehte Axel jetzt komplett am Rad? Doch irgendetwas stimmte nicht. Weiter kam er in seinen Überlegungen nicht; denn plötzlich berührte ihn eine Hand an der Schulter: „Mensch, da seid ihr ja! Ich dachte schon, ich finde euch in diesem Gewusel nicht mehr! Wo ist denn Helga“? – Es war Lili, die Heiner mit einem sichtlich erleichterten Lächeln ansah und gleichzeitig ihren Blick auf der Suche nach Helga über die Menge schweifen ließ. Mit einem Mal gefror ihr Lächeln und Heiner wusste, dass sie Axel nun auch sah. – Inzwischen war Helga von der Toilette zurück und im Begriff Lili hocherfreut zu begrüßen, als auch sie deren Gesichtsausdruck und ihrem Blick folgend, Axel mit der ihn wild umtanzenden und umschlingenden Gisela sah. Helga blickte verzweifelt zu Heiner, doch zu mehr kam sie nicht; denn schon stürmte eine nach Fassung ringende Lili hinaus und Helga hinter ihr her.

Von alledem bekam Axel, der auf der Tanzfläche verzweifelt versuchte sich von der ganz offensichtlich zugedröhnten Gisela zu befreien, nichts mit. Deren Freundin, die die

Situation sofort erkannte, kam Axel zur Hilfe und begleitete die inzwischen erschöpfte Gisela zu ihrem Sitzplatz. Axel atmete auf und nahm nun den heftig winkenden Heiner wahr, erleichtert ging er auf ihn zu. Heiner, der nun die Situation auf der Tanzfläche verstand, begrüßte ihn: „Mensch Ax, das sah vorhin so aus, als ob du und das Mädel miteinander viel Spaß hättet.“ Axel erklärte Heiner die Zusammenhänge, und dieser schüttelte den Kopf, konnte sich ein Schmunzeln jedoch nicht verkneifen: „Der schnuckelige Axel“, doch dann fiel ihm Lili wieder ein, die die Szene auch gesehen, ihre Schlüsse daraus gezogen und völlig entsetzt aus dem Saal gestürmt war. Axel traute seinen Ohren nicht. Das konnte doch nicht wahr sein. Sah er in diesem mysteriösen Ludwig nach wie vor einen potenziellen Konkurrenten, so glaubte jetzt Lili, dass etwas zwischen Axel und Gisela lief. Wenn er das alles nicht wirklich erlebte, würde er denken, dass sich so etwas nur jemand ausdenken könne. Heiner merkte, wie aufgewühlt sein Freund war und versuchte ihn zu beruhigen: „Helga ist bei ihr. Das wird schon.“, doch es klang nicht wirklich überzeugt.

Als Lili die beiden auf der Tanzfläche gesehen hatte, war ihr für einen Moment die Luft weggeblieben. Da vergnügte sich Axel doch tatsächlich mit einem Mädel offen auf der Tanzfläche! Klarer ging es wohl nicht! Da nutzte es auch nicht, wenn Helga ihr noch vor ein paar Tagen versicherte, dass Axel sich ebenfalls in sie verliebt habe. Das, was sie eben gesehen hatte, sprach für sich. Lili riss ihre Jacke vom Garderobenständer, nichts wie raus hier. „Lili, Lili, so warte doch! Bitte warte auf mich!“ Helga hatte ihre Freundin beinahe erreicht. Sie konnte sie jetzt nicht gehen lassen. Für die Szene auf der Tanzfläche musste es eine Erklärung geben. So kurz vor dem Ziel konnte Lili doch nicht alles hinschmeißen! Gerade als Lili zur Pforte hinauseilen wollte, hielt sie sie am Ärmel fest. „Nimm mich mit, Schnucki“ (das war Helgas Kosenamen für Lili, den sie nur selten benutzte), „Ich kann jetzt auch etwas frische Luft gebrauchen!“ Die beiden Freundinnen setzten sich auf die Bank, die unter der Eiche vorm Pfarrheim stand.

Lilis Stimme klang traurig und enttäuscht, als sie von dem eben erlebten sprach. Sie habe sich so bloßgestellt gefühlt. Es sei so gewesen, als ob der ganze Saal über sie gelacht habe. Helga hörte ihr zu, während sie sich das Gesehene in Erinnerung rief. Ja, Axel war da mit einer anderen auf der Tanzfläche gewesen, und es schien heftig zwischen ihnen zu knistern, doch irgendetwas stimmte nicht. Und dann wusste sie es: Axels gequälter Gesichtsausdruck. Schon fast freudig sagte sie: „Ich glaube, das Mädel hat sich Axel an den Hals geschmissen. Er hatte den gleichen Gesichtsausdruck wie bei Hazel. Er sah alles andere als glücklich aus!" – Lili begann sich zögerlich dieser Theorie anzunähern: „Meinst du wirklich?" Sie schniefte kräftig in ihr Taschentuch. „Ach, Helga, ich weiß mittlerweile gar nicht mehr was ich glauben soll!" – Helga legte tröstend ihren Arm um Lili: „Komm lass uns reingehen. Du wirst sehen, dass ich Recht habe!" – Lili schaute Helga unsicher an. Ihr war jetzt gar nicht danach wieder in den Saal zu gehen, zu all den Menschen. Ach, die Situation war so verfahren. Helga zog sie sanft mit sich zum Pfarrheim. An der Saaltür blieb Lili stehen: „Geh du schon mal vor, ich brauche noch einen Moment." Das konnte Helga gut verstehen. Sie umarmte Lili kurz und ging hinein.

Lili stand an der Schwelle zum Saal, doch sie zögerte. Ein Schritt, dann wäre sie drin. „Lass uns tanzen, bitte!" – Es ist die Stimme Axels die sie ganz nah an ihrem Ohr hört.

Axel hatte es nicht ausgehalten zu warten, bis Lili mit Helga wiederkam. Er ging aus dem Saal und sah wie die Beiden das Pfarrheim verließen. Nun zögerte er. Was sollte er tun? Jetzt hinter den beiden herrennen und zu versuchen Lili alles zu erklären? Noch war er viel zu aufgeregt, und er wusste, dass Lili das auch war. Deshalb wartete er. Nach einer gefühlten Ewigkeit sah er dann die beiden zurückkommen. Aus Angst den Augenblick zu vermasseln, versteckte er sich schnell hinter der Garderobe. Aus seinem Versteck sah er wie Helga wieder in den Saal ging und Lili an der Tür stehen blieb. Ihm pochte sein Herz bis zum Hals. Er spürte, dass er den Augenblick nicht verstreichen lassen durfte, dass sonst alles nochmal so kompliziert werden würde. Doch was sollte er tun? Wie den ersten Schritt auf sie zugehen? Was sagen? Und dann wurde das nächste Lied abgespielt und es traf Axel volle Kanne: Let it be – dieser Song, der ihn schon beim ersten Hören durch Mark und Bein gegangen war, zu dem begann man nun im Saal zu tanzen. Axel fasste all seinen Mut zusammen: jetzt oder nie! Entschlossen ging er auf die immer noch im Türrahmen stehende Lili, die ihm den Rücken zukehrte, zu, beugte sich leicht zu ihr hinunter: „Lass uns tanzen!“, hörte er sich sagen, während er die Hand der überraschten Lili in seine nahm und sie sanft mit auf die Tanzfläche führte.

Lili traute ihren Ohren nicht, als sie Axels Stimme hörte. Wie durch einen Schleier nahm sie ihn wahr, spürte wie er ihre Hand in seine nahm, wie er mit ihr auf die Tanzfläche ging. Ihr Herz schien ihr aus der Brust zu springen, so heftig klopfte es.
Was geschah gerade? Plötzlich war Axel an ihrer Seite. Sie spürte seine Nähe, nahm seinen Duft wahr. Axel! Mehr konnte sie nicht denken, und mehr wollte sie auch nicht. Egal was war, jetzt war er hier bei ihr. Er zog sie an sich, sie legte ihre Arme um seinen Hals und gemeinsam segelten sie in der Woge ihrer Emotionen davon: Let it be! – Für den Betrachter stand da ein verliebtes Pärchen auf der Tanzfläche, das, ähnlich wie die Paare um sie herum, sich kaum merklich bewegte. Die junge Frau hatte ihren

Kopf an die Schulter des jungen Mannes gelegt und ihre Augen geschlossen.

Irgendwann, als Paul McCartney im Lied singt, dass es, auch wenn die Nacht voller Wolken ist, da immer noch ein Licht ist, das scheint, bis in den Morgen, hebt Lili den Kopf und schaut in Axels Augen, die ebenso wie ihre mit Tränen gefüllt sind und langsam seine Wange hinunterrinnen. In dem Moment weiß sie, dass er genauso fühlt wie sie. Und auch Axel sieht es in Lilis Augen. Sieht das Strahlen darin, das - getragen von Liebe - ihn umfängt, ihm durch Mark und Bein fährt. Ja, da gibt es keinen Zweifel mehr zwischen ihnen in diesem Augenblick. Axel beugt sich zu Lili hinab, küsst zärtlich sanft die Tränen auf ihrem Gesicht. Lili durchläuft ein wohlig warmer Schauer, und ein Seufzer löst sich aus ihrer Brust, öffnet alle Kanäle der Sehnsucht in ihr, und sie beginnt sein Gesicht mit zarten Küssen zu liebkosen. Als sich Axels Lippen auf ihre legen, gibt es endgültig nur noch sie und ihn. Alles andere um sie herum geht unter in diesem so lange ersehnten, leidenschaftlichen Kuss, der kein Ende zu nehmen scheint. Sie kehren erst wieder in die Wirklichkeit des Pfarrheims zurück, als sie von anderen, nun wild zu den Klängen von Jimi Hendrix „Purple haze“ tanzenden, angerempelt werden. „Komm,“ wieder ist es Axel, der die Initiative ergreift, Lilis Hand nimmt und mit ihr aus dem Saal huscht.

Helga, die auf Lilis Bitte hin in den Saal gegangen war, drehte sich aus Sorge Lili könne doch nicht nachkommen genau in dem Moment um, als sich Lili und Axel auf der Tanzfläche engumschlungen zu „Let it be“ kaum merklich im Takt bewegten und sich schließlich leidenschaftlich küssten. Mit einer Mischung aus Verzückung und Zufriedenheit blieb sie wie angewurzelt stehen. „Na, meine süße Kupplerin, jetzt zufrieden?“ – Es war Heiner, der Helga von hinten um die Taille faste und ihr zärtlich den Nacken liebkoste. Dabei konnte er sich ein Grinsen nicht verkneifen, war doch auch er froh, dass Lili und Axel nun ganz offensichtlich zueinander gefunden hatten. Helga drehte sich zu ihm um, schlang ihre Arme um seinen Hals: „Ich bin so was von froh. Die beiden waren aber auch ein besonders schwerer Fall.“ Als Helga sich wieder dem Liebespaar zuwenden wollte, waren sie verschwunden. „Wo sind sie denn jetzt hin? Sie haben doch eben noch selbstvergessen da vorne rumgeknutscht!“ – Helga wollte schon los gehen, um sie zu suchen. „Honey, ich glaube die möchten jetzt gerne allein sein. Und schau mal, da drüben die Kuschelecke ist gerade frei geworden. Die Gelegenheit sollten wir uns nicht nehmen lassen. Und weiter Helgas Nacken liebkosend zog Heiner seine schnurrende Freundin mit in die Sofaecke. Im Nu gab diese ihren Plan auf, Lili und Axel zu suchen. Heiners Zärtlichkeiten und Liebkosungen nahmen sie ganz in Beschlag.

Den beiden Frischverliebten ging es nicht anders. Beide hatten sich in all den Wochen so sehr nach dem anderen gesehnt, danach, die Nähe des anderen zu spüren, ihn zu berühren, zu liebkosen, mit ihm gemeinsam in den Wogen der aufbrechenden Zärtlichkeiten einzutauchen, zu verschmelzen, dass sie gar nicht anders konnten als diesem brennenden Gefühl endlich Raum zu geben, es zuzulassen und zu genießen. Axel führte Lili in einen der hinteren Räume, in denen alte Requisiten von früheren Veranstaltungen gelagert wurden. Dort stand ein altes Canapé, auf dem die Beiden Raum und Zeit vergaßen. Lili war überwältig von der Zärtlichkeit, mit der Axel sie liebkoste. Vorsichtig, so als könnten sie den Zauber, der sie umgab, zerstören, bedachten sie einander mit zarten Liebkosungen. Axel nahm behutsam Lilis Gesicht in seine Hände, ging sacht mit seinen Fingern die Linien ihres Gesichtes nach, um dann an den Lippen angekommen, diese mit einem innigen Kuss zu verschließen. Und auch Lili umfasste Axels Gesicht, fuhr ihm zärtlich durch sein strubbeliges Haar, küsste seine geschlossenen Augen. Immer wieder tauchten sie ab in das Meer ihrer Gefühle, um sich schließlich engumschlungen, tief in die Augen zu blicken. Was für ein Hochgefühl, es war für beide überwältigend. Sie schauten sich an. Jeder der beiden wusste, es gab so viel zu erzählen, zu erklären, zu verstehen. „Lili, weißt du: diese Hazel, da ist nie etwas gelaufen, und vorhin auf der Tanzfläche, das war die bekiffte Gisela. Es warst immer nur du, seit dem Kuss auf dem Moped, ich…

– „Huh, huh, ihr zwei Turteltauben, wo seid ihr? Los kommt aus eurem Nest, sonst verpasst ihr noch das Feuerwerk am Rhein!" – Helga hatte, obwohl die Kuschelecke mit Heiner der Himmel war, die Zeit nicht aus dem Blick verloren. Schließlich würde dieses Jahr, zu Ehren Beethoven's 200stem Geburtstag, ein ganz besonderes Silvesterfeuerwerk stattfinden, und dies dazu mit seiner Musik. Also hatte sie sich schweren Herzens aus Heiners Umarmung gelöst und sich auf die Suche nach Lili und Axel gemacht. Sie vermutete die zwei irgendwo in einem der hinteren Räume, und da die Zeit drängte, entschied sich Helga, laut nach ihnen zu rufen.

Axel kannte seine Schwester, sie würde nicht eher Ruhe geben, bis sie die Beiden gefunden hatte. „Ich glaube, wir sollten zu ihr gehen, du kennst ja Helga. Sie kann sehr hartnäckig sein". Damit sprang er auf, zog Lili zu sich hoch und küsste sie noch einmal leidenschaftlich. Lili, die noch ganz benommen war vom Rausch der Gefühle und dem Erlebten, nickte stumm, während sie Axel ihr liebevollstes Lächeln schenkte. Er hatte Recht. Und so wie es gerade war, war es perfekt. Sie wollte diesen wunderbaren Augenblick so lange wie möglich freihalten von Erklärungen und Fragen. Wollte dieses herrliche Gefühl des Verliebtseins und des Geliebt Werdens genießen. Und schließlich hatte sie Ludwig, der in den letzten zwei Stunden ganz aus ihrem Gedächtnis verschwunden war, versprochen mit ihm das Feuerwerk anzuschauen. Quasi als finales Abschiedsgeschenk. Beim Hinausgehen zupfte sie ihre Sachen zurecht und fuhr sich mit den Fingern durchs Haar.

Kaum hatten sie den Raum verlassen, kam auch schon Helga, die sich nun doch entschlossen hatte die Räume nach ihnen zu durchsuchen, auf sie zugeeilt: „Da seid ihr Turteltäubchen ja!“ – Erleichtert, die Beiden noch rechtzeitig gefunden zu haben, hakte sie sich bei Lili unter und zog sie mit sich davon. Darauf, dass die frisch Verliebten jetzt lieber zusammengeblieben wären, konnte sie keine Rücksicht nehmen. Zu neugierig war sie, Näheres über Lili und Axels Zusammentreffen zu erfahren. So nahm sich denn Heiner, der hinter seiner Helga zum Vorschein kam, seines Freundes schelmisch grinsend an und knuffte ihn in die Seite: „Na, Du Schwerenöter…“ – Axel, der nur Augen für seine Lili hatte, grinste flüchtig zurück und wollte schon zu seiner Schwester und Lili aufschließen, als Heiner ihn zurückhielt: „Lass Helga jetzt mal zum Zug kommen, sonst bekommt sie noch vor lauter Neugierde Schnappatmung“. Bei dieser urkomischen Vorstellung kehrte Axel aus seiner Welt leidenschaftlicher Gefühle zurück und prustete los. Helga und Schnappatmung, was für eine Vorstellung! Je länger er prustete und kicherte umso entspannter wurde er. Heiner sah seinem Freund belustigt zu: Axel schien es endlich wieder gut zu gehen. Anders als Helga, die Lili, nachdem sie sie in die Arme genommen hatte, sanft, doch bestimmt, mit ihren Fragen löcherte, legte Heiner seinem Kumpel Axel kurz den Arm auf dessen Schulter und kommentierte kurz: „Super, ich freu mich für euch“, danach gingen die beiden Freunde schweigend nebeneinanderher, bis Axel Heiner darauf ansprach, dass das diesjährige Silvesterfeuerwerk von musikalischen Klängen aus Beethovens Neunter begleitet würde.

Schon waren sie wieder bei ihrem gemeinsamen Thema, der Musik, sprachen über Dicks Angebot, ihn in England zu besuchen. Doch bei aller Liebe zur Musik und Freude sich mit Heiner über einen möglichen Englandaufenthalt zu unterhalten, ließ Axel Lili und Helga nicht aus den Augen, und das mit Recht; denn auch aus der Distanz konnte er erahnen, dass Helga bei Lili nicht lockerließ, auch wenn er den Wortlaut des Gespräches nicht hören konnte, und so war es auch: „Oh Lili, jetzt lass dir doch nicht jeden Satz aus der Nase ziehen! Also du und Axel habt getanzt, und dann…". Helga blickte in das immer noch verklärte Gesicht ihrer Freundin und bekam zum zigsten Male nur ein versonnenes „Ja" von Lili zu hören. „Ja, und weiter? Oh Mann Lili, spann mich nicht so auf die Folter! Ihr seid dann rausgegangen, das habe ich gesehen, und dann?" Helga sah ihre Freundin flehend an: „Erzähl schon! Habt Ihr euch geküsst? Wie war es? Hat es zwischen euch gefunkt?" Ein gehauchtes „Oh ja" war von Lili zu hören. Und auch wenn dies alles andere als eine zufriedenstellende Antwort für Helga war, so lief ihr bei diesen zwei selig gehauchten Worten ein prickelnder Schauer über den Rücken, so fühlbar war in dieser kurzen Antwort die immer noch in Lili vorherrschende Erregung der vergangenen Stunde. „Wow!", Helga war geflasht. „Das war wohl ein Tsunami, der euch da erwischt hat!" Sich nun nach Axel umdrehend antwortet Lili immer noch gedankenverloren:" Hm, ja!" – Plötzlich blieb Lili stehen, sodass Helga, die sich immer noch bei ihr untergehakt hatte zurückgezogen wurde:

„Lili was ist denn…“ weiter kam sie nicht, denn Lili hatte sich von ihr gelöst und lief auf Axel zu, der ebenfalls schnellen Schrittes auf Lili zuging. Sie waren inzwischen in der Marienstraße angekommen, und mit ihnen eine Vielzahl an anderen Menschen, die es in die Rheinuferstraße zur Anlegestelle der Rheinfähre drängte. Nicht, dass sie mit dieser nach Bonn übersetzen wollten, nein, die Anlegestelle auf der Beueler Seite befand sich ungefähr gegenüber vom Alten Zoll, wo das diesjährige Silvesterfeuerwerk stattfinden sollte. Der Alte Zoll war für den jungen Beethoven ein Ort des Rückzugs und der Inspiration gewesen. Dort hatte er, schenkt man den Erzählungen Glauben, sehnsuchtsvoll den Rheinschiffen hinterher gesehen, wie sie der ihm unbekannten Welt entgegenfuhren. Ob dieser Ort ihn gar zu der einen oder anderen Komposition anregte, mag dahingestellt sein. Auf jeden Fall bot sich der Platz für den geplanten Abschluss der 200 Jahresfeier zu Ehren des berühmten Sohnes der Stadt an. Hier fanden Orchester und Chor ausreichend Platz, schließlich sollten sie mit dem vierten Satz aus der Ode an die Freude nochmals das grandiose Werk Beethovens würdigen, es quasi mit ins neue Jahr nehmen.

In Windeseile hatte Axel seine Lili erreicht. Mit einem tiefen Seufzer schlang sie ihre Arme um seinen Hals, und im nächsten Moment versanken die beiden in ihrer Welt, in der es nur leidenschaftliche Küsse und Umarmungen gab. Heiner und Helga, die nun auch beieinanderstanden, sahen sich strahlend an, spürten sie doch diese enorme Leidenschaft, die zwischen den Beiden herrschte und sie ebenfalls ergriff. Erfasst von dieser Welle schlang nun auch Helga ihre Arme um Heiner und küsste ihn stürmisch. Und als Heiner wieder Luft holen konnte, hielt er sie lachend etwas von sich: „Wow, du bist mir ja eine ganz Ungestüme! Ich muss zugeben, das schmeckt nach mehr, doch wollten wir nicht ursprünglich zum Feuerwerk? Wer weiß wann wir so etwas noch mal erleben, und Zeit für uns finden wir danach sicher noch.“ Dabei fuhr er zärtlich Helgas Kurven nach, sodass es ihr heiß und kalt wurde. Doch sie musste zugeben, dass er Recht hatte. Sie räusperte sich, zupfte ihre Kleidung zurecht: „Stimmt auch wieder, also los, sonst kriegen wir keinen guten Platz mehr!

Als sie sich wieder in Bewegung setzten, tippte Heiner auf Axels Schulter: „Auf, Junge, reiß dich los und nimm dein Mädel mit! Sonst schaffen wir es nicht mehr rechtzeitig ans Rheinufer." „Los, Leute, sonst kommen wir zu spät!", drang nun auch Helgas Ermahnung an Lilis Ohr. Sie löste sich schweren Herzens von Axels Lippen, und Arm in Arm gingen die beiden Paare weiter. Dabei drückte sich Lili immer wieder an Axel, der glücklich ihre Taille umfasste, froh sie nun endlich bei sich zu haben und ihren süßen Duft einatmen zu können. Beide waren noch immer im Rausch ihrer Gefühle füreinander, gingen wie auf Watte und hatten unzählige Schmetterlinge im Bauch.

Am Anlegeplatz der Rheinnixe angekommen fanden die Vier tatsächlich noch einen guten Platz nicht unweit vom Steg. Helga und Lili setzten sich auf das Geländer, während sich Heiner und Axel hinter ihre Mädels stellten, sie umfassten und sie somit sicher in ihren Armen halten konnten. So standen sie also nun dort, schmiegten sich aneinander und schauten erwartungsvoll hinüber zum Alten Zoll, wo noch Lichter den Platz erhellten.

Es dauerte noch eine kleine Weile, bis mit einem Mal die Lichter im vorderen Bereich erloschen. Für einen Moment wurde es ganz still. Schiffe fuhren bereits seit dem frühen Abend nicht mehr auf dem Rhein, nichts sollte das Feuerwerk stören. Man hätte für einen Augenblick eine Stecknadel fallen hören können, so angespannt schienen alle am Rheinufer den Atem anzuhalten. Dann, mit der ihm eigenen Macht, erschall der Trommelwirbel des vierten Satzes zu ihnen hinüber über den Rhein. Man spürte förmlich wie die Menschen tief Luft holten um dann unmittelbar in die ersten Ah`s und Oh`s des Staunens, die das nun beginnende Feuerwerk bei ihnen auslöste, einzustimmen; denn das Feuerwerk war perfekt auf die Klänge von Beethovens Neunter abgestimmt. Mit dem Trommelwirbel schossen die Raketen in den dunklen Nachthimmel, um, kaum dort angekommen, analog zu den Trommelfanfaren ihre blütenähnlichen Funken in alle Himmelsrichtungen zu verteilen.

Begann sich der vierte Satz Beethovens nach dem Trommelwirbel zunächst zurückzunehmen, um dann, langsam sich aufbauend, beim Chorgesang im Finale zu gipfeln, tat das Feuerwerk es ihm gleich. Es untermalte, ja streichelte gar mit seiner eigenen Partitur Beethovens Meisterwerk. Es war unfassbar mit welchem Einfühlungsvermögen die verantwortlichen Pyrotechniker dieses Feuerwerk konzipiert hatten. Lili saß die ganze Zeit auf dem Geländer, gehalten von Axel, der ebenso wie alle mehr und mehr der Zeit entrückt wurde. Doch bei Lili löste dieses Erlebnis noch vielmehr aus. Denn kaum, dass das Spektakel begonnen hatte, hatte sie wieder ganz deutlich Ludwigs Präsenz in sich gespürt. Waren alle Anwesenden bereits völlig fasziniert und türmten ein „Ah“ und „Oh“ nach dem anderen vor sich auf, so war es Ludwig, als würde er davongetragen. Davongetragen von einem nicht fassbaren Gefühl des Berauscht seins, der reinen Ekstase im best möglichem Sinne, des puren Glücks. All diese Gefühle nahm Lili in sich wahr, wissend dass es Ludwigs Gefühle waren, die ganz und gar Raum in ihr einnahmen. Bei jeder Rakete, die sich über den Nachthimmel zu seiner Musik ergoss, als sei sie einzig zu diesem Zweck geschaffen worden, liefen Lili Schauer des Glücks über den Rücken, konnte sie ihrer Verzückung kaum Ausdruck geben. „*Es ist perfekt*“, hörte sie Ludwig zwischen all seiner Ergriffenheit flüstern, „*es ist perfekt!*", oder: „*Das ich dies izett erleben darf! Schaut, Lili, schauet, wie die Feuerfunken meine Musik liebkosen, oder isset es umgekähret. Liebkost meine Musik die Feuerfunken, die gar magisch den Himmel in ein buntes Farbenmeer verwandeln?*" – Ludwig hatte Lili in den zurückliegenden Wochen mehr als einmal zur Weißglut gebracht. Unzählige Male hatte sie sich gewünscht ihn endlich los zu sein, ihn mit seinem nervigen Geschwätz, und das meist zu den unpassendsten Gelegenheiten. Doch jetzt, in dieser Nacht, hätte es kein anderer besser in Worte fassen können als er, fühlte sie sich ihm mit einem Mal näher als je zuvor, teilte sie seine Gefühle als seien sie ihre. Und für den Bruchteil einer Sekunde war sie sich des kostbaren Geschenks seiner Präsenz in ihr bewusst. Und als die Musik noch einmal leiser wurde, so als wolle sie ein letztes Mal Luft holen für den klangvollen Abschluss, als scheinbar die letzten Raketen am dunklen Himmel verblassten, genau in dem Moment, als dann die Musik wieder anhob, leuchtete am Ufer, unterhalb des Alten Zolls ein imposanter Schriftzug auf, der viele der Anwesenden zu einem tosenden Applaus bewegte. Dort funkelten in goldrotem Fackellicht die Worte:" Dem geliebten Sohn

Bonns zum ehrenvollen Gedenken: 200 Jahre Beethoven!“ Die Faszination der Zuschauer, ihre Begeisterung für die fast halbstündige Darbietung von Musik und Feuerwerkskunst gipfelte spätestens jetzt in schier nicht enden wollendem Applaus und Bravorufen.

War Lili eben noch euphorisch getragen durch Ludwigs Stimmung, so schien diese jetzt zu kippen, hörte sie ihn mit tränenerstickter Stimme leise sagen: „*Und das mir. Dem, der so lange suchete nach dem wahren Gefühl der Verbundenheit! Das mir! Wehrtes Fräulein Lili, habt dank! Ihr könnet nicht erahnen was ihr mir geschenket habet! Adieu!*“ – Lili, selbst noch ganz unter dem Einfluss des Erlebten, wusste nicht, wie ihr geschah. Schon drohte dieser Stimmungswechsel sie zu ergreifen, als sie Axels Stimme an ihrem Ohr hörte “Ich liebe dich! Happy new year!“ Im nächsten Moment hatte Axel sie sanft zu sich herumgedreht und küsste sie zärtlich. Waren eben noch Ludwigs Gefühle in ihr vorherrschend, bahnten sich nun ungestüm ihre Gefühle für Axel in ihr ihren Weg und nahmen in Sekundenschnelle jeglichen Raum in ihr ein. Ein Schwall von Glückhormonen flutete Lili. Sie schaute Axel so liebevoll in die Augen, das diesem beinahe schwindelig wurde: „Ich liebe dich auch Axel Blackburn. Ich liebe dich auch!“ Der letzte Satz war kaum zu verstehen, da sie bereits ihre Lippen leidenschaftlich auf seine legte und ihn mit solcher Hingabe küsste, dass es Axel fast den Boden unter den Füßen wegriss.

„So, jetzt darf ich meiner Freundin aber auch mal ein frohes neues Jahr wünschen!“, meldete sich Helga zu Wort. Ihr und Heiner war es nicht anders ergangen als den anderen Zuschauern. Das Feuerwerk und die Musik hatten sie komplett umgehauen. Nachdem auch Heiner und sie sich ausgiebig umarmt, geherzt und sich ein gutes neues Jahr gewünscht hatten, sah dieser keine Möglichkeit mehr, Axel und Lili vor Helgas Zugriff zu schützen. Auch fand er, dass, frisch verliebt hin oder her, es jetzt an der Zeit war, sich gemeinsam zuzuprosten. Hatte er doch extra und auf Bitte von Helga eine Flasche Sekt nebst vier Gläsern mitgenommen. Während Helga ihre Freundin und ihren Bruder umarmte und herzte, ließ Heiner, mit viel Respekt, den Korken knallen, um dann die überschäumende Sektflasche weit von sich zu halten, die Gläser zu füllen und in der kleinen

Runde zu verteilen. Lili, die bis dahin alles wie im Traum erlebt hatte, war, selbst als Helga sie umarmte, noch nicht ganz da gewesen; viel zu heftig waren die Gefühlsstimmungen während des Feuerwerks gewesen. Und auch im Anschluss die sie völlig vereinnahmenden, berauschenden Küsse und Umarmungen Axels wurden nun durch das Knallen des Sektkorkens und die mehr und mehr an sie herantretenden Stimmen und Lachen der umstehenden Personen in die Gegenwart auf der Rheinuferstraße zurück katapultiert. Sie schaute von Helga zu Heiner, blickte in Axels Augen, und mit einem Mal war ihr zum Feiern zumute. Übermütig lachend prostete sie allen zu und umarmte jeden der Drei ausgiebig, während sie ihnen versicherte, wie froh sie sei mit ihnen diesen Silvesterabschluss erleben zu dürfen. Dass es nie einen besseren für sie gegeben hatte und sicher auch nie einen geben würde. Dabei genoss sie den Sekt, der mehr als einmal ihr Glas füllte. Helga strahlte Heiner und Axel an, die beide fasziniert Lilis kleiner Ansprache zuhörten. Es ist so schön, sie und auch meinen Bruder endlich glücklich zu sehen, ging es ihr durch den Kopf. Die vier hatten sich inzwischen eine der Parkbänke am Rheinufer ergattern können, waren doch zügig nach dem Feuerwerk viele der Zuschauer gegangen. Für die kleine Gruppe war es einfach noch zu früh. Zu aufregend war dieser Silvesterabend verlaufen. Da Helga nicht sicher gewesen war, ob Heiner daran denken würde eine Sektflasche mitzunehmen, hatte sie auch eine dabei. Und so knallte alsbald der nächste Korken, und die Gläser wurden erneut gefüllt. Sie redeten und lachten, waren einfach froh, jetzt miteinander das neue Jahr begrüßen zu können. Ab und an brach das Gespräch ab. Immer dann, wenn das eine Paar das zügellose Verlangen hatte sich mit heißen Küssen zu übersäen, flüsterte das andere Paar sich Liebesschwüre zu, oder saß einfach nur eng umschlungen und leicht kichernd zusammen und schaffte es, entweder die Zärtlichkeitswelle der beiden anderen abzuwarten oder ließ sich davon mitreißen, indem es sich daraufhin selbst in den Armen lag.

Irgendwann gewann doch die Müdigkeit Überhand. Es war Lili, die als erste zu frösteln und zu gähnen begann. Helga betrachtete die zweite Sektflasche: „Die ist definitiv leer", stellte sie lakonisch fest. Sie schmiegte sich noch enger an Heiner: „Und mir ist kalt. Ich wüsste da einen weitaus angenehmeren Ort für uns, Sweetheart“. Auch wenn es schon ziemlich spät oder früh am Morgen war, Heiner verstand sofort. Die Aussicht mit seiner Helga alleine sein zu können, mobilisierte ihn: „Ja, lass uns gehen, bevor ihr Mädels uns noch auf der Bank festfriert!“ So standen die Vier auf und gingen am Rheinufer entlang in Richtung… ja, wo sollte es jetzt hingehen? Axel hatte nicht mitbekommen, dass Lili in der Silvesternacht bei ihnen zu Hause übernachten würde. Deshalb wollte er den Weg zu Lilis Elternhaus einschlagen, um sie nach Hause zu bringen. Heiner und Helga die ein paar Schritte vor ihnen gingen, bekamen es gar nicht mit: „Ich schlafe doch heute bei euch.“, klärte Lili den überraschten Axel auf, als sie ihn weiter mit sich hinter den beiden anderen herzog. „Bei uns?“ Axel war ehrlich erstaunt. Wo willst du denn schlafen?“ fragte er mit einem Blick auf die engumschlungenen, sich immer wieder küssenden Helga und Heiner. „Bei Helga“ antwortete Lili automatisch. Kaum, dass sie es ausgesprochen hatte, wurde ihr klar, dass das nicht möglich sein würde. Axel wusste es auch und mit einem Mal begann sein Herz wie wild zu schlagen. „Da finden wir schon eine Lösung", sagte er mehr, um sich selbst zu beruhigen. So aufregend wie sich das alte Jahr verabschiedet hatte, so aufregend schien das Neue zu beginnen. Auch Lili war mit einem Mal hellwach und fror kein bisschen mehr. Im Gegenteil, je näher sie dem Elternhaus von Helga und Axel kamen, um so wärmer wurde ihr.

Nachdem sie die Haustür hinter sich geschlossen hatte, nahm Helga Lili zur Seite: „Du, ist es für dich OK in unserem Gästezimmer zu schlafen. Weißt du, Heiner und ich…" Ist schon in Ordnung, Helga. Verstehe ich. Das Gästezimmer ist OK." Axel, der in der Küche verschwunden war und mit Wasserflaschen für den Nachdurst zurückkam, war zunächst froh über die Entscheidung. Es dauert auch nicht lange, da hatten alle sich im Bad für die Nacht fertig gemacht und waren in den Zimmern verschwunden. Aus Helgas Zimmer kam leise Musik und dann und wann hörte man die beiden flüstern und kichern, bis ihre Stimmen verstummten.

War Axel zunächst erleichtert gewesen, zehrte nun die Sehnsucht danach, Lili in seinen Armen zu halten, sie zu spüren, zu küssen und zu liebkosen, mehr und mehr an ihm. Immer wieder warf er sich im Bett hin und her, ging ins Bad, in die Küche und wieder zurück. Und immer wieder kam er an der Tür des Gästezimmers vorbei und lauschte. Auch Lili erging es nicht anders. Als die sie aufwühlende Vorstellung mit Axel allein in einem Raum zu sein durch Helgas Gästezimmervorschlag abgetan wurde, war auch sie zunächst erleichtert. Als sie dann im Bett lag, sagte sie sich, dass das gut so sei, dass alles andere viel zu schnell, zu übereilt wäre. Doch das brachte sie nicht zum Schlafen. Im Gegenteil, auch bei Ihr wuchs von Minute zu Minute die Sehnsucht nach Axel. Sie begann auf die Geräusche im Haus zu achten und bemerkte recht schnell, dass da noch jemand nicht schlafen konnte. Da Helga und Heiner sicherlich keine Schlafprobleme haben würden, ihre Eltern bei Freunden übernachteten, blieb nur einer übrig, den die Schlaflosigkeit umtrieb: Axel! Allein der Gedanken an ihn ließ Lili wieder hellwach werden. Sie war unschlüssig. Was sollte sie tun? Vielleicht musste er nur noch mal ins Bad, oder hatte noch mal Hunger bekommen und war runter in die Küche gegangen. Schließlich schien er ganz zufrieden mit dem Vorschlag gewesen zu sein, dass Lili im Gästezimmer übernachten sollte.

Lili stand auf, ging leise zur Zimmertür und versuchte zu hören, was sich draußen vor der Tür tat. Mit einem Mal hörte sie Schritte, die näher zu kommen schienen, dann aber nicht weitergingen. Lili hielt vor Aufregung den Atem an. Er stand vor ihrer Tür. Sie war sich ganz sicher: Axel stand vor ihrer Tür! Was sollte sie tun? Oh, mein Gott, was sollte sie tun? In ihr Zögern hinein hörte sie, wie sich am Ende des Flurs eine Tür schloss. Er war es gewesen, da war sie sich ganz sicher. Was also sollte sie tun? Sie ging zum Fenster und öffnete es. Die Luft im Zimmer kam ihr mit einem Mal ganz stickig vor. Und die frische Januarluft tat gut! Sie fasste einen Entschluss: Nachdem sie das Fenster geschlossen hatte, ging sie geradewegs zur Zimmertür, öffnete sie und trat hinaus auf den Flur, nach ein paar Schritten stand sie vor Axels Zimmertür. Was, wenn es doch so war, dass er nur… - weiter kam Lili nicht mit ihren Überlegungen, denn unvermittelt öffnete sich die Zimmertür, und vor ihr stand ein verdutzter Axel. „Ich wollte nur, ich wusste nicht ob“ stotterte Lili. „Kannst du auch nicht schlafen?“ brachte sie noch hervor, ehe Axel sie an sich zog und ihr Gesicht mit Küssen überzog. Dieses Gefühl, das sich Lilis ermächtigte, war so gewaltig, dass es ihr fast den Boden unter den Füßen wegriss. Axel merkte wie Lili schwankte, nahm sie auf seine Arme und trug sie hinein in sein Zimmer. Sacht legte er sie aufs Bett und begann langsam ihren Körper mit Küssen zu bedecken. Überwältigt von seinen Zärtlichkeiten und Hingabe stöhnte Lili leise auf. Sie nahm sein Gesicht in ihre Hände, tastete mit ihrem Mund nach seinem, um im nächsten Moment in einem Meer von leidenschaftlichen Küssen abzutauchen. Sie erkundeten gemeinsam ihre Körper, ihre Leidenschaft, fanden stürmisch zueinander und segelten auf den Wellen ihrer Emotionen dahin. All die Gefühle, die sich so lange aufgestaut hatten, das Sehnen, das Hoffen, die Liebe, das Begehren des anderen brachen nun in einem gewaltigen Sturzflug aus ihnen heraus. Raum und Zeit hatten sich aufgelöst. Es gab nur noch sie und ihn. Sie waren berauscht vom Anderen, von dessen Körper und von dessen

Sinnlichkeit. Immer wieder trafen sich ihre erstaunten, glückliche Blicke, tauschten sie Zärtlichkeiten aus, liebten sie einander. Sie hatten ihr eigenes Universum gefunden. Irgendwann, nach einer gefühlten Ewigkeit, waren sie gesättigt, hatten genug gegeben und genommen, waren erfüllt von einem unfassbaren Glücksgefühl. Lili kuschelte sich an Axel. Ihr war…, sie wusste gar nicht wie ihr war. Was sie wusste, war, dass das, was sie gerade erlebt hatte, wunderschön war. Ein kostbarer Schatz. Etwas, das es zu bewahren galt. Axel, der Lilis Körper zärtlich umschloss, fühlte das ebenso. Sie waren an einem Punkt verschmolzen, es hatte nur noch ein „wir" gegeben. Das war es, was beide fühlten und was das Erlebte für sie so besonders sein ließ.

Doch - trotz aller Macht ihrer Gefühle - gab es plötzlich für Axel etwas, das erst kaum merklich, doch dann immer entschiedener in ihm aufkeimte und er sich einfach Klarheit verschaffen musste. Eine Frage drängte ihn, musste er stellen, jetzt, sofort: „Lili, was ist eigentlich mit diesem Ludwig?" dabei schaute er sie genau an. Er musste jetzt Gewissheit haben. Sollte es da noch jemanden neben ihm geben, wollte er es wissen. Er würde Lili nicht teilen können und wollen.

Lili, nun doch müde geworden, schaute Axel liebevoll an, strich ihm eine Haarsträhne aus der Stirn: „Ludwig“, antwortete sie und ihr Blick wurde weit, „Ludwig ist Geschichte“.

Ein letztes Mal liebkoste sie Axel, um dann glücklich an seiner Seite einzuschlafen.

Epilog:

Wien, 22. Jänner anno domini 1803

„Wie gar wunderlich ist miroselbst zumuthe! Laute, Klänge, Töne, wunderbar und erhaben, hallen noch nach in meinem Kopfe. Deutlich, klar und tief! So, wie ich sie schon lange nicht mehr hörete.

Wo war ich? Was waret geschehen?

Gestalten tauchen auf, noch immer, ziehen in meiner inneren Welt an mir vorüber. Ein junges Fräulein, so lieblich schön, mit ihrer Anmut gar raubet sie jedem Jüngling der stehet frisch im Safte seine Sinne. Ah mit einer Grazie sondergleich gehet sie vorüber, und wisset nichts über ihren Reiz. Ihr rot-braunes Haar flattert gar wild und ungestüm im Winde. Ihre großen Augen leuchten in einem braun, so wie ich es iszet noch nimmer sah. Lili, …ja…Lili…Lili ward sie genannt. Itzo fallet es mir ein, klinget wie Musik. Wie zauberhaft izet all dies. Gar scheinet es, ich sähe sie, gar ihre Welt von ganz weit oben. So weit ist sie von mir entfernt, unendlich weit, wie aus einer anderen Zeit. Es mag mir gar scheinen so klar wie der Sonne Licht den dunklen Raum erhellet. Ja, mit all meines Herzen Fasern spüre ich, nein ist mir gewiss wie sonst nichts: es war eine andere Zeit! Zu merkwürdig war alles was ich dort sah, mit ihrer Hilfe sah und hörte. Es fasst der Verstand kaum und doch weiß das Herz: Ich waret ihrer Welt so nahe, so unglaublich nahe! Bei allen Heiligen mir schien, nein ich wisset: Ich war in ihrem Kopfe. In ihrem Kopfe! Ich sah mit ihren Augen und hörete mit ihren Ohren. Deutlich, ohne diese störenden Geräusche, dieses ewig gleiche monotone Summen und Piepsen. Ich hörete meine Musik, vernahm sie auf eine sonderbar andere Art und Weise, und ich sah Menschen, viele Menschen, die wiederum meine Musik aufnahmen.

Was für ein Traum! War es ein Traum? Nein, es war kein Traum, es kann kein Traum gewesen sein! So echt, so klar war alles gewesen!

Und Lili? Unerreichbar! In meinem Kopfe, doch dennoch so weit entfernt! Wie begehrenswert! Welch Anmut! Welch feine Natur! Auch wenn uns Raum und Zeit trenneten, so schien es, als erleuchtete sie meine Seele, erhellete sie die dunkle Kammer meines Herzens, die doch kurz zuvor von einer so großen Schwermuth erfüllet war gewesen. Für eine kurze Zeit, für einen

Wimpernschlag gar, so schien es mir, und doch so bedeutsam.

Lili, warst du der Rettungsanker, den ich nur zu gerne ergriff? Und war es Liebe? Nein, nicht die Liebe, die uns durchdringet zu unseren Lebzeiten, nicht die Leidenschaft, die uns ergreifet und mitreißet, jene, die uns beteubet unsere Sinne, die uns trunken macht vor Sehnsucht, vor Glück oder Unglück.

Nein, Liebe war es nicht! Du liebtest ja auch einen anderen, einen aus deiner Zeit. Axel war sein Name. Ja, ich erinnere mich. Jener junge Mann, der diese neuartige Musik machte, die mir so fremdartig erschien, mich aber dennoch fascinirete.

Welch eigenwillige Instrumente, welche ihren Klang ohne Klangkörper erzeugeten! Und wie sonderbar erst recht jene metallenen Teile, in welche die Sänger einsangen, an die sich wiederum lange Schnüre zu merkwürdigen großen Kästen hinschlängelten! Und am Ende kam dann alles Gesungene und Gespielete aus diesen großen Schachteln heraus, in 100-facher Lautstärke. Äußerst obscur, aber dennoch irgendwie unwiderstehlich, mich magisch anziehend.

Bonn, ja in Bonn spielte sich alles ab! In meiner Heimatstadt! Am Rheine, dem schönen, majestätischen, dem Strom, an dem ich geboren bin.

Oh Lili, wie frei du warst, du und deine Freundin, und anscheinend alle Mädchen deiner Zeit! Ihr sagtet was ihr dachtet. Und du erst recht! Wie oft behandeltest du mich wie einen lästigen Dorftrottel, gabest mir zu erkennen, dass ich unheilbar altmodisch und „hinterm Mond" sei und dass meine Worte deine Nerven strapaziren täten. Ganz am Ende, da hast du dich dann doch besonnen, dass es mit mir immerhin einer der größten Komponisten aller Zeiten war, der in deinem Kopfe herumspukte.

Nun…ich habe es dir stets verziehen. Es hat mich sogar amüsiret. All die profanen Gedanken, die spitze Zunge, die kessen Reden, die für die feinen jungen Damen meiner Zeit als vollends unschicklich gälten, die aber von den freiheitlichen Mädchen deiner Zeit wie selbstverständlich gebrauchet werden.

<Dat dat dat darf!>, hab ich mich in meinem Heimatdialekt oft gefragt.

<Dat dat dat darf! DAT DAT DAT DARF!> Potzblitz, das klingt gut!!!

DAT DAT DAT DARF, DAT DAT DAT DARF, DAT DAT DAT DARF, DAT DAT DAT DARF, DAT DAT DAT DARF, DAT DAT DAT DARF, DAT DAT DAT DARF…>
Das muss ich mir sofort notiren! Nach dat dat dat kleine Terz nach unten. Ja…das ist es! Das könnte der Anfang sein, der Anfang meiner 5. Symphonie. Ja, genau so klopfet das Schicksal an die Pforte! DAT DAT DAT DARF.

Danke, Lili, du bist meine Muse! Behalte mich in guter Erinnerung. Und sei gewiss, dass Raum und Zeit nur Täuschungen sind und alles zu allem gehöret, über Grenzen und Äonen hinweg.